伯爵家の秘密のメイド

キャンディス・キャンプ
佐野 晶 訳

A SCANDAL AT STONECLIFFE
by Candace Camp
Translation by Akira Sano

mira

A SCANDAL AT STONECLIFFE

by Candace Camp

Published by K.K. HarperCollins Japan, 2025

わたしの作品をいつも読んでくださる、すばらしい読者のみなさんに本書を捧《ささ》げます。執筆は孤独な作業ですが、わたしを応援し、まもなくこの物語を手にして喜んでくださる（がっかりされる場合もあるかもしれませんが）たくさんの方々のことを思うと、その作業も孤独ではなくなります。わたしは日々の執筆で少しずつ形作られていくキャラクターたちが大好きです。でも、いちばんの喜びは、彼らをみなさんと分かち合うこと。ですから、みなさんひとりひとりが、執筆の〝共犯者〟なのです！　さまざまな旅をともにしてくださることを、心から感謝しつつ。

みなさんの名前をここにすべて列挙できないのが残念です。キャンディス・キャンプ・レディーズの深い洞察力と、提案と、支援に、とくべつ大きな感謝を。

キャット、ロリ・D、ブレンダ、キャンディス・N、マリア、アリソン、モニカ、ロリ・Q、スザンナ、メーガン、ミッシェル、バーバラ、ケリー、カリ、チャシティ、カレン、エイミー、マリナ、シェリー、アナ・キャサリン、ニキ、ジェニファー――たくさんの時間と積極的な活動には、感謝してもしきれないわ。あなたたちは最高よ！

伯爵家の秘密のメイド

人物相関図

ラザフォード家

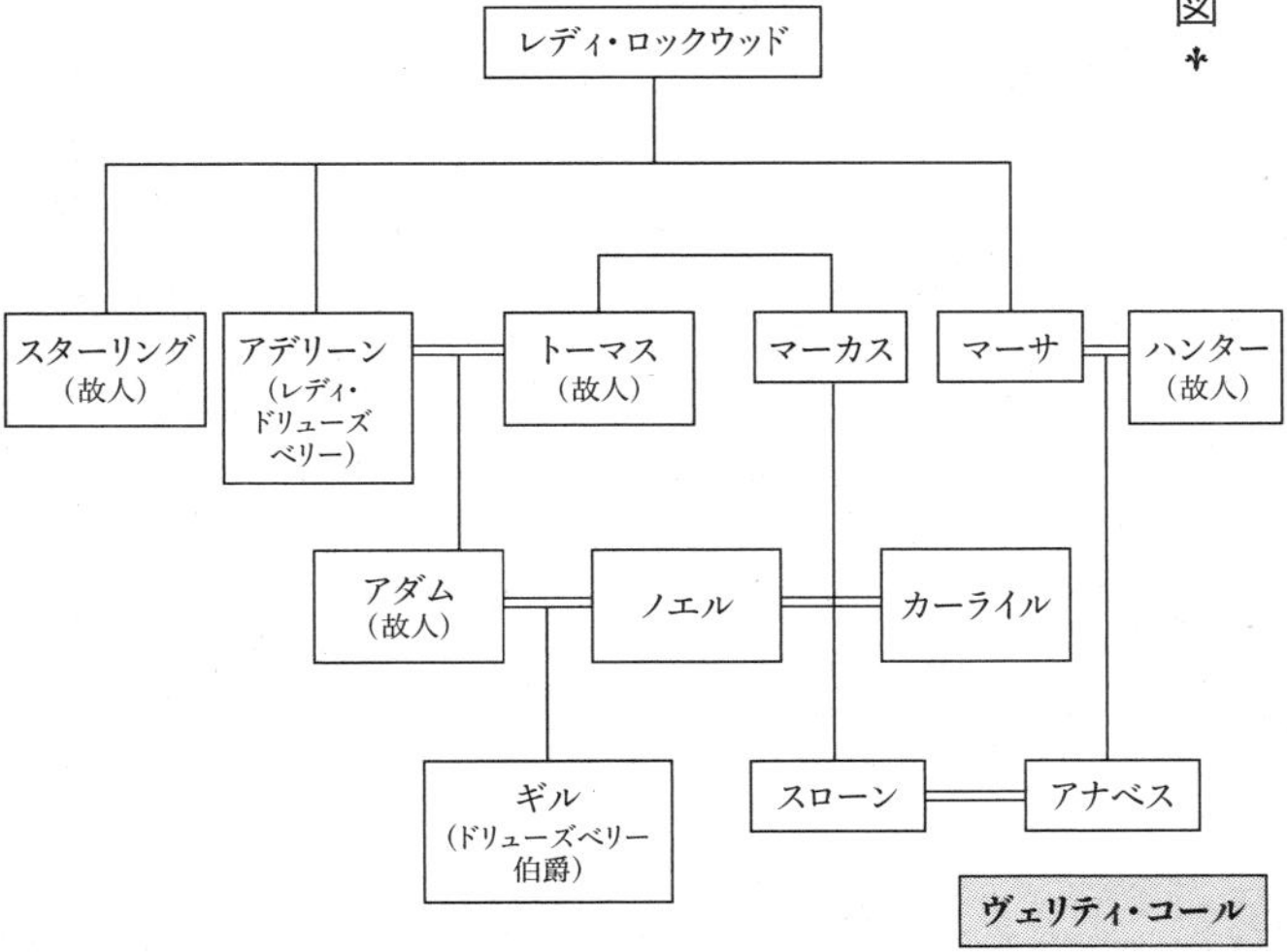

ダンブリッジ家

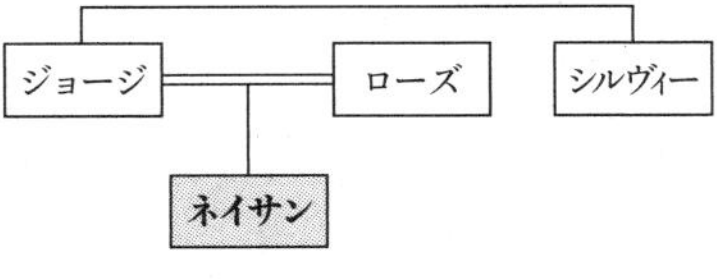

おもな登場人物

ヴェリティ・コール――調査事務所の経営者
ネイサン・ダンブリッジ――ヴェリティと因縁のある紳士
ベッティーナ・マロリー――調査事務所の受付係
ローズ――ネイサンの母親
シルヴィー――ネイサンの叔母
ジョージ――ネイサンの父親。故人
アナベス――ネイサンの元婚約者
スローン――アナベスの夫
マーカス――スローンの父親
カーライル――ネイサンの友人
ノエル――カーライルの妻
レディ・ロックウッド――アナベスの祖母
マルコム・ダグラス――謎の男

1

ネイサンは混み合っている舞踏室を見まわした。レディ・アーデンが年に一度催すこの舞踏会は、自分は上流階級だという見せかけを保ちたい者が、何をおいても顔を出さねばならない行事だとされている。だが、正直言ってネイサンには、そのわけが理解できなかった。昔からそうだが、アーデン家の舞踏会はやたらと人が多いだけで、退屈きわまりない。とはいえ、上流貴族がこぞって集まる場所なら、そのなかに紛れ、目立たずにすむ。ロンドンの社交界へ戻る最初の足掛かりには、まさにうってつけだろう。

自分とアナベスのことが、ゴシップ好きの格好のネタになるのはわかっていた。ふたりの婚約を知っていたのは身内だけとはいえ、ネイサンが長いことアナベスに首ったけだったのは社交界では周知の事実だった。そのアナベスがスローン・ラザフォードと結婚し、その直後にネイサンがヨーロッパ大陸に旅立ったとあれば、さぞさまざまな憶測が飛び交ったことだろう。

だからこそ、友人のいるイタリアを含め、半年のあいだヨーロッパのあちこちを回って過ごし、三カ月まえに戻ると、ロンドンには立ち寄らず、まっすぐ領地にあるダンブリッジ邸に向かったのだった。ところが不幸にして、邸《やしき》にはネイサンの留守中にバースを引き払った母と叔母がいた。もちろんネイサンは、母はもちろん、叔母のシルヴィーも嫌いではない。だが、あれこれ世話を焼かれ、甘やかされ、心配されるのも限度がある。母のことは心から愛しているが、どうやら同じ邸にいないほうが、仲良くやっていけるものらしい。

そこで少しまえに母親のお節介から逃れてロンドンのフラットに戻ったのだった。パーティには顔を出さず、心安らぐ静けさを楽しみながら、勝手気ままに過ごしていた。紳士クラブに行ったり、友人と競馬場を訪れたりすることもあれば、ボクシングの試合を見に行くこともある。飲みに出かける夜もあった。

だが、そういう毎日も、三週間も続けるとさすがに飽きてくる。それに、もう何カ月も、悲しみを酒でまぎらわせたいという衝動は感じなかった。どうやらアナベスへの思いは、離れているあいだに募るのではなく薄らいだようだ。だいたい、二日酔いで割れそうな頭を抱えて朝を迎えるのは、少しも楽しくない。それに加えて、たとえばカーライルのような親しい友人は、みな結婚しているか、婚約しているか、どこかのレディに求愛中で、ともに過ごす相手はどうしてもかぎられてくる。そこで社交界に思いきって戻ることにしたのだった。

だが、人が多ければゴシップから逃れられる、という予想には根拠がなかったようだ。舞踏室に足を踏み入れたとたん、あらゆる視線が自分に注がれたような気がした。とはいえ、いまさら引き返せばまたしても噂《うわさ》の種になる。ちらちら見られるのにも、囁《ささや》かれるのにもひたすら耐えるしかない。

心を決めて歩きだしたとたん、レディ・アーデンがにこやかに笑いながら近づいてきた。「ミスター・ダンブリッジ！　来てくだされば、と願っていましたのよ。ずいぶん久しぶりですものね？」最後の言葉は、問いかけるように語尾が上がる。

「ええ、しばらく留守にしていたので」ネイサンは礼儀正しく頭をさげた。

小柄なレディの目に同情が浮かぶ。「本当にお気の毒でしたわ。ミス・ウィンフィールドが、ご自分の判断を悔やむことにならなければよろしいけど」

「ラザフォード夫人は、とても幸せですよ」ネイサンはアナベスの新しい名前を強調した。「ぼくもふたりのために心から喜んでいるんです。ご存じでしょうが、ぼくら二人は幼馴《おさなな》染《じみ》なんですよ」自分がまだアナベスと婚約していたときは、スローンに温かい気持ちを持ったことなどなかったが、それを口にする必要はない。

「実は、ぜひ紹介したい方がいらしてるんですの」レディ・アーデンはネイサンの主張を無視してそう言った。「ビリンガム夫人とおっしゃる、それは魅力的な方」瞳が、ネイサンのよく知っているお節介なきらめきを放つ。ネイサンが大学を卒業した直後から、上流階級の夫人たちの半分が彼に似合いの妻を見つけようとしてきたのだ。

こういう女性からは、逃げようとするだけ無駄だ。それが身に染みているネイサンは、導かれるままに舞踏室を横切り、ひとかたまりの男女に近づいていった。数人の男性が、襟元が大きく開いた黒いドレス姿の、白い肩を惜しげもなくあらわにした赤毛の女性を取り巻いている。ネイサンには背中しか見えないが、まわりの男たちが浮かべている表情からすると、前から見ても同じくらい魅力的なのだろう。

「ビリンガム夫人」レディ・アーデンは強引に近づき、男たちが何人かしぶしぶ横に寄った。「ご紹介しますわ――」

この声に振り向いた黒いドレスの女性を見て、ネイサンは目を見開いた。表情豊かな金茶色の瞳がひときわ目立つ、少し細めの顔。古風な美人ではないが男心をそそるその顔は、よく知っている女性のものだ。

ヴェリティ・コールか？　いったい、レディ・アーデンの舞踏会で何をしているんだ？

「驚いたな、ヴェ――」あわてて言葉を切り、咳払《せきばら》いでごまかす。「つまり、その、また会えて、とても――」

「あら」レディ・アーデンががっかりして肩を落とす。「おふたりはお知り合いでしたの？」

「ええ、まあ――」ネイサンは言葉に詰まった。あんな反応をしたあとで、いまさら知らない女性だとは言えない。しかし、今夜のヴェリティがどこの誰に扮《ふん》しているのかわからない以上、へたなことを口走るのもまずい。「ええと――」レディ・アーデンは、ヴェリティをなんと呼んだのだったか？

さいわい、ヴェリティが助け船を出してくれた。「ええ、ミスター・ダンブリッジのことは存じあげていますわ。わたし自身が親しいわけではありませんけれど、愛するヒューバートの友人でしたもの。同じ大学で学んだとか」金茶色の目がいたずらっぽくきらめく。口から出まかせの嘘でネイサンを煙《けむ》に巻くのを、楽しんでいるのだ。

いいとも、茶番に付き合ってやるとしよう。「ええ、そのとおり。ヒューバートはすばらしいやつなんです。彼はどこだい？　ぜひとも話さないと」ネイサンは舞踏室を見渡し、捜すふりをした。

ヴェリティが喉を詰まらせたような声をもらし、ハンカチを取りだして口元を覆った。金茶色の瞳にたちまち涙が盛りあがる。「ああ、気の毒なヒューバート」

ほかの男たちがネイサンをにらみつけ、レディ・アーデンが低い声でたしなめる。「ミスター・ビリンガムは一年まえに亡くなられたのよ」

「それは……失礼を、ビリンガム夫人」ネイサンはどうにか真顔を保ちながら、ハンカチの上から覗《のぞ》くヴェリティの目を見返した。あの目に浮かんでいる笑いに、ほかの男たちが気づかないのが不思議なくらいだ。

ヴェリティは、さもそれらしくハンカチを目の縁に押しあてた。「お気になさらないで。ご存じのはずがないんですもの。愛するヒューバートとわたしは、ここ何年かロシアにおりましたから」

「ロシアだって?」ヴェリティときたら、こういう途方もない嘘をどこから思いつくのだろう?

「ええ。ヒューバートのことはご存じでしょう?」

「うむ、まあ」ネイサンは重々しく相槌《あいづち》を打った。どうやら、ぼくの学友は悲劇を描いた文学とバレエに、さもなければ大量の雪に取り憑《つ》かれていたらしい。

少なくとも、このパーティはいつもほど退屈ではなくなった。

「あなたならわかってくださると思いましたわ」

ヒューバートとヴェリティの関係がいまひとつはっきりしないが、ヴェリティが泣いてみせたところからすると、このロシア好きだった男はビリンガム夫人の夫だった可能性が高い。いや、兄を亡くした妹も泣くか。とにかく、これが嘘泣きだということはたしかだ。

ネイサンは軽く頭をさげた。「どうか、広間をひと回りしながら、気の毒なヒューバートを見舞った不幸のことを話してくれませんか、ビリンガム夫人」

「ええ、聞いてくださると嬉《うれ》しいわ」ヴェリティは差しだされた腕を取った。「みなさん、失礼しますわね」

ネイサンはほかの男たちに会釈し、慰めているように見えることを願いながら、ほんの少しヴェリティのほうに頭を傾け、その場を離れた。「いったいきみは、ここで何をしているんだ？　誰だか知らないが……どこかの夫人のふりをして」

「未亡人よ」ヴェリティは答えた。「裕福な未亡人。だから男たちが蜜に群がる蜂のように寄ってくるの」

「まあ、理由はそれだけではないだろうが」ネイサンはヴェリティの豊かな胸を縁どっている、大胆に開いた襟元をちらっと見た。「喪服にしては不謹慎なドレスだな」

ヴェリティは広げた扇の陰で笑った。「あら、気の毒なヒューバートが死んでから、もう一年以上も経《た》つのよ」

「それに、髪が赤いじゃないか」つい口から出たばかげた言いがかりに、ネイサンは自分を蹴飛ばしたくなった。髪の色など、なんの関係もないのに。ただ……メイドのときの冴《さ》えない茶色ではなく、艶やかな暗赤色の髪のせいで、今夜のヴェリティはまるで違った女性に見える。

「ええ、赤いわね」ヴェリティがいまにも笑いだしそうな声で応じる。

「それは本当の髪なのか？　頻繁に変えすぎて本当の髪色を忘れてしまったんじゃないか？」

「まあ、ネイサン、赤い髪が気に入らないようね」

「いや、そんなことはないが」実際、気に入らないどころか、赤毛のヴェリティはとても魅力的だった。もちろん、それを口にするつもりはない。「ただ、きみの場合は何が本当で何が偽りか、さっぱりわからないから」

「わたしの髪はもともと赤いの。それに瞳の色はごまかせない。だから、あなたがいま見ているわたしが本物よ。宝石は違うけど」ヴェリティはダイヤのイヤリングに触れた。

「これは名前と同じで偽物」

「ヴェリティ」ネイサンはため息をついた。「こんなことばかりしていると、いまに厄介なことになるぞ。ここで何をしているんだ?」

「仕事に決まってるでしょ」

「まさかスパイに戻ったんじゃないだろうな」

「ばかを言わないで。高価な装身具を見つけるために雇われたの」

「盗むつもりか?」

「まあ、最初に頭に浮かんだのがそれ? わたしに対する評価がずいぶん低いようね」

「なぜだと思う?」つい声が大きくなり、近くにいた男ふたりが振り向いた。あわてて声を落としたものの、怒りのほうはあまり抑えられなかった。「メイドに化けて、まんまとレディ・ロックウッドの邸に入りこんだくせに。しかも、ヨークシャー訛《なま》りまるだしのメイドに」

「ヨークシャーのどこがそんなにいけないのかしら？」

「いけないのはヨークシャーじゃない、きみだよ。あの冴えない服装と、訛りと、くさい芝居だ。きみは〝重要な書類〟を回収するために、ぼくらみんなをばかげた騒動に巻きこんだ。メイドどころか、スパイなのに」

「スパイだったでしょ。諜報員《ちょうほういん》と呼ばれるほうが好きだけど。それはともかく、いまは違うわ」

「違う？」いまでもよく覚えている。一年ほどまえにアナベスを危険から守る作戦として、ネイサンはストーンクリフに送られ、アナベスのふりをするヴェリティの相手をさせられたのだった。「だったら、なぜぼくは、アナベスのふりをしているきみに付き合って、二週間も庭を歩きまわるはめになったんだ？　それも、恋人の演技がへたくそだ、とひっきりなしにぐちをこぼされながら」

「でも、あなたが恋人らしい台詞《せりふ》をひとつも口にしなかったのはたしかよ」

「木陰からオペラグラスでぼくらを覗いているどこかの間抜けに、ぼくが何を言っているかなど聞こえるもんか！」

「言っておきますけど、木立のなかにオペラグラスを目に当てた男たちが隠れている、なんて言った覚えはないわよ。そんなのばかげているもの。そういう目的には小型望遠鏡を使うほうが、はるかに役に立つ」

ネイサンは鋭く言い返した。「だったら、きみがアナベスを演じる必要もなかったんじゃないか？　そのきみが、今夜は〝ロシアから来た未亡人〟のふりをして、舞踏会に現れた。違法行為を企《たくら》んでいると疑うのがふつうじゃないか」

「ロシアから来たとは言ってません。ロシア語どころか、ロシア訛りの英語も話せないわ。ただ何年か、ヒューバートとロシアで暮らしていただけ。彼の持病を考えれば、ロシアに移り住んだのは愚かな選択だったけど」

「知るもんか、そんなこと。そもそも、ヒューバートというのは何者なんだ？　それに、彼の〝持病〟とはなんだ？　ぼくは彼とずいぶん親しい仲だったらしいから、知っておくべきじゃないか」

「ヒューバートはわたしの夫で、肺結核で亡くなったのよ」

「肺結核？　肺結核なのに、氷と雪に囲まれて過ごすためにロシアに行ったのか？」

「ヒューバートが賢い人だとは言わなかったわ」ヴェリティは言い返した。「わたしは彼の外見に惹《ひ》かれて結婚したの。残念ながら、ハンサムな男性に弱くて」

「きみが？　それともビリンガム夫人が？　まるで、本当のビリンガム夫人のような口ぶりだぞ」

「演じているあいだは、その役になりきらなきゃ。うっかりぼろが出たりしたら困るでしょ。質問がそれで終わりなら……」ヴェリティは扇で口元を隠し、笑いを含んだ目を向けた。

　くそ、なんて目でぼくを見るんだ……。

「ぼくに媚《こび》を売るふりをするのはやめてもらいたいな」ネイサンは噛《か》みつくように言った。

「あら、これが演技だとなぜ思うの？　ビリンガム夫人と同じで、わたしもハンサムな男が好きよ」

「ヴェリティ……」

「あなたときたら……冗談がまるで通じないんだから」ヴェリティはため息をついた。

「いいわ。ロシアを選んだのは、はるか彼方《かなた》で、実際にそこにいた人間に出くわす恐れがほとんどないからよ」

「嘘をつけ。ぼくを混乱させるために、口から出まかせを言ったくせに」

「たしかにあなたを混乱させるのは楽しいけど、あの場ででっちあげたわけじゃないわ。わたしはもう二週間もビリンガム夫人を演じているんだもの」

「二週間も？」ネイサンはうめいた。「聞けば聞くほどひどくなるな」

「どうして？」ヴェリティは開いているドアのところで足を止め、飲み物のトレーを手にしたメイドがなかに入るのを待った。

「シャンパンをいかがです？」メイドがふたりに尋ねる。

「ありがとう。いただくわ」ヴェリティはグラスをふたつ取って、ひとつをネイサンに手渡し、ひと口飲みながらさりげなくあたりを見まわした。

こういう油断のない表情は、以前も見たことがある。さりげない様子に騙《だま》されるものか。

「いったい何を――」

ヴェリティはにっこり笑って滑るように廊下に出た。

「ヴェリティ！　待てよ、まだ話が――ああ、くそ」ネイサンは小声で毒づき、あとを追って大広間を出た。

そこは邸の奥にある廊下だった。幅が狭くて装飾がないところをみると、召使い専用にちがいない。ヴェリティはシャンパングラスを手近なテーブルに残し、すでに廊下のなかほどまで進んでいた。

「ヴェリティ！」ネイサンは少し声を高くした。

ヴェリティが振り向いた。驚いて眉を上げ、人差し指を唇に当てる。「しっ、静かに」

「誰もいないさ」

「壁に耳ありよ」ヴェリティが囁く。「つまり、召使いにも耳があるってこと。あなたたちはそれに気づかず、なぜ召使いが最新のゴシップを知っているのか、と首をひねるけど」

「あなたたち、か」ヴェリティは上流社会と貴族を嫌っているのだ。だが、ここでそれに抗議しても仕方がない。代わりにネイサンは自分のグラスを置き、足早に進むヴェリティの横に並んだ。「何をするつもりだ？　そのうち誰かに化けの皮を剥がされるぞ」
「ええ、あなたがそうやってうるさくしていればね」ヴェリティは交差している廊下を右に曲がり、絨毯《じゅうたん》が敷かれている広い廊下に戻った。祖先の肖像画だろうか、厳《いか》めしい顔の男女の絵がずらりとかかっている。

そこからは、わずか数歩で玄関ホールに出た。ついさっき出てきた舞踏室はその片側にある。反対側は廊下だった。ホールのあちこちで立ち話をしている客に気づくと、ヴェリティがすり寄ってきた。ネイサンの肘のくぼみに手を滑りこませ、巧みに扇をひらつかせながら見上げてくる。長いことフランスにいたせいか、男の気を引くのはお手の物だ。

ネイサンは鼓動が速くなるのを感じた。熱い血が流れる男なら、誘うように弧を描く唇に反応せずにいられるものか。もちろん、ヴェリティ自身は脈も呼吸も乱れていない。仕事のことしか頭にないらしく、ネイサンの腕に指をくいこませて廊下を進みつづけ、やがて肩越しにちらっと用心深い目を配り……ぐいとネイサンを引っ張って、手近な部屋に入った。

「ヴェリティ……」ヴェリティの企みにたやすく巻きこまれてしまった自分にうんざりしながら、抗議しようと口を開く。

レースの手袋をした指が、その口をふさいだ。唇に当たるレースの感触とレース越しに伝わる指のぬくもりが……奇妙な興奮をもたらす。が、ヴェリティはすぐさま指を離し、音をたてずにドアを閉めて、壁沿いに回りながら絵の角を持ちあげ、その下を確かめはじめた。

「どうしてぼくらはアーデン卿《きょう》の書斎にいるんだ？」

「金庫を捜しているの」ヴェリティはごくあたりまえの口調で言った。まるで、落とした扇を捜しているの、とでも言うように。「いちばんありそうなのはこの書斎よ」ちらっとネイサンを見る。「手伝ってくれれば、そのぶん早く終わるわ」

「まったく……」ネイサンは毒づきながらも捜しはじめた。言われたとおりにするのは癪《しゃく》だが、背に腹は代えられない。いまはヴェリティをできるだけ早くこの部屋から出すほうが先だ。ここにいるのを誰かに見つかっても、こちらはなんとか言い抜けられるだろう。自分は本物で、ロンドン社交界ではよく知られた人物だ。しかし、ヴェリティは違う。

「せめて、こんな危険なことをしている目的がなんなのかぐらい、教えてくれないか」

「アーデン卿は、わたしの依頼人の高価なブローチを持っているの」絵の裏の確認が終わると、今度はかがみこんで絨毯の端を持ちあげ、その下を覗いていく。

「アーデンが装身具を盗んだだって？」ネイサンは振り向き、懐疑的な目でヴェリティを見た。

「いいえ。正確には盗んだわけじゃないの。わたしの依頼人が彼に与えたのよ。外套《がいとう》の襟元を留めていたブローチをね。アーデン卿は……外套を脱がせるためにそれをはずし……」

「なるほど」ネイサンは顔が赤くなるのを感じ、急いで遮った。くそ、赤くなるなんて、まるで青二才だ。「アーデンは、そのブローチをポケットに入れてしまったわけか」

「ええ、ふざけているふりをして。依頼人は、アーデン卿が自分の愛情のしるしを欲しがっていることに心を動かされ、そのブローチをプレゼントしたのよ」

「だが、情事が終わったいま、取り戻したがっている?」ネイサンは自分にいちばん近い絨毯の端を持ちあげ、下を覗いた。

「というより、取り戻す必要が生じた、と言うべきね」ヴェリティは机に歩み寄り、引き出しを確認しはじめた。開かない引き出しを見つけると、髪から何かを引き抜き、鍵穴に挿しこんだ。

たちまち引き出しが開くのを見て、ネイサンは感心した。もちろん、完全な違法行為ではあるが、頼んだらぼくにもコツを教えてくれるだろうか?

ヴェリティは注意深くその引き出しを捜しながら、説明を続けた。「そのブローチは、どうやらご主人の家に代々伝わるひと揃《そろ》いのひとつだったらしくて、来週、肖像画を描いてもらうときにつけなくてはならないんですって」

「ワンセットになった装身具の一部を愛人に与えるなんて、ばかなことをしたものだ」

ヴェリティはちらっと笑みを投げ、肩をすくめた。「ええ、ほんと。でも、愛は人を愚かにすると言うでしょ」

ネイサンは曖昧に相槌を打った。おそらくヴェリティは、こちらが何年もアナベスに求愛しつづけ、結局ふられたことを当てこすっているのだろう。あれはたしかに愚かしい誤りだった。だが、少なくとも、最後はそれに気づき、正しい判断を下した。

「もちろん、わたしは愛のことなど何も知らないけれど」ヴェリティは引き出しを閉め、両手を腰に当てて部屋を見まわした。「ここに金庫があるとしたら、わたしには見つからないほどうまく隠してあるのね」大きな瞳がきらめく。「でも、その可能性はまずない」

「よかった、これで終わりだな」ネイサンはでこぼこになった絨毯の端を片足で撫《な》でつけ、ドアに向かった。

「ええ」ヴェリティは、ドアを細く開けたネイサンのそばに来た。

耳をそばだて、外の廊下で人声がしないのを確かめてから、慎重にドアを開ける。いまのところ人影は見えない。ネイサンは安堵《あんど》のため息をつき、廊下に出た。ヴェリティもすぐあとに続く。

だが、舞踏室に戻ろうとすると、ヴェリティが手をつかんで引っ張りながら、反対の方向に顎をしゃくった。「裏の階段を使いましょう。そのほうが人目につかないわ」

「夫妻の居室も捜すつもりか？」

「もちろんよ。書斎の次に金庫がありそうなのは、本人の寝室だもの」

「ヴェリテイ、いいかげんに……」だが、ネイサンは引っ張られるままついていった。ヴェリテイが揉《も》め事に巻きこまれないように見張らなくては。自分にはそう言い聞かせたが、本当は召使い専用の階段をこっそり上がっていくことに、少しばかりスリルを感じた。

二階の廊下にも誰もいない。ヴェリテイは急ぎ足で進みながら暗い部屋を覗いていく。と、ふいに表の階段のほうで話し声がした。

ヴェリテイがネイサンの襟をつかみ、自身の背中が壁にぶつかるほど強い力で引き寄せた。「わたしを誘惑して」

2

「なんだって？」驚きのあまり、思わず声が高くなった。

「しっ！　ふりをするだけよ。わたしをベッドに連れこみたがっているみたいに」

まあ、こんなふうに体が密着していたら、注文どおりにするのは難しくない。

ネイサンは壁に腕をつき、廊下に半ば背を向けた。階段を上がってくる者の視界からヴェリティを隠しながら、うつむいて顔を近づけ、もう片方の手を細い腰に回す。「最悪だな。好色な男だというレッテルを貼られてしまう」

「泥棒だと言われるよりましでしょ」

ヴェリティの片手が首に回されると、ネイサンの背中を細かな震えが走り抜けた。くそ、なんていい匂いだ。いかにもビリンガム夫人がつけそうな蠱惑的《こわくてき》な香りではなく、軽い花の香り。それがきつい香水よりも官能をかき立てる。

ヴェリティの顔は、睫毛《まつげ》の一本一本、なめらかな肌のきめ、ふっくらした唇が描く弧が見えるほど間近にあった。その丸みを指先でたどりたいという愚かしい衝動が突きあげてくる。女らしい体が密着してくる。

ネイサンは赤くなった。ヴェリティはこちらの反応に気づいているにちがいない。その証拠に、金茶色の瞳が愉快そうにきらめいていた。

ネイサンは目が合うのを避けたくて、赤い髪に片頬を寄せた。柔らかいほつれ毛が鼻孔をくすぐる。そのまま顔を下へと滑らせ、見かけどおり柔らかくてなめらかな頬に触れていきながら、首筋に顔をすり寄せているように肩の手前で止める。赤い唇にキスしたいという誘惑にもどうにか耐えた。

話し声が大きくなり、ふいに途切れた。忍び笑いと軽い咳払いに続き、小声で言葉を交わすのが聞こえた。

「こっちに来るのか?」ネイサンは囁いた。

「え?　ああ……」ヴェリティはネイサンの腕の向こうが見えるように体の向きを変えた。

「にやにやしながら廊下に立っているわ」

ネイサンはうんざりして息を吐いた。「いつまでこうしていればいいんだ?」

「わたしに密着しているのは、さぞつらい試練でしょうね」ヴェリティが皮肉る。「不適切な行為に腹を立てて、あなたに平手打ちをくらわせれば、いますぐ終わりにできるけど?」

「平手打ちは遠慮する」この茶番の唯一の試練は衝動に負けそうになることだ、と口走りそうになるのを我慢した。体を起こして触れ合う部分を少しだけ減らしながら、可愛《かわい》い顔を両手ではさんで口説いているふりを保つ。

ヴェリティの瞳は興味深かった。色は琥珀《こはく》とウィスキーのあいだのどこか、常に笑いか怒りか好奇心で輝いている。

「あの人たちとは逆の方向に行って、寝室のひとつに入るという手もあるわ」

「ヴェリティ……」ネイサンはため息をついた。「あのふたりに姿が見えていたらどうするんだ？　評判がめちゃくちゃになるぞ」

「いいえ、めちゃくちゃになるのはビリンガム夫人の評判よ」大きな瞳がきらめく。「あら、立ち去るみたい」一瞬ののち、こう付け加えた。「もう安全よ」

ネイサンはほっと力を抜き、全身がこわばっていたことに気づいた。ヴェリティから離れながら上着の襟を引っ張り、服装を直す。そうすれば平静心を取り戻せるかのように。

「まだ油断はできないぞ」

「あなたなら、そう言うでしょうね」いつものことだが、どうやらヴェリティはネイサンに苛立《いらだ》っているらしい。「わたしと一緒にいる必要はないのよ」そう言い捨てて、再び廊下を進みだした。

「ぼくが立ち去ったら、きみを誘惑する好色男の役は誰がやるんだ？」

ヴェリティは呆《あき》れて目玉をくるりと回したものの、口の片端には深いえくぼができていた。男をとろけさせるえくぼだ。ネイサンは歩きだしたヴェリティの隣に並んだ。

「だったら、もう少し付き合ってもらうしかないわね」ヴェリティは部屋を覗きながら歩きつづけ、急に足を止めて、覗きこんだ部屋のなかに目を凝らした。「ここらしいわ」

「そんなに暗くても見えるなんて、猫みたいな目の持ち主だな」

「知らなかったの？　わたしは猫なのよ」ちらっと流し目をくれながら答える。

そう言われれば、たしかに少し猫に似ていた。こっちはあんたが思いもよらないことを知ってるよ、とばかにしたような、神秘的な金色の瞳で見てくる猫だ。身のこなしも猫のようにしなやかで、音をたてない。おそらく鋭い爪を隠しているのだろう。

ヴェリティは廊下のテーブルにある燭台《しょくだい》を手に、先に立ってその寝室に入った。黒《ブラック》胡桃《ウォールナット》の大きなベッドがある広い部屋で、男が使っていることはひと目でわかった。

ヴェリティが、階下の書斎でしたように金庫を捜しはじめる。ここではたんすの引き出しも開け、できるだけ動かさないように気をつけながら中身に目を通している。

今回は頼まれるのを待たずにネイサンも捜索に加わり、絵の下や分厚い絨毯の下を覗いてまわった。痕跡を残さずに引き出しの中身に目を通すのは無理だが、大きな衣装だんすの扉を開け、なかを覗きこんだ。左側、間隔を空けて設けられた棚には帽子の箱が並び、棚のない右半分には止め釘《くぎ》にシャツがかかっていた。

ごくふつうの衣装だんすだが、なぜか違和感を覚える。その源は……床の高さだ。シャツがかけてあるほうの床が、棚を取りつけてあるほうの床よりも少し高いのだった。ふと、アナベスの父親が凝っていた秘密の引き出しやパズル箱のことが頭に浮かび、片膝をついて衣装だんすの床に手を走らせた。思ったとおり、奥のほうがべつの板になっている。さらにその奥の角に、ほんの少しくぼみがあった。ネイサンはそこを押した。何も起こらない。だが、くぼみの部分を横に滑らせたとたん、カチリという小さな音がして、高いほうの床の前部分が少しだけ上向きに傾いた。

その下に指を入れ、床を引っ張ると、その部分が簡単に開いた。床の下には金属の箱が隠されていた。「ヴェリティ」

「なあに?」ネイサンの抑えた声に興奮を聞きとったらしく、ヴェリティはすぐに真横に来た。「まあ、賢いこと」

よくできました、と言わんばかりのヴェリティの口調にむっとしながらも、箱を隠し場所から取りだす。箱には鍵がかかっていたが、ヴェリティがあっというまに解錠し、蓋を開けた。なかには雑多なものが入っていた。折りたたんだ紙、イニシャルを刺繍《ししゅう》したハンカチ、眼鏡、装飾品がいくつか。ヴェリティはエメラルドのブローチをつかんだが、ネイサンは銀のメダルに興味を惹かれた。そこに刻まれているのは貴族の家の紋章に似ているが、よく見ると炎から現れる男根を表している。顔が赤くなり、横にいるヴェリティを気にしながら急いでメダルを握りこんだ。

ヴェリティがけげんそうな目を向ける。「それは何？　どうして隠しているの？」

ネイサンはため息をついた。もちろん、ヴェリティもこのメダルに気づいたに決まっている。いや、なまじ隠そうとしたせいで注意を引いてしまったのかもしれない。「これは、その、一種のコインだな。バッジというか。メダルというか……ふつうは〝キー〟と呼ばれている。これがあると入れるから」

「どこに入れるの？　ネイサン、言ってることが支離滅裂よ。それに赤くなってる。いったいなんなの？」ヴェリティが手を伸ばし、ネイサンの指をこじあけようとする。ネイサンがまたしてもため息をついて拳を開くと、メダルをひったくり、それを見た。ネイサンが見た面の裏側だ。「アーデン卿の頭文字ね。ねえ、このハンカチのイニシャルを使ったモノグラム、アーデン卿のものとは違うことに気づいた？　だけど――」

そこでヴェリティはメダルを裏返し、小さく息をのんだ。相当驚いたらしく、眉が跳ねあがる。

この反応はネイサンに多少の満足を与えてくれた。ヴェリティなら、〝ああ、なんだ〟とつぶやき、メダルを放ってよこしたとしても驚かなかっただろう。だが、薄暗い部屋のなかでもわかるくらい赤くなっている。

「〈悪魔の隠れ家《デビルズ・デン》〉という会員制クラブのキーだ。ほら、男と女が特殊な行為にふける――」ネイサンは汗をかきながら説明しようとした。まったく、こういうことをレディにどう説明すればいいんだ？　ヴェリティはあまり繊細ではないが、レディであることには変わりない。

「昔の〈ヘルファイア・クラブ〉みたいなものかしら？　サド侯爵とか、そういうたぐいの……？」

どうやら、説明は思ったほど難しくはないようだ。

「あなたはそのクラブを知ってるの？」ヴェリティは顔にショックを浮かべ、ネイサンを見つめた。ヴェリティがショックを受けたのを見るのは、これが初めてだ。

「まさか！　もちろん、個人的には知らない。行ったこともないよ。行くわけがない……その種の行為はぼくの好みでは……聞いたことがあるだけだ。実際にあるかどうかさえ知らなかった」

「紳士のクラブで噂を聞いた、ってことね」〝紳士〟という言葉には、ほかの誰にも真似《まね》できないほどの軽蔑がこもっていた。

「ああ……そうだな」

ヴェリティは大道芸人のように指にはさんだメダルをくるくる回しながら、少しのあいだ難しい顔で考えこんでいた。「お互いにその気なの？　つまり、女性も、ってことだけど」

「もちろん。少なくとも、しぶしぶ参加している人間がいるとは聞いていない。同じような嗜好《しこう》の女性たちか、さもなければ……」

「娼婦《しょうふ》？」

ネイサンはうなずいた。

「お金をもらって奉仕するからといって、鞭《むち》で打たれたがっているとはかぎらないわ」ヴェリティは苦い声で言った。メダルを見てはいるものの、実際にはほかの光景を見ているような目だ。

ヴェリティがこんな顔をするのも、ネイサンは一度も見たことがなかった。怒り？　悲しみ？　後悔？　そこに浮かんでいるものがなんにせよ、ふだんは見せない強い感情だ。どうやら、いまの会話が心の奥の何かに触れたらしい。ふいにネイサンは、自分が目の前の女性についてほとんど知らないことに気づいた。二週間も同じ屋根の下にいたというのに。

「ヴェリティ」低い声でつぶやき、片手を伸ばす。

ヴェリティはすばやく顔の前で手を振り、メダルを箱に投げこんだ。「ブローチは回収したわ。行きましょう」

何を思い出したにせよ、同情されるのはごめんらしい。少なくとも、こちらに同情されたくはないようだ。

ネイサンは箱を閉じ、鍵をかけて、隠してあった場所に戻し、木製の覆いをもとの位置に滑らせた。ちょうど立ちあがったとき、廊下をこちらにやってくる足音がした。くそ、このパーティでは、舞踏室にじっとしている者はいないのか？　とはいえ、彼らを責めることはできない。自分自身、ヴェリティと再会し、スリル満点の〝回収作業〟に巻きこまれるまでは、アーデン邸のパーティは退屈きわまりないと思っていたのだ。

ヴェリティが衣装だんすを示し、なかに飛びこむ。ネイサンもそれにならい、扉を閉めた。

「どこかにあるはずなんだが」おそらくアーデン卿だろう、部屋に入ってきた男が言い、曖昧なつぶやきがそれに答える。引き出しを開けてはかきまわし、閉める音が何度か続いた。

衣装だんすのなかは狭くて、暑くて、暗かった。ネイサンはアーデン卿が扉を開け、なかに隠れているふたりを見つけるところを想像した。そんなことになったら万事休す、言い逃れのしようがない。

ネイサンはかたわらのヴェリティに顔を向けた。扉の隙間から射《さ》しこむ細い光が白い顔を横切っている。頬に残るひと粒の涙の跡に、再び同情がこみあげ、ヴェリティの手を取った。今度はヴェリティも黙って受け入れ、ネイサンの手をぎゅっと握った。

アーデンは捜していたものを見つけたらしく、もうひとりの男が笑って彼に礼を言っていた。部屋にいる男たちは何かの賭けの話を始め、ふたりをやきもきさせたが、しばらくしてようやく部屋を出ていった。ヴェリティとネイサンは、足音が完全に消えるのを衣装だんすのなかで待った。

それからヴェリティが扉を開けた。ふたりで部屋を見まわし、衣装だんすを出る。ドアのところでも足を止め、長いこと耳を澄ましてから、足音をしのばせて廊下に出た。ありがたいことに、そこには誰もいなかった。急いで召使い用の階段に向かう。一列になってそこをおりるとき、ようやくヴェリティが手を放し、ネイサンは自分たちが衣装だんすを出てからずっと手を握り合っていたことに気づいた。

階段をおりきったヴェリティが急に足を止め、握られた手の意味を考えていたネイサンは、その背中にぶつかりそうになった。おそらく今夜のパーティのために雇われた警備員だろう、大柄な男がこちらを見ている。いまからでは、〝一夜の恋人どうし〟のふりをするのは遅すぎる。ネイサンは焦ったが、男が誰かを呼ぼうと向きを変えた瞬間、ヴェリティが駆け寄ってみぞおちに膝蹴りをくらわせた。音をたてて息を吐き、崩れるように両膝をつきながらも、警備員はヴェリティの脚をつかもうとする。ヴェリティは難なくそれをよけて、なめらかな動きで男の後ろに回りこむと、首に片腕を回して、思いきり男の首を絞めあげた。

「何をしているんだ?」ネイサンはくってかかった。

「気を失ってもらうだけよ」男のまぶたが落ちると、ヴェリティは首にかけていた肘をはずした。ぐったりした男が床に倒れる。ヴェリティは耳を澄まし、近くの部屋から話し声や物音が聞こえないのを確認した。そして聞こえた音に、あるいは聞こえなかった音に満足したような顔で、部屋を覗きこんだ。

「この部屋の衣装だんすにこの男を入れて。急いで」ヴェリティは片手を振ってネイサンを急《せ》かした。「そうすれば、騒ぎが起こるまえに立ち去る時間を稼げるわ」

ネイサンは大柄な男を見てからヴェリティに目を戻した。彼女がぼくの人生に戻ってきてから、まだ一時間にしかならないのが信じられない。その一時間のあいだに、数える気にもなれないほど多くの違法行為に加担したことも。くそ、こうなったら、あとひとつ増えるぐらいなんだっていうんだ？

「わかった」ネイサンは警備員の腕を肘にかけ、ドアのほうに引きずりはじめた。大きな体をふたつに折り、どうにか手狭な場所に押しこんでから尋ねた。「どうやってなかに閉じこめておくつもりだ？　このドアの鍵は手に入らないぞ」

「何かを楔《くさび》代わりにドアの下に差しこめば、閉まったままにしておける」ヴェリティは指で下唇を叩《たた》きながら考え、ぱっと顔を輝かせて扇を取りだすと、ドアの下に突っこみ、持ち手がそれ以上入らないところまで無理やり押しこんだ。

「だとしても、長く閉じこめておくのは無理だ」

「永遠に閉じこめておきたいわけじゃないわ。意識を取り戻したら、差しこんである扇を押しだせばドアが開くことはわかるでしょうし」

ヴェリティはネイサンを測るような目で見た。「舞踏室に戻るから、スカーフをきちんと直して。そのままだとレディとよからぬ行為におよんでいたか、違法行為を働いていたように見えるわよ」

ネイサンは言い返そうと口を開けた。きみのおかげで、今夜はその両方に近いことを体験したよ、と。だが、何も言わないうちに、衣装だんすのなかで男が動く音がした。ヴェリティは鋭い目つきでネイサンを制し、急ぎ足に舞踏室へと向かった。


貴族どうしの礼儀正しい会話は、さきほどのスリルに満ちた経験のあとでは、いっそう退屈に思えた。ヴェリティはネイサンの腕を取り、まるで三文芝居でもしているように、どうでもいいことをしゃべりながらあちらでひとり、こちらでふたりと会釈し、舞踏室のまわりを歩いていく。まさか、この連中を全部知っているわけではないだろうに。

それからネイサンのほうを振り向き、上機嫌なのか嘲笑しているのかわからない笑顔を投げてきた。「わたしはそろそろ引きあげるわ」

おかしなことに、ネイサンは気持ちが滅入《めい》るのを感じた。さきほどの緊張の反動にちがいない。「玄関まで送るよ」

ヴェリティはうなずいた。「ええ。そうしてもらえれば、わたしたちがずっと一緒だったことをはっきり示せるわね」

「お役に立てて、こんな嬉しいことはない」ネイサンは皮肉たっぷりに応じた。

ヴェリティににっこり笑いかけられた男たちが、ひとり残らず嬉しそうに顔をほころばせながら、ネイサンを羨ましそうに見てくる。嫉妬混じりの視線など的外れだとはいえ、ネイサンは少しばかり自尊心をくすぐられた。ヴェリティがあの男たちをなんとも思っていないとわかっているだけに、よけい気分がいい。どの男も、ヴェリティのアリバイを強固なものにするだけの存在でしかないのだ。

舞踏室を出ると、ヴェリティはネイサンの腕を放して足早にクロークルームに入り、冷たい夜気を防ぐ役にはまるで立たないが、ドレスの肩と胸に目を引きつけずにはおかない、薄手のショールを手に取った。

ネイサンが従者の前を通り過ぎ、玄関扉の外まで付き添うと、ヴェリティは驚いたように横を見た。「お友達のところに戻らないの？」

なかにいる連中はみな、本当の友人ではなく、たんにパーティで顔を合わせるだけの知人にすぎない。だが、ネイサンはこう言っただけだった。「家まで送るよ」

夜の暗がりのなかでよく見えないだけかもしれないが、ヴェリティの浮かべた笑みはさきほどよりもやさしく、本物らしく見えた。

「ありがとう」ヴェリティはアーデン邸の前に停《と》まろうとしている馬車に目をやった。

「でも、今夜は自分の馬車で来たの」

そしてネイサンが気の利いた返事を思いつかぬうちに、邸前の階段をおりて馬車に乗りこみ、走りだす馬車の窓から小さく手を振った。

そして、すべてがひどく退屈な状態に戻ってしまった。舞踏室に戻っても、ヴェリティと過ごした今夜のスリルに比べられるものなど何もないのは明らかだ。このまま帰るとするか。

ヴェリティはビリンガム夫人の役をまだ続ける気なのだろうか？　ほかのパーティにも顔を出すとしたら、領地に戻らず、しばらくロンドンに滞在してもいいかもしれない。

いや、二日後にはストーンクリフで、レディ・ドリューズベリーとノエルが催すレディ・ロックウッドの誕生パーティがある。それに参加しないわけにはいかない。それに、ロンドンに留《とど》まったところで、また〝ビリンガム夫人〟に会える保証はなかった。

ネイサンはしばしその場にたたずみ馬車を見送ったあと、夜の通りを歩きだした。

3

ヴェリティはふたり乗りの小さな馬車の、クッションがきいた座席に腰を落ち着けた。暗紅色のモロッコ革を張った贅沢《ぜいたく》な造りの車内と違って、外見はごくふつうの馬車にしか見えない。この仕事では、何よりも周囲に溶けこむことが肝心なのだ。とはいえ、悪目立ちさえしなければ、快適さを求め、美しいもので身を飾るのは嫌いではない。だからふだんは避けているあざやかな色のドレスを着て、ビリンガム夫人を演じるのは楽しかった。

でも、今夜はかくべつ楽しかったわ――そう思うと自然に笑みがこぼれる。ネイサン・ダンブリッジと会うのは……何カ月ぶりだろう？　イタリアにいる友人を訪れている、とアナベスから聞いた覚えがある。

きっとアナベスに失恋した痛手を癒やしていたのだろう。もう立ち直っているといいけれど。ネイサンは片思いよりもましな恋にふさわしい人だ。

半年以上も顔を見ていなかったせいか、ヴェリティは彼がどれほどハンサムか忘れていた。すらりとした長身、波打つ褐色の髪とはしばみ色の瞳……いいえ、あれは緑色？　何度見ても、どちらなのかよくわからない。あの瞳はそのときどきの感情で色が変わるようだ。

ネイサンをからかうのはとても楽しかった。もうアナベスに恋焦がれていないから、いちいち苛立たしくもならない。爵位こそないものの上流階級の一員とあって、完全に信頼できるわけではないが……好ましく思ってしまう人柄なのはたしかだ。

しかも、今夜は黙って協力し、こちらが二階にいてもおかしくない口実さえ与えてくれた。まあ、ネイサンに誘惑されるふりをしたときは、思いがけず気持ちがざわついたけれど。包みこまれると心が安らぐような温かさも、彼がつけている香りも心地よかった。それに、あのキスしたくなるような唇……それをうなじのすぐそばに寄せられ、低い声で囁かれたときは、つい体が震えた。彼に気づかれなかったことを祈るしかない。

演技のふりをしてキスするかもしれないと思ったが、ネイサンはそういう下種《げす》な男ではなかった。とはいえ、キスされなかったことに喜んでいるのか失望しているのか、自分の気持ちがわからないのが少し引っかかった。だから、この馬車で家まで送ると申し出るのはやめたのだ。ネイサンを誘惑したのもただのふり、その気になるような間違いをおかすつもりはない。

危険をおかして台無しにしたくない、あまりにも楽しい夜だった。ネイサンとの再会は、退屈な舞踏会に彩りをもたらした。おまけにスリル満点の〝狩り〟のあと、獲物を見つけることもできた。秘密のクラブの会員証だというメダルを見たときは、危うく演技にひびが入りかけたものの、それはほんの一瞬だけ。仕事を成し遂げた喜びを邪魔されるほどのへまではない。それにネイサンと手を繋《つな》いでいると驚くほど心が安らいだ。

ほどなく馬車は、細長いタウンハウスの前に停まった。魅力的な外観ではあるものの、境界壁を共有するほかの家とまったく同じように見える。ただし、ここがビリンガム夫人にふさわしい上品な地域なのはたまたまで、ヴェリティがこのタウンハウスを買ったのは、自分が楽しむためだった。馬車と同様、家のなかは外見よりはるかに贅沢な仕様で、家具も趣味のよい、値の張るものばかりだ。もっとも、多すぎては緊急の場合に邪魔になるから数は少ない。ヴェリティは常に緊急事態に備えていた。

家のなかは静かだった。住み込みの召使いはひとりもいない。家政婦のマスターズ夫人すら朝の決まった時間に来て、夜も決まった時間に帰る。ひとりしかいないメイドは、マスターズ夫人の娘だった。前で留められない服を買うことはまずないから、専用のメイドは必要ないのだ。それに、家のなかには人の目が少ないほうが好ましいだけでなく、守る人間も少なくてすむ。

といっても、殺されそうになったことはもう何カ月もないとあって、危険を予測しているわけではなかった。古い習慣がまだ残っているだけだ。諜報員という危険な仕事に従事しながらも戦時を生き抜くことができたのは、片時も油断しなかったからだった。これまでの生き方を変える気はない。ヴェリティは灯《あか》りを弱くしてあった小さなランプを手に取り、毎晩しているように、ドアと窓、しのびこんだ賊が隠れていそうな場所を確認していった。

二階の寝室で髪をおろし、ドレスを脱いで柔らかいシルクの夜着に着替える。ふだん上に着るのは質素で実用的な服だが、下着と同じように夜着は極上の美しいものを着る。今夜の夜着もひそかな宝物のひとつだ。

アーデン邸で回収したブローチは、化粧台の浅い引き出しにしまい、鍵をかけた。今夜の冒険、それにネイサンのことを考えると、自然に口元がほころぶ。もう少し長くビリンガム夫人としてあちこちのパーティに顔を出したら、どこかでまたネイサンと会えるかもしれない。ビリンガム夫人は仕事で使うのに便利な隠れ蓑《みの》だが、長く使いすぎるとぼろが出る。遠からず、ロンドンを離れてバースかブライトンへでも行ったことにしよう。行く先がヨーロッパ大陸ならなおけっこう。だが、あと数日なら、芝居を続けても問題はないはずだ。

もちろん、ネイサンとまた会いたいからではない。べつの依頼人が盗まれた銀製の食器類もまだ見つかっていないのだ。盗んだのは依頼人の孫娘だとあたりはつけていたが、身内の仕業となると百パーセントの確信が必要だった。

ネイサンをからかい、一曲踊る機会でもあれば、仕事に張り合いが出るというもの。今夜これほど楽しかったのは、何ひとつ気にせずに地を出せる相手と過ごすことができたからだ。

　翌朝出かけるときも、ヴェリティの上機嫌は続いていた。昨夜は久しぶりにネイサンと軽いやりとりを楽しんだだけでなく、実際の成果も挙げたのだ。依頼人によい知らせをもたらすのはいつだって嬉しいものだが、ブローチのことでひどく気を揉んでいたレディ・バンクウォーターに吉報をもたらすのはとくに喜ばしい。貴族のなかでもとくに嫌っているアーデンの鼻先からこっそり回収できたと思うと、なんともいえず愉快だった。

　いつものように、自分が経営する調査事務所のふたつ手前の通りで馬車を降りた――これも奇妙な習性のひとつに入るだろう。歩いているときのほうが、尾行者や、建物に隠れた視線に気づきやすい。

　事務所の正面ドアのすぐ横にある控えめな真鍮《しんちゅう》の飾り板には、〈コール＆サン〉と彫りこまれている。ここにはもちろん父親も息子もいないが、依頼人、とくに年配の男性は、経営者が男性だと思うほうが安心する。

　正面ドアを開け、まっすぐな階段を上がると、ソファと椅子を置いた受付がある。訪れた客が廊下に入るのを防いでいる背の高いカウンターの向こうには、年配の女性が座り、編み物をしていた。書類作りや帳簿付けで忙しくないとき、マロリー夫人はせっせと編み棒を動かしている。できあがった作品が誰のもとに行くのか、ヴェリティは知らなかった。

「おはよう、所長さん」マロリー夫人がにっこり笑う。〝いつも明るく、にこやかに〟がモットーらしく、眼鏡の奥の目は常に笑みを含んでいる。この笑顔が作り笑いでないことは、口の両脇と目元のしわが示していた。白髪交じりの髪に、レースの縁どりがある白い帽子をちょこんとのせたほがらかなマロリー夫人は〝ふくよかでやさしいお祖母《ばあ》さん〟そのものだ。

しかし、あの白髪交じりの髪は、資産の運用と管理にかけては誰にもひけを取らない優れた頭脳を隠していた。ヴェリティの事務所が三年まえから大きな利益を上げるようになったのは、退屈したマロリー夫人が受付兼秘書の仕事に応募してきたおかげだった。投資に関するマロリー夫人の優れた専門知識により、事務所とヴェリティ個人の資産ともども、とても〝健全な〟状態になっている。

「あら、今朝はずいぶんおめかしだこと」

真面目で有能な調査員に見えるように、事務所では、襟元に三角のレースをあしらっただけの地味な茶色いドレスを着ることが多い。赤い髪も、冴えない茶色のかつらかマロリー夫人と似たような白い帽子で隠している。

でも、これからビリンガム夫人としてレディ・バンクウォーターを訪問する予定とあって、お洒落《しゃれ》な服と帽子、緑のハーフブーツに、同色の手袋と薄い外套といういでたちだった。ビリンガム夫人は派手好みなのだ。

「今日はとても気分がいいの」ヴェリティは昨夜ブローチを回収できたことを話し、少し世間話をしてからオフィスに入った。まずレディ・バンクウォーターに手紙を書き、訪問の約束を取りつけなくてはならない。まだ朝の早い時間とあって訪問客はいないだろう。レディ・バンクウォーター自身も家にいるはずだ。

ある依頼人の警備を担当している所員の報告書を読みおえるころ、レディ・バンクウォーターから〝待っています〟という返事が届いた。すぐに会ってくれるのは好意のしるし、また、ブローチを一刻も早く取り戻したいという本人の熱意の表れでもある。

さっそく訪問すると、広くて堅苦しい客間ではなく、狭いが居心地のよい居間に通された。すでに緊張の面持ちで待っていたレディ・バンクウォーターが、ヴェリティの姿を見るなり立ちあがり、両手を取った。

「どうか、座ってちょうだい」彼女はヴェリティのバッグにちらっと目をやったものの、すぐさまブローチを求めるような不躾《ぶしつけ》な真似はせず、マナーを守ってこう言った。「紅茶を用意させるわ」

執事が紅茶の用意をのせたワゴンを押し、部屋に入ってくるまで、ふたりは他愛ない世間話を続けた。執事が立ち去るのを待ってレディ・バンクウォーターがドアを閉めると、ヴェリティは服の襟元から手を差しこみ、巻いたハンカチを取りだした。それを開いて、エメラルドのブローチをハンカチごとてのひらにのせて差しだす。

レディ・バンクウォーターが鋭く息をのみ、ひったくるようにブローチをつかんだ。

「本当に見つけてくれたのね！　ごめんなさい、手紙には見つけたとあったけれど、がっかりするのが怖くて信じないようにしていたの。ひょっとすると、違うブローチかもしれないと思って」

「いいえ、見たとたんにこれだとわかりました。詳しい説明を聞かせていただきましたから」

レディ・バンクウォーターは涙を浮かべてブローチを握りしめた。「これがわたしにとってどれほど大事なものか、あなたにはおわかりにならないわ。取り戻せなかったら、と思うと不安でたまらなかったの」

「重要なものだということはわかっていますわ」

でも、その理由は、いまひとつわからなかった。たしかに高価なブローチで、代々伝わる宝飾品のひとつが行方不明だと知ったら、夫は取り乱すかもしれない。だが、どこかで落としたようだと言えば、それですむ話ではないか？　レディ・バンクウォーターがこれほど不安にかられていたということは、ひょっとしてバンクウォーター卿は激怒すると手を上げるのだろうか？

「家宝を失《な》くしたと聞いたら、バンクウォーター卿はさぞお怒りになるのでしょうね。奥方に暴力をふるう殿方もいるそうですから……」

レディ・バンクウォーターはぽかんとしてヴェリティを見た。「なんですって？　バンクウォーターが……わたしに手を上げると思ったの？　いいえ、とんでもない。たしかに夫は面白みがないし、ロマンティックでもないわ。わたしと過ごすよりもカンガルーみたいな奇妙な動物を研究するほうが好きかもしれない。でも、とてもやさしい人よ。このブローチも、失くしたと言えば落胆するでしょうけれど、わたしを責めたりはしないわ」

「そうでしたか」ヴェリティは言ったものの、わけがわからなかった。だったらなぜ、レディ・バンクウォーターはあんなに気を揉んでいたのか？　まるで何かを恐れているように？　詳しい事情を訊《き》きたかったが、依頼人に強要することはできない。

レディ・バンクウォーターはうしろめたそうな顔になり、ため息をついて肩を落とした。「ごめんなさい。肖像画の話は嘘だったの」ブローチを見下ろし、エメラルドをはめた台を親指で撫でながらヴェリティと目を合わせる。「これが必要だったのは、アーデンに脅迫されたからよ」

「脅迫？」ようやく話が見えてきた。「そのブローチをご主人に見せる、と脅されたんですの？　自分との情事をばらす、と」

「ええ」レディ・バンクウォーターの目から涙がこぼれ、頬を伝った。「夫のジャスパーはとても善良で、誠実な人よ。わたしたちは愛し合って結婚したわけではないし、性格も違うけれど、お互いに好ましく思うようになったの。ジャスパーを傷つけるのは耐えられない。彼に失望されることを思うと……本当にごめんなさい」レディ・バンクウォーターはハンカチを取りだし、涙を拭いた。

「お気になさらないで。どんな理由にしろ、お手元に戻ったんですもの」もっとも、自分が捕まる可能性のあった男が悪党だということは、わかっていたほうがありがたかったが。

「真実を打ち明けるのを躊躇《ちゆうちよ》する依頼人は初めてではありませんわ」

「そう言ってくださると少し気持ちが軽くなるわ。わたしは夫を大切に思っているの。心からそう思っているのよ。でも、そばにいるときでさえとくに情熱的というわけではないジャスパーは、ずいぶん長いことオーストラリアに出かけていた。だから、つい寂しくて……。アーデン卿は細かく気遣ってくれて、とても……ときめかせてくれた」レディ・バンクウォーターは首を振った。「なんて愚かだったのかしら。さいわい、つかのまの快楽のために将来の幸せを危うくしていることには、すぐに気づいたの」そこで赤くなり、またしてもうつむいてハンカチの刺繍をつまんだ。「そして情事を終わらせたわ。まもなくジャスパーが戻り、すべてが元どおりになった。これで終わったと思っていたら……」

「アーデン卿が脅迫しはじめた」

レディ・バンクウォーターはうなずいた。「お金だけではないの。お金だけだったとしても、ジャスパーに気づかれずに払いつづけることなど、とても無理だったでしょうけれど。でも、アーデン卿はわたしを脅して楽しんでいた。わたしを思いどおりにし、侮辱することを。そのために、お金は直接受けとると言い張ったわ。わたしがどんなに取り乱しているか見たかったのでしょうね」ふせていた目をぱっと上げて続けた。「アーデン卿は邪悪な男よ。正直に言って、わたしは彼が怖いの。あなたがブローチを取り戻したことを気づかれていないといいけれど。あなたを危険な目に遭わせるのは……」

「ご心配なく」ヴェリティは安心させるように微笑《ほほえ》んだ。「アーデン卿は何も気づいていませんわ。それに、わたしは危険な男をあしらうのに慣れていますの」

「もう二度と会わずにすめばいいのに。でも、おそらく今夜のデダム夫人の舞踏会に顔を見せるでしょう。あの舞踏会には、わたしも行かなくてはならないの。デダム夫人はジャスパーのいとこなんですもの」レディ・バンクウォーターはため息をついた。「それに、いつまでもアーデンから逃げているわけにはいかないし」

ヴェリティはそのあとすぐにバンクウォーター邸を辞去した。公園へ行く時間はまだある。とはいえ、ふだんは考えないようにしているが、あそこへ行くと愛と痛みの入り混じったほろ苦い気持ちになってしまう。せっかくの上機嫌を損なう気になれず、結局ヴェリティはまっすぐ事務所に戻った。

その日の午後は、レディ・バンクウォーターから聞いたことを考えて過ごした。アーデンは自分が寝た女たちを強請《ゆす》り、相手を苦しめることに喜びを感じる男だったのだ。もしかすると、寝室の秘密の場所に隠してあった箱の中身はみな、誰かを強請り、金を引きだすために使われているのかもしれない。折りたたんで箱の底にしまわれていた紙を広げてみればよかった。アーデンはほかの誰を強請っているのだろう？

レディ・バンクウォーターが言っていた舞踏会に出かけ、アーデンと話すレディたちがどう反応するか探ってみようか。レディ・バンクウォーターが出席するとすれば、こちらの存在は心強いはずだ。

それに、今夜の舞踏会も規模の大きなものらしいから、またネイサンと会える可能性もある。そう思うと口元がほころんだ。でも、パーティに行くのはネイサンに会いたいからではなく、レディ・バンクウォーターのため。それに、アーデン卿のような男に対する嫌悪感からだ。

今夜のドレスはどれにしようか？　一年の喪はすでに明けているのだから、孔雀《くじゃく》の羽のように青い、新しいドレスを着てもいいかもしれない。髪型も少し変えてみようか。ネイサンに初めて会ったときのわたしはアナベル付きのメイドで、冴えないお仕着せ姿だった。あの青いドレスを着た自分を見たら、彼はどんな顔をするだろう？　それを想像すると、ますますあのドレスが着たくなった。ネイサンに会うときはとびきりきれいでいたい。

驚いたことに、なぜかヴェリティはそう思っていた。

ビリンガム夫人はデダム夫人の舞踏会に招かれていなかったが、思ったとおり邸のなかに入るのは簡単だった。招待客の数が多すぎて、招待状を確認していられないのだ。最初にビリンガム夫人を演じたときは、顔見知りを見つけて話しかけ、連れのふりをしてパーティに紛れこんだものだが、その手を使う必要さえなかった。

大広間に入ると、ヴェリティはさりげなく目を配りながら、ゆっくりと歩きまわった。いつもなら、称賛の目を向けてくる殿方に笑みを投げ会釈しながら、さりげなくドアの位置を確認し、万が一の脱出路を想定しておくのだが、今夜はそれよりも人混みに知っている顔を捜すのに忙しかった。

レディ・バンクウォーターはまもなく見つかった。何人かと楽しそうに話している。そのうちのひとりがご主人だろう。ジャスパー・バンクウォーターは、頭髪の薄い、眼鏡をかけた小柄な男性だった。彼をハンサムと言う人間はひとりもいないだろうが、妻が楽しそうに笑うたびに満面の笑みを浮かべるジャスパーを見て、ヴェリティはレディ・バンクウォーターの助けになれたことが嬉しかった。つい誘惑に負け、過ちをおかしたからといって、生涯苦しまなくてはならないのは間違っている。

まもなくアーデンの姿も目に入った。ジャスパー同様レディ・バンクウォーターを見ているが、冷たいまなざしはジャスパーのものとは似ても似つかない。

一時間以上捜しても、ネイサン・ダンブリッジの姿は見つからなかった。どうやら、この舞踏会には出席していないようだ。それがわかったとたんに、今夜のパーティが彩りを失い、ヴェリティはため息をついた。ネイサンに会える当てもないのに美しく着飾った自分が愚かしく思える。さっさと帰宅し、夜着に着替えたかったが、今夜ここに来たのはレディ・バンクウォーターに危険がおよばないよう目を光らせるためだ。ぼんやりネイサンのことを考えているあいだにアーデンは獲物を追い詰めたらしく、鉢植えの陰でレディ・バンクウォーターとひそひそ話をしている。レディ・バンクウォーターは青ざめ、まるで命綱のように扇を握りしめていた。

ヴェリティは急いでそちらに向かったが、たどり着かないうちに、レディ・バンクウォーターが唐突に鉢植えの陰から出てきた。あとを追おうとしたアーデンが、ヴェリティを見て足を止める。ハンサムな顔には、なんの表情も浮かんでいない。レディ・バンクウォーターに何を言われたのだろう？　アーデンはわたしを疑っているのだろうか？

ヴェリティはかすかな興奮がこみあげるのを感じた。そうしたければ、自分を追ってくればいい。あの傲慢男を歩道に突き倒してやったら、さぞ胸がすっとするだろう。

アーデンはヴェリティに近づいてきたが、目を合わせようとはしなかった。わたしを目指してきたのだろうか？　それとも、目的の場所に行く途中にわたしがいるだけ？

その答えはすぐにわかった。

「わたしを軽く見ると後悔するぞ」すれ違いながら、アーデンが脅しを含んだ声でつぶやいた。

言い返す間もなく、アーデンが通り過ぎる。ヴェリティはあとを追おうとスカートをつかんだ。

「あら、ビリンガム夫人」後ろからかん高い声に呼ばれ、仕方なく、挨拶代わりの笑みを浮かべながら振り向いた。

相手の女性が世間話を始めたが、ヴェリティはその女性の名前を思い出せなかった。名前を覚えるのは得意なほうだし、この女性には昨夜の舞踏会で会ったばかりだというのに。その直後にネイサンに〝紹介〟され、驚きのあまり頭から吹き飛んでしまったらしい。

「そのうち、ぜひ拙宅にもいらしてね」

「まあ、ご親切ですこと」思い出した。キャスカートだ。

ヴェリティはほっとして、女性の肩越しにちらっと舞踏室の入り口に目をやった。短い黒髪の背の高い男が、瞳に軽蔑を浮かべ、なかにいる人々を見渡している。

あの男だ。ヴェリティは相槌を打つことはおろか、考えることすらできずに凍りついた。

「どうかなさったの？　お顔が真っ青よ」キャスカート夫人が心配そうに尋ねる。

いいえ、そんなはずはない。彼は死んだのよ。

キャスカート夫人はヴェリティの視線を釘づけにしている相手を見ようと、後ろを振り向いた。「ああ、ジョナサン・スタンホープ？　とてもすてきな独身の紳士ね。でも、ほとんど領地にいらっしゃるのよ。お父さまがあんなひどい目にお遭いになって……」

もちろん、あの男のはずがなかった。息子のほうだ。ただ、あまりにも父親に似ているから……。整った冷酷そうな顔も、尊大な物腰もそっくりだ。

「ジョナサンをご存じなの？」

「いいえ」ヴェリティはどうにか答えた。まるで怯《おび》える子どもみたいな自分が情けない。しっかりしなくては。「ただ……急になんだか気分が悪くなって」さっと扇を開き、顔をあおいだ。「少し座ったほうがよさそうですわ」

キャスカート夫人はヴェリティの腕を取り、近くの椅子に導いて、気付け薬とワインをどうかと心配そうに尋ねてきた。ヴェリティはひとりになりたかったが、少なくともキャスカート夫人がすぐ前でおろおろしているせいで、スタンホープの目に触れずにいるのはありがたい。

夫人のスカートの陰からこっそり覗くと、スタンホープはもう入り口にはいなかった。どこにいるのだろう？　とにかく、舞踏室から出なくてはならない。でも、どのドアから出るべき……？

ヴェリティはキャスカート夫人の手を取り、微笑みかけた。「ご親切にしていただきましたわ。どうぞパーティを楽しんでくださいな。わたしはこのまま失礼しますから」

ようやくキャスカート夫人を追い払い、舞踏室を見まわした。さいわいスタンホープはほかの客より頭ひとつ高い。彼がこちらに背を向けているのを確認し、いちばん遠いドアから廊下に出ると、薄いショールを回収する手間もかけずに、人目を引かないぎりぎりの速さで広い階段をおりた。

自分の馬車に落ち着くと、どうにか人心地がついた。深く呼吸し、不安を払おうとゆったり座り直す。最初に恐怖にかられたのは自然な反応だった。あの男ではないとわかったあとも動揺はおさまらなかったが、いまの自分は昔の自分とは違う。恐怖に支配されやみくもに逃げる気はない。そもそも、ほんの数分まえには、舌なめずりするような気持ちでアーデンとの対決を願っていたではないか。この状況も、ふだんどおりに落ち着いて、理性的に考え、対処すべきだ。

ジョナサン・スタンホープは、わたしを見ただろうか？　こちらに彼が見えたのだから、向こうが自分のほうを見ていれば目に入ったにちがいない。とはいえ、たとえ視界に入ったとしても、わたしだと気づかなかった可能性もある。仮に気づいたとして……彼はどうするだろう？　ジョナサンも父親と同じ性質を持っているの？　父親の仇《かたき》を取りたいと思うだろうか？　いいえ、こんなことは考えるのもばかばかしい。彼はわたしが死んだと思っているはずなのだから。

彼らはみな、わたしが死んだと思っている。

4

ネイサンはこの週末、一度ならずロンドンに留まればよかったと思わずにはいられなかった。ヴェリティ・コールのことは頭を離れなかったが、そのせいではない。レディ・ロックウッドの辛辣な舌が怖いからでもない。むしろ、ヨーロッパを旅行していたこの数カ月、あの老いた暴君の皮肉を懐かしいと思うこともあったくらいだ。アナベスがスローンと一緒にいるのを見ると、傷口に塩をすりこまれるような気がするからでさえなかった。

ネイサンを苛立たせているのは、母のローズだった。息子はアナベスがスローンといるのを見るたびにつらい思いをしている、という母の思い込みだ。母ときたら、この二日間、あなたがこの状況を紳士のように切り抜けるのはわかっているわ、と言うそばから、ほかの男のそばにいる元恋人を見なくてすむように家にいてはどうかと勧めてきた。

「何も問題が起こらないといいけれど」いまもストーンクリフへ向かう馬車に揺られながら、心配そうな顔で言う。

シルヴィー叔母が鼻を鳴らした。「レディ・ロックウッドがいるのよ。問題が起こるに決まってるわ」

「まあ、シルヴィー」ローズ・ダンブリッジは義妹の手をやさしく叩いた。「そんな冗談を言って。あなたもレディ・ロックウッドが大好きなのはわかっているのよ」

叔母がさきほどよりもさらにレディらしくない声をもらす。レディ・ロックウッドも顔負けなほど辛辣な皮肉屋のシルヴィーは、あのレディと数時間舌戦を交えたことが何度もある。〝大好き〟だとはとうてい思えないが、母の記憶違いを訂正してもなんの役にも立たない。どういうわけか母は、自分が口にする楽観的な意見を心から信じているのだ。

「でも、アナベスが出席するなんて間が悪かったこと」ローズは自分の思い込みにまだ固執していた。「あなたにはとてもつらいでしょうに」

「お母さん、ぼくはもうアナベスを愛してはいませんよ。イタリアから戻った直後にも会いましたが、少しもつらくありませんでした」

自分が失恋の痛手から立ち直っていることに気づいたのは、まだ海外にいるときだった。何年もアナベスに恋焦がれてきたことを考えれば不思議な気がするが、気づかぬうちに胸の痛みはなくなっていた。ときおり古い友人として思い出すことはあっても、アナベスはもうずいぶんまえに心のなかからいなくなっていたのだ。

そうはいっても、再会したらどうなるかを恐れる気持ちはあった。もう愛していないと無理やり思いこもうとしているだけで、スローンを愛し、幸せな毎日を送っているアナベスと再会したら、昔の焦がれが一気によみがえるのではないか？　あるいは、ぎくしゃくした関係になってしまうのではないか……？

　意外にも、最初の挨拶こそ多少ぎこちなかったものの、アナベスといても不快でも気詰まりでもなかった。アナベスはただのアナベスで、自分は六歳のときからその友達だったただのネイサンだった。古い愛が胸をかき乱すことはなく、旧友に会えた喜びが胸を満たしただけで、楽しく語り合うことができた。

「ええ、そのときあなたがどう感じたかはわかっているわ。でも、そのときは〝あの状態〟ではなかったでしょう？　今日はまるで違うはずよ」

　アナベスの妊娠が、彼女に対する自分の気持ちとどういう関係があるのか？　ネイサンにはよくわからなかったが、それを尋ねるほど愚かでもない。

　母は言い募った。「アナベスとスローンはドーセットにいるべきだったのよ」

「コーンウォールですよ、お母さん。それにアナベスはレディ・ロックウッドの孫娘ですからね。誕生日のパーティには出席するに決まっています」

　シルヴィーが笑う。「アデリーンはレディ・ロックウッドの娘でしょ。それなのに、ノーサンバーランドに引っ越したのよ。地の果てなら、母親が訪れる心配はないと思ったんでしょうね」

「もう、シルヴィー……」いつものごとく、母はたしなめるようにそう言った。

シルヴィー叔母と母は正反対の性格だった。母のローズはやさしくて怖がり、シルヴィーは辛辣で現実的だが、ふたりは社交界にデビューしたときからの親友だ。シルヴィーは未婚だが、ネイサンにとってはダンブリッジ側の叔母にあたる。父のジョージが妹のシルヴィーを通じてローズと出会ったこともあって、この叔母はネイサンが生まれたときからよく遊びに来ていた。そして夫のジョージを数年まえに病気で亡くすと、ローズはこの親友兼義妹の家に引っ越した。これは誰にとっても心地のよい状況だったが……やがてシルヴィーがバースにある自宅を手放し、ローズとともにダンブリッジ邸に戻ってきた。が、さいわいなことに、ネイサンはロンドンにある自分のフラットが気に入っている。

「大丈夫、何もかもうまくいくわ、ネイサン」ローズは息子の腕を叩いた。「そうですとも。あなたを愛してくれる、すばらしい女性にすぐに巡り合うわ」

「お金を持っている女性なら、なおけっこうね」シルヴィーが横やりを入れる。

やれやれ、シルヴィー叔母の好きな話題がついに出たか。

「まあ、シルヴィー、お金は関係ないわ」母が言い返す。「大切なのは愛よ。ジョージとわたしをごらんなさいな。わたしたちはとても幸せだったわ」

「だとしても、階段の手すりが虫食いだらけで、東棟を完全に閉めてしまわなくてはならなかった事実は変わらないでしょうに」

「わかっていますよ、シルヴィー叔母さん」ネイサンは苛立ちを抑えようと努めながら口をはさんだ。「みんなで、なんとかする方法を見つけましょう」

そうは言ったものの、当てがあるわけではない。領地も邸も限度いっぱいまで抵当に入っているため、手放しても債務がなくなるだけ。ついでに農地からの収入もなくなってしまう。多少は金銭感覚のある祖先が数人いてくれたら、とこれまで何度思ったことか。

「そういう気が重くなる話はやめましょう」ストーンクリフに近づくと、ローズが言った。「今日はお祝いの日なのよ」

馬車を降りてふたりから逃れられると、ネイサンはそれだけで祝いたくなった。

レディ・ロックウッド一族が勢揃いしているため、列席者はいつもの客間ではなく、広間に集まっていた。亡き長男スターリングの娘たちすら出席している。ふたりとも、くすくす笑い、ペチュニアを興奮させて走りまわらせている以外は、なんの貢献もしていなかった。もっとも、悪魔のようなあのパグは、何もなくてもいつも興奮しているが。

ペチュニアが真っ先に自分を見つけたことにも、ネイサンは驚かなかった。運が悪いのはいつものことだ。ペチュニアは特有のしゃがれ声で吠《ほ》えながら、まっすぐネイサンの靴を目指してくる。

「ふん、これはいちばん古い靴だ。残念だったな」ペチュニアは恨めしそうにネイサンをにらみ、いつもほど熱心ではないものの古い靴に噛みついた。

集まった人々の目がパグとネイサンに注がれる。アデリーンが両手を差しのべ足早に近づいてきた。「ネイサン、久しぶりね。来てくださってありがとう」それからローズを見て、「ネイサンが戻って嬉しいでしょうね」

アデリーンが三人としゃべっていると、部屋の奥から杖《つえ》で床を叩く音がした。「アデリーン、なんです、そんなところに立ったまま。なかに入ってもらいなさい」

アデリーンは急いで脇に寄った。部屋にいる人々がモーゼを前にした紅海のように分かれ、レディ・ロックウッドが座っている立派な椅子までまっすぐな通路ができる。ネイサンは靴に噛みついているペチュニアを引きずるようにして、そこを進みはじめた。

「アナベス、何をしてるの、あの子をなんとかしなさい」レディ・ロックウッドが叱る。

あわてて進みでたアナベスは、ペチュニアを捕まえて差しだしたネイサンに笑顔で礼を言った。「ありがとう」

ネイサンはアナベスを見つめた。妊娠していることは母から聞いていたが、これほどお腹が大きくなっているとは思わなかった。帰国してすぐに会ってから、まだ三カ月にしかならない。あのときは、妊娠しているようにはまるで見えなかったのに。とはいえ、大きくなったお腹がなくても、いまのアナベスの顔を見れば真実を読みとったにちがいない。肌も瞳も内側から輝き、アナベスのすべてがはち切れんばかりの喜びを放っている。かすかに残っていた、スローンとの結婚生活に幸せを感じられていないかもしれないという心配は、これで完全に払拭された。この幸せに至るまでの道のりがどれほど苦痛に満ちたものであったにせよ、いまはすべてがあるべき状態におさまっている。

「急ぐ必要はありませんよ、ネイサン」レディ・ロックウッドがこの言葉とは反対のせかせかした口調で言った。「みんながアナベスを見てショックを受けているの。これほどお腹が大きくなっているとはね。もちろん、わたしは何も不適切なことは口にしませんよ。でも、象でも生まれてくるのかと思うわ」

アナベスは、もがくパグを少しばかり乱暴にレディ・ロックウッドの膝に落とした。

「あなたがとても礼儀正しい方で、ぼくも嬉しいですよ」ネイサンはどうにか立ち直り、アナベスを見た。「だけど、まだペチュニアを追いかけられるほどすばやく動けるんだね」

「ええ、どうにか」アナベスは笑った。「元気だった？　久しぶりね」

「元気だとも。きみも調子がよさそうだ。結婚生活が性に合うのかな」

アナベスはほがらかに笑った。「納屋みたいに大きくなった、と言いたいんでしょ。正直におっしゃい。スローンは双子が生まれると確信しているの」

「だけど、きみは輝いている。幸せなんだね。とても嬉しいよ」

「ネイサン・ダンブリッジ」レディ・ロックウッドが大声で呼んだ。「おしゃべりはあとにして、ここに来てよく顔を見せてちょうだい。半年以上も見ていないんですからね、どんな顔か忘れてしまったわ。邸に入りびたっているのもうんざりだったけど、全然顔を見せないのもどうかと思いますよ」

ネイサンはレディ・ロックウッドの前に行き、お辞儀をした。「マイ・レディ、またお会いできてこんな嬉しいことはありません」

これは嘘ではなかった。自分でも奇妙だと思うが、このつむじ曲がりの年老いた女性が好きだった。

「ふん。お辞儀だけは相変わらずエレガントだこと。ようこそ、おかえり」

レディ・ロックウッドが女王のように尊大にうなずくのを待って、ネイサンはさがった。ほかのみんなが挨拶しようとネイサンを取り囲む。ここで何をしているのか知らないが、スローンの父親マーカスが声をかけてきたのを初めに、次々に握手や抱擁が求められた。

スローンですら笑みを浮かべ、感じのいい挨拶をしてきた。結婚と、まもなく母になる事実がアナベスを輝かせているとしたら、スローンの場合は鋭い角が丸くなったようだ。親友になれるとは思えないが、スローンは幼馴染のひとり。もうアナベスをはさんで恋の火花を散らしていないとあって、いまは敵というより、付き合うしかない苛立たしいいとこのような存在に近い。

「ネイサン！　ネイサン！」彼の名前を叫びながら、男の子が部屋に駆けこんできた。

ネイサンは笑いながら少年を抱きあげた。「わお、ギル、ずいぶん重くなったな」

「もう六歳だからね」ギルが胸を張る。「引き綱がなくても、ポニーに乗れるんだよ。それに字も読めるし、足し算や引き算もできる」

「うん、背が伸びていくのが見えるようだ」

ギルは耳元に顔を寄せ、ネイサンを安心させるように囁いた。「だけど、まだ兵隊で遊ぶのは好きだよ」

「それはありがたい。だったら、この次に来たときは戦いごっこをやるか？」

「うん！」ギルはうなずいてネイサンの腕から飛びおりた。「ぼくは食事をして、先に寝ます」そう宣言し、レディ・ロックウッドの前でお辞儀をすると、頬にキスした。

ギルは次いで部屋をぐるりと回ってみんなに挨拶し、ペチュニアを連れて立ち去った。何かというとくすくす笑うスターリングの娘たちも、長女を先頭に部屋を出ていき、みんなをほっとさせた。アデリーンがローズとシルヴィーを庭に誘ったあとは、広間に残っている人々の数がだいぶ少なくなり、ふつうに会話ができるようになった。

ネイサンがカーライルとノエルにパリにいたときの話をしていると、ラザフォード家の執事ベネットが戸口に現れた。「ミスター・ダンブリッジ、マルコム・ダグラスとおっしゃる方がお見えです」不意の客を非難しているような口ぶりだ。

全員がベネットのあとから部屋に入ってきた客を見た。ブロンドの髪にあけっぴろげな笑みを浮かべた男だ。

そこでマルコムはけげんそうな顔になった。どうやらスコットランドから来たらしく、明らかな訛りがある。「どうやら間違いがあったようだ。わたしが話したかったのはジョージ・ダンブリッジ氏だ。邸のほうで尋ねたら、ミスター・ダンブリッジはここだと言われたんだが」

「息子のネイサン・ダンブリッジです。残念ながら、父はすでに亡くなっているんですよ」ネイサンはそう言いながら前に進みでた。「ぼくでお役に立てるかどうかわかりませんが、いまはこちらにお邪魔しているので、ご用件は、よかったら明日、邸のほうでうかがいます」

訪問者はこの申し出を拒否するように口角をさげた。「追い払われるのはごめんだ。言いたいことを言わせてもらう」

ネイサンは苛立ちを抑えつけた。言いたいことを言わせ、さっさと引きとってもらうほうがよさそうだ。「いいでしょう。なぜ父と話をしたかったんですか?」

「わたしはジョージ・ダンブリッジの息子だ」

5

ネイサンはぽかんと口を開けた。

つかのま、広間がしんと静まり返り、それからレディ・ロックウッドの杖の音が響いた。

「なんて無礼な男なの！　この騙《かた》り者を放りだしなさい！」

そうしたいのは山々だが、アデリーンの邸で殴り合いのけんかをするのは気が進まない。重要なのは、そして唯一できることは、母と叔母が庭から戻るまえにこの男に帰ってもらうことだ。

「きみが何を望んでいるか知らないが」ネイサンは断固とした態度で前に出ると、男の腕をつかんだ。「その話をここで、いまするつもりはない。ぼくは明日ロンドンへ戻る。この件はそこで話し合おう」

マルコムはネイサンの腕を振り払った。「きみの指図に従う気はない。どうしても聞いてもらうぞ」

「聞くとも。約束する。連絡してくれれば、改めて話し合いの場を持つ」ネイサンはフラットの住所を告げ、有無を言わせぬ調子で告げた。「だが、いまは――手近な池に放りこまれたくなければ――即刻立ち去るんだな」

マルコムは拒否したそうだったが、カーライルとスローンがネイサンの隣に並ぶと、最後にネイサンをひとにらみして、足音も荒く広間を出ていった。

ネイサンはほかの客に言った。「母と叔母には黙っていてくれないか。こんなことが耳に入ったら、どれほど悲しむかわからない。この件はぼくが解決する。母の耳に入れるまでもない」

「もちろんですよ。ひと言も口にしないわ」レディ・ロックウッドが断言した。「あのろくでなしは嘘をついているんですよ。ジョージの息子だなんて、スコットランド人のくせに」

隣に立っているマーカスが、軽く咳払いをした。「ジョージはあの男……えーと、なんという名前だったかな、スコットランドにロッジを持っていた男だが、そいつと友達だった。若いころは釣りや何かでよくそのロッジに出かけていたぞ。ひと夏かふた夏は、そこに滞在したこともあった」

レディ・ロックウッドが、黙らっしゃい、と言わんばかりに横からにらみつけた。「わ、わたしはそんな話、聞いたこともないわね。そもそも、ダグラスという名前も聞いたことがない」

「だったら何も問題はないな」スローンがつぶやく。

「どうするつもりだ、ネイサン？」カーライルが尋ねた。

「さあ。母には適当な言い訳を口にして、明日ロンドンに戻る。あの男の話を聞くしかないだろう」

「あいつの狙いは金さ」スローンがあっさり言った。

「とにかく、早急にダグラスの背景を調べ、さっきの話に真実が含まれているかどうかを確認するよ」

「ロンドンの上流階級にも、ダグラスが何人かいるぞ」カーライルが言った。「ひとりはたしかロバートだ。直接には知らないが、ロンドン在住の人間には、スコットランドに領地のある者もいる。彼らに訊けば、ダグラスに関して少しはわかるだろう」

「上流階級の人間が、どうして私生児だと名乗りを上げるんだ？」ネイサンは頭に浮かんだ疑問を口にした。

「やはり目当ては金だな」スローンが再び決めつけた。「社交界には文無しの次男、三男、四男がたくさんいる。貴族の矜持《きょうじ》を捨てて働く気にはなれないが、騙りで金を稼ぐのはかまわないんだろうよ」

「きみらしい見方だな」カーライルが鼻を鳴らし、ネイサンに顔を戻した。「ぼくにできることがあれば、なんでも言ってくれ」

ネイサンは首を振った。「ありがたいが、いまのところは何もない。だが、スローン、きみにはひとつだけ頼みがある、ヴェリティ・コールと連絡を取りたい」

スローンは驚いて眉を上げたものの、何も言わずにヴェリティの調査事務所がある場所を教えた。その直後、アデリーンとダンブリッジ家の女性たちが庭から戻ってきて、マルコム・ダグラスに関する話はそこで終わった。

戻ったばかりなのに、という母の抗議を聞き流し、ネイサンは翌朝早くロンドンに向かった。ヴェリティの事務所は簡単に見つかったが、入っていくと本人の姿は見当たらなかった。いるのは受付に座って編み物をしている、年配のふくよかな女性だけだ。

ネイサンがヴェリティに会いたいと告げると、その女性は好奇心で目を輝かせた。そして危険な男かどうかを判断するようにネイサンをじっくり見てから、ハイドパークのとあるベンチを教えてくれた。「この時間、ヴェリティはたいていそこにいるんですよ」

ヴェリティは受付の女性から聞いたとおりの場所にいた。今日は、先日の夜のようなあでやかな未亡人ではなく、家庭教師のような雰囲気を漂わせている。赤い髪を帽子で覆い、冴えない茶色の服を着て、飾りといえば襟元の白いレースだけ。ベンチに座り、ふたりの女性が一台の乳母車を押している芝生の向こうの広い通路を見ていて、最初のうちネイサンには気づかなかった。

ネイサンが近づいていくと、ぱっと振り向いて……微笑した。そのときどきの必要に合わせて浮かべる笑みではない。甘い弧を描く唇が、ネイサンに会えて嬉しいと告げている。いや、自分がそうであってほしいと願っているだけか。

「ミス・コール」ネイサンは帽子を取って軽く頭をさげた。

「ミスター・ダンブリッジ。驚いたわ。思いがけない場所で出くわすのが習慣になってしまったようね」

「いや、今日はきみを捜しに来たんだ」

「あら。どうしてここがわかったの？」

「スローンから事務所がある場所を聞いたんだよ。で、事務所を訪ねると、編み物をしている女性がここにいると教えてくれた」

「スローンから？　それは驚きね」

「ぼくがスローンに訊いたこと？　それとも、スローンが教えてくれたことかな？」

「どちらも少しずつ、かしら」ヴェリティは笑ってベンチの隣を示した。「どうぞ、座って。わたしを捜していたわけを話してちょうだい」

ネイサンは隣に腰をおろした。ヴェリティは地味な服装でも、あでやかなドレスを着ているときと同じくらい美しい……が、赤い髪を帽子で隠しているのは惜しい気がした。

「ちょっとした問題が生じて。きみに助けてもらいたいんだ」

ヴェリティは通りをそぞろ歩いているふたりの女性をちらっと見て、ネイサンに目を戻した。「何をすればいいの？」

「あのふたりを知っているのか？」ネイサンは乳母車のほうに顎をしゃくった。「すまない、仕事の邪魔をする気はなかったんだ。あちらと話があるなら、ぼくは待っているよ」

「いいえ」ヴェリティは余裕たっぷりの笑みを浮かべた。「スパイしていただけ。それが仕事だから。もう十分見たわ。だから全部話して」

「実は、ある男のことを知りたいんだ。マルコム・ダグラスと名乗っているんだが――」

ネイサンは言いよどみ、赤くなった。この件は女性に話すような内容ではないことを、いま気づいたのだ。

「そいつがどうしたの？」ヴェリティが表情を消した顔で尋ねた。「ネイサン、わたしが繊細な女じゃないことは知っているはずよ。いいから話して」

「父の息子だと主張している」

「ふむ、つまり家族の名誉がかかってるわけね」

「いや。その、名誉はともかく、父がどこかで浮気して子どもを作っていたと知ったら、母が取り乱すにちがいない。父と母はとても愛し合っていたようだったから、父が浮気をした可能性など、考えたこともなかった。だが……」

ヴェリティはうなずいた。「紳士ははめをはずす」

「すべての紳士がそうじゃないさ」

ヴェリティの口の端が持ちあがった。「ええ、あなたは違うでしょうね」

ネイサンは肩をすくめた。相手がヴェリティだと、褒められているのかけなされているのかよくわからない。「父も違う、と言いたいところだが、去年、父が秘密を持っていたことを知ったからね。いや、ひどい秘密というわけじゃないよ、ただ……父のことを、自分が思っているほどよく知っていたかどうか自信がなくなって……」

「ミスター・ダグラスが言ったことを信じるの？　その人は証拠を持っているの？」

「わからない」ネイサンは昨日の出来事を話した。「フラットに戻ると、ダグラスはすでにぼくを訪ねてきたあとで、滞在している宿の名前を残していた。彼に連絡し、会う場を設定しなくてはならないが、話をするときに、きみも一緒に来てくれたらありがたい。あの男が真実を告げているかどうか判断できる自信がないんだ。きみのほうが冷静に見られると思う。こういう……」

「詐欺師やペテン師を、しょっちゅう相手にしているから？」ヴェリティは大きな瞳をきらめかせた。「そのとおりよ。相手にしているわ」

「料金はいま払ったほうがいいかな？　それとも――」

「料金を払う？」ヴェリティの眉がぐいと上がった。「あら、これは仕事の話なの？　友人のためにひと肌脱ぐんだと思っていたのに。でも、間違いだったようね」

「いや!」ネイサンは驚いて叫んだ。「きみは友人というか――というか、ぼくらの関係は……つまり、友情を利用したくなかっただけで……」

まったく、ヴェリティが相手だと、どうしていつも間違ったことを口にしてしまうんだ? いつも、今度こそ怒らせないようにしようとするのに、なぜか墓穴を掘ってしまう。

「そのうろたえぶりを見たら怒れないわね」ヴェリティは苦笑して、落ち着けと言うように片手をネイサンの腕に置いた。「でも、今度お金を払うなんて言ったら、友人からたんなる知人に格下げするわよ」

軽く置かれた手の下にすべての神経が集まり、つかのま、ネイサンはまったく集中できなくなった。それなのに、その手が引っこむと、ひどく残念な気がした。

「もちろん手を貸すわ。それで、その男とはいつ、どこで会うの?」

「明日の午後はどうかな? 一日も早く片付けてしまいたいんだ。ダグラスが滞在している宿へ行こうかとも思っていて……」ネイサンは顔をしかめた。「いや、そこじゃないほうがいいな。知らない宿だから、レディが出入りするのに適切かどうかわからない」

ヴェリティはにやりと笑った。きっとつまらないことにこだわるこちらを笑っているのだ。何がレディに不適切かなど、気にしたこともないのだろう。

「ええ、違う場所のほうがいいわね。向こうのよく知っている場所で会うのは不利だもの」

「だが、ぼくの住まいで会うのもまずい。独身の男のフラットに出入りしたら、きみの評判が台無しになる」古風で気取った人間だと思われてもかまわない。ヴェリティは気にしないかもしれないが、自分のせいでヴェリティをスキャンダルに巻きこむのはごめんだ。

「だったら、わたしの住まいはどう？　あなたとその紳士がうちに来ればいいわ」ヴェリティはぱっと目を輝かせた。「よし、決まった。決まった！」

ネイサンは警戒するような顔になった。「決まった？　何がだ？」

「あなたがわたしに求愛しているふりをするの」

「なんだって？」ネイサンは顔に血がのぼるのを感じた。「だが、それは……そんなことは……」

ヴェリティが片方の眉を上げ、冷ややかに言った。「わたしに求愛するなんて、ありえないってこと？」

「違うさ！」ネイサンは適切な表現を探した。ヴェリティの場合、からかっているのか本気で怒っているのか、ちっともわからない。それにヴェリティの抗議に、どうしてこれほどむきになっているのかもわからなかった。金茶色の瞳がきらめいているところを見ると、どうやらいまはからかっているようだが……。「ただ、その、ぼくは演技が得意ではないし、嘘もへたなんだ」

「慣れれば平気よ」ヴェリティはにっこり笑った。「先日のレディ・アーデンのパーティではうまくやったじゃないの。わたしがこの件を引き受けるとなると、一緒に過ごすことが多くなる。でも、あなたがわたしに求愛しているなら、誰もあやしまないわ。それにほら、わたしは裕福な未亡人という触れ込みだから、あなたの目当てはお金ってことになる。ちっとも不自然じゃないはずよ。領地が借金まみれの紳士は、みな裕福な結婚相手を探しているわ。自慢じゃないけど、これでも結構な数の紳士に言い寄られているのよ」

「ヴェリティ！　ぼくは金のためにきみと結婚したりするものか」ヴェリティにそういう男だと思われていたことがショックで、ネイサンは思わず否定した。

ヴェリティの目に怒りが閃《ひらめ》いた。落ち着きを保ったままゆっくり立ちあがったものの、今度は間違いなく本気で怒っている。

「ええ、わたしは紳士の妻にはふさわしくないでしょうね。それはよくわかってる。でも、世間はこの茶番を信じるわ。あなたと違って、ふさわしくないと判断するほどわたしのことを知らないもの」ヴェリティは吐き捨てるように言って、くるりときびすを返し、歩きだした。

「そうじゃないんだ、ヴェリティ。待ってくれ」

「悪いけど、人と会う約束があるの」ヴェリティは声と同じ、冷ややかな表情で振り向いた。「明日の午後四時に会いましょう。さようなら」

「ヴェリティ、ぼくはそういうつもりで言ったんじゃゃ――」

ネイサンはあとを追いかけようとして、思いとどまった。いまは何を言っても聞く耳を持たないだろう。ヴェリティはこれまで出会った誰よりも石頭なのだ。

ヴェリティとは反対の方向に歩きながら、ネイサンは心のなかで毒づいた。くそ、偏見があるのはヴェリティのほうだ。どうしてぼくのあらゆる言葉を最悪の意味に取るんだ？　ぼくは自分が金のために結婚するような男だと思われたことがショックだっただけなのに、もちろんヴェリティは曲解した。ぼくが、たとえ金のためでもきみなんかと結婚するものか、と言ったと思ったにちがいない。

怒りたいなら、怒らせておくさ。まったく、ヴェリティが相手だと、言葉の使い方に細心の注意を払わねばならない。それに、実際、ぼくにどう言えというんだ？　きみと結婚する、と言えとでも？

もちろん、ヴェリティとの結婚など論外だ。あんなに腹立たしくて、衝動的で、とんでもないことをやらかす女と。たしかにきれいだし、横に座っているだけで気もそぞろになる。機嫌よく笑うのを聞くと、胸のなかが温かくなる。だが、苛立たしい点のほうがはるかに多かった。一緒にいると決して退屈しないが、そういう女性との結婚生活は、ずいぶん疲れるにちがいない。それに、どんな子どもが生まれてくることか。きっとすばしこく駆けまわり、あちこちで問題を起こす火のように赤い髪のチビたちだ。ヴェリティのことだ、きっと面白がっていたずらを奨励する——

いったいぜんたい、ぼくはなぜこんなことを考えているんだ？　まったく、ヴェリティといると、自分でも信じられないような思考に走ってしまう。

こういう問題を調べるのは、こちらよりもヴェリティのほうがはるかに手慣れている――だから彼女に助けを求めたのだが、間違いだったかもしれない。最初に思いついたときは、きわめて論理的に思えたが……ヴェリティは魅力的すぎるし、威勢がよすぎるし、刺激的すぎる……とにかく、あらゆる点でふつうとはかけ離れている。

ネイサンはため息をついた。かといって、いまさら頼みを引っこめることはできない。そんなことをしたら、あらゆる上流階級の紳士は俗物で、頭の悪い、平気で前言を翻す節操のない人間だ、というヴェリティの意見を裏付けるだけだ。それにしても、ヴェリティはどうして紳士と貴族全般をあれほど毛嫌いしているのか？

いったん助けを求めた以上、明日はヴェリティの家を訪れなくてはならない。自分がヴェリティの思っているような男ではないことを証明しなくては。決してヴェリティを失望させないし、裏切らないことを。なぜなら、ヴェリティにどう思われようと関係ない、とどれほど自分に言い聞かせようと、実際は気になるのだから。そう、気になって仕方がないのだから。

翌日、ヴェリティは反省していた。昨日かっかして別れたのは、少しばかり早まったかもしれない。ネイサンは何も間違ったことをしたわけではない。わたしと結婚したくないのは当然のことだもの。でも、求愛するふりをしてみては、と言っただけで、あんなにぎょっとしなくてもいいのに。

　なぜネイサンと話すと苛々するのか、ヴェリティは自分でもよくわからなかった。上流階級のひとりとして生まれ育ち、紳士はこうあるべきだという概念を徹底的に叩きこまれたのは、本人のせいではない。ネイサンはだいたいにおいて、とても気持ちのいい人だ。礼儀正しく思慮深いだけでなく、ユーモアのセンスもあるし、頭の回転も速い。傲慢でも冷酷でもない。意図的に人の気持ちを傷つけることなど決してしない人だ。

　ヴェリティはネイサンが好きだった。実際、自分のためにはならないくらい好きになりそうだと思うこともある。それがネイサンにしょっちゅう腹を立てる理由かもしれない。

　ネイサンはお返しにヴェリティを好いてくれるどころか、いつも非難の目を向けてくる。驚愕《きょうがく》したような顔で見ることさえあった。まあ、先日、廊下で体を押しつけたときの反応からすると、ほんの少しは欲望も感じているらしい。でも、あれはただの肉体的な反応――おそらく彼はそれにぞっとしただろう。

　ネイサンはアナベスを愛していた。彼が求めているのは、ああいう女性なのだ。アナベスはヴェリティとはまるで違う。

　アナベスはすらりと背が高く、シルクのようなまっすぐな髪。わたしは小柄なくせに胸もヒップもボリュームがあり、赤い髪はちっともまとまらない。ふたりの違いは、ほかにもたくさんある。アナベスは誰にでも好かれる性格で、実際、わたしとも友達になったくらいだ。こちらは反対に、性格に難が多く、人好きがするとはとても言えない。アナベスは非の打ちどころのない血筋のレディで、過去になんの汚点もなく、礼儀もマナーも申し分ない。自分はそのすべてと無縁だった。

見かけに似合わず鋭い反射神経に恵まれ、小型ナイフを使って敵の動きを封じることはできる。でも、こうした能力は恋や愛とはまるで関係ない。おまけに、いまでも肩越しに後ろを確かめずにはいられない、暗い過去につきまとわれている。

ネイサンが結局こちらに頼らず、自分で解決することに決めたとしても仕方がない、と覚悟し、半ばそうなることを予期していたヴェリティは、指定した四時よりもだいぶまえに訪れたネイサンを見て、少なからずほっとした。ふたりとも暗黙の了解で、昨日の別れ方については触れなかった。

客間に通されたネイサンは、興味深そうに部屋を見まわした。「すてきな家を借りているんだね」

「これは持ち家よ」ヴェリティはつい誇らしげな声になり、軽い調子で付け加えた。「わたしは女だけど、不動産を所有しているの」

「とてもすてきな不動産だ」ネイサンは同じく軽い調子で応じ、微笑んだ。

　でも、如才のない人だから、実際にこの家が気に入ったのかどうかはよくわからない。これもヴェリティが彼に苛々する原因のひとつだった。これまで相手にしてきた多くの無礼な男たちは一緒にいてそれほど楽しいわけではないが、少なくとも自分がどう思われているかははっきりとわかった。

「調査事務所の業績がいいの」ヴェリティは説明のつもりでそう言った。

「ぼくの知り合いで、事業経営をしている女性はきみだけだ。考えてみると、男の知り合いにもひとりもいないな。まあ、スローンはべつだが」

「金儲《かねもう》けなんて、ぼくらのすることじゃない。なあ、きみ」ヴェリティはお坊ちゃま学校を出た紳士特有の、けだるげなしゃべり方を真似した。

　ネイサンが喉の奥で笑う。「まあね。だが、働くのは面白いような気がする」

「そう?」

「ああ。毎日やることができるし。ときどき、少しばかり暇を持て余すんだ」

「あら、びしっとした服装で紳士のクラブに出かけるとか、あちこちのお宅を訪問するだけでは、人生を満たすのに十分じゃないってこと?」

「またぼくをばかにしているな。だが……そう、ときどき虚《むな》しくなる。違法なビジネスも含まれていたかもしれないが、スローンはいろいろなことを達成してきた。あいつには自分はこれをやったと誇れるものがある。きみもそうだ」ネイサンは肩をすくめた。「この家や、調査事務所……」

「ええ、誇らしいと思っているわ」ヴェリティはネイサンの言葉に嬉しい驚きを感じた。大切にしている仕事に誇りを持っていると気づいてくれたばかりか、本気でそれに興味を持っているようだ。いまの言葉はたんなるお世辞だとは思えない。「さっきも言ったけど、調査事務所の経営は順調なの。期待を上回ってるくらい。この数年、裕福な女性たちの依頼が増えてからはとくにね」

「きっとたくさんの宝石を回収する必要があるんだろうな」

ヴェリティは笑った。「いいえ、そっちはそれほど頻繁じゃないわ。でも……たとえば、家のものがなくなっている顧客がいるの。だからといって、警官に頼むのは体面が悪い。わたしなら、望まぬ注意を引かずに盗まれたものを取り戻せる、というわけ。くすねているのはおそらく孫娘よ」

「きみが注意を引かないなんて、考えられないな」ネイサンは早口で付け加えた。「いや、腕が悪いというわけじゃないよ。だが、アナベスのメイドだったときさえ、ぼくは目を引かれた」

「ええ、苛立たしい存在は目を引くわね」ヴェリティはにっこり笑って、冗談だと知らせた。考えなしに発言してうろたえるネイサンを見るのはとても楽しいが、たまにはふつうに会話を楽しむとしよう。「脅迫されている人たちのために働くこともあるのよ。このまえの仕事の依頼人も脅迫されていたことがわかったの。かつての恋人が、あのブローチを依頼人の夫に見せると脅していたらしいわ」

「アーデン卿が？」ネイサンが驚いて尋ねた。

ヴェリティはうなずいた。「紳士の振る舞いは、ずいぶん多くの罪の隠れ蓑になるのよ」

つい苦々しい声になり、口調を変えて急いで続けた。「尾行をすることもあるわ。でも、たいていはロックウッド邸でしたような仕事が多いわね。もっとも、メイドとして雇われるのは、何かを捜すためではなく、依頼人の身を守るためであることが多いけど。女性は男の護衛に四六時中まとわりつかれるのをいやがるから。夫を守ってほしい、と頼まれることもあるわ。とにかく、メイドか話し相手として雇われていれば、常に依頼人のそばにいても誰も不思議には思わない。わたしの秘書のマロリー夫人は、そういう仕事が得意なの。あなたも会ったでしょう？」

「マロリー夫人？　でも、どうやって……あの人が誰かを守れそうには見えないが」

「あら、そんなことを言うのは、二本の編針がどれほど恐ろしい武器になるか知らないからよ。信じてちょうだい、マロリー夫人は厄介な男たちに対処する方法をよく知っているの。昔は売春宿を経営していたんですもの」

ネイサンは驚いて口を開けた。「あの見るからにやさしそうなおばあさんが？」

ヴェリティは笑った。「ええ。それに帳簿付けも事務所の収支計算も得意。投資に関しても凄腕《すごうで》よ」

「驚いたな」

玄関の扉をノックする音が、ふたりがいる部屋にもはっきりと聞こえ、まもなくメイドが訪問者を案内してきた。ヴェリティはすばやくその男を観察した。ブロンドの髪に青い瞳の、これといった特徴はないが、それなりに魅力のある男だ。仕立てのよい服を長身にまとい、髪を流行《はや》りのバイロン風に決めている。要するに、貴族のパーティや晩餐会《ばんさんかい》で、問題なく受け入れられるたぐいの紳士に見えた。

「話し合う時間を作ってくれて感謝する」スコットランド訛りこそあるものの、話し方からは教養が感じられる。男は興味深そうにヴェリティを見ると、「マム」と挨拶し、ネイサンに目を戻した。「ふたりだけで会うのだと思っていたが」

「ビリンガム夫人の前では、なんでも話してくれてかまわない。ビリンガム夫人、マルコム・ダグラスを紹介させてくれないか」

「しかし、それは……」マルコムは戸惑ったように足を踏み替え、ちらっとヴェリティを見た。「その……少しばかり繊細な話なので、レディの耳に入れるのはどうかと……」

「どうか、ご心配なく」ヴェリティはにっこり笑った。「紳士がどういうものかは存じていますわ。私生児は珍しくありませんもの」

率直な物言いにネイサンがたじろぐのを感じたが、礼儀正しい表現や遠回しに仄《ほの》めかすだけでは話が進まない。

「わたしは私生児ではない」マルコムが鋭く言い返した。「ジョージ・ダンブリッジは母と結婚したんだ」

「ばかな！」ネイサンが叫んだ。「そんなことはありえない。父はすでにぼくの母と結婚していた。父が重婚するような人間ではないことは、よく知っている。断じて、妻がいないふりをしてどこかの女性を騙すような人間ではない」

「まあ、それは……」マルコムは両手を見下ろし、神経質に帽子の縁を回した。「その点は……父のことをまったく知らないからわからない。しかし、事実はきみが考えているのと逆なんだ。父が騙したのは、きみの母上のほうだ。父がわたしの母と結婚したのは、きみの母上と結婚する二年まえだった。わたしはマルコム・ダグラスとして育てられたが、本当はマルコム・ダンブリッジで、きみの父上の長男なんだ」

6

「嘘だ！」ネイサンがまた叫んだ。両手を握りしめ、歯を食いしばっている。ヴェリティはこんなネイサンを見たことがなかった。彼がこれほど大きな声を出すのも聞いたことがない。

「嘘なものか。本当のことだ」マルコムも両手を拳に握って言い返し、一歩進みでた。

やれやれ、いまにも客間で取っ組み合いが始まりそうだ。そんなことになったら、ふたりを引き離せるのはわたしだけ。せっかくのすてきな服が台無しになってしまう。

「どうか、ふたりとも」ヴェリティはレディ・ロックウッドの長女、アデリーンの穏やかでやさしい口調を真似て、ふたりのあいだに割って入った。アナベス役を演じるためストーンクリフに滞在中に見聞きしたことが、こんなところで役に立つとは。それでもだめなら、レディ・ロックウッドの真似をするしかない。まあ、そちらのほうが自分にはやりやすそうだが。「紳士ですもの。マナーを守って、思慮深く対処してはいかが」

どちらもこの提案をとくに気に入った様子はなかったが、わずかに肩の力を抜いた。

「どうぞ、お座りになって」ヴェリティはソファと向かいにある椅子を示し、自分はふたりのあいだにある椅子に座った。

「さて、ミスター・ダグラス」ヴェリティはふだんの口調に戻し、マルコムに顔を向けて、抗議を止めるように片手を上げた。「いまのところは、そう呼ばせていただくわ。あなたの話が真実かどうか、わたしには知るすべがないんですもの。あなたはお母さまがジョージ・ダンブリッジと結婚したという証拠をお持ちなの？」

「それがあなたにどういう関係があるのかわからんな」マルコムは苛立たしげに言い返し、ネイサンを見た。

「ビリンガム夫人は、ぼくの助言者としてここにいるんだ」ネイサンが反論を許さぬ口調で言った。「夫人の口が堅いことは、ぼくが保証する」

マルコムはじっとネイサンを見てから、肩をすくめた。「きみがそうしたいなら、いいとも……わたしの両親は、一七八九年七月二十九日にロンドンの聖アガサ教会で結婚した。教会にはその記録があるはずだ」

ちらっとネイサンを見ると、声も出ないほど驚いている。マルコムがどれほどいやがっても、ここはヴェリティが質問をするしかなかった。

「でも、あなたはスコットランド育ちのようだわ。お母さまもスコットランドの方だったのね？　ミスター・ダンブリッジとお母さまはどうやって知り合われたの？　当時はロンドンに住んでいらしたの？」

　さいわい、マルコムはあきらめたらしく、ヴェリティが口をはさんでも文句を言わずに首を振った。「いや。母はスコットランド人だ。マーガレット・ダグラスという、良家で育ったまっとうな女性だ。ダンブリッジがスコットランドにある友人宅を訪れたときに出会い、恋に落ちた。そして結婚したんだ」

「では、結婚式はロンドンではなく、スコットランドで挙げたのではなくて？」ヴェリティは不思議そうな顔をした。

「ふたりは駆け落ちしたんだ。母の両親が結婚には大反対で……母はまだ若かったし、ダグラス家は大のイングランド人嫌いだから。そこでふたりはできるかぎり速く、遠くへ逃げてから結婚した」マルコムはネイサンを見た。「きみにはショックだと思う。いきなりこんな話を持ちこんで申し訳ないとも思うが、わたしは当然相続すべきものを放棄するつもりはない」

「何が望みだ？」ネイサンがぱっと立ちあがった。

「嫡男としての相続権だ」マルコムも立ちあがり、ネイサンとにらみ合った。「わたしはきみと同じように理性的な男だよ。この主張が正当な権利であることを、ぜひともわかってもらいたい。きみにも考える時間が必要だろうから、今日はこれで失礼する。後日改めて話し合おう。ごきげんよう」マルコムはふたりに会釈し、きびすを返して立ち去った。

「予想していた話とは違っていたわね」ヴェリティは椅子を立ち、ネイサンに歩み寄った。

「ぼくも驚いた」ネイサンはまだ立ち直っていないようだが、さきほどまで顔に浮かんでいたショックは消えていた。「あの男は父が誰かに産ませた子だとばかり思っていた。それを黙っている代わりにいくらか財産を分けてくれ、と……まさかすべてを、ぼくの名前まで奪うつもりだとは思いもしなかった」彼はじっとしていられないように歩きはじめた。

「もっとも、相続権を手にしたところで、領地を担保に借りられるところまで借りている現状では、得るものは大してないが。どうにか暮らしていける程度の地代しか入らないんだから」

「それは、あの男にとっては誤算でしょうね」

　ネイサンは顎をこわばらせた。「父がそんなことをしたとは信じられない。すでに妻がいるのに、母と結婚した？　そんなことはありえない。重婚などする人ではなかった。だいいち、母をそんなひどい目に遭わせたはずがない。母を心から愛していたんだ。それだけは断言できる」ネイサンの表情が憤りから懸念に変わった。「もしもこれが真実なら、母がどれほど傷つくことか」

「もしも真実ならね。いまのところは、あの男がそう主張しているだけよ。わたしの考えを聞きたい？　ダグラスはペテン師だと思う」

「ぼくには真面目な男のように見えたが。私生児だと思われたのを、侮辱されたと怒っていた」

「嘘をつくのがとても上手だってことは認める。でも、あの男は嘘をついているわ」

「どうしてわかるんだ?」

「話し方が何度も練習したようだったし、質問に答えるのが早すぎたと思うの。まるであらゆる質問に答えを用意し、それを暗記していたみたいだった。それに、あなたの反応を見逃すまいとしていたわ。質問しているのはわたしなのに、ずっとあなたを見て、あなたの反応を推し量っていた。どの程度動揺しているか知りたかったんでしょうね」

ネイサンは小さな声で笑った。「ああ、動揺したのはたしかだな。教会の名前と結婚した日付を口にしたとき、あの男は自信たっぷりに見えたからね。ぼくらが確認するのはわかっているだろうに」

「もちろん、確認しなくてはね。おそらく結婚の記録は見つからないと思う。だからといって、結婚しなかったという証明にはならないけど。記録が失われたか、教会の名前が違っていた、と言い抜けられるもの」

ネイサンはつかのまためらった。「実は、スローンの父親のマーカスの話だと、父は若いころ、ひと夏かふた夏スコットランドで過ごしたことがあるらしい。スコットランドにロッジを持っている友人がいたそうだ」

ヴェリティは肩をすくめた。「そちらは大して苦労せずに調べられるはずよ。ダグラスはその別荘がある村で育ち、昔ジョージ・ダンブリッジがよく訪れていたという話を聞いたのかもしれない。で、その知識を利用して、自分は嫡男として全財産を相続する権利がある、などという荒唐無稽な話をでっちあげた可能性もあるわね。ただそれだと、相続権は自分にあると名乗りでるのを、なぜこんなに長いこと待っていたのか説明がつかない。彼が言った日付からすると、ダグラスはあなたより一、二歳年上よ。わたしにはもっと上に見える。なぜあの歳《とし》になるまで、あなたを見つける努力もせずに、マルコム・ダグラスとして暮らすことに満足していたの？」

「たしかに奇妙だな」ネイサンはうなずいた。「それに、なぜぼくのところに来たんだ？　どうして弁護士を雇って、法廷に持ちこまなかった？　あの男の話が真実だとした場合、ぼくの異母兄に当たるわけだから、こちらの側の家族と知り合いたかったというならわかる。怒りや反発をぶつけてくるのなら、その気持ちもわかる。だが、あいつからはそのどちらも伝わってこない。理性的な紳士に見えることだけに、細心の注意を払っているようだった」

「そのとおりよ。あの男はあなたを強請りたいんだと思う。あの懐柔するような態度……ほら、あなたには〝考える時間が必要だろう〟〝後日改めて話し合おう〟と言ったでしょ？　自分は当然の権利を主張したいだけだ、と言わんばかり。要するに、この件が明るみに出たら大スキャンダルになることを考慮しろってこと。お母さまの気持ちや、裁判になる恐れ、何もかも奪われる可能性を。そのすべてを避けるために、あなたがすぐさま適切な金額を払って妥協するのを当てにしていたんだわ。紳士として合意に達し、ある程度のお金を出せば誰にも知られずにすむ、と仄めかしているの。本人は理性的な合意と呼ぶかもしれないけど、実際は強請りよ」

「ぼくはそんな脅しには動じない」ネイサンは怒りに燃える目できっぱり宣言した。「ぼくがおとなしく言いなりになると思っているなら、とんだ思い違いだ。あの男の話は信じられない。父が重婚するなんて。父にも秘密のひとつやふたつはあっただろう。だが、どれも些細《ささい》な秘密で、あんなに急に死ななければ、ぼくに打ち明けてくれたはずだ。三十年以上もみんなを騙しつづけていたって？　たとえ望んだとしても、父はそんなことができる人間じゃない。レディ・ロックウッドですら、そんな話を聞いたのは初めてだと言っていた」

ヴェリティはかすかな笑みを浮かべた。「だったら、すべてでっちあげね」

ネイサンのほうは気弱な笑みを浮かべた。「そうだな」

「明日、ダグラスが言った教会に行ってくるわ。たとえ――」

「いや、ふたりで行こう。ぼくも行くよ。これはぼくの問題だから、一緒に調べたいんだ」

ネイサンが一緒に来れば楽しいだろう。が、それを本人に知らせるつもりはなかった。

「あら、わたしを信用できないの？」

ネイサンは顔をしかめた。「もちろん、きみのことは信用しているよ。なんてことを言うんだ。アナベスとスローンがきみを反逆者だと疑ったとき、きみは信頼できる、と弁護したんだぞ。あれで、少しはぼくに対する評価を改めてくれたと思ったのに」

ネイサンが本気で怒っている様子にヴェリティは驚いた。いつものように、こちらの皮肉に苛立つだけだと思ったが、どうやら、これはネイサンにとって重要なことらしい。

「悪かったわ。あなたの言うとおりよ。こんなことを言うべきではなかった」

今度はネイサンが驚いたような顔をした。「ぼくに謝るのか？」

「ええ、そうよ。ものすごく珍しいことだから、せいぜいじっくり味わうのね」

「ヴェリティ。きみがぼくを嫌っているのは知っているが、ぼくが人を騙したり、裏切ったりする男ではないことはわかっているはずだぞ」

「いいえ！　嫌ってなどいないわ。一度だって嫌ったことなんか――」ネイサンが片方の眉を上げる。「まあ……最初はあまり好きではなかったかもしれない。だけど、それはあなたが上流階級の出だからよ。でも、あなたはいつも友好的で礼儀正しかった」

「ああ。だが、そういう人間はよく人を苛立たせる」

口の端がひくつくのを感じた。「まあね。あなたは行儀がよすぎるの。声を荒らげることもないし、意地悪でも狭量でもない。わたしが少々無礼な態度を取っても、レディ・ロックウッドにあんなメイドは解雇しろとも言わなかった」

「少々？　きみくらい無礼で行儀の悪いメイドに会ったのは初めてだ」ネイサンはくるりと目玉を回したが、ハンサムな顔に浮かんだ笑みが冗談だと告げていた。「だが、このメイドはぼくを嫌っているから放りだしてくれ、なんて言ったりするものか。そもそも、レディ・ロックウッドに指図できるはずもない」

「たしかに」ヴェリティはつい笑っていた。「最初は、あなたがあまりに品行方正なものだから、これは演技、後ろ暗い秘密があるにちがいないと思ったくらい。でも、そのうち、親切なだけだと気づいたの。お宅の召使いは、ずいぶんと甘やかされてるんでしょうね」

「ばかばかしい。ぼくは自宅では独裁者だよ」

「そう？　まあ、そう信じていればいいわ」どうやら、ふたりのやりとりはいつもの調子に戻ったようだ。「さっきはあんなことを言ってごめんなさい。スローンたちにわたしを弁護してくれたのは知っているわ。いまでも感謝してる」

「まあ、本当のことだからな」ネイサンは少し照れているようだった。「それに、想像したこともないような恐ろしい行為ができる人間だ、と濡《ぬ》れ衣《ぎぬ》を着せられたときの憤りは、ぼくもよくわかっている」

「真実かどうかなど関係なく、無責任な発言をする人は驚くほど多いのよ。とにかく、わたしはただからかっていただけ」

ネイサンと一緒に出かけられるのが嬉しくて、それを隠すためにわざと皮肉を言ったのは黙っていた。少しでも自分の気持ちを知られれば、相手に弱みを握られる。もっとも、どんなときも決して自分を偽らないネイサン・ダンブリッジには、そんな心理的な駆け引きなど理解できないだろう。人にいい印象を与えようと気取ることも、目的を果たすために人を騙すこともない。駆け引きに慣れたヴェリティには、新鮮な存在だった。

「で、いまのはどういう意味？　恐ろしい行為をしたと誰に言われたの？」

「ノエルの息子のギルが狙われたとき、ぼくの事務弁護士だった真犯人が、ギルを殺そうとしているのはぼくだと周囲に思わせるために、いろいろ細工したんだ」ネイサンは眉が一文字になるほど厳しい顔になった。

「あなたがギルに危害を加えると思った人がいたの？」ヴェリティは目を見開いた。「信じられない。あの子を本当の甥《おい》みたいに可愛がっているのに」

「証拠がぼくを示していたのさ。彼らを責めることはできない」

「アナベスも疑ったの？　ミスター・ソーンも？」

「いや、アナベスは一瞬でも疑ったりしなかったと思う。カーライルも疑っていないと言ったが、目の奥に疑いが潜んでいた。もちろん、みんなぼくだとは思いたくなくて、苦しんでいたよ。だが、疑ったことは事実だ。カーライルはいちばんの親友なのに、その彼が、ほんの少しでもぼくを疑ったと思うと……もっとも、あの状況では、ぼくが犯人としか思えなかったんだが」

「カーライル・ソーンはばかよ。わたしは生まれたときからあなたを知っているわけじゃないけど、あなたがギルを傷つけるなんて一瞬たりとも信じない。ねえ、よかったら、マロリー夫人にカーライルを脅してもらいましょうか」

「いや、あいつは頑丈だからな。編針が折れたりしたら、マロリー夫人に気の毒だ」ネイサンはいたずらっぽく目をきらめかせた。「それに、カーライルはいろんな手掛かりを額面どおりに受けとっただけなんだよ」

「それでも腹が立つじゃないの」ヴェリティはネイサンの手を取った。

「あのときのぼくは、腹を立てようとは思わなかったんだろうな」

「いちいち考えて、腹を立てる人なんかいないわ。勝手に腹が立つの。胸のなかに火の玉があるような気持ちになるのよ」ヴェリティは彼の手を握ったまま、自分の胸を示した。服の上からだが、もう少しでネイサンの手が胸に触れそうになる。ふいに彼の手がどんなに温かかったかを思い出し、あわてて放すと、ありもしないスカートのしわを伸ばすふりをした。「わたしみたいな人間を疑うならわかるけど。さもなければスローンを。ええ、ほとんどの人は疑われても仕方がない。人間は、嘘をつき、暴力をふるう生き物だもの。でも、あなたはべつ」

「真面目で退屈すぎるから?」ネイサンがからかう。

ヴェリティは軽い調子を無視して、思っていることを口にした。「いいえ。あなたはそういう人ではないからよ」

ネイサンは微笑した。「ぼくがきみの無実を主張したのと、まったく同じ理由だ」

ヴェリティは笑った。「だとしたら、ふたりともまっとうな人間か……背伸びをしすぎているかのどちらかね」

これは冗談のつもりで口にした言葉だったが、ネイサンと一緒に過ごせば過ごすほど、自分が彼をがっかりさせるのではないかと心配になった。どこかで壊滅的な失敗をやらかして、彼の信頼を失うことになってしまうのでは？

7

信頼に関するヴェリティの見解に気持ちをかきまわされ、ネイサンはその夜フラットに戻り、ブランデーを飲みながら、ふたりの会話を思い返さずにはいられなかった。カーライルのことは割り切ってあきらめ、もうすっかり乗り越えたと思っていた。だが、乗り越えたわけではなく、考えないようにしていただけなのだろうか？　ヴェリティと話したことで、自分が殺人未遂犯だと疑われたとき、その事実に一度も正面から向き合わなかったことに気づいてしまった。あのとき、カーライルと話し合うべきだったのだろうか？　ぼくが目をそらしたことで、ふたりの友情にひびが入ったのか？　当時は疑われたことをわざわざ持ちだすべきではないと思った。それが礼儀だし、紳士的なことに思えたのだ。自分にとってもそのほうが楽だった。

ヴェリティは紳士に含むところがあるかもしれない。それがなんなのか、まだよくわからないが、彼女の物の見方には妥当な部分もあることが少しずつ見えてきた。礼儀を守り、波風を立てないのは、常によいこととはかぎらないのかもしれない。

何を考えているんだ？　ネイサンは驚いた。いまさらカーライルに自分が感じたことを告げても、それで得るものは何もない。あれはもうとっくにすんだことだ。蒸し返せば、どちらも不愉快な思いをするだけ。ふと、ヴェリティの考え方に感化され、これまで思いもしなかったことを考えているのに気づいて、少し怖くなった。それにしても、ヴェリティはいったいどういう人間なのだろう？

自分にはまったく理解できないタイプの女性であることはたしかだ、知っている女性の範疇《はんちゅう》のどこにも当てはまらない。顔を合わせれば、棘《とげ》のある皮肉や嫌みを口にするだけでなく、それが冗談なのか本気なのかすら、ほとんどの場合わからない。苛々させられるのに、なぜかともに過ごすのは楽しかった。ヴェリティは大胆で、率直にものを言う反面、どこか謎めいている。

しかも、一緒にいると自分がどういう人間なのかがわからなくなってくる。これまではなめらかな会話が得意な、きわめて洗練された男だと思ってきた。魅力的だと言ってくれる女性もいる。ところが、ヴェリティが相手だと、なぜか気の利いたことが言えず、誤解されるようなことを口走っては学生のように赤くなり、彼女が仕掛けた言葉の罠《わな》にはまってしまう。

他人の邸をこそこそ探り、宝石を盗むような男でもないのに、つい先日など、泥棒そのものの真似をするはめになった。ヴェリティが厄介な事態に陥らないためだと自分に言い聞かせたものの、本当の動機は違う。そもそも、彼女を厄介事から遠ざけておくことなど不可能だし、ヴェリティは自身を守れる女性だ。おそらくこちらよりしっかり守れるだろう。つまるところ、ぼくは冒険の片棒を担ぎたかったのだ。心の底にその欲求があることはわかっていた。先夜の〝冒険〟は、びくびくしどおしだったとはいえ、スリルもあった。

マルコム・ダグラスの突拍子もない主張に直面したときも、これまでのネイサンなら、ヴェリティに助けを求めることなど思いつきもしなかった。それなのに、大急ぎでロンドンに戻り、ヴェリティを巻きこんだ。警官を雇う代わりに、自分を世間知らずの愚か者だと思っている、型破りな女性を選んだのだ。

もちろん、日常的に命を危険にさらし、必要とあれば違法な手段も躊躇せず行使する探偵や諜報員たちを目にしてきたヴェリティが、ネイサンを世間知らずだと思うのは当然のことだ。話しやすくて、ダンスがうまい、マナーがよいだけの男など、ヴェリティのなかではなんの価値もないのだろう。長年アナベスに抱いてきた愛情ですら、情熱とはほど遠い、ネイサンの性格にふさわしい穏やかで忍耐強いものだった。

ネイサンがヴェリティの好みではないように、ヴェリティもネイサンが好むタイプの女性ではない。だが、最近はなぜか彼女のことばかり考えている――あの表情豊かな金茶色の瞳と豊かな赤い髪を。ヴェリティはアーデン邸の廊下で自ら体を押しつけてきた。あのとき、ヴェリティの顔にキスしていたらどんな気持ちになっただろう？　喉にキスし、そこからふっくらした唇へと白い肌をたどっていたら？　ヴェリティもキスを返してくれただろうか？　もしもキスに応えてくれたとしたら、それはヴェリティだったのか？　それとも仕事のために扮していたビリンガム夫人？

ヴェリティは必要に応じてさまざまな女性を演じる。目の前にいるのが真のヴェリティだと、どうすればわかるのだろう？　そもそも、真のヴェリティなどいるのだろうか。あんがい、そんなものは存在せず、さまざまな見せかけの寄せ集めでしかないのかもしれない。いや、これまでに何度か真のヴェリティを見たような気がする。ふたりだけでいるときは、落ち着いて、くつろいでいる。ありのままの彼女で、誰かを演じてはいない気がする。そういうときのヴェリティは、旧友よりももっと親しい……前世でもそのまえの世でも出会っている相手、新たに生まれるたびに繰り返し引き寄せられる、そんな相手に思える……。

ばかばかしい。こんな愚かで突拍子のない思いが頭をよぎること自体、ヴェリティと時間を過ごしすぎている証拠だろう。

明日の調査に同行するのは賢い行動とは言えなかった。この一時的な愚かしさから立ち直り、平常心に戻るべきだ。

それなのに、またしても賢い振る舞いを自分に強いることはできそうもない。

翌日、彼は午前十時に細長いタウンハウスの前の階段に立っていた。前日と同じように、ヴェリティの姿が目に入ったとたん脈が速くなり、小さな馬車の狭い座席に並んで座ると、さらに速くなった。

「あなたのお父さまとマーガレット・ダグラスがロンドンで結婚した理由が、わたしにはまだわからないの。駆け落ちした男女は、ふつうイングランドからスコットランドへ行くものよ。その反対ではなく」馬車がロンドンの通りを走りだすと、ヴェリティが言い、少し考えたあとこう続けた。「でも、それはマルコム・ダグラスの話が真実で、ふたりが聖アガサ教会で結婚した記録があると仮定しての話ね。嘘だとしたら、なぜ聖アガサ教会を選んだのかしら？」

「たしかに。父はマーガレットを領地にともない、式を邸で挙げることも最寄りの教会で挙げることもできた。ニューカッスルやヨーク、さもなければ、どこかの名もない村で挙げれば、記録を確認するのは厄介だったはずだ」ネイサンはつかのま、この謎に頭をひねった。「そう考えると、ダグラスの話は真実らしく思えてくるな。ぼくらがすぐに確認できる教会の名前を挙げたわけだから」

「まあね」ヴェリティは肩をすくめた。「でも、あの男は信用できない」

「もしも嘘ではなかったら？　どんな顔で母に話せばいいんだ？」

「その場合は、あの男に消えてもらうしかないわね」ヴェリティが軽い調子で答える。

「ヴェリティ！」ネイサンは驚いて、すぐ横にある顔を見つめた。

「だって、あなたをダンブリッジ邸から追いだすような真似は許せないわ」

「何を言ってるんだ？　こちらの都合で人を殺すことなどできないぞ」

「大丈夫、ちゃんと計画を練るから。それに、実際に殺す必要はないのよ。姿を消すように〝説得〟すればいいだけ」ヴェリティはにっこり笑い、長い袖のなかに片手を滑らせて、鞘《さや》に入れたナイフの柄を見せた。

「ヴェリティ！」ぎょっとして、思わず声が大きくなる。「いや、〝説得〟もだめだ」

「いやあね」ヴェリティが大げさにため息をついた。「あなたときたら、楽しい部分を全部奪ってしまうんだから」

「冗談だったんだな！」金茶色の瞳が楽しそうにきらめくのを見て、ネイサンはようやく気づいた。「まったく。きみはどうかしてるぞ」

「そんな暗い顔をしているのを見たら、元気づけたくなるでしょ」

「だから人を殺すと言ったわけか？」

「少しは役に立ったみたいね」

なぜか引き寄せてキスしたいという衝動がこみあげたが、ネイサンはぐっとこらえ、不満そうに口をとがらせた。「そのナイフは、常時身に着けているのか？」

「ええ」

かったから」

「アーデン邸のパーティでも？」

ヴェリティはうなずいた。「あのときはふくらはぎにね。ドレスにあまり隠す場所がなかったから」

「たしかに」腕と肩がむきだしの、襟元が大きく開いたドレス姿のヴェリティが目に浮かび、体が反応しそうになる。ネイサンはなんとか気をそらそうとした。「きみの仕事はそれが必要になるほど危険なのか？」

「まさか。ナイフを使うようなことはめったにないわ。でも、身に着けていて使わずにすむほうが、必要なときにないよりもましでしょ」

ヴェリティの住む世界は、まだほんの少ししか見ていない。だから完全に理解できたわけではないが、たしかにそのとおりだ。

クラーケンウェル・グリーンに着くと、御者が馬車を停め、教会へ行く道を通行人に尋ねた。訊かれた男は驚いて御者を見た。「聖アガサ？」

「ええ、聖アガサ教会よ」ヴェリティが窓から身を乗りだして答える。

男は急いで帽子を取り、口ごもった。気の毒に、突然レディに声をかけられて動転しているのだろう。

「えっと、まっすぐ行ってあのパブの先を右へ曲がると、突き当たりにありますよ。けど、行っても無駄だと思うね。聖アガサは、二、三カ月まえに焼けちまったから」

「ありがとう」ヴェリティは上機嫌で礼を述べ、座席に座り直して、ネイサンに満足の笑みを向けた。「マルコム・ダグラスが聖アガサを選んだわけは、これでわかったわね」

黒ずんだ石壁は残っていたが、建物のなかは丸焼けだった。馬車が近づくと、瓦礫《がれき》のすぐ横にある墓地で墓石周辺の草むしりをしていた英国国教会の司祭服姿の男が立ちあがり、微笑みかけてきた。

「火事に遭ったそうですね。お気の毒でした」ネイサンが声をかけた。

「ええ、ひどいことです。延焼を避けるために、消防士は司祭館を壊さなくてはならなかったのですよ」司祭は教会の向こうの瓦礫を示した。「建て直すには、しばらくかかるでしょう」

「燃えずに残ったものはありませんの？」ヴェリティが尋ねた。「教会が保存していた書類とか……」

「いや」司祭は深いため息をついた。「火が出たのは真夜中で、気づいたときにはもう手がつけられなかった。聖具保管室と事務室にあったものはすべて焼けてしまいました。聖杯も、蝋燭《ろうそく》も、祭服も、何もかも燃えてしまった。まあ、そういうものは代わりが利くが、保管していた記録はどうにもなりません。教会の歴史がすべて失われてしまった」

「火元はどこでしたの？　放火ですか？」

「故意に教会を焼こうとした者がいる、とおっしゃるんですか？」司祭は目にショックを浮かべてヴェリティを見た。「いや。その、火元はわからんのです。しかし、教会に火をつける罰当たりなどいるはずがない」

「おっしゃるとおりです」ネイサンはなだめるように言った。「ありがとう。お邪魔をしてすみませんでした」

ふたりは眉をひそめている司祭を残して焼け跡から離れた。

「こんなことだろうと思った！」再び馬車に乗りこみながら、ヴェリティが勝ち誇ったように断定した。「マルコム・ダグラスが火をつけたのよ。自分の話の裏を取られないように」

「だが、そのために教会を全焼させるのは、少しやりすぎじゃないか？」そう言い返したものの、喜びがこみあげ、頬がゆるんだ。やはり、マルコムは嘘をついていたのだ。

「あの男は火事とは関係なかったのかもしれない。自分に都合のいい教会を探しただけかもしれないわ」

「証拠もなしに、いったいあの男は何をしたいんだ？　百歩譲ってあの話が本当で、ぼくの父が実際に彼の母親と結婚したとしても、その記録は失われてしまった」

「法廷に持ちこむことはできるわよ。彼の母親が証言できる。式に列席したという証人を仕立てることも」

「だが、式を司《つかさど》った司祭が……」

「三十四年もまえのことよ」ヴェリティは眉を上げた。「そんな昔に執り行った結婚式のことを司祭が覚えていると思う？　式の証人となった人々の名前など、なおさら覚えているわけがないわ」

「つまり、こういうことか？　偽の証人をひとりでっちあげるだけで、判決に影響を与えられる、と？」

「どういう裁定が下るかはべつにして、この件を特大のスキャンダルに仕立てるには十分でしょうね。無責任な噂で、世間は沸き返る。ダグラスが狙ったのはそこよ」ヴェリティはスコットランド訛りのある男の声で言った。「ひどいことになるぞ。世間にあれこれ取り沙汰されるにちがいない。きみをそんな目に遭わせたくないんだ。だから何千ポンドか都合をつけてくれないか。それで相続権を放棄しよう。きみはスキャンダルを避けられる」

　ネイサンはこの物真似に笑いをこらえた。「だが、ぼくはおとなしく金を渡す気はない。どうすればあいつの悪巧みを阻めると思う？」

「マルコム・ダグラスのことを調べましょう。どこで生まれたのか、誰が彼を知っているか。本当の父親は誰か？　誰と組んでいるのか？　わたしたちが教会へ行くことは、当然予測していたでしょう。となると、偽の証人も準備しているはず。どこかに共犯者がいるんだわ。あとを尾《つ》ければ、それが誰か突きとめられる。そして共犯者と話し――」

「ナイフを使って？」ネイサンは冗談だとわかるように、にやりと笑った。

「いいえ。秘密を聞きだすにはお金がいちばん」ヴェリティがそう言ってウインクする。

ネイサンの胸のなかで何かがひっくり返った。

ヴェリティはほかの女性とはまるで違う。信じられないほど独創的で……こちらの意表をついてくる。

「ぼくらはパーティに行くべきだな」

「なんですって？」ヴェリティは驚いてネイサンを見た。

「ぼくはきみに求愛しているんだろう？」

「あら、それにしては贈り物が足りなくないかしら？」そう言って、いたずらっぽい笑みを浮かべる。

「こう言ってはなんだが、ビリンガム夫人」ネイサンは同じく軽い調子で応じた。「求愛者が貧しい貴族の場合は、贈り物はまず期待できないと思ってくれ。しかし、ちょうど手元に明日の夜のパーティの招待状がひとつある。行くつもりはなかったが、主催者のアランはたしかエディンバラ出身だったはずだ。ダグラス家のことを知っているかもしれない」

「まあ、お誂《あつら》え向きね」ヴェリティは仕事の口調に切り替えた。「きっと役に立つ情報が手に入るわ。大人数のエレガントなパーティ？　それによって、着ていくドレスを考えないと」

「いや、内輪の集まりだと思う。ダンスはあるだろうが、グラント夫妻はアーデン卿とレディ・アーデンほど年配でも、格式ばってもいない。それに邸もこぶりだから、ゲストのほとんどがおそらく友人や身内だ。スコットランド人も何人かいるにちがいない」

「了解」馬車がヴェリティの家の前で停まった。ヴェリティは馬車を降り、一緒に降りたネイサンを振り向いて片手を差しだして、握手しながら早口に言った。「では、明日の夜会いましょう」

「ああ。また明日の夜」

ネイサンは帽子の縁を傾け、自宅に向かって歩きだした。自分が間違いをおかしたのはわかったが、それがなんなのかよくわからない。一緒にパーティに行こうと誘って、これまでとは違う関係に踏みこんだことか？　もしくは、ヴェリティはこの一件に時間を取られすぎていると思っている？　その時間にほかの仕事をすれば収入になる、と？　実際、ぼくはヴェリティを利用しているのか？

明日のパーティに、彼女を誘う必要はなかった。ひとりで出かけることもできたのだ。そうしたほうが賢かったかもしれない。人から話を聞きだすのはヴェリティのほうが上手だが、彼女のことだ、とんでもない会話をでっちあげる可能性がある。そうなったら、ネイサンもそれに合わせるしかない。ヴェリティのそばにいるときは、いっときも気が抜けないのだ。

ヴェリティを誘ったのは、少しでも一緒にいたいからだった。そう、彼女ともっと一緒に過ごしたい。手を取って、抱き寄せ、ワルツを踊りたいからだ。

このままだと、マルコムの件とはまたべつの、厄介な状況にはまりこみそうな気がする。そちらのほうが、相続権の問題よりもはるかに危険かもしれない。

物思いに沈んでいたネイサンは、突然、自分の行く手に誰かが立ちふさがるまで、フラットの近くに人がいることに気づかなかった。

「ミスター・ダグラス？」

おっと、これは興味深い展開だ。

「ミスター・ダンブリッジ」マルコムが挨拶代わりにうなずく。「いきなりですまないが、訪問させてもらった。ビリンガム夫人は……魅力的な女性とはいえ、女性の繊細な耳には入れたくない話もある」

ヴェリティの耳のどこが〝繊細〟だ？　ネイサンは笑いそうになった。「そうかな？　女好きの父親や私生児の話も、十分に耳汚しだと思うが」

「たしかに」マルコムの顔に憂いに満ちた笑みが浮かぶ。「そういう問題をレディの前で話すのは心苦しかったよ。紳士どうし、ふたりだけのほうが気楽に話せると思う」

ヴェリティが言ったとおりだ。ネイサンは冷ややかな目になった。「ほかにも言うことがあるのか？　きみが指摘した教会が、記録とともに全焼した件を話したいならべつだが」

「全焼だと？」そう言われることを覚悟していたのだろう、マルコムは本当に驚いたように見えた。「それは残念だ」

「だろうな」ネイサンは皮肉たっぷりに応じた。

「誓ってもいいが、あの教会が焼けたことはまったく知らなかった。だが、焼けたからといって、父と母がそこで式を挙げた事実は変わらない」

「記録がなければ、その申し出は成り立たないと思うが」ネイサンは指摘した。

「ふたりの結婚を証明する方法はほかにもある」

「ほう？」

「そこまで行かずに納得してもらえることを願っていたんだが……きみやきみの母上を苦しめたくないんだ。スキャンダルになれば、誰よりも苦しむのはきみの母上だからな」

マルコムの顎に一発お見舞いしたくてたまらなかったが、腕を組んでその衝動をこらえた。「で、ぼくの母を苦しめたくないという親切心から、何か申し出があるのか？」

皮肉な口ぶりに、マルコムの目が険しくなる。「なんとでも言うがいい。だが、法廷で泥沼の争いになれば、わたしの名前にも傷がつく。ここでわたしたちが同意に達することができれば、それがいちばんんだ」

「紳士どうしの合意か」ネイサンは氷のような声で言い、腕をおろして一歩前に出た。「ビリンガム夫人の言ったとおり、きさまはただの詐欺師だ。ぼくは次の犠牲者になるつもりはない。強請りには応じないぞ。それより、こうしてはどうだ。黙って立ち去れば、判事には報告しないでやろう」

「強請りだと？　この件で不当な扱いを受けているのは、きみではなくわたしのほうだ。ここに来たのが間違いだったようだな。自分で話せず、女にしゃべらせるような男だ。きみの母上と話すべきだった」

ネイサンはうなり声をあげてマルコムの襟をつかみ、建物の横壁に突き飛ばした。「母に近づくな。そんな戯言《たわごと》で母を苦しめたら、ただではおかないぞ」自分の言葉を強調するように、相手の体を揺さぶる。「わかったか？」

マルコムはネイサンの手から逃れた。「ああ、わかったとも。きみがとんでもない愚か者だということはな。女のスカートの陰に隠れるような男を、わたしが怖がると思うのか？　いいか、ダンブリッジ」ネイサンに向かって人差し指を突き立てた。「わたしの申し出を慎重に検討するんだ。母上の涙の代わりにいくらなら出せるか考えろ」そう言うなり、きびすを返して歩きだそうとして……くるりと振り向いた。「ビリンガム夫人をどれほど手放したくないかも考えたほうがいい。この件がスキャンダルになったら、間違いなくあの女に逃げられる。体面と財産だけでなく、あの女も失うことになるぞ」

ネイサンからパーティに誘われたとき、ヴェリティは不覚にも、ネイサンが自分をパーティに連れていきたがっている、自分と一緒にいたがっている、と思ってしまった。もちろん、そうではなかった。彼にはヴェリティをパーティに連れていく目的がちゃんとあったのだ。ネイサンの頭には、抱えている重要な問題を解決することしかないのだろう。そんな動機でなければよかったのに、と思っている自分にヴェリティは腹が立った。

それでも、明日が楽しみなことには変わりない。パーティならこれまでもいくつも出席している。たいていは、そのときの仕事に最適な人物に扮していたが、アーデン邸の舞踏会ほど楽しかった夜は一度もなかった。気を引こうとする紳士たちにちやほやされ、彼らと踊っても、心から楽しめたことはない。彼らが相手にしているのは実在しない女性なのだ。でも、ネイサンが気のおけない会話をした相手はヴェリティ自身だった。その点が、これまでとは違っていた。

ネイサンとパーティに行く――これは魅力的な誘いではあったが、問題もある。自分とネイサンがそれぞれの役割を果たせないと思うからではない。それについては、何も心配していなかった。だが、そこでジョナサン・スタンホープと出くわしたら？

さいわい、デダム家のパーティで気づかれたかもしれないという不安には、根拠がなかったようだ。あのときはちらっと目が合っただけだし、そもそもあの男がいまのヴェリティに気づく可能性はほとんどない。彼の姿が目に入ったとき恐怖に襲われたのは、ジョナサンが父親にそっくりだったからだ。

ジョナサンと最後に顔を合わせたのは十六年もまえのこと。洗練されたビリンガム夫人は、十四歳のヴェリティとはまるで印象が違う。いまはすっかり女らしい体つきで、長い年月とさまざまな経験は、十四歳の乙女の顔を成熟した女性の顔に変えた。髪は当時も赤かったが、それさえ十代のときより暗い色味になっている。

とはいえ、気づかれる可能性がまったくないとは言えない。そのリスクを考慮すべきだろう。ネイサンには衝動的で無鉄砲だと思われているかもしれないが、自分がこれまで生き延びてこられたのは、どんな危険も無視せず、それを回避する計画を練ってきたからだった。

いま必要なのは、いい気になって上流階級のパーティに顔を出しつづける危険を考慮することだ。ネイサンと舞踏会に行きたいばかりに、良識に耳をふさぐべきではない。ロンドンの社交界に顔を出す回数が増えれば、再びジョナサンに出くわす可能性はそれだけ高くなる。

でも、おそらくは父親と同じで傲慢なジョナサンが、スコットランド人の主催する内輪のパーティに顔を見せる確率がどれくらいある？　それに、いまの自分は警戒を怠らない。先夜のように不意打ちをくらうことはないはずだ。パーティの出席者を確認できるまではなるべく目立たぬよう心掛け、万一ジョナサンが現れたら、すぐさま立ち去るとしよう。

ネイサンと一曲か二曲、踊ってはいけない理由はひとつもない。

そう決めたものの、自分の決断に自信が持てないせいか、その夜はよく眠れず、翌朝はいつもより早く目が覚めた。いったん決めたことをくよくよ悩むたちではないが、これまでは勘を疑ったこともない。まだパーティに行くかどうかを迷いながらも、とりあえずジョナサンについて少し探りを入れてみることにした。

ロンドンに落ち着いたこの数年、ヴェリティは一度としてジョナサン・スタンホープの噂を耳にしていなかった。仕事で関わった上流階級の人々からも、彼の噂はいっさい聞いたことがない。おそらくジョナサンは父親と同じで、都会より領地で暮らすほうが性に合っているのだろう。デダム邸のパーティで姿を見かけたからといって、その後もロンドンに留まっているかどうかはわからない。

そう思ったヴェリティは花市場に出かけた。そこで花と籠だけでなく、色あせてほつれた麦わら帽子までそっくり譲り受け、花売りの少女をびっくりさせた。自宅に戻ると、眉を黒くして、顔がのっぺり見えるように黄色い粉を刷毛《はけ》で塗った。洗いざらした地味な服に着替え、傷だらけのハーフブーツに足を突っこむ。ひっつめた髪をぼろぼろの麦わら帽子で隠したあと、仕上げに両手に土をこすりつけ、顎にも土をつけた。

そしてスタンホープ家のタウンハウスに出かけた。途中で紳士に呼びとめられ、午後の訪問に使う花束を求められたのは、変装がうまくいった証拠だろう。それでも、タウンハウスに近づくにつれ、自然と歩みが遅くなり、スタンホープ家のある区画に差しかかると、足が止まった。

最後にこの場所に来てからずいぶん経つが、まだ恐怖で胸がざわつく。考えてみると、ロンドンで自分の人生を作りあげてきたこの数年、ここには一度も来たことがなかった。無意識にこの通りを避けていたのだろう。

そこは裕福な一家の、ごくふつうの住まいだった。大通りに面した公園の裏手、三日月型に弧を描く通りに、バター色の家が並んで建っている。スタンホープ家はそのひとつだった。馬車が行き交う人通りの多い表通りとは対照的に、どこもかしこも小ぎれいで平穏だった。ヴェリティの記憶のなかを除けば、だが。

小さく息を吸いこみ、わたしは臆病者じゃない、と自分に言い聞かせる。つらいからといって尻込みしてどうするの。びくびくしていないで、さっさと動きなさい。

周囲に目を配りながら、再び歩きだした。メイドを従えたレディが、パラソルを手に半月型の公園に入っていく。弧の端にある家から従者が出てきて、玄関扉に取りつけてある花鉢に水をやりはじめた。ヴェリティは歩く速度を落とした。スタンホープ家からは誰も出てこない。

昔の召使いが残っている可能性はあまりないだろう。そう思いながら通りを横切る。たとえいるとしても、下町訛りの花売りがヴェリティだと気づかれる心配はない。召使い専用の扉へおりる階段にたどり着くまえに、水が入ったバケツとブラシを手にしたメイドが出てきた。

「あの、ミス？」ヴェリティは呼びかけた。「花を買ってくんない？」

メイドが驚いて目を丸くした。「あたしが花を買ってどうすんのよ？」

「家がぱっと明るくなるさね。あわれな花売りを助けると思って」

メイドが笑いだした。「あたしは花なんかいらないったら」

扉が開き、年配の女性が険しい顔で出てきた。「エム、ぐずぐずしてないでさっさと掃除をすませなさい」ヴェリティに気づいて問いただす。「そこの！　おまえは誰なの？　なんだってこんなところで花を売っているの？」

ヴェリティはぎょっとした顔を作り、首を縮めた。「えっと、見に来たんだ……スタンホープ卿はまだここに――」

「スタンホープ卿だって！」エムが叫んだ。「いないわよ。すぐに戻ったもの、お医――」

「お黙り、エム」年配の女性が鋭く遮った。「何度言ったらわかるの。ご主人たちのことを話してはいけません」それからエムの前に出て、ヴェリティと正面から顔を合わせた。

「それに、おまえときたら、なんて生意気な。旦那さまがどこにおられようと、おまえの知ったことじゃありませんよ。さっさとお行き」

「けど、あたし、街を出てえんだ。お邸で雇ってもらえねえかと――」

「どんな仕事に?」エムがショックもあらわに尋ねた。年配の女も同じくらい驚いている。

ヴェリティは肩をすくめた。「よくわかんねえ。けど、楽な仕事だと聞いたもんで――」

「楽なんかじゃありません」おそらく家政婦だろう、年配の女はそっけなく遮ったが、さきほどより少しだけ表情を和らげた。「いいこと、旦那さまのもとでは働きたくないはずよ」

その後ろでエムがうなずいている。

「さあ、もう行きなさい」家政婦は腕組みすると、背を向けて階段をおりていった。エムもそのあとに続く。

当初の目的を達したヴェリティは喜んでこの勧めに従い、勢いよくきびすを返して、弾む足取りで通りを戻りはじめた。ジョナサンはロンドンにはいない。自分がこの街に留まっても安全だ。ついでにあのふたりの警告で、息子が父親似であることもわかった。これはよい知らせとは言えないが、ジョナサンがロンドンを離れたのは間違いなくよい知らせだ。

自宅に戻り、花売りの化粧を顔と手から洗い落とすと、衣装だんすのドレスに目を通し、光沢のある銅色のドレスを手に取った。波紋の地模様が入ったそのドレスは、体にぴったりした細身のボディスからスカートがすとんと落ちているシンプルなスタイルで、ひだ飾りはなく、襟元に金色のレースを少々あしらってあるだけだ。でも、この色は琥珀色の瞳を引き立ててくれる。ビリンガム夫人のためではなく、ヴェリティ・コールのために選んだドレスだった。

今夜はヴェリティとしてネイサンにエスコートされたい。誰かを演じないで、彼と踊るのを楽しみたかった。それに、ネイサンには迫真の求愛劇を演じてもらわなくてはならない。たとえそのせいで、わたしが演技を忘れる危険をおかすことになるとしても。


ヴェリティを見た瞬間、ネイサンの目が大きくなったのは、ドレスが願った効果をあげた証拠だろう。肩にかけた極薄のショールにネイサンが手を置くと、少し震えているような熱い指が肌をかすめた。

家を出るときはいつものように周囲にざっと目を走らせたものの、とくに念入りに確かめはしなかった。ここで誰かに襲われる心配はない。ジョナサン・スタンホープが領地に戻ったとわかったいま、ヴェリティは数日まえよりはるかにくつろぐことができた。

邸に入ってすぐに、ふたりはパーティの主催者夫妻に挨拶した。しかし、その場でダグラス一家について尋ねることはしなかった。

ネイサンが差しだした手を取り、ヴェリティは軽快にワルツのステップを踏みはじめた。ネイサンが踊り上手なことは意外でもなんでもなかったが、彼の腕に抱かれて踊る自分が、まるで乙女のように息を乱し、ほかの何も目に入らなくなったことに驚いた。

この瞳は何色だろう？　ヴェリティはネイサンの顔を見上げて思った。緑だろうか？　それともはしばみ色？　ほとんど緑だけれど、金の輪で縁どられた虹彩《こうさい》はそのときの気分しだいで微妙に色が変わる。これだけ近いと、頬の小さな三日月の傷もはっきり見えた。おそらく子ども時代の事故だろう。いまはうっすらとした白い線にすぎない。

音楽が終わるとふたりは足を止めたが、手を握ったまま、少しのあいだ見つめ合っていた。それからヴェリティが一歩さがり、ネイサンも手を放して、ダンスフロアから離れ、広間の壁沿いを回りはじめた。ネイサンが友人と話すために立ちどまったとたん、ヴェリティは三人の男に囲まれた。ひとりは飲み物を取ってきましょうと提案し、もうひとりはダンスに誘い、三人目は、今夜はことのほかお美しい、と褒めたたえた。

ネイサンは友人との会話を切りあげ、巧みにそのなかに割って入ると、男たちをじろりとにらんでヴェリティに腕を差しだした。「ビリンガム夫人、たしかさきほどレディ・ホーンズビーと話したがっていたね」

ヴェリティは笑みを含んだ瞳でネイサンを見上げた。「覚えていてくださったのね。失礼するわ、みなさん」そう言って三人に会釈し、笑顔でネイサンの腕を取った。「わたしの取り巻きを怖がらせて追い払おうとしているの、ミスター・ダンブリッジ？」

「まったく、若い成りあがり者ときたら」ネイサンがぐちる。

ヴェリティは笑った。「あら、その言い方、レディ・ロックウッドにそっくり」

「ぞっとするようなことを言わないでくれ」ネイサンは広間を見まわした。「あそこにアランとシャーロットがいる。そろそろ訊いてみようか」

客のあいだを縫うようにして、ふたりは一組の男女と話しているグラント夫妻のほうへ足を向けた。ひとしきり紹介と挨拶がすむと、他愛ない世間話がしばらく続いた。ネイサンが巧みに会話を繋いでいく。ヴェリティは黙って耳を傾け、将来、顧客の発掘に役立ちそうな情報を溜《た》めこんだ。

世間話が一段落するのを見計らって、ネイサンがさりげなく尋ねた。「ここでマルコム・ダグラスと会えるかと思ったんだが。彼をご存じですか？」

アラン・グラントは首を振った。「ダグラスという姓は、スコットランドではかなり多いんだ。その男はどのダグラス家の人間かな？」

「さあ。一度会って、ほんのふた言三言話しただけだから。ぼくよりほんの少し背の低い、ブロンドに青い目の男です。年齢はぼくより少し上くらいかな」

「その特徴に合致する男も、スコットランドには多いな。まあ、イングランドにもだが」

アランは肩をすくめ、もうひと組の男女に目をやった。

「わたしはロンドンにいるからな」アランの友人が答える。「マルコムという名の男は知らんね。ロバート・ダグラスなら知っているが、きみよりもずっと年上だよ。ロバートと話したいなら、ついさきほど姿を見たが」

「ええ、紹介していただけますか?」

アランの友人のあとを歩きながら、ヴェリティはちらっとネイサンを見た。さりげない顔をしているが、目がきらめいている。狩りのスリルを味わっているのだろう。自分の顔にも同じ表情が浮かんでいるはずだ。

ロバート・ダグラスは大柄の、磊落《らいらく》そうな男だった。ところどころにブロンドの筋が入った髪はほとんどが灰色、瞳は明るい青だ。マルコムと同じ色の組み合わせを見て、ヴェリティの胸は期待に弾んだ。だが、ロバート・ダグラスがスコットランド訛りなど欠片《かけら》もない声で挨拶を返してくると、その期待はたちまちしぼんだ。

アランの友人がふたりをロバートに紹介した。「友人のネイサンに、ダグラス姓の男のことを尋ねられたんで、きみに会うべきだと言ったんだ」

ロバート・ダグラスは低い声で笑った。「まあ、ダグラス姓は多いからな。お役に立てるといいんだが」

「マルコム・ダグラス氏に、もう一度会いたいと思っているんです」

続いて外見を口にしようとすると、ロバート・ダグラスが満面の笑みを浮かべて叫んだ。

「マルコム? きみは甥を知っているのかね?」

「おそらく。先日会ったばかりなんです。ブロンドに青い目の、背の高い男性ですよね？」感心なことに、そう答えたネイサンの声は落ち着いていた。

「マルコムはロンドンにいるのか？」ロバートが驚き、また低い声で笑った。「あいつめ。うちに招いたんだよ。来ると言ったんだが、来なかった。まあ、若い連中ははめをはずしたいんだろう。年寄りの叔父の相手はいやなのかもしれんな」

さもなければ、強請りを働こうとしているのを叔父に知られたくないか。

「マルコム違いかもしれません」ネイサンは言葉を濁した。「あなたと違ってスコットランド訛りがかなり強い男でした」

「はっ！　だったら、マルコムだ。イングランド人に間違われるのがいやなんだろう。ダグラス家にとっては名誉の問題だからな。わしは一家のはぐれ者でね。ほかの連中は過去に生きとる。イングランドのあらゆるものに敵意を燃やしとるんだ」

「でも、イングランドのお金は嫌いではないようね」ヴェリティが口の端で囁くと、ネイサンは苦労して笑いをこらえているようだった。

「あまり助けにならなくてすまんな。マルコムを見つけたら、わしに知らせてくれんか。いや、心配せんでも詮索するつもりはない。そっちは母親が十分すぎるほどやっとるからな。だが、あいつに会いたいんだよ。家に来るのがいやならクラブに訪ねてきてもいい。わしはたいてい〈ホワイツ〉にいる」笑い声をもらしたあと、急いで付け加えた。「もちろん、きみたちもいつでも来てくれ。歓迎するよ」

「ご親切にありがとう。マルコムに会えたら伝えますよ」

ふたりはそれから何分か話し、ロバート・ダグラスに別れを告げた。

「ここでできることは、もうなさそうだな」ネイサンは歩きだしながら言った。

「ええ。あの人の言うように、マルコムとその家族がイングランド嫌いだとしたら、このパーティの出席者がマルコムを知っている可能性はなさそうだもの」

ヴェリティにとりわけ執心している男が行く手をふさいだ。「ビリンガム夫人、どうかぼくと踊っていただけませんか？」

「ビリンガム夫人とぼくは引きあげるところだ」ネイサンは男をにらみつけた。

相手が思わず一歩さがり、驚いた顔でネイサンを見る。「ああ、もちろんだ。ごきげんよう、マダム。失礼するよ、ダンブリッジ」そう言って歩み去った。

「いまのは少し高飛車すぎたんじゃないこと？」ヴェリティは笑みを浮かべて注意したものの、玄関に向かうのを拒もうとはしなかった。正直な話、珍しく無礼なネイサンは、むしろ魅力的だ。

ネイサンは曖昧な声をもらし、グラント家を出て歩きだした。「あの男たちには、きみの時間を割く価値はないぞ。一文無しの若僧ばかりだ。スパール子爵は貴族だが、領地がひどい状態だというのに、改善するための行動を何ひとつしていない。ウェスターブリッジは怠け者だ」

ヴェリティはつい笑っていた。「ネイサン、わかっているでしょう？　わたしは実際に夫を探しているわけじゃないのよ」

ネイサンは尊大な表情を浮かべた。「ぼくは、きみの提案した〝求愛者〟を演じているだけさ」

「ほかの男たちをにらんだり、けなしたりするのはやめたほうがいいかもしれないわ。嫉妬していると思われるのが関の山よ。そしてロンドン中の噂になる」

「それが狙いだと思ったが？」ネイサンは不敵な笑みを浮かべた。

驚いたことに、その笑みは思いのほか彼に似合っている。ネイサンは大陸を旅していた半年で変わったのだろうか？　それとも、もともと不敵なところもあったのに、わたしが気づかなかっただけ？

「あまりやりすぎてもよくないわ」

「どこまでやったら、やりすぎになるのかな？」ネイサンが片方の眉を上げる。

ヴェリティはふいに体が熱くなるのを感じた。ネイサンはまわりに誰もいないのに、わたしを口説いている。無意識にそうしているの？　いやだ、わたしったら、赤くなったみたい。ヴェリティは顔をそむけ、ふたりはつかのま黙って歩いた。

いつもと違う自分を説明すべきだと思ったのか、ネイサンはややあって少し堅苦しい口調で言った。「きみが……あの男たちに、あまり親しみを感じるべきではないと思っただけなんだ」

ヴェリティは驚いて立ちどまり、ネイサンを見た。「親しみを感じる？　あのなかの誰かに？」

ネイサンが笑い声をあげた。どうやら肩の力が抜けたようだ。「言いたいことはわかるだろう？」

「わからないわ。ちゃんと説明して」

ネイサンは口を開いたものの、首を振ってため息をついた。「ああ、実は、ぼくもよくわからない」

再び歩きはじめながら、ヴェリティはネイサンの言葉を考えていた。「ねえ、心配してくれなくてもいいのよ。あのなかの誰かが実際にわたしに求婚するとは思っていないもの。あなたも知っているように、わたしは貴族の妻にはふさわしくない女。それがわかれば、言い寄る男なんてひとりもいなくなる」

「きみが妻としてふさわしくないとは言わなかったぞ」

「言うまでもないでしょ。わたしたちの両方が知っていることだもの」

「ぼくはそんなふうに思ったことはない」

ヴェリティはネイサンを見た。貴族らしい整った顔に浮かぶ強情さが、なぜかとても魅力的に見える。「ネイサン……わたしに礼儀正しく振る舞う必要はないのよ。スパール子爵のような紳士が、名もない、家族もいない元スパイと結婚するはずがないでしょ」

ネイサンは、ヴェリティの気持ちを思いやり、真実ではないが嘘でもない答えを思いつこうとしているようだった。「まあ、きみがどれほど巧みにナイフを使うかを知ったら、スパールがきみに求婚しないのはたしかだな」

家に着き、ヴェリティが玄関の鍵を開けてなかに入ると、ネイサンもそのあとをついてきた。玄関ホールのテーブルには炎を絞ったランプが灯《とも》っているが、家のなかは静まり返り、闇に沈んでいる。ふたりきりであることを強く意識しながら、ヴェリティは振り向いてネイサンと向かい合った。つかのま、切ない願いがヴェリティの頭をよぎる。ネイサンと自分がこれほど違っていなければ……。ふたりになんの過去もなければ……。だが、もちろん、そんなことを願うのは愚か者だけ、世間を知らない子どもだけだ。

「送ってくれてありがとう」ヴェリティは微笑んだ。「明日また会うことになるのかしら？　マルコム・ダグラスに見張りをつけなくてはね」

「そうだな」ネイサンはためらったあと、早口に続けた。「ヴェリティ、ぼくはきみが妻にふさわしくない女性だとは思わない。きみはどんな男でも誇りに思う妻になれる人だ」

温かな感情がヴェリティの胸を溶かした。「あなたはとてもいい人ね、ネイサン。自分のためにならないほど」思わず手を伸ばし、ネイサンの頬に手を添える。「でも、そういう人でとても嬉しいわ」

ネイサンに翳《かげ》った瞳で見つめられ、気がつくとヴェリティは爪先立って彼に顔を近づけていた。ふっくらした唇に、ネイサンの唇が重なった。

8

温かく、柔らかい唇。ヴェリティは彼のキスを存分に味わった。頭のどこかでかすかな声が、いますぐ離れろ、とわめいている。でも、うなじの手が敏感な肌を撫でているいま、この警告を無視するのはたやすかった。鋭い欲望に体を貫かれ、ヴェリティはネイサンに体を押しつけた。柔らかい胸を受けとめる硬い胸の感触がなんともいえず心地よい。

この反応に、ネイサンのキスが深くなり、熱い舌どうしの甘いダンスに下腹部がほてりはじめた。大きな手が脇へと滑りおり、親指が胸の丸みの端をかすめてヒップを包む。ネイサンの指先がもたらす快感を、ふたりのあいだにある服が邪魔をする。

ネイサンが顔を上げ、あえぐように息を吸いこみながら、黒ずんだ瞳でヴェリティを見下ろした。ふたりの体はまるで互いの熱で溶け合ったかのように張りついている。それから、ネイサンがぱっと離れた。

「すまない。ぼくは……どうか許してくれ」

このときばかりは気の利いた皮肉を返せず、ヴェリティは焦点の定まらない目でネイサンを見つめた。実際、どんな答えも浮かんでこない。ネイサンは背を向け、足早に立ち去った。

ヴェリティはぼうっとしたまま玄関の扉を閉め、それに寄りかかって床に座りこんだ。

信じられない。たったいま何が起こったの？

あのネイサン・ダンブリッジが――品行方正で、礼儀正しい、堅物のネイサン・ダンブリッジが、この体に火をつけた。それも炉床で躍る小さな炎ではなく、ガイ・フォークス・デーの焚火《たきび》のような、天に届かんばかりの大きな炎を。許しなど与えたくない。それより、いますぐ追いかけて、この体でネイサンを包み……さすがのヴェリティすら驚愕するほど奔放な光景が頭に浮かび、その先を考えるのはやめた。

キスの経験がないわけではない。相手を欺くためのキス、情熱にかられたキス……いろいろあったが、どのキスでもこれほど我を忘れたことはなかった。さきほどの自分は、まるで嵐のような欲望に翻弄される若い娘のようだった。

ネイサンを相手に、どうしてあんな反応ができたのだろう？　とくに好きなわけでもないのに。いいえ、正直に言えば、ネイサンのことは出会った当初から気になっていた。ことさら辛辣な批判を浴びせつづけたのは、たぶんそのせいだ。からかうのも、気を引くような言葉を投げるのも、すぐにむきになるネイサンを怒らせるのも、ショックを受けた彼にあの独特の言い方で〝ヴェリティ！〟とたしなめられるのも好きだった。

でも、これは！　これはそれとはまったく違う。さきほど感じたのは〝やむにやまれぬ欲求〟にとても近いものだった。それがなければ生きていけないような。

でも、わたしは誰も、何も必要としてはいないわ。

どうにか立ちあがり、スカートを振って形を直して、激しいキスのさなかに落ちた薄いショールを床から拾いあげた。階段を上がり、踊り場に足をおろそうとしたとき、夜ごとの確認を怠ったのを思い出した。

苛々して、もう一度階段をおりる。体のほてりにさっさと冷めなさいと命じ、頭のなかの低いうなりにも静まれと命じながら、扉や窓の戸締まりをとくべつ念入りに確認していく。残念なことに、体も頭も言うことを聞かなかった。

ネイサンはさっきのキスをどう思ったのだろう？　ほかはともかく、わたしと同じ情熱を感じていたのは明らかだ。彼の体の反応を思い出すと、満足の笑みが浮かんだ。でも、いまはどう思っているの？　きっと後悔しているのでは？

間違いなく、まだアナベスを愛しているはずだもの。ひょっとして、キスのさなかに、頭のなかでわたしと最愛のアナベスを置き換えていたかもしれない……。これはあまりにもつらい想像だった。

彼とのキスはたぶんこれっきり。ネイサンは、気まぐれにレディにキスしてまわる男ではなかった。もちろん、こちらのことはレディだと思ってはいないだろうが、それでも、火遊びの相手にするには、わたしはネイサンの親しい人々を知りすぎている。さきほど謝った理由はそれ——あのキスを社交界の規範に違反する行為だとみなしたからだ。

今後は同じことが二度と起こらないように、細心の注意を払うだろう。わたしは火遊びをするたぐいの女性ではないかもしれないが、ネイサンが結婚したいと思うような女性でもないのだから。そう思うと小さなため息がこぼれた。自分は紳士の結婚の対象にはならないと言ったとき、ネイサンは否定した。でも、あれは思いやりのある嘘。彼のような紳士が、わたしに結婚を申しこむことなどありえない。

もちろん、わたしだって彼と結婚したいわけではないわ。

ヴェリティ・コールは自立した女として、これからも誰にも頼らずに自分の力で生きていく。夫に支配される妻には、決してならない。たとえ相手が、どんなに魅力的で、魔法のようなキスをする男であろうとも。

明日はふたりとも今夜のことを忘れ、いままでどおりに戻るだろう。どちらにとっても、それがいちばんいいことだ。でも、今夜はあのキスの記憶を、心ゆくまで楽しむとしよう。

昨夜はほとんど眠れなかったというのに、翌朝、ネイサンはなぜかいつもより早く目が覚めた。官能の霧に包まれてヴェリティの家を出たあと、フラットまで歩いて戻ったにもかかわらず、その霧は晴れなかった。

自分があれほど激しくヴェリティを欲しいと思ったことが、ネイサンにはショックだった。ヴェリティは決して正統派の美人ではないが、彼女が浮かべるあでやかな笑みは男を夢中にさせる。大きな金茶色の瞳は男を溺れさせ、豊かな胸や腰の曲線は欲望をかき立てる。それに、あの豊かな赤い髪――ネイサンの指はもう何日も、すべてのピンを抜いて落ちてくる髪を両手で受けとめたくてむずむずしていた。

となると、昨夜のキスはそこまで唐突な出来事ではなかったのかもしれない。考えてみれば、レディ・アーデンの舞踏会でヴェリティを見たときから、うずく欲望を抑えつけていたのだ。

とはいえ、ヴェリティはネイサンがこれまで魅力を感じたのとはまるで違うタイプの女性だった。長いことアナベスを愛してきたとはいえ、健全な欲望を持つ健康な男として、ときにはほかの女性に惹かれることもあった。だが、ネイサンがこれまで魅力的だと感じ、関係を持った女性は、ほとんどがすらりと背の高い、レディのような立ち居振る舞いの……要するに、アナベスのような女性だった。

ところが、ヴェリティは楚々《そそ》とした美人とはほど遠い。活き活《いい》きして、つい目を引かれてしまう派手な印象の女性だ。人によっては派手すぎると言うかもしれない。おまけに、あの形のよい口からは、どんな言葉が飛びだすかさっぱり予測がつかない。ヴェリティはネイサンを苛立たせる。実際、それを楽しんでいるようだ。

それなのに、昨夜はまるで貪り尽くしたいかのように激しくキスをしてしまった。理性の欠片が残っていなければ、取り返しがつかないほど愚かな過ちをおかすところだった。

踏みとどまったのは、ヴェリティがいやがっていると思ったからではない。ヴェリティも同じくらい激しくキスを返してきた。それを思い出すと、つい口元がゆるんだ。うなじを撫でたとき、押しつけられた体に走った震えも、ゆるくまとめた髪からはずれた髪が指をくすぐるような感触も、まだ感じることができる。熱い唇、せわしなく動く舌、背中を撫でおろす手の下の、しなやかな体の感触も。

うなるような声をもらし、ネイサンは欲望をそそる記憶から思いを引きはがした。いつまでも思い返していても、なんの役にも立たない。問題は、キスに対するヴェリティの反応ではない。このあとふたりに何が起こるかだ。

まるで水と油のようなふたりが、一生をともにできるとは思えなかった。何しろ、これまでの人生があまりに違いすぎて共通点がひとつもないのだ。マルコム・ダグラスの件で最近は頻繁に会っているが、この件は遠からず解決するだろう。ふたりには、一時的な情事以外の関係など決してありえない。それに、ヴェリティとの情事はいまは魅力的に思えても、おそらく終わるときは修羅場になる。そういう事態は避けたかった。自分とヴェリティとの関係をどう定義するべきかネイサンにはわからなかったが、これからも友人でありつづけたいことだけはたしかだ。

ネイサンは着替えをすませ、朝食をとると、さっそくヴェリティの家に向かった。まだ訪問するのは早すぎると気づいたときには、すでに玄関の前に立っていた。ヴェリティと顔を合わせたら、どんな言葉を口にすればいいのか？　昨夜のキスのあとでは、さぞ気詰まりだろう。やはりこのまま帰ったほうが……と、向きを変えて立ち去りかけたが、なぜか足が止まり、いくつかこれと思う台詞をつぶやきながら玄関の前に戻っていた。

ノックをしようと片手を上げると、ドアが大きく開き、不機嫌な顔のヴェリティが彼を迎えた。「行ったり来たり、いったい何をしているの？　なかに入って」

謝罪の言葉も挨拶も頭から吹き飛び、ネイサンはぽかんと口を開けて目の前の姿を見つめた。

ヴェリティは豊かな髪を三つ編みにしてぐるぐる巻き、頭のてっぺんに留めていた。いつもと違うのはそれだけではない。男の労働者が着るような粗い布地の灰色っぽいシャツに、裾のほつれた、よれよれの男物ブリーチをはいている。これは裾を切って丈を短くしてあるせいで、足とふくらはぎの大部分がむきだしだった。

労働者風のいでたちの仕上げは、明らかに大きすぎるブリーチをベルト代わりに縛った細い縄。このすべてが驚きだが、ネイサンは裸足《はだし》とむきだしのすねに目を奪われた。女性の裸足がこれほど心をそそるものだとは、ちっとも知らなかった。

苛立たしげにうなりながら、ヴェリティは腕をつかんでネイサンをなかに引っ張りこんだ。「何よ、おつむの中身をどこかに忘れてきたの?」

「その服は……いったい……なぜそんな格好をしているんだ?」ネイサンはしどろもどろに尋ねた。どうしてヴェリティは男に、それも孤児か病院から逃げだした患者に扮しているのか?

ヴェリティは短く笑い、ネイサンの質問にひとつずつ答えた。「これは男物の服よ。屋根裏のトランクに、いろいろしまってあるの。今日は、通りを掃きながらマルコム・ダグラスを見張ろうと思って」

ヴェリティはきびすを返して階段へと戻り、一段目に腰をおろしてぼろ靴を履きはじめた。「この格好に合う帽子と靴がなくて、煙突掃除の男の子から買ったのよ。おかげで胡《う》散臭《さんくさ》い目で見られたわ」

「だろうな」ネイサンは冷ややかに応じた。ようやくまともに話せるようになった。「いったいきみは何をしているつもりなんだ? きみが男だなんて誰ひとり信じるもんか」

「あら、信じるわよ」ヴェリティは肩をすくめた。「人間は自分が思いこんでいるものを見るんだから」立ちあがり、大きすぎるベストをブリーチの上に重ねる。

残念なことに、そのベストで形のよい胸が完全に隠れてしまった。「だが、女らしいのは胸だけじゃないぞ」ネイサンはあてつけがましく形のよいヒップを見た。そちらはだぶだぶのブリーチでも隠せていない。

「そう？」ヴェリティは体をよじって自分のヒップを見下ろした。「ええ、あなたの言うとおりかも」ブリーチからシャツを引きだし、ヒップの上に垂らす。「ほら、これでいいでしょ」

「ヴェリティ……」

「よくそうやって呼んでくれるけど、わたしの名前がそんなに気に入ってるの？」

ネイサンはこの言葉を無視した。「マルコム・ダグラスの動きを監視するのに、どうして孤児の格好をする必要があるんだ？」

「長いこと通りをうろうろして、ダグラスが出てくるのを待つわけにはいかないでしょ。馬車のなかから見張ったとしても、同じ場所にずっと停まっていればあやしまれるし、ダグラスに気づかれる危険もある。でも、通りを渡ったり、戻ったりして通行人に物乞いをしている子どもには、誰も目を留めないわ」

「少年のふりをしている美しい女性が、通行人の目を引かないとは思えないな」

ヴェリティはうっすら頬を染めながらも言い返した。「いまのは褒め言葉と受けとっておくわね。でも……」振り向いて、階段の柱にかけてあったしわしわの汚い帽子を手に取る。それを深くかぶり、つばを目のところまでぐいとおろしてから、足を開いて、不愛想な顔で腕を組んだ。「足元を掃いてやっから、一ペニー恵んでくんなよ、旦那？」

「一ペニーは高すぎる」ネイサンはそっけなく答え、内心ため息をついた。ヴェリティはいつも自分がやりたいようにやる。議論するだけ無駄だった。しかも変装をおえたヴェリティは、まさしく物乞いの少年に見えた。「で、きみが駄賃をもらって通りを掃いているあいだ、ぼくは何をすればいいんだ？　念のために教えてやるが、きみは掃除人というより喧嘩《けんか》っぱやいガキに見えるぞ」

ヴェリティは笑ってネイサンを見た。「そうね、あなたのような育ちのいい坊ちゃんが、一日中通りの角に立っているのはへんだわ。いっそ物乞いに化けたらどう？　ぼろや包帯ならまだ二階にあるわよ」

「だろうね。だが、遠慮しておく」答えながらも、つい顔がほころぶ。ヴェリティに腹を立てたままでいるのはとても難しかった。

「わたしがスリになって、あなたがその親方になるのはどう？」ヴェリティが楽しそうに提案する。

「理想的な組み合わせだな」ヴェリティの腕を取って玄関へと導きながら、一緒に笑いださずにはいられなかった。

「口ひげをつけてあげる」ヴェリティはぱっと目を輝かせた。「ねえ、口ひげをつけてもいいでしょ」

「だめだ。さあ、行くぞ」ネイサンはヴェリティを引っ張って外に出ようとしたが、ヴェリティは足を踏ん張った。

「孤児がこの家の玄関から出ていくのを見られたら、ご近所の人たちになんて言われることか」ヴェリティは考えただけで卒倒しそうだというように、自分の顔を手であおいだ。「わたしは召使いの部屋を通って裏口から出るわ。馬車のなかで会いましょう」

マルコムが泊まっている宿に向かう馬車のなかで、ネイサンはヴェリティの計画に耳を傾けた。ヴェリティの思いつく計画はどんどん過激になっていく。ネイサンは微笑を浮かべ、聞き流した。こんなに気分がいいのはずいぶん久しぶりだ。

結局、ネイサンは帽子を目深にかぶって顔の半分を隠し、宿の出入り口とヴェリティの様子を交互に確認しながら、宿屋の前をぶらぶら歩いて何度か通り過ぎた。そのあと宿屋の食堂兼パブに入り、目立たぬようにいちばん薄暗い隅に腰をおろして、ビールを飲みはじめた。マルコム・ダグラスがまもなく姿を現すといいが。さもないと、昼間から酔っぱらうはめになりそうだ。

マルコムは何をしているのか？　一日中、部屋にこもって過ごすつもりだろうか？　もちろん、すでに外出した可能性もある。だとすれば、そのうち戻るはずだ。

通りの様子はどうだろう？　ヴェリティは自分の身を守るくらい朝飯前――それは何度も証明してきたが、ネイサンは心配だった。もしもあの帽子が風に飛ばされでもしたら、まとめた髪で女性だとわかってしまう。

どうにも気になり、しばらくしてから外に出た。ヴェリティは完璧に孤児を演じていた。

コックニー訛りまるだしで通行人に話しかけながら、レディとそのメイドの前の歩道を一生懸命掃いている。途中でちらっと顔を上げ、ネイサンを見たが、まるで表情を変えなかった。ネイサンはまた店のなかに戻った。

ヴェリティの心配はいらないようだ。孤児になりきっている。それにしても、わざわざ変装に孤児を選ぶとは。考えてみると、この数日ほとんどの時間を一緒に過ごしているが、ヴェリティに関してはまだ謎の部分が多かった。とはいえ、ストーンクリフでともに過ごした経験から、彼女が食欲旺盛なことはわかっている。そこで宿屋で軽い昼食をとったあと、パンの塊と冷たい肉とチーズをナプキンに包んだ。

外に出ると、ヴェリティは手持ち無沙汰な様子で歩道を行ったり来たりしていた。ネイサンは彼女に歩み寄り、食べ物を包んだナプキンを手渡した。ヴェリティはナプキンを広げ、一瞬ためらったものの、笑顔でネイサンを見上げた。「お昼を持ってきてくれたのね」

「腹が減ったんじゃないか？　宿の亭主は孤児をなかに入れたがらないだろうし」

「そのとおりよ」ヴェリティはにっこり笑ってお礼を言うと、向きを変えて通りを見張りながら、パンを大きくちぎって口に押しこんだ。

ネイサンがそこに留まる理由はひとつもなかったが、すぐに立ち去る気になれなかった。「目当ての男はまだ姿を見せないな？」ヴェリティがうなずくと、ネイサンはさらに訊いた。「きみに疑いを抱いた人間はいなかったか？」

ヴェリティはパンをのみこみ、笑いを含んだ目でネイサンを見た。「いなかったわ。でも、あなたがちょこちょこ話しかけてきたら、そのうち誰かが不審に思うでしょうね」

ネイサンはくるりと目玉を回しただけで、この抗議を聞き流した。「お昼を持ってきてやった礼がそれか」ちらっと周囲を見てため息をつく。「どうやら無駄足だったようだな。なかに戻って宿屋の亭主にマルコムのことを尋ねてみよう」

「話してくれるかしら？」

「親愛なる孤児くん」ネイサンは尊大な調子で応じた。「金さえ払えば、ほぼすべての口が開くんだよ」そしてヴェリティに向かって硬貨を弾《はじ》き、大股に歩きだした。

背後で孤児そのものの笑いが聞こえた。「あんがと、旦那！」

宿屋の亭主はネイサンと彼が手にしている硬貨を見て、機嫌よく質問に答えた。まもなくネイサンは再び外に出て、ヴェリティと目を合わせ、ついてこいと顎をしゃくって通りを渡った。

角を曲がったとき、ヴェリティが追いついた。「どうしたの？　何がわかったの？」

「亭主が言うには、ダグラス氏は昨日引き払ったそうだ」

「逃げだしたの？」ヴェリティは驚いて叫んだ。

「そうらしい。なんだかあやしいな」

ヴェリティがうなずく。「あの男がどんどん悪党に見えてくるわね。宿を引き払ったのは、あなたに居所を知られたくない、ってことでしょ?」

「次はどうする? ロンドンにある宿屋を一軒一軒確認してまわるわけにはいかないぞ。フラットか家を借りたとも考えられる。あるいは、叔父の家に転がりこんだか。たしかロバート・ダグラスは、マルコムが来るのを待っていたんじゃなかったか?」

「どうしていまになって叔父さんの家に行くの? これまで顔を見せなかったのは、あなたを強請る企てを叔父さんに知られたくないからだとしか思えない」

「そうだな。ロバート・ダグラスはまともな男のようだった」

「それにおしゃべりだった。悪事を知る人間は少ないにこしたことはない。おしゃべりの叔父さんには、とくに知られたくないはずよ」

「そうはいっても、捜す範囲が広すぎて、このままではお手上げだ」

「こうなったら、ダグラスの次の動きを待つしかないわね。金を手に入れるために、また現れるはずだもの」

「ああ……しかし、そうなるとぼくらが一緒に過ごす意味はないな。一緒に捜す必要もなくなるから……」ネイサンはがっかりした。ひとりで部屋にこもって何日も相手からの連絡を待つのは、あまり愉快な見通しとは言えない。

「そうね」ヴェリティの声からは、喜んでいるのか残念なのかが読みとれなかった。

「だが……マルコムはきみの家かぼくのフラット以外の場所で、話をつけたいんじゃないか？　自分の居場所は知られたくないし、かといってこちらの縄張りで会うのもいやだろう。だとしたら、この求愛劇を続けて、観劇に出かけるとか舞踏会に顔を見せたほうがいいかもしれない」

「ダグラスが近づきやすいように？」ヴェリティはにっこり笑ってネイサンを見上げた。見え透いた口実を笑うように、金茶色の瞳がきらめいている。

マルコムはどこにいるかわからない。どこで出くわすかわからない。だが、それはどうでもよかった。実際に居所がわかるよりも、ヴェリティと一緒にあの男を追うほうが面白い。

ふたりはのんびり歩きだした。孤児と紳士の組み合わせは、通行人にはさぞ奇異に見えたにちがいない。だが、ヴェリティと歩くのが楽しくて、少しも気にならなかった。途中で、屋台で干し葡萄《ぶどう》や砂糖煮のレモンなどがたっぷり詰まった卵形パイ、バンブリー・ケーキを買うと、ヴェリティは汚れた手のまま歩きながら食べた。

通りの角を曲がったとき、少し先の家からレディとメイドが出てきた。ネイサンは目を細め、女性をじっと見た。「あれはきみが公園で見張っていた女性じゃないか？」

ヴェリティがケーキを喉に詰まらせながら、あわてて顔を上げる。その女性の姿を目にすると、いきなり向きを変え、急ぎ足で来た道を戻りはじめた。

「ヴェリティ？」ネイサンはあっけにとられて遠ざかる背中を見つめ、自分に近づいてくる女性に目を戻した。間違いない、あのときのふたり連れだ。公園にいたときは、たしか乳母車を押していた。

ネイサンは、走らんばかりに離れていくヴェリティに小走りで追いついた。「ヴェリティ？　どうした？　あの人は誰なんだ？」

「べつに」ヴェリティの声は少し震えていた。「ただの仕事よ」

「そうは思えないな」ネイサンは好奇心にかられた。これほど動揺しているヴェリティを見るのは、初めてかもしれない。顔が赤くなり、息も乱れている。だが、早歩きのせいでないことはたしかだ。「あの人がきみに気づくと思っているのか？　変装しているのに」

「間近で話したことがあるの……そのときも同じ変装だったから」

「いつもと違って、嘘があまりうまくないぞ」

ヴェリティはネイサンを見た。大きな瞳には悲しみと悔いが浮かんでいる。「あなたには秘密はないの？」

ヴェリティがあまりに無防備に見えて、ネイサンは胸を突かれた。さきほど見た女性が、仕事で監視していた相手でないことは間違いない。「ヴェリティ、困っていることがあるなら、助けが必要なら、できるだけのことを――」

「助けなどいらないわ」ヴェリティは意固地な顔になった。「あなたにできることなど何もない」

「きみに無能だと思われているのはわかっているが」ネイサンはむっとして言い返した。「ぼくだって、まったく何もできないわけじゃないぞ」

「誰にもどうにもできないことなの。それにいまの調査とはなんの関係もないわ」

「なんだって？　マルコムの件はビジネスではないと言ったのはきみだぞ」

ヴェリティは目の隅でちらっとネイサンを見た。「ええ、ビジネスだとは言ってない」

「だったら、ぼくは友人なのか？」

自分がなぜあっさり引きさがらないのか、ネイサンにもよくわからなかった。秘密を話したくないのなら、ヴェリティにはそうする権利がある。だが、ヴェリティはこちらのほぼすべてを知っているくせに、自分は大きな秘密を抱えたままなのが、なぜか苛立たしかった。

「そうよ」ヴェリティは怒ったように答えた。「あなたは友人よ」

友人だと認めてもらえたことが自分でも驚くほど嬉しくて、ネイサンは口元をほころばせた。「友人に相談するのは助けになると思う人々もいるぞ」

ヴェリティはくるりと目玉を回しながら通りの角を曲がり、自宅の鍵を開けた。ネイサンもそのあとから入る。

「わたしには、そういう友人はいないの」ヴェリティは肩越しに言い、階段を上がっていった。

「そういう友人というのは、どういう友人だ?」ネイサンは階段の下で尋ねた。「きみを助けたいと思う友人?」

ヴェリティが足を止め、振り向く。「よけいな世話を焼きたがる友人よ」

ネイサンは体をこわばらせた。

なぜさっさと切りあげて、立ち去らないんだ? ヴェリティの心から締めだされたって、べつにかまわないいじゃないか。

「きみの言うとおりだな。ぼくにはきみの人生を詮索する権利はない」ネイサンは愚かな真似をした自分に毒づきながらきびすを返し、玄関の扉に手を伸ばした。

「待って」

ネイサンは振り向いてヴェリティを見上げた。血の気の失《う》せた顔は、まるで怖がっているようだ。これほど取り乱すようなことを、無理やり聞きだそうとすべきではなかった。

「いいんだ、無理に話す必要は――」

「いいえ」ヴェリティは顎をこわばらせ、脇におろした両手を握りしめた。「わたしたちのちょっとしたお芝居では、あなたはわたしに求愛中だもの。あなたにも影響するかもしれない。知っておく権利があるわ」そう言って深く息を吸いこんだ。「わたしは……人を殺したの」

9

ヴェリティは急いで向きを変え、階段の残りを駆けあがった。いまの告白に、ネイサンがどんな顔をするか見たくなかった。礼儀正しいネイサンのことだ、追いかけてはこないはず。寝室に入り、ドアを閉める。ベッドに身を投げて泣きたかったが、それは弱虫のすることだ。こんな告白をさせるなんて、ひどい男。

服を脱いで床に投げ捨て、化粧を落とすために洗面台へ向かおうとすると、廊下を急いで近づいてくる足音が聞こえ、ネイサンがドアを叩いた。「ヴェリティ!」

どうやら、思ったほど紳士ではなかったようだ。

「入ってきたら承知しないわよ」ヴェリティは警告したが、念のためにそっとドアまで戻って鍵をかけた。

「くそ、ヴェリティ。鍵をかけなくても、きみの許可を得ずに寝室に入ったりはしないさ」ネイサンがうなるように言う。

ヴェリティは答えず、洗面器に水を入れて顔と手を洗いはじめた。どうしてネイサンはまだここにいるの？　体面を気にする紳士があああいう告白を聞けば、さっさと立ち去るはずでしょうに。

まったく、どこまでも苛立たしい男。

「あの告白を聞いて、帰れると思うか？」

「少しでも良識のある人ならそうするわ」ヴェリティは鋭く言い返した。

髪が背中に落ちるのもかまわずヘアピンを荒々しく引き抜き、簡単に着られるくたびれた室内着に袖を通す。ちらっと見た鏡のなかの顔は、青ざめて引きつっていた。でも、それが何？　すっかり聞きだすまで、ネイサンは帰らないだろう。すべて打ち明ければ、気を引くようなやりとりができる間柄ではなくなるにちがいないが、少なくとも、立ち去ってもらえる。

ヴェリティは鍵をはずしてドアを開け、なかに入れと合図した。ネイサンが少しばかり気詰まりな様子で部屋を見まわす。「ヴェリティ、話はほかの部屋でしたほうが――」

「何が問題なの？　部屋を変えても、話の中身はましにならないわよ」ヴェリティは苦い声で言い返し、すぐさま後悔した。この話をするのがどれほどつらいか、ネイサンに知られたくない。暖炉のそばの座り心地のいい椅子を示した。「座ったらどう？」

「きみが立っているのに？」

「頼むから、いまだけは礼儀を忘れてくれない？」

ネイサンは腰をおろした。「ヴェリティ、きみは諜報員だった。そのとき王の名のもとにしたことは――」

「そういう話じゃないの」ヴェリティは早口で遮り、詩を暗唱する少女のように体の前で手を組んだ。「わたしの母はフランス人だった。母の両親が革命のときにイングランドに逃げてきたのよ。母が結婚した男は、お金はなかったけれどハンサムだった……母にはロマンティックなところがあったの。わたしはふたりの長女として生まれ、その数年後に妹のポピーが生まれた。でも、借金取りに言い訳するのも、部屋代を払えなくて真夜中に下宿から逃げだすのもうんざりしていた母は、父が死ぬと、次の夫には裕福な男を選んだ」

「その気持ちはわかる」

「ええ。わたしも母の現実的な判断に文句はないわ。ただ、選んだ男に問題があった。自分に反対することを決して許さない、独裁者みたいな男だったの。上機嫌のときでもやさしさの欠片もなかったけど、機嫌が悪いときには平気で罰を与えた」

「ヴェリティ」ネイサンは立ちあがって歩み寄り、ヴェリティの両手を取った。「つらい思いをしたんだね」

ネイサンのやさしさに涙がにじみ、ヴェリティは彼から離れた。「あの男は実の息子にさえ厳しかったのよ。容赦なく鞭をふるっていたわ」

「そいつは……きみを傷つけたのか？」

「最初はわたしたちの気持ちをくじこうとしたの。激怒して長々と説教する、ドアに鍵をかけて一日中部屋に閉じこめる、罰と称して夕食を与えない、みたいなことよ。部屋の隅に長時間立たされたこともあった」何時間も動かずに立たされ、背中がこわばり膝が痛んだことや気を失ったことを、ネイサンに話すつもりはなかった。「最悪なのは、その継父《ままちち》に謝って、許しを請わなくてはならなかったことだった」ヴェリティは弱々しい笑みを浮かべてネイサンを見た。

「そいつは逮捕され、鞭で打たれるべきだったな」ネイサンは目に怒りを燃やし、固い声で言った。

その怒りが、凍えたような心を少しだけ温めてくれた。

「ポピーとわたしは、殴られたことはなかった。血の繋がっている息子のほうがひどい仕打ちを受けたくらい。ただ、さいわいなことに、彼はほとんどの時間を学校で過ごしていた。継父の怒りをまともに受けたのは母だったわ」それを思い出すと、いまでも胸のなかに冷たい鉄のような怒りが湧いてくる。「わたしたちはずっとロンドンに住んでいたの。母がその男と知り合い、結婚を申しこまれ、その男と一緒に暮らすようになったのもロンドンだった。でも、いつのまにか男の領地で過ごす時間が増え、気がついたときには、そこに住むようになっていた。ロンドンが恋しいこともあったけど、領地の邸がいやだったのは、そこでは継父が何もかも支配していたからよ。わたしたち母娘《ははこ》には相談する相手も頼る相手もいなかった。母の友人はみなロンドンにいたんだもの。継父は、まるで熱々の恋人みたいに、母のすべてを独り占めしたいからだ、と言っていたけど、そうじゃない。母を誰にも頼れないような状況に置いて、傍若無人に振る舞いたかっただけ。わたしは継父を心の底から憎んだわ。それから、母が死んだの」

「その男が殺したのか?」ネイサンが叫んだ。

「いいえ。ある日高熱を出して、それっきり回復しなかったの。でも、母の魂はそのまえに死んでいたのよ。継父に殺されていたの。母は生きたいという気持ちを失くしていた。だから、あんなに簡単に死んでしまったんだわ」

「気の毒に……」ネイサンは再びヴェリティに手を伸ばした。

ネイサンの目のなかのやさしさに耐えられず、ヴェリティは鋭く頭を振って一歩さがった。そんな目で見つめられたら、自分の過去を封じこめた鉄の箱が壊れてしまいそうになる。

「そして継父がわたしたち姉妹の後見人になった。母の両親はすでにフランスに帰国していたし、父の実家は息子が母と駆け落ちしたことに怒り心頭で、ずっと絶縁状態。わたしたちには行くところがなかったの」

「いったい何があったんだ?」

「便箋と封筒が欲しくて、ある日書斎に入った。でも、わたしがポピーの身をどれほど案じているか、フランスにいる祖父母に手紙を書いているところを、継父に見つかってしまったの。継父はわたしの手から手紙を奪いとり、わたしを殴ろうとした。わたしはその手をよけて、隣の居間へ逃げたわ」何年もまえのことなのに、まるで昨日のことのように何もかもがよみがえった。「わたしの反抗で怒りに火がついたのね、獣みたいに恐ろしいほど目をぎらつかせて、追いかけてきた。とっさに手近にあった陶器の嗅ぎ煙草《たばこ》入れを投げつけると、それが粉々に砕け……怒りにかられた継父がわたしに突進してきた。だから暖炉の火掻《か》き棒をつかんで、テーブル越しに振りまわしたの。テーブルのものが全部床に落ちたわ。おまえはいかれている、とわめく継父に、〝ええ、いかれてるし、執念深いのよ。わたしやポピーに暴力をふるったら殺してやる〟と言い返した。そのあと、継父はわたしたちを無視したわ。たぶん、わたしのことが少し怖かったんでしょうね」

「なぜだかは想像もできないな」そう言ったネイサンの口元には、かすかな笑みが浮かんでいた。

ヴェリティも小さく微笑んだ。ネイサンの反応は、いまのところ思ったほど悪くない。だが、最悪の部分はこれからなのだ。

「それからは、できるだけポピーのそばを離れないようにした。妹はまだ七歳だったし、わたしよりずっとひ弱だったから。継父の振る舞いを知っている召使いたちも、ポピーを心から愛して助けてくれた。でも、ある日、どこかの学校の校長が邸に来たの。継父はわたしを花嫁学校に入れるつもりだと言ったけど、わたしは拒否した。その女校長のすねを蹴飛ばしてやったわ」

「当然だな」

ヴェリティはかすかにうなずいた。「言うまでもないけれど、その校長はわたしを引き受けるのを辞退した。でも、継父がそれであきらめるとは思えなかった。べつの手段でわたしを追いだそうとするにちがいない。そのどれかがうまくいけば、ポピーがひとりで邸に残されてしまう。だから町の司祭に話したの」ヴェリティは苦い顔で言った。

「どうしたんだ？　司祭はきみの話を信じなかったのか？」

「よくわからない。いずれにしろ、司祭は継父に雇われていたから、継父の機嫌を損ねたら解雇されるわ。だからなのか、わたしにこう言ったの。聖書にあるように、お父さんを敬いなさい、と。あの人は父ではありませんと言い返すと、そのあとはお説教になった。邸を逃げだすことも考えたけど、ほかに行くところはない。幼い妹とふたりでどうやって生きていけばいいのかわからなかった。すると……」

長年胸に閉じこめてきた恐怖がよみがえり、ヴェリティは息を吸いこんだ。

「ヴェリティ、話すのがつらければ……」

ネイサンは告白を強いたことを悔やんでいるようだった。ほかの誰かなら、いやな話を聞かされて後悔しているのだと思ったにちがいない。でも、彼はただ、ヴェリティがひどくつらい思いをしたことを悲しんでいるのだ。

「最後まで言わせて」ヴェリティはぐっと眉根を寄せた。「あなたに……わたしのことを知ってほしいの。継父がわたしとポピーを連れてロンドンのタウンハウスに戻ったときには、嬉しかったわ。でも、それも理由がわかるまでだった。継父はわたしを、正気を失った人々を入れる施設に放りこむことにしたのよ」

「なんだって?」

「でも、わたしは彼らには捕まらなかった。幌《ほろ》をかけた馬車でやってきた彼らを見て、継父の計画に気づいたの。大急ぎで逃げるしかなかった。でも、ポピーを連れて逃げきるのは無理。かといって、ポピーを継父のもとに残していくことなどできない。残していけば、どうなるかわかっていたんだもの。だから窓を開けて、そこから逃げだしたように見せかけ、こっそり屋根裏に隠れたの。彼らはまんまと騙され、そっちを追いかけていった。でも、妹を連れて逃げるつもりで夜になってからポピーの部屋に行くと、継父がそこにいたの」

ヴェリティが震えはじめたのを見て、ネイサンはすばやく両手を握った。彼のてのひらは温かく、恐怖をなだめてくれた。

「継父は、恐怖のあまり震えながら泣いている小さなポピーに怒鳴っていた。わたしのように反抗的でなく、従順な娘になるように育てる、と。でも、ポピーは小さな兵士みたいに背筋をぴんと伸ばして、あたしはお姉さまのようになる、と言い返したの」それを思い出すと、胸が詰まり、声がひび割れた。「義父が妹に手を上げるのを見て、わたしは手近にあったものをつかみ、継父の頭に叩きつけた。皮肉なことに、聖書だったわ。継父は思いもしない攻撃に驚いて後ろによろめき、仰向けに倒れた。そして運悪く、後頭部が化粧台の大理石の天板にぶつかったの。恐ろしい音がして、頭から流れた血で絨毯がぐっしょりに濡れた。わたしはポピーをつかみ、ふたりで逃げだしたわ」

「だが、それは殺人じゃない」ネイサンが言った。「きみは子どもだった。怪物から妹を守ろうとしただけだ」

「ああ、ネイサン」ヴェリティは涙ぐんで首を振った。「特権に恵まれた紳士らしい言葉ね。継父はポピーとわたしの後見人だったのよ。わたしたちに何をしても許される立場だった。反対に、わたしたちには何もなかったわ。母と同じで、守ってくれる人はひとりもいなかった。妻と子どもは夫であり父である男の支配下にあるのよ。父親がそうしたければ、血を流すまで子どもを殴ったとしても許される。それはあなたも知っているはずよ」

ネイサンは赤くなり、静かな声で言った。「ああ、知っている。間違ったことだが、法律に照らせば、きみのしたことは違法行為かもしれない。だが、きみには殺すつもりなど――」

「ええ、大理石の天板で頭蓋骨が割れたのは事故だった。聖書で叩いたときも、殺すほどの力は入っていなかったわ。でも、殺意はあった。もしもあのときつかんだのが聖書ではなく火掻き棒だったとしても、わたしはそれを継父の頭に振りおろしていたでしょう。継父が死んで嬉しかった」ヴェリティは正面からネイサンと目を合わせた。「わたしはあなたとは違う。良心の呵責《かしやく》を覚えずに人を殺すこともできるの。たぶん、頭が少しどうかしているのよ」

「いや、違う。時と場合によっては、人は誰でも残虐になれるものだ。もしもきみの継父がいまここにいたら、ぼくが躊躇せずに打ちのめしている」

「ええ、でも、殺したりはしないはずよ」

「愛する人を守るためなら、殺すことも厭《いと》わないよ」

アナベスを守るためなら。ヴェリティはそう思ったが、口には出さなかった。ネイサンはこんなひどい話を聞いたあとでも、とてもやさしく理解を示してくれる。昔の恋人のことを口にしたら、つらそうに顔をゆがめるだろう。そんな仕打ちはしたくなかった。

「だとしても、そのせいでずっと苦しむことになるわ」

「きみだって苦しんできたじゃないか」

「いいえ。良心の呵責で苦しんだことは一度もない。血を流している継父を見たときは怖くなったけど、自分がしたことを悔やみはしなかった。そのあと、お金を探して書斎の机の引き出しを漁《あさ》り、母の宝石を持って逃げたわ。追っ手がかかるのはわかっていた。わたしが無実だと信じる人などひとりもいないはず。みんなが、わたしは冷酷に継父を殺したと思ったでしょうね。実際、ポピーに手を上げたら殺すと継父を脅したこともあるんだもの。継父はその事実をほかの人たちに話していたにちがいないわ。そしてそれを理由にして、わたしを施設に入れようとした。花嫁学校の校長を蹴ったことも、わたしが凶暴な娘だという証拠になったはずよ。町の司祭も、おそらくわたしに不利な証言をしたでしょう」

「どうやって生き延びたんだ？」

「わたしたちはイースト・エンドに逃げこんだの。コックニー訛りはそのとき覚えたのよ。しゃべり方を真似るのは、子どものころから得意だった。でも、そのうちお金がなくなり、母の宝石も、盗品だと思われて安く買いたたかれた。そのあとは食べるものや、質に入れられるものを手当たりしだいに盗んで暮らしたわ。ポピーは風邪をひいてしまうし、わたしも盗みがあまりうまくなくて……自分たちを守るのもへただった。そういうことは、少しずつ身に着けたのよ。そうやって絶望にかられていたとき、アスキスが現れたの」

「アスキス？　スパイダーの異名を持つ、あのスパイの元締めの？」

ヴェリティはうなずいた。「ええ、そう。以前も話したと思うけど、アスキスはあらゆることを知っていたし、至るところにスパイを飼っていた。わたしに目をつけ、資質があると判断したのね。母に教わり、フランス語を母国語同然に話せるのも、ちょうどいいと思ったんでしょう、自分の下で働かないかと持ちかけてきたの」

「諜報員として？　きみはまだ子どもだったのに！」

「わたしは十四歳だった。しかも男をひとり殺し、ロンドンの下町で生き延びるうち、大人顔負けの度胸と生き延びる知恵を身に着けていた。当時のわたしにとっては、アスキスは天からの贈り物だったわ。この国を逃げだすチャンス、権力を持っている男に痕跡を消してもらうチャンスだった。食事や眠る場所、安全も確保してもらえる。それに、諜報の仕事はわたしに向いていたのよ。訓練も決して苦ではなかった。わたしは怒りを抱えていたし、危険がもたらすスリルを楽しんだの。ただ、ポピーと一緒では諜報の仕事はできない。最初はそこまで考えていなかったけれど、すぐにわかったわ。するとアスキスは、裕福で教養のあるやさしい夫婦を知っている、と言ったの。〝子どもができなくて養子を欲しがっている。彼らにとっても、ポピーにとっても申し分のない取り決めだ〟と」

「だが、きみにとっては違う」

「ええ、ポピーを手放すのはつらかった。でも、諜報員として働きながらポピーの世話をするのは無理だったの。敵国のフランスに一緒に連れていくこともできない。アスキスの申し出を受けなければ、その日食べるものにも困るのに、どうやってポピーを育てるの？　だから、こう思った。その夫婦にポピーをまかせ、ときどき会いに行けばいい。ときどきイングランドに戻って会いに行こう、そのうちお金が貯《た》まれば、ふたりで住む部屋を借りられるかもしれないとね。でも、それが愚かな望みだと、アスキスに思い知らされた。諜報員は中途半端な気持ちでできる仕事じゃない、執着心を捨てなくてはならない、と」

「アスキスもぶちのめしてやりたい男のひとりだな」ネイサンが険しい顔で言った。

「ええ。だけど、少なくともその点に関しては、彼の言うとおりだった。わたしがときどき顔を出し、そのたびにポピーに昔のことを思い出させるのは、あの子にもあの子の新しい両親にも決していいことではなかったはずよ。うっかり敵を彼らの家に導いてしまう可能性だってあった。諜報活動は危険な仕事、若くして命を落とす仲間が多かった。だから、まだ小さいうちに姉を失ったことを嘆くほうが、ポピーにとってはましだと思うことにしたの。いつかつらかった子ども時代を忘れるにちがいない、とね。わたしのことも忘れてしまうとしても、そのほうがあの子のため。だから、〝あなたを継娘にしてくれる夫婦に託すわ。愛しているけど、わたしはこの国にはいられないから〟とポピーに説明したの。数カ月後、アスキスはわたしがフランスで殺されたという噂を流した。ポピーがどういう説明を受けたかは知らないけれど、警察はわたしを捜索するのをやめたわ。あのとき別れを告げて以来、ポピーには会っていないの。遠くから見守るだけ」

ネイサンにひしと抱きしめられ、ヴェリティは安らぎを与えてくれる温かい抱擁につかのま身をゆだねた。耳の下で力強く打つ鼓動と、守るように自分を包む腕が心の痛みを和らげてくれる。このままネイサンに頼るのは、とても楽で簡単なことだ。

でも、間違っている。ネイサンはやさしい心の持ち主で、いったん守ると決めたものはどこまでも守る人。これ以上、自分の問題に関わらせるわけにはいかない。醜い過去を持つわたしから、離れるチャンスをあげなくては。

ヴェリティは彼の胸を押すようにして、静かに彼の腕から逃れた。「身の上話はこれでおしまい。わたしを非難してもいいのよ。公園でわたしが見ていた女性はポピーなの」

「非難だなんて……きみがどんな思いをしたかと思うと胸が痛む」

ヴェリティは肩をすくめた。「最初に言ったように、あなたには、わたしが人殺しだと知る権利があるわ。もしも誰かがわたしに気づいて、わたしがしたことを知ったら、あなたもスキャンダルに巻きこまれる。少なくとも、性悪女に騙されたと物笑いの種になるにちがいないもの」

「マルコム・ダグラスが話をぶちまければ、どのみちスキャンダルは避けられない。それに、これまでだって物笑いの種には何度もなってきた」ネイサンは軽い調子で言い返した。「そんなに簡単にぼくを追い払うことはできないぞ。スキャンダルから逃げるチャンスをきみに与えるべきなのは、ぼくのほうかもしれない」

ネイサンの思いやりに、熱い塊が喉をふさいだ。たくましい腕のなかに戻りたかったが、賢い振る舞いとは言えない。さきほどの抱擁はたんなる友情だったかもしれないが、いまやヴェリティはネイサンにキスしたくてたまらなかったから。でも、寝室でそんなことをしたら、どうなるかは目に見えている。

ヴェリティは首を振った。「まったく、そんなにやわだと、利用してくれと言っているようなものよ」そこで背を向け、ドアに向かった。「来て。お茶を飲みましょう。さもなければお酒を」

ふたりで階段をおりながら、ヴェリティは続けた。「ほんとに、もっと気をつけないと。親切なのはいいけど、そんなにやさしいといつか厄介なことになるわ」

「ぼくは自分の役に立つか損になるかで、友情を測る人間にはなりたくない」

「とてもあなたらしい考え方だけど……」

「ぼくはほかの考え方を知らないんだよ」

「そうね。あなたはそういう人。おかげで、この世が多少は住みやすくなる」

10

翌日、ネイサンとヴェリティは二手に分かれてロンドンの宿屋を回り、マルコム・ダグラスを捜した。が、これはまったくの徒労に終わった。宿屋の数が多すぎて、そのうちの一軒に泊まっている客に出くわす確率はあまりにも低すぎるのだ。おまけにマルコムが本名で泊まっているとはかぎらない。

ひとりでマルコムを捜すのは退屈な作業だった。ところが、ヴェリティが一緒だとたちまち興味深くなる。ヴェリティを描写する言葉はたくさんあるが、〝一緒にいれば退屈知らず〟もそのひとつだろう。しばしば思いもかけないことが起こるから、少しも気を抜けず、驚かされることも多い。マルコムの件が片付いて、またもとの生活に戻ることを思うと、いまから憂鬱なくらいだ。

宿屋から宿屋へと移動しながら、ネイサンは一日のほとんどをヴェリティのこと、一昨《おとと》日《い》の夜のキスのこと、彼女に深入りすべきではないあらゆる理由を考えて過ごした。白昼夢にひたるか、自分に説教していないときは、昨夜聞いた告白のことを思った。ヴェリティの悲しみを取り除くために何もできないのが歯がゆかった。

もちろん、こちらの気持ちを知ったら、ヴェリティは顔をしかめてよけいなお世話だと言うだろう。ヴェリティは誰も必要としない、ひとりでなんでもできる自立した女性だ。初めて会ったときは、まわりの女性たちとまるで違うことに驚いたものだが、なぜそういう女性になったのかには思いが至らなかった。ヴェリティには親戚も、友人もなく、本来なら助けを与えるべき司祭すら味方になってはくれなかったのだ。だから人に頼らず生きるしかなかった。

そういう生き方をしてきた女性に、ネイサンが役立たずの能無しに見えるのは当然だろう。あなたの見ている世界は自分が見ている世界とはまるで違う――そう言ったヴェリティの言葉は的を射ていた。ジョージ・ダンブリッジはやさしい父親で、息子を叱るときですら、その叱責の裏には深い愛情があった。そして言葉ではなく自分の生き方を通して、自分に恥じない行いをしろ、誠実であれ、と教えてくれた。ダンブリッジ家はたしかに金銭的には恵まれなかったかもしれない。だが、常にどうにか体面を保てるだけの暮らしはできたし、裕福でないことが、上流階級におけるダンブリッジの立場に影響を与えたことはなかった。

ネイサンはひとりっ子だったが、家族同然の信頼できる友人が何人もいた。困ったときにはドリューズベリー伯爵夫妻という立派な大人たちも相談に乗ってくれた。彼はそうやってまわりの温かい目に守られ、この世界に確固とした自分の居場所があることを疑わずに成長したのだった。苦難に直面したことなど一度もなかった。ネイサンにとって最大の問題は報われぬ恋であり、日々の生活で何より難しい決断は、どのベストと上着を着て出かけるかということだった。

もしもヴェリティのような環境で育っていたら、自分はどうなっていただろう？　どんな男になっていたことか？

だが、ミセス・ハーグローヴの邸で催される音楽会にエスコートするため、ヴェリティの家に到着すると、こうした思いはたちまち頭から吹き飛んだ。実際、あらゆる思いが瞬時に消え去った。

ヴェリティは海の泡のような緑色の薄いドレスを着て、階段をおりてきた。大きく開いた襟元のレースが、白い胸を魅惑的に縁どり、赤い髪は流行の形に結いあげてあるだけなのに、同じ髪型のほかの女性たちとは比べ物にならないくらい心をそそる。口元に浮かぶいつもの微笑が、ネイサンの飢えをさらにかき立てた。

こういった反応をヴェリティが知っているのは明らかだ。ということは、ヴェリティはこちらの欲望をかき立てたがっていることになる。それはつまり……どういうことだ？　金茶色の瞳に浮かぶからかうような表情は誘いなのか？　それとも、うろたえるぼくを見て楽しんでいるだけか？

音楽会ではとくに面白いことはなかった。まあ、こういう会はほとんどが退屈なものだ。ネイサンはハーグローヴ家の五人の娘の音楽の才能、もしくはその欠如を、とくに知りたいわけではなかったが、今夜招待されている催しはそれしかなかったのだ。とはいえ、ヴェリティが扇の陰で面白おかしく感想を囁き、ネイサンを楽しませてくれた。もちろん負けじと言い返していると、やがて後ろに座っていた夫人に鋭く肩を叩かれ、静かになさいとたしなめられた。そのあとヴェリティは身を寄せて囁き、温かい息をネイサンの耳と首に吹きかけて、身震いするほどの快感をもたらした。

ハーグローヴ家の娘たちの歌の披露が終わるとすぐに、ネイサンとヴェリティは音楽室をあとにした。

「きみの頭が痛くなってくれて助かったよ」ネイサンはそう言って笑った。「ヴァイオレットの両親と顔を合わせたら、ほとんどメロディとは呼べないあの子の歌の解釈にどう感想を述べたものか、頭を悩ませなくてはならないところだった」

外は濃い霧が立ちこめていたが、ネイサンとヴェリティは徒歩で帰ることにした。ヴェリティのタウンハウスまではさほど遠くない。しっとりとまとわりついてくる夜気は暖かく、霧が世界の残りから切り離されているような錯覚をもたらす。ヴェリティですらネイサンの腕を取り、黙って歩くだけで満足していた。

「今日の成果はなしね」

「マルコムがいる宿屋を捜すのは、有効な時間の使い方ではないな。その努力をほかに向けたほうがよさそうだ」

「そのとおりね」

ネイサンは大げさに息を吸いこんだ。「きみがぼくの意見に同意するなんて。世界が傾いたのかな?」

ヴェリティがネイサンの脇腹を人差し指で突いた。「あら、あなたが正しいときは、いつも同意しているわよ」

「つまり、ぼくがきみと同じことを考えたとき、ってこと?」

「正解」ヴェリティは笑みを閃かせた。「明日の朝は仕事が入っているの。英国博物館に指輪を寄付する依頼人を、博物館まで警護する仕事。ご主人が領地で掘り起こした古い指輪だそうよ。でも、それを持っていると不幸が訪れると思ったようね」

「で、その不幸を博物館に寄贈するわけか」

ヴェリティは笑った。「そうならないといいけれど」

通りを渡ったとき、男がふたり、霧のなかから忽然《こつぜん》と現れた。ひとりはひょろりと背が高く、もうひとりは背が低いもののがっしりしている。目深にかぶった帽子と、追いはぎよろしく顔の下半分を覆っているスカーフがなければ、滑稽な組み合わせに見えたにちがいない。突然の出来事にネイサンとヴェリティが立ち尽くしているあいだ、背の低いほうがネイサンを殴って歩道に倒し、のっぽのほうが後ろからヴェリティの腰に腕を回して、両腕の自由を奪った。

ヴェリティが踵《かかと》を後ろに蹴りだしながら体をよじる。ネイサンも跳ね起きて駆け寄ろうとしたが、のっぽの男がすばやく大きなナイフを取りだし、ヴェリティの喉に押しあてた。ヴェリティがぴたりと動くのをやめ、ネイサンも止まった。背の低いほうがネイサンに近づき、腕をつかんだ。だが、ヴェリティの喉に向けられたナイフだけで、ネイサンの動きを押さえるには十分だった。

ヴェリティをつかんでいる男がうなるように言った。「……れ……こせ」

「なんだと?」ひどい訛りのせいで聞きとれず、ネイサンは男を見つめた。

「くそったれ」泥棒は声を大きくした。「おまえはばかか? 言わないと、こいつの喉をかっ切るぞ」

喉に当てたナイフに少し力を加えたらしく、ヴェリティの喉にうっすらと赤い線が現れた。ヴェリティはナイフを見つめている。おそらく口を利くことができたら、きっぱり拒否しろ、と言うだろう。だが、ネイサンは違う方法をとることにした。

「やめろ!」ネイサンは両手を振りまわして男の手から逃れ、わめいた。「なんでも欲しいものをやる。彼女を傷つけるな! 頼む、とても大切な人なんだ……花のように繊細な。彼女を傷つけないでくれ!」両手を揉み絞るようにしながら前に出る。

ヴェリティはじろりとネイサンをにらんだものの、涙をぽろぽろ落として泣きはじめた。「どうかお願い、わたしを傷つけないで。ダーリン、お金をあげてちょうだい」最後は悲鳴のようなかん高い声になった。

「うるさい！　黙ってろ！」ヴェリティを押さえている男が吠える。

「さっさと言うんだ」背の低いほうがネイサンの脇腹をこづいた。

「わかったよ、もちろんだ。なんでもやる」ネイサンはコートのポケットを探るふりをした。「ああ、くそ、持ってこなかったのか？　まさか財布を家に忘れてくるとは」

それを聞いたヴェリティが、またしても涙をこぼして、かん高い声で泣きはじめた。

「やめろ！」あまりに耳障りな泣き声に、のっぽがたまらず身を引く。「どこからそんな声が――」

「あったぞ！」ネイサンは芝居がかった身振りで硬貨の袋を取りだした。「ほら、これを受けとれ、全部やる！」

前に出て袋を開け、中身をてのひらにのせて差しだしながら、つまずいたふりをした。硬貨が飛び、地面を転がっていく。ネイサンはかがみこんでそれを拾い、さらにのっぽに近づいた。背の低い男もネイサンの横で膝をつき、硬貨を拾いはじめる。

「何やってんだ、立てよ、シュー、この間抜け――」のっぽは相棒に向かってナイフを振った。

その瞬間、ネイサンはすばやく立ちあがり、両手で硬貨の袋を握ると、〝シュー〟の鼠《そ》径部《けいぶ》にぶつけた。同時にヴェリティが鋭く踵を後ろに蹴りだし、自分をつかんでいる男のすねを蹴りつけた。そのまま前にかがんで体をひねり、相手の体重を利用して投げを決める。空中に飛ぶ男のポケットから硬貨がぱらぱら落ちた。

背の低いほうが大きく拳を振って殴りかかってきた。ネイサンは片腕でそれを止め、男の腹に拳をめりこませた。後ろによろめいた男は、ヴェリティが相棒のナイフを手に走ってくるのを見て、逃げだした。

ヴェリティとネイサンはのっぽを見た。だが、そちらもすでに立ちあがり、走りだしていた。濃い霧がたちまち男たちをのみこむ。

「追いかけても無駄ね」ヴェリティがうんざりして言った。「少なくとも、収穫はあったわ……」そう言ってかがみ、のっぽのポケットから硬貨と一緒に落ちた小さな袋を拾った。表に〈フェアボーン菓子店〉という押印がある。なかを見て、匂いを嗅ぎ、「レモン味の飴《あめ》？」とつぶやきながらひとつ口に放りこんだ。

イブニングドレスを着たヴェリティが、ナイフをつかみ、レモン味の飴を舐《な》めている。この珍妙な組み合わせに、笑いがこみあげてきた。ヴェリティもくすくす笑いだし、ナイフを捨てて駆け寄ってきた。次の瞬間、ネイサンはヴェリティを抱きしめて、夢中でキスをしていた。

理性も用心深さも吹き飛び、欲望が体を満たしていく。取っ組み合いの興奮と、ヴェリティの白い喉にナイフを当てられたときの怒りが、その欲望をかき立てた。いまネイサンの頭にあるのはヴェリティとその甘い唇、自分に押しつけられた柔らかく女らしい体だけだった。

「ヴェリティ」かすれる声でつぶやき、髪に手を差しこんで、ヘアピンが落ちるのもかまわず、柔らかい巻き毛を指に巻きつける。まるでヴェリティ自身がネイサンにからみついてくるようだ。

貪るようにキスし、耳をしゃぶりながら、片手で胸を包んだ。ドレスの柔らかい布地を通して、ヴェリティの肌の熱が伝わってくる。固くなった頂に触れたとたん、鋭い欲望が体を貫き、下腹部で爆発した。

ヴェリティも負けてはいなかった。両手をネイサンの上着の下に滑りこませ、胸を撫で、体を押しつけながら片脚を巻きつける。この大胆な反応に自制心が吹き飛びそうになり、ネイサンは低い声をもらしながら喉へと唇を這《は》わせた。

舌が血の味をとらえ、ネイサンを現実に引き戻した。ぱっと離れ、両手を脇におろす。「すまない、忘れていたよ。きみの喉が……」赤い線のほうへと伸びそうになる手を、再び急いでおろした。「大丈夫か？」

「何が？」ヴェリティは少し焦点の合わない目でネイサンを見た。「ああ、これ」と、切り傷に触れる。「なんでもないわ。大丈夫よ。傷にもならないと思う」

だが、ヴェリティも一歩さがり、胴衣を軽く引っ張って乱れを直しながら周囲を見まわした。「いまのは愚かだったわ。あのふたりが戻ってきたかもしれないのに」そう言ってナイフを落とした場所に行き、それを拾った。

「すまない」ネイサンは罪悪感にかられて謝った。「ぼくのせいだ」

ヴェリティはにっこり笑った。「あなただけのせいじゃないわ。わたしも同罪よ」

「まあ、そうだな」ネイサンはなんと答えればいいかわからず、かがんで硬貨を拾いはじめた。

ヴェリティがそばに来て手伝う。ネイサンが小さな鉄の棒を拾って袋に入れると、ヴェリティは小さな声をあげてネイサンの手首をつかんだ。「待って、それは何？　武器を隠していたの？」楽しそうに尋ねる。

ネイサンは少しばかり照れながらうなずいた。「スローンから学んだんだ。ヨーロッパを旅していたときは、なかなか役に立ってくれた。間違った場所にうっかり迷いこむこともあったからね。ナイフを使うのは得意とは言えないし、ピストルは重くてかさばる」

「上着の線が崩れるし」ヴェリティが重々しくうなずく。

「それにフォーマルな靴は、ブーツと違って武器を隠せない」ネイサンは笑いを含んだ目で横にいるヴェリティを見た。

ヴェリティは拾った硬貨を袋に戻し、立ちあがった。「あの男たちが仲間を連れて戻るまえに、引きあげましょう」

すでにタウンハウスのすぐ近くまで来ていたふたりは、まもなく安全な家のなかに入った。ヴェリティは玄関の扉に鍵をかけたあと、地下室におりるドアや窓の戸締まりを確認してまわった。

ネイサンは少しばかり当惑してそれを見守った。「あいつらが家のなかにいると思うのか?」

「どうかしら。あそこで待ち伏せしていたってことは、ここを知っていたにちがいないけれど」ヴェリティは肩をすくめた。「どっちにしても、戸締まりの確認は毎晩するのよ」

「毎晩?」階段を上がりドアや窓を確かめていくヴェリティのあとに従いながら、ネイサンは驚いて訊き返した。

「一度の過ちが、取り返しがつかない結果をもたらすもの」

ヴェリティが部屋のなかを確認するあいだ、ネイサンは寝室の外に立っていた。ベッドを見つめずにいるのは不可能だった。ついさっきのキスのことを考えないようにするのも不可能だ。一日中、これ以上のめりこむなと自分に言い聞かせていたのに、わずか数時間後には、あっさりその禁を破ってしまった。これまでは、かなり慎重で理性的な男だと思ってきたが、もしかすると自分のことがまったくわかっていなかったのかもしれない。

11

客間に戻ると、ヴェリティはふたつのグラスにブランデーを注《つ》ぎ、椅子のひとつに腰をおろした。乱れた髪のまま、キスで少し腫れた赤い唇で、けだるげに座っているヴェリティ。ネイサンは向かいのソファに座り、この甘美な姿を無視しようと努めた。

「よく機転が利いたわね。上出来だったわ、ミスター・ダンブリッジ。あなたにああいう芝居ができるとは思わなかった」ヴェリティが言った。

「きみがぼくの意図に気づいてくれるか、少し心配だったが」ヴェリティに褒められると、なぜかとても気分がいい。

「何かを企んでるのは、すぐわかったわ」

「だが、ぼくをにらんだじゃないか」ネイサンは指摘した。

「怯えて震える女の役を振られたら、にらむに決まってるでしょ」

「そのほうが、あいつらの気をそらせると思ったんだ。あのふたりがきみの強さを知っていたら、あれほどうまくはいかなかっただろうな」ネイサンは少し考え、付け加えた。

「それにしても、あいつらは誰なんだ？　どうしてぼくらを襲ってきた？　最初はただの追いはぎだと思ったが、明らかに違うな。狙っていたのは金じゃなかった」

「ええ。ひとりが何かをよこせと言ったわね」

「そう言ったのか？　スカーフで口を覆っていたうえに訛りがひどくて、よく聞きとれなかったが」

「わたしにはそう聞こえた。あなたの言うとおり、わかりにくかったけど。〝それをよこせ〟だったかもしれない。そのあと、何かを言えと要求していたわ」

「ああ、もうひとりもそう言ったな。〝それをよこせ〟は、ぼくらが持っているものを要求しているわけだが、〝言え〟は、ぼくらが知っていることを話せってことじゃないか？」

「わたしたちが〝それ〟を持っているのか、ただ、情報を知っているだけなのか、わからなかったのかもしれない」ヴェリティがつぶやいた。「でも、いったい何を欲しがっていたの？　そもそも、誰があいつらを雇ったのかしら？　あのふたりは自分たちの意志で襲ったわけじゃない。明らかに雇われたごろつきよ。わたしの調査のひとつに関係があると言いたいところだけど、いまはとくに危険な仕事はしていないの。いま調べているのは、マルコム・ダグラスの件だけ。でも、あの男たちの要求は、このまえ会ったときのダグラスの態度とも、あの男の目的とも合わない」

「たしかに。マルコムにはぼくらが自分を調べる邪魔をする理由はない。すぐにばれるような嘘をつくはずがないから、何も恐れることはないはずだ」

ネイサンのフラットの前で待ち伏せしていたときも、スキャンダルになってもいいのか、と脅迫まがいの言葉を口にしたが、暴力をふるう様子はまったくなかった。

「あなたのお父さまがお母さまと結婚したあとに、マーガレット・ダグラスと結婚したという証拠があるのかもしれない。それだとマルコム・ダグラスの母親との結婚は無効になるから――」

「それはありえない」ネイサンはきっぱり否定し、立ちあがって部屋のなかを歩きはじめた。「父がすでにマーガレット・ダグラスと結婚していたのに、母と激しい恋に落ちたのだとしたら、重婚の罪をおかしたと言われてもまだ信じられる。だが、父は情事のためだけに若い女性を欺くような人間じゃなかった」椅子に戻って続けた。「それに、ダグラスはぼくより年上に見えた」

「ええ、間違いなくあなたよりも年上ね。実際、三歳か四歳は離れていると思う。それも、マルコムが言った年にお父さまがマーガレットと結婚したとは信じられない理由のひとつよ」

「あのごろつきを雇った人間はほかにいるんだ。たとえば……アーデンとか」ネイサンはこの考えに勢いづき、身を乗りだした。「きみがあの舞踏会で気絶させた警備員が、きみが誰だか気づいてアーデンに伝えたとしたら？　アーデンはきみを疑い、ごろつきを雇ってブローチを取り戻そうとしたのかもしれない」

「でも、あのブローチはアーデンのものじゃないのよ」ヴェリティが言い返した。「いずれにしろ、もうわたしの手元にはないわ。レディ・バンクウォーターに返したもの」

「アーデンはそれを知らない。だから、きみのことをよくいる宝石泥棒だと思ったのかもしれない」

「失礼ね。わたしみたいな宝石泥棒はめったにいないわよ」ヴェリティはむっとして言い返した。「でも、その可能性はあるわね。警備員からわたしの外見を聞いて、アーデンはわたしが誰か、どこに住んでいるか、突きとめたのかもしれない。翌日のパーティでアーデンと会ったときにそう思ったの。軽く見ると後悔するぞ、と警告されたから」

「きみが過去の調査で〝怒らせた〟人間は、アーデンだけではない可能性もある」

「ええ」ヴェリティは片方の肩を小さく動かした。「つい二週間ほどまえも、質の悪い小麦を混ぜて売っている食料品店をとっちめたし」

「小麦粉?」ネイサンは片方の眉をぐいと上げた。「きみが手がけるにしては、ずいぶんと些細な事件だな」

「うちの家政婦から苦情が出たのよ」ヴェリティは答えた。「だいいち、お客を騙すような商店は許せない。一カ月ほどまえは、不倫の現場に踏みこまれた銀行家が、わたしに激怒していたわ。奥さまの父親がお偉いさんで、自分の銀行との取り引きを中止されたらしいの。そのまえは横領犯を捕まえた。公爵夫人の宝石を盗もうとして、わたしのせいで捕まった泥棒も、この礼は必ずすると息巻いていたわ。いまは監獄にいるけれど、友人に頼めばごろつきを雇うのは簡単よね。ほかにも――」

「やれやれ。きみに危害を加えたくない相手は誰か、と訊いたほうが早そうだな」

「まあね。どこかにはそういう人がいるはずよ、大きな国ですもの」ヴェリティは笑いながら言い、身を乗りだした。「ただ、さっきのふたりは、わたしに危害を加えるのが目的ではなかった。わたしを脅したのは、何かを手に入れるためだったわ」

「欲しいものを手に入れたあとで、きみの喉を切り裂いたかもしれないぞ」

「まあ、ずいぶん恐ろしいことを考えるのね」ヴェリティは微笑した。「そういうところは好きよ」

「冗談で話をそらそうとしても無駄だぞ」

ヴェリティは驚いてネイサンを見た。「あら、話をそらすつもりはなかったわ。ただ……」ヴェリティは言いかけてためらい、暖炉に目をやった。「わたしに危害を加えたいと思っているかもしれない男が、もうひとりいるの」

「それは誰だ？」

「ジョナサン・スタンホープ。一週間まえにパーティで姿を見かけたの。向こうはわたしに気づいていないと思ったけど、間違いだったのかもしれない」

「スタンホープ？　知らない名前だな。誰なんだ？　それに、どうしてきみを傷つけたいんだ？」

「ジョナサンは、十六年まえにわたしが殺した男の息子なのよ」

ネイサンは長い息を吐いた。「なるほど」

「あの夜、ジョナサンがわたしを見た可能性は低いわ。たとえ見たとしても、わたしに気づいたとは思えない。ジョナサンは九歳のときから寄宿学校に入っていたから、わたしたち姉妹とはそれほど一緒じゃなかったし。それに、アスキスが流した噂を聞いて、わたしは死んだと思っているはずよ。でも、あの夜のことは不注意だった。ビリンガム夫人として社交の場に何度も顔を出しすぎたわ」

「ビリンガム夫人には、そろそろ消えてもらったほうがいいかもしれないな」

ヴェリティは肩をすくめた。「でも、ビリンガム夫人としてあなたと一緒に出かけているのよ、途中で退場させるわけにはいかないわ」

「だったら、この調査から手を引くべきかもしれない」

ヴェリティが驚いてネイサンを見た。「あなたはそうしてほしいの？　わたしに手を引いてほしい？」

「いや、ぼくはきみと一緒にいたい」ネイサンは急いでそう答えてから、自分の言葉がどんなふうに聞こえるかに気づき、赤くなった。「きみは調査の専門家だからね。ただ、きみの安全を考えると……」そこで咳払いした。「スタンホープ卿がきみに腹を立てているのは理解できる。だが、父親が死んだのはずいぶん昔のことだ。それに、きみが生きているのを知ったとしたら、どうして警察に行かないんだ？　あのごろつきが何かを欲しがっていた、というのも理屈に合わない」

「でも、わたしは母の宝石を持ち去ったわ」

「しかし、お母さんの宝石は、いずれきみのものになるはずだった」

「ジョナサンがそういう考え方をするかどうか……母の宝石のなかには、ダイヤの指輪もあったのよ」

「だとしても、そんな昔に持ちだした宝石が、まだきみの手元にあると思うもんか」

「そうかもしれない。でも、売った相手をわたしから聞きだせば、取り戻せると思った可能性もあるでしょう？　おそらくあいつらは、その情報を引きだそうとしたんだわ」

「あいつらが誰の指図で襲ってきたにせよ、きみが危険なことに変わりはない。明日ひとりで博物館に行くのは賛成できないな」

「ネイサン、これは仕事なのよ。いまから断るわけにはいかないわ」

「ぼくも一緒に行こうか」

ヴェリティはくるっと目玉を回した。「だめ。依頼人に、守ってくれる男がいないと仕事ができないと思われてしまうわ」

たいの？」

ヴェリティはぐいと眉を上げた。「わたしが突然自分の面倒を見られなくなったと言いたいの？」

ネイサンはため息をついた。「いや、そうじゃない。ただ……心配なんだ」

「公爵夫人を警護するのは、夜ではなく日中よ。それに、もう油断はしない。ひとりで大丈夫」ヴェリティは人差し指をネイサンに向けた。「あなたも気をつけたほうがいいわよ」

「そうするとも」

ネイサンは、一杯のブランデーをいつもより時間をかけて、ゆっくりと飲んだ。ヴェリティのブランデーは上等だったが、ひとり住まいの女性の家に不適切なほど遅くまで留まっていたのは、ブランデーが理由ではなかった。金茶色の瞳をきらめかせ、謎の襲撃について検討するヴェリティのそばを離れがたかったからだ。今回の襲撃に関してはすでに語り尽くしていたが、ヴェリティは見たところ喜んであらゆる詳細を再検討し、選択肢を探っている。ネイサンはいつまでもその言葉に耳を傾けていたかった。

ヴェリティは容姿だけでなく、声も匂いも魅力的だ。鋭い知性でネイサンを自分の世界へとぐいぐい引きこんでいく。これまでネイサンは、紳士が仕事を持つのは金が必要だからだと思ってきたが、調査の仕事に打ちこむヴェリティを見ていると、自分の人生の大半を占めているパーティや社交的な訪問がひどく退屈に思えた。もちろん、ヴェリティに比べれば、あらゆるものが退屈に見える。ヴェリティはこれまで知り合った誰よりもエネルギーにあふれた女性だった。一緒にいると、自分まで生きていることを実感できる。それにさきほどキスをしたときは、まるで血管に電流が走ったかのようだった。

ネイサンは話しているヴェリティの唇を見つめた。もう一度引き寄せたいという衝動がこみあげてくる。だが、そうしたら、今度は自分たちを止めるものは何ひとつない。通りの真ん中に立っていたときですら、たぎる情熱を抑えられなかったのだ。同じ危険をここでおかすことはできない。ヴェリティの唇からもぎとるように目をそらし、ネイサンはブランデーの残りを飲みほして、別れを告げ、ヴェリティの家を辞去した。

いつもより警戒してフラットまでの道のりを歩いた。万一の用意に、小さな鉄の棒を袋から出し、片手に握りしめて。これからもヴェリティのそばにいるつもりなら、もっと効果的な武器を手に入れるべきかもしれない。

待て。ぼくはこれからもヴェリティのそばにいるつもりなのか？　マルコム・ダグラスがもたらした問題は、どういう形になるにせよいずれ解決する。それと同時に、ヴェリティと会う理由はなくなる。アナベスに扮したヴェリティとストーンクリフに滞在していたときなら、彼女から逃れられることを喜んだにちがいないが、いまは少しも嬉しくなかった。

とはいえ、いまはそんなことを考えている場合ではない。やらねばならないことに集中し、今夜ごろつきを差し向けた人間を突きとめなくては。明日の午前中、ヴェリティに警護の仕事が入っているのは、考えてみればかえって都合がよかった。そのあいだに今夜のごろつきのことを少し調べてみることにしよう。

悪魔のようだった継父には猛烈に腹が立つものの、過去を変えることはできない。先代のスタンホープ卿はすでに死に、こちらの手の届かないところにいる。

だが、現在のヴェリティを守ることはできる。誰だか知らないが、ヴェリティを襲わせた黒幕を突きとめ、その男の意図を阻止するとしよう。

12

翌朝、スローン・ラザフォード家の扉を開けた男は、執事には見えなかった。それどころか召使いにすら見えない。だが、まさしくスローンが雇いそうな男ではある。ネイサンが名刺を渡すと、男はそれとなくネイサンに疑わしげな目を向けたものの、黙ってきびすを返し、家の奥へと姿を消した。

スローンの家のなかを見るのは、これが初めてだった。この家はずっとこうだったのか？　それとも魅力的な家具や飾りつけは、アナベスが一緒に住むようになってからのものの？　そんなことを思いながら玄関ホールで待っていると、スローンの父親、マーカスが階段をおりてきた。

「ネイサンか？　これは驚いた」そう言って近づき、片手を差しだした。「よく来てくれたな」

「ええ、ミスター・ラザフォード。お会いできてよかった。ひとつ訊いてもかまいませんか？」

「ああ、もちろんだとも」マーカスは鷹揚《おうよう》に応じた。「わたしに答えられるかどうかわからんが」

「スタンホープ卿をご存じですか？　あなたと同年代か、もう少し若いかもしれません」

「バジル・スタンホープかね？　驚いたな、最後に会ったのはずいぶんまえの話だ。いまどこにいるかも知らんな。昔から変わり者で、厄介な男だった。あいつには関わらんほうがいい」

「ええ、近づきもしませんよ」

マーカスは言葉を続けた。「アナベスと話しに来たのなら、残念だがレディ・ロックウッドに会いに行ったよ」

「レディ・ロックウッドがロンドンに戻っているんですか？」ネイサンは驚いて尋ねた。ストーンクリフで会ってから、まだ一週間くらいにしかならない。

「ああ、戻っているぞ」奥から出てきたスローンが、そう言ってふたりに加わった。「孫のいるストーンクリフも、突然湧いて出た私生児に比べれば退屈なんだろう」

「ユージニアは、昔から謎が大好きだったからな」マーカスがうなずく。

「レディ・ロックウッドはミセス・ダンブリッジを連れてきたぞ」スローンが笑いを含んだ目で付け加えた。

「母を？」ネイサンは驚いて訊き返した。

「ああ。それときみの叔母上も」

「なんのために？　まさかレディ・ロックウッドは母にマルコム・ダグラスのことを話したのか？」

「いや、そんなことはせんよ」マーカスが答えた。「秘密を知りたがる人だが、抱えとるのも好きだからな。さてと、わたしは出かけるぞ。ユージニアとアナベスを買い物に連れていく約束をしとるんだ」

マーカスは玄関ホールのスタンドから帽子を取り、出ていった。スローンとネイサンはつかのまその後ろ姿を見送った。

「ユージニアだって？」ネイサンはスローンに目を戻し、眉を上げた。「きみの父上は、ずいぶんレディ・ロックウッドと親しいんだな」

「ああ。秘密を共有するくらい親しいようだ。理由はわからないが、本人たちに訊く気もない。レディ・ロックウッドは、ぼくが知るかぎり父がおとなしく従う唯一の人間なんだ」スローンはきびすを返し、廊下を戻りはじめた。「執務室に来てくれ。ご機嫌伺いに来たわけじゃないんだろう？」

「ああ、違う」ネイサンはスローンのあとについていった。

レディ・ロックウッドの誕生パーティでも思ったが、不思議なことにスローンといても反発も嫉妬も感じなかった。スローンはいまでも皮肉屋だし、態度も尊大だ。そんな男に助けを求めなくてはならないのはもちろん苛立たしいが、友人とは言えないまでも、昔と違ってもう敵ではなかった。いまの自分たちを、いったいどう呼べばいいのだろう？　なんだか最近はわからないことだらけだ。

スローンは執務室のドアを閉め、机に向かおうとして、その横にあるふたつの椅子へと向きを変え……結局、机の端に腰をおろして床に足をつけた。ネイサンと同じで、どういう態度を取ればいいかわからないのだろう。

「マルコム・ダグラスのことで来たんだろうな」

「いや、ヴェリティのことで来た」

「ヴェリティ・コール？」スローンは驚いてネイサンを見つめた。

「ああ。ダグラスのことを調べる手伝いを頼んだんだ」

「なるほど」

なるほど？　きみには、ぼくがヴェリティにこの調査を頼んだ理由がわかるのか？　ぼくには見当もつかないが。ネイサンはとっさに浮かんだ思いをのみこんだ。

「実は、昨夜ふたりのごろつきに襲われたんだ。ひとりはヴェリティの喉にナイフを突きつけ、何かを話せ、あるいは出せと要求した。だが、ぼくたちはあの男たちが何を要求していたのか、さっぱりわからないんだ」

「ダグラスの仕業だと思うか？」

「どうかな。ダグラスだとしたら、ぼくをごろつきに襲わせてどんな得がある？　それに、ヴェリティを襲う理由がある連中は、ほかにも数えきれないほどいるらしい」

「そいつは驚きだな」スローンの唇の端が上がる。

「ああ。全員がヴェリティの仕事の関係で不利益をこうむった連中だが、なかでもいちばんあやしいのがアーデン卿だ」

「アーデン？」スローンは片方の眉を上げた。

「そう。ヴェリティの話では、アーデンは強請りを働いているらしい。実は、あいつが隠していた箱から、盗みだしたものがあって……もともとそれは――」

「待てよ。きみはヴェリティが何かを盗むのを手伝ったのか？　ネイサン、きみはいったい……」スローンは意地の悪い笑みを浮かべた。「盗みだって？　きみの兄だと主張する男が現れているときに？」

「マルコム・ダグラスが現れたのは、ぼくのせいではないぞ」

「アーデンの邸で盗みを働いたのも、きみのせいじゃないんだろうな。その言い訳はヴェリティの匂いがぷんぷんする」

ネイサンはこの言葉を無視した。「とにかく、昨夜のごろつきの雇い主を絞りきれない理由はわかってもらえたな？　だから、あいつらを見つけて、誰に雇われたのか聞きだしたいんだ。きみのところへ来たのはそのためだ」

「ロンドンの犯罪者すべてを知っているわけじゃないぞ」スローンが皮肉混じりに言い返す。

「だが、ぼくよりは知っている。それに、賭けてもいいが、どこへ行けばあのふたりの情報が手に入るかも知っているはずだ」

「まさか、そういう話だとは……」スローンはつかのまネイサンを見つめ、立ちあがった。

「いいだろう」机の向こうに回り、引き出しから小型拳銃を取りだして、上着のポケットに入れ、ブーツの内側にナイフを滑らせた。「きみは自分の魅力以外の武器を持ってきたか？」

ネイサンは答える代わりにジャケットの前を開け、腰に差しこんだ決闘用のピストルと、ポケットにしのばせた短い棍棒《こんぼう》を見せた。

「驚いたな」スローンは引き出しを閉め、ネイサンに合図して執務室を出た。「行くぞ」

「どこへ？」

「パーカーに会いに行く」

「このまえきみが脅した男か？」ネイサンは驚いて声を高くした。

「ああ、あの男だ」

「しかし……なぜ？」

「あいつはロンドンのあらゆる犯罪者を知っているからさ」スローンは帽子をつかみ、玄関を出ながら頭にのせた。

「またあの男を襲うのか？」

「ばかを言うな。ぼくはもうまっとうな市民だぞ」スローンは辻馬車《つじばしゃ》を呼びとめ、波止場へ行くように告げた。「パーカーとは合意に達したんだ。ぼくは合法的な商品を扱う。パーカーは違法なものを密輸する。そして互いに干渉しない」

スローンは合意に達したと言ったが、根城に現れたふたりを見た男たちは、少しも嬉しそうではなかった。それでも、ひとにらみしただけでひとりが奥に行き、戻ってくると、ふたりをボスの事務所に案内した。

パーカーは立ちあがりもしなければ、椅子を勧めもせずに、腹の上で腕を組み、問いかけるようにふたりを見た。スローンも険しい表情で見返すだけで黙っている。この調子だと、一日中だんまり合戦になりかねない。ネイサンは口火を切ることにした。

「われわれは、ふたりのごろつきを捜している」

「それがどうした？」パーカーは薄い色の目をネイサンに向けた。

「きみはそのふたりの情報を持っているかもしれない」ネイサンは穏やかな口調で説明した。「ひとりはほぼぼくと同じ身長でやせっぽち、もうひとりは背が低くてがっしりしている。帽子をかぶっていたから髪の色はわからない。それに顔の下半分をスカーフで隠していた」

パーカーは鼻を鳴らした。「それじゃ、ほとんど何もわからんわけだ」

「ひょろ長いほうは左手の甲にかなり目立つ傷がある」あのときネイサンの目は、ヴェリティの喉元にナイフを突きつけていた手に釘づけになっていた。「三日月の形をした大きな傷だ」自分の手の甲に傷の形を描いてみせた。「左手でナイフを持っていたから、おそらく左利きだな。眉が太くて、鼻の上でくっつきそうなほど濃い。本名かどうかわからないが、相棒のことをシューと呼んでいたと思う」

「おれの手下じゃないな」パーカーは肩をすくめた。

「警察に訴えるつもりはない。そいつらの雇い主が知りたいだけだ」

「そう言われても、知らんものは知らん」

「関税局のフィリップ・ドブス卿のことは知っているか?」パーカーの目に、警戒するような色が浮かんだ。「偶然だが、ぼくもドブス卿と知り合いでね。きみの商売に関して、彼にひと言耳打ちすれば――」

「おい、待て!」パーカーはスローンを見た。「お互い、干渉しない約束だったろうが」

「きみとミスター・ラザフォードは合意に達したそうだな。だが、きみとぼくのあいだにはなんの取り決めもない。もちろん、昨夜ぼくの連れを襲った男たちを見つけるのをきみが手伝ってくれれば――」

パーカーは深いため息をついた。「背の高いほうはヒル、低いほうはシューメーカーだ。

ふたりは常に組んで仕事をしてる。根城はチープ・サイドの〈ブルー・スワン〉。おれが知ってるのはそれだけだ。もっと知りたきゃ、そこで訊くんだな」

パーカーの事務所をあとにしながら、スローンは愉快そうに目をきらめかせた。「ネイサン、きみには感心したよ。パーカーを脅すとはいい度胸だ。どうやら、見た目どおりの優男ではなかったらしいな」

「きみはああいう駆け引きに感銘を受けるわけだな」ネイサンは言い返した。

〈ブルー・スワン〉は狭くて、汚くて、薄暗い店だった。間違いなくごろつきのたまり場にふさわしく、古いエールや考えたくもないものの匂いがよどんでいる。ふたりが入っていくと、男たちの目が集まった。かもになりそうな客かどうかを測っているのが丸わかりだ。

スローンはゆっくり店内を見渡し、ひとりに向かってうなずいた。「ベルモント、おまえはニューゲート監獄にぶちこまれたと聞いたが」

ベルモントと呼ばれた男は、吠えるような笑い声をあげた。「そいつはおれじゃねえぜ、旦那。いとこのほうだ」

ふたりは話しはじめたが、隠語が多すぎて何を言っているのかネイサンにはほとんどわからなかった。まもなくスローンは男にうなずき、ネイサンを従えて、テーブルのあいだを縫うようにしてカウンターへ向かった。

「ひどいな、友達に紹介してくれないのか？　いまはまっとうな市民なんだろう？」

「ああ。だが、あいつが〈ホビー靴店〉のブーツを買ってからはずいぶん経っているからな。きみのような育ちのいい伊達男《だておとこ》に紹介して、いい靴を前に気詰まりな思いをさせるのは気の毒だ」

スローンから二人組を捜していると聞いたバーテンダーは、大声でそんな男たちは知らないと否定し、スローンが出した金貨さえカウンター越しに突き返してきた。スローンは肩をすくめ、ネイサンの肘をつかんで居酒屋を出た。

「くそ、スローン。やつらの居所を突きとめる必要があるんだ」ネイサンはスローンの手を払いのけた。「あっさり引きさがるなんて、どういうつもりだ？」

「あれも交渉のうちなのさ。こっちだ」スローンは左手に顎をしゃくり、通りの角を曲がってなかほどまで進むと、細い路地の入り口で足を止めた。「あのバーテンは、客の情報を売るところを常連客に見られるわけにはいかないんだ」

数分後、さきほどのバーテンダーが現れ、用心深くまわりを見てから手を伸ばした。スローンが金貨を一枚掲げ、片方の眉を上げる。バーテンダーが二人組の部屋までの道順を口にした。

「セント・メアリー・ヒルの三つ目の細い道を左に曲がった、救貧作業場の手前の家だ。番地は八番だが……」バーテンダーは肩をすくめ、建物に表示された番地が当てにならないことを示した。

「アーデン卿があのふたりを雇ったことはあるか？」ネイサンは尋ねた。

「さあな。そういう話は聞いてねえ。あいつらはあんまり腕がよくねえんだ。まあ、急ぎ仕事で雇った可能性がないとは言えねえが」

「あのふたりはともかく、アーデン卿はごろつきを雇うことがあるんだな？」

「あるさ。あんたはアホか？　ああいう紳士が、汚れ仕事を自分でやるわけねえだろうが」

「どういう汚れ仕事だ？」

「待てよ……こりゃ、金貨一枚じゃ足りねえな」

「いいから答えろ、カートライト」スローンが凄みを利かせた。

バーテンダーがため息をつく。「あの人が雇うのは、見るからにごつい男たちだ。かも、が間違いなく金を払うようにな」

「アーデンが強請る人々のことか？」

「そうだよ。おれが知ってるのはそれだけだ」バーテンダーはスローンの手から金貨をひったくり、立ち去ろうとした。

「ダグラスという名前の男はどうだ？」ネイサンは一歩踏みだした。「スコットランド訛りのある男だ」

「知らねえな」バーテンダーはくるりと振り向いて、苛々した声で言った。「スコットランドの男はひとりも知らねえ。もういいか?」

「スタンホープは?」

「誰だって?」

「いや、いい」ネイサンがもう一枚金貨を渡すと、バーテンダーは笑みを浮かべないまでも、多少機嫌を直した。

ふたりはまもなくバーテンダーが言った細い道に着いた。が、兎《うさぎ》の巣のように立ち並ぶ家のなかから目当ての家を見つけるのは、それほど簡単ではなかった。何十分も界隈《かいわい》を歩きまわったが、結局わからず、通りにたむろする孤児に何枚か硬貨を渡して、ようやくヒルたちの住むアパートを突きとめた。

ネイサンが扉をノックすると、ドアが細く開き、すぐさまバタンと閉まった。ネイサンとスローンは肩で押し開け、部屋に飛びこんだが、そこにいるのは大声で悲鳴をあげる女ひとりきりだった。金切り声のせいで、何を言っているのかさっぱりわからないが、〝ヒル〟という一語だけはどうにか聞きとれた。手の甲に傷のある、ヴェリティの喉に傷をつけた男の名だ。

ネイサンはわめきつづける女を押しのけ、その背後にある細い階段を駆けあがった。スローンがすぐあとに続く。

上の部屋はからっぽだったが、開いている窓からロープが垂れていた。窓に駆け寄ると、必死にセント・メアリー・ヒルのほうへ走っていくひょろりとした男の姿が見えた。

「あいつの部屋がここだとどうしてわかった？」スローンが驚き、感心したようにネイサンを見る。さきほどパーカーと会ったあとで浮かべたのと同じ表情だ。

「どこかにたどり着けそうなのはあの階段しかなかった。さっきの女は明らかに誰かに警告していたから、急いだんだが」ネイサンはロープを鋭く引きながら答えた。

スローンは片方だけ眉を上げた。「それがぼくたちの体重を支えられると思うか？」

「支えてくれなくては困る」ネイサンは鋭く言い返し、向きを変えてロープで窓からおりはじめた。

スローンがにやりと笑い、あとに続く。ふたりとも地面に足がついたとたんに走りだした。外の通りに出ると、波止場のほうに走っていくヒルが見えた。救貧作業場の角で左に曲がり、聖ダンスタン教会の庭を横切っていく。ふたりはテムズ通りを行き交う馬車のあいだを縫うようにして追いつづけ、徐々に距離を縮めていった。と、突然ヒルが向きを変え、廃屋らしい建物に走りこんだ。

建物のなかに飛びこんだネイサンは、耳を澄ました。だが、自分と同じように荒いスローンの息遣いしか聞こえない。どの窓もとっくの昔に壊され、そこを通して射しこむ薄明かりで、一部崩れ落ちた屋根が見えた。暗がりに目が慣れると、床に空いた穴の横に、蝶番《ちょうつがい》のついた木製の板が見えた。ぼんやりとした光がそのまわりを縁どっている。

「落とし戸か?」ネイサンはまだ荒い息をつきながらつぶやいた。スローンがうなずく。

ふたりは覆いを持ちあげ、その下を覗きこんだ。梯子《はしご》が石壁にはさまれた土間へとおりている。

「トンネルだな」スローンがネイサンを見た。「おりてみるか?」

「もちろん」ネイサンは答え、梯子に手をかけた。

下におりると、スローンもすぐあとに続けるようにすばやく横に寄った。さきほど見えた薄明かりは、前方で陥没しているトンネルの天井から射してくるようだ。瓦礫が横に押しのけられている。ふたりが追っている男は、屋根がさらに崩れる可能性にはかまっていられなかったらしい。その後ろ姿が暗がりの奥に消えていく。

床には細い割れ目があったが、二本の板がそこに渡してあった。ネイサンはそちらに向かった。スローンもついてくる。だが、板に達するまえに、大きな音をたてて足元の床が崩れた。とっさに前に飛びだしたスローンが、ネイサンの腕をつかむ。つかのま、ネイサンは空中にぶらさがっていた。が、今度はスローンの立っている床が崩れ、ふたりとも闇のなかへ落ちていった。

13

頭が割れそうに痛み、ネイサンはうめきながら周囲を見まわした。体の半分が瓦礫に覆われている。「スローン？」

返事は返ってこなかった。埃《ほこり》と砕けた石の粉にむせて咳《せ》きこみながらも、再びスローンの名を呼ぶと、少し離れたところから罵り声が聞こえた。

「大丈夫か？」頭から血を流しているスローンの姿が頭に浮かび、ネイサンは急いで瓦礫と脚をはさむ裂けた板を取り除いた。昔の自分ならスローンが怪我《けが》をしても我関せずだっただろうが、いまは違う。スローンの身に何かあれば、アナベスがどれほど悲しむことか。

「大丈夫なわけがあるか」スローンは瓦礫の山の反対側で立ちあがろうとしながら、うなるように答えた。「三メートルも落ちたんだぞ」服を覆う石埃を払おうと無駄な努力をしたあと、自分の上にある穴を見上げた。「いや、四メートル半はあるな」

ネイサンは咳きこみながら瓦礫から這いでた。体中が痛むところをみると、あざだらけになりそうだ。何かで脚を切ったらしく、床に少し血がたまっている。顔が濡れているところをみると、頭も切っているのだろう。とはいえ、少なくとも骨は折れていないようだ。

ネイサンはスローンのそばに行き、まわりを見まわした。「ここはいったいどこだ?」

崩れた箇所から射しこむ光で、自分たちが長方形の浅いくぼみのそばに立っているのが見えた。足の下は土ではなく石で、まだ残っている石壁が石の床を区切っている。両側に瓦礫が落ちているものの、区切り方には明らかなパターンがあった。すぐ横の長方形から、それより小さい四角がふたつ延びて、小さなピラミッドのような段を作っている。長方形の反対側の端は闇に包まれていた。

「どうやらロンディニウムに落ちたようだな」

「なんだと?」意外な答えに、思わず声が高くなった。だが、まわりに目をやると、たしかにそこはローマ浴場の名残のように見えた。「驚いたな。きみの言うとおり、ここは古代ローマが建設した都市の遺跡だ」その先を探検したい衝動がこみあげ、闇を透かすように覗きこむ。ここには何が眠っているのか?「くそ、石油ランプがあればな」

「それより、あの梯子が欲しいね」

ネイサンが振り向くと、スローンは頭上の穴を見上げていた。そうか、上に戻る手段はまったくないのだ――ネイサンは初めてその事実に気づいた。四メートル登るのに、使えそうなものはひとつもない。敷石の通路、崩れた壁、視界の端のモザイクに飾られた高い石壁。まわりにあるのは遺跡だけだ。

「次に床から落ちるときは、梯子を持参することにしよう」

ネイサンは瓦礫の山に登ってみた。いちばん高い場所でも、天井まではまだ一メートル以上足りない。しかも梁《はり》や土、石の欠片からなる瓦礫は足をのせたとたんに崩れはじめ、とうてい足場になりそうもなかった。

「気をつけろ」スローンに警告され、ネイサンは瓦礫の山を飛びおりた。スローンは再びトンネルの天井の穴を見上げ、ため息をついた。「運よく出られたとしても、アナベスに殺されるな」

「それは見物《みもの》だろうが、このままだと、アナベスがきみを殺すチャンスを得られる可能性は低いな」

「まあな」

ふたりは自分たちが置かれた状況を考えながら、再び周囲を見まわした。

ネイサンは尋ねた。「ぼくらがここにいるのは、誰も知らないよな？」

「ああ、ひとりも知らない。通りかかった人間が見つけてくれる望みもなさそうだ」

「ここを使っているのは犯罪者だから、たとえ戻ってきたとしても助ける気にはならないだろうし」

「食べるものも飲む水もない」スローンがそっけなく問題を指摘していく。

「梯子もロープもないな」

「それに、おそらくここには鼠《ねずみ》や蛇がいるぞ」

「どこかに出口があるはずだが……」ネイサンはつぶやいた。「まわりに転がっているブロックを穴の下に集めて台のようなものを作り、それをよじ登るか？」

あまり現実的でないことはわかっていた。ブロックは大きすぎ、重すぎて運べないか、不規則に割れていてうまく重ならない。だが、ほかにいい考えも浮かばなかった。頭上の街の誰ひとり知らない場所に、スローンとふたり閉じこめられ、死ぬまで出られない可能性を認めるわけにはいかない。

スローンはちらっと懐疑的な目でネイサンを見たものの、肩をすくめた。「だったら、さっそく取りかかるとしよう」

ふたりは上着を脱ぎ、袖をまくりあげて台を作りはじめた。

ヴェリティの翌朝の仕事は、実質一時間とかからずに無事終わった。古い指輪は博物館におさめられ、依頼人は満足した。これで残りの時間はネイサンと過ごす――いや、マルコム・ダグラスの調査に使うことができる。

ところが、自宅に戻ると、レディ・ロックウッドから午後訪ねるようにというメモが届いていた。ネイサンの兄弟を自称する男に関してその後の進展を知りたいのだろう。ロックウッド邸へ行くのは気が進まなかった。具体的な計画を立てたわけではないが、午後はネイサンとふたりで調査を続行するつもりだったのだ。とはいえ、アナベスの祖母からの招きは、実際には命令に等しい。

出かけるまえにネイサンが来てくれればいいのに。そう思ったが、彼は来なかった。ロックウッド邸に向かう馬車に揺られながら、ヴェリティはふと不安になった。ネイサンは軽はずみな男ではないが、昨夜のごろつきはわたしをナイフで傷つけた。血を見たときのネイサンの顔……ああいう表情を浮かべた男は、これまでの経験からすると、さらなる厄介事を引き起こすことが多い。

ヴェリティが執事の案内で客間に入っていくと、この邸の主人の愛犬がまわりを飛び跳ね、けたたましく吠えはじめた。攻撃してこないのは、何カ月もまえに結んだ平和協定がまだ有効だからだろうか。

レディ・ロックウッドが杖で床を叩き、ペチュニアを黙らせた。ヴェリティはスカートをつまんで、アナベスの祖母にお辞儀した。「レディ・ロックウッド、お久しぶりです」

「ほんとに。一年も経つまえに顔ぐらい見せたらどうなの」

「申し訳ありません」ヴェリティは内心驚いた。「あの、わたしにまた会いたいと願っていらっしゃるとは、思いもしませんでした。メイドに化けて、この家に入りこんだことを考えると……」

レディ・ロックウッドは眉を上げた。「でも、いまはメイドではないらしいわね？　ビリンガム夫人と名乗って、街のあらゆる独身男の目を引きつけているそうではありませんか」

この言葉にあんぐり口を開けずにすんだのは、諜報員として過ごした年月のおかげだろう。アナベスの祖母は、どうしてなんでも知っているの？

「あら、どこかのパーティでご一緒しましたか？　だったら、ひと声かけてくだされば……もっとも、実際にお会いしていたら、正体をばらされないうちにさっさと逃げだしていたでしょうけれど」

レディ・ロックウッドは高笑いをした。「ばらすなんて、とんでもない。上流階級の連中がころりと騙されるのは、いつ見ても楽しいものよ。そんなところに立ってないで、さっさと入って座りなさい。積もる話があるでしょうし」そう言って部屋の反対側にある窓辺のベンチを示す。そこにはすでにお腹の大きい女性が座っていた。

ヴェリティは目を見開いた。「アナベス！　ごめんなさい。ちっとも気づかなかったわ」

「ふん、いやでも目につくでしょうに」

「ええ、わざわざおっしゃらなくても、わたしが巨大なのはわかっているわ、お祖母さま」アナベスが穏やかに言って重たげに立ちあがり、満面の笑みでヴェリティの手を取った。「ヴェリティ、パーティでわたしを見かけなかったわけがわかったでしょ」

「でも、どうやって――つまり、いつ――」ふだんの落ち着きはどこへやら、ヴェリティはうろたえた。「ごめんなさい。失礼なことを訊いたわ」

アナベスは笑った。「気にしないで。そういう反応には慣れているの。見た目はいまにも生まれそうだけど、そうじゃないのよ。スローンは双子が生まれるんじゃないかと戦々恐々としているわ」

「スローンのせいですよ。あの子が大きすぎるの」レディ・ロックウッドが断言した。「わたしは昔から、結婚するなら小柄な男がいいと言ってるんですよ」

アナベスが呆れて目玉をくるりと回す。

ヴェリティは笑いを押し殺した。「たしかに。全部スローンのせいですよね」

ヴェリティとアナベスはソファに一緒に座り、それから何分かは赤ん坊の話に花が咲いた。この話題に関してほとんど何も知らないヴェリティは、もっぱら聞き役に回った。が、レディ・ロックウッドがすぐにこの世間話を終わらせた。

「ミセス・ダンブリッジとミス・ダンブリッジが滞在しているのよ」

「つまり、ネイサンのお母さまと叔母さま、ってこと」アナベスが説明を加える。

「マーカスが親切にも、ふたりを買い物に連れだしてくれたけれど、そろそろ戻ってくるころよ。いくらローズ・ダンブリッジでも、リボンやボタンを買うのに何時間もかかるとは思えませんからね。もちろん、あなたがネイサンのために例のダグラスとかいう自称ダンブリッジを調べていることは、ローズには秘密。だから、調査の進捗状況を話し合うなら急がないと。何かわかったの？」

　ヴェリティは深く息を吸いこんだ。「依頼人とその依頼のことは、お話しできないんですよ」

「ええ、ほかの人たちにぺらぺらしゃべられるのは困るわ」レディ・ロックウッドはうなずいたものの、自分は例外だと言わんばかりに続けた。「ダグラスと直接話したの？　あの男の目的はお金だと思うけれど」

　レディ・ロックウッドの予想がわたしの予想とほぼ同じだなんて。これは心配すべきことかもしれない。

　レディ・ロックウッドは答えを待たずに続けた。「あなたがネイサンと一緒に調べてくれるのはありがたいわ。ネイサンはあの男がペテン師だと気づかない可能性があるもの。何しろ、人間は善良な存在だなんて戯言を信じている男だから」

「ええ」ヴェリティは曖昧にうなずいたが、つい頬がゆるんだ。

「でも、わたしにはお見通しですよ。ダグラスは嘘をついていたわ。どことなく、こそこそしていたのがその証拠。ひょっとすると、自分こそ正統な相続人だと主張して、大金を搾りとるつもりかもしれない」レディ・ロックウッドは鋭い目でヴェリティを見つめ、うなずいた。「やっぱり」

　ヴェリティはため息をついた。誓って顔には出さなかったはずなのに。「依頼の件は……」

隣でアナベスが笑いだした。「話してしまったほうがいいわよ、ヴェリティ。お祖母さまのことだもの、どうせネイサンからあっというまに聞きだすわ」

たしかにそのとおりだ。それに、あらゆる人々について知っているだけでなく、もう長いことさまざまな家の内情にも通じているレディ・ロックウッドは、頼もしい味方になるかもしれない。そこでヴェリティはマルコム・ダグラスとの会合と、それ以来わかったことをすっかり話し、ジョージ・ダンブリッジとマーガレット・ダグラスが結婚したという教会は全焼していたと結んだ。

「すごくあやしい」

「ええ、そう思うでしょ？」ヴェリティはアナベスの感想にうなずき、レディ・ロックウッドに尋ねた。「ダグラスに関して何かご存じですか？　マーガレットという女性や、ミスター・ダンブリッジがスコットランドに行ったことは？」

「いいえ」自分が知らないことを訊かれて腹を立てているのか、レディ・ロックウッドの口調はそっけなかった。「ジョージがスコットランドの娘と関わりを持ったなんて、聞いたこともありませんよ。昔から最新のゴシップには詳しいつもりだけれど」

「そうですよね」ヴェリティはうなずいた。レディ・ロックウッドが諜報員になっていたら、さぞ成功していたことだろう。

「そもそもジョージ・ダンブリッジは、そんな大それた秘密を長いこと隠しておけるような男ではなかったわ」レディ・ロックウッドは考えこむように言葉を切り、慎重に付け加えた。「ただ、若い時分には、釣りやライチョウ撃ちでスコットランドに行ったことがあったかもしれないわね。若い紳士はたいていそうするから」

「ええ、それが都合よくマルコム・ダグラスの話の一部になっているんです」

「本部の記録はもう確認したの？」レディ・ロックウッドが尋ねた。

ヴェリティはぽかんとした顔で彼女を見た。

レディ・ロックウッドが勝ち誇ったような笑みを浮かべた。「まあ、ミス・コール……それで調査員だなんてよく言えること」

「でも、教会についての知識は――」ヴェリティは弁解をのみこみ、精いっぱいへりくだって続けた。「――残念ながらあまりなくて……説明していただけます？」

「どこの教会も、教区の本部に記録の写しを送ることになっているんですよ。全焼した教会の教区本部は、もちろんこのロンドンにあるわ。教会が常にこの決まりを守るとはかぎらないから、抜けている記録もあるでしょうけれど」レディ・ロックウッドは少しばかり残念そうに付け加えた。

「でも、聖アガサ教会が本部に記録の写しを送っていて、ジョージ・ダンブリッジとマーガレット・ダグラスが結婚した記録がそのなかになければ、ダグラスの話の反証になりますね」ヴェリティはこの発見に興奮し、すぐにもネイサンを捜しに行きたくなった。が、立ちあがろうとすると、玄関ホールで話し声がして、ふたりの女性がマーカス・ラザフォードと部屋に入ってきた。

「マイ・レディ」マーカスがレディ・ロックウッドに歩み寄り、片手を取ってエレガントにお辞儀をする。マーカスは少し不自然なほど長くその手を握っていた。

おかしなことに、レディ・ロックウッドは鋭くたしなめるどころか、にっこり笑ってマーカスの手を好ましそうに叩いた。「ごくろうさま。レディたちのお供で疲れたでしょう。座ってお茶をいただくといいわ。アナベス、執事を呼びなさい」そこで孫娘をちらっと見る。「いえ、ローズ、あなたが呼んでくれる？」

「ええ、もちろん。アナベス、あなたはあまり動きまわらないほうがいいわ」レディのひとりが、明るい笑みを浮かべ呼び鈴の紐《ひも》を引いた。

「あら、わたしは大丈夫ですわ、ミセス・ダンブリッジ」アナベスはそう言ったものの、誰も信じてくれないとあきらめているようだ。

レディ・ロックウッドは買い物から帰ってきたふたりに、アナベスの友人のビリンガム夫人だ、とヴェリティを紹介した。もちろん、ミセス・ダンブリッジに調査の件を秘密にしておくにはそうするしかない。この一件が解決すれば、おそらく二度と会わないのだから、ネイサンの母親に偽名で紹介されてもとくに問題はなかった。それでも、ヴェリティはこの嘘にちくりと胸が痛むのを感じた。

レディ・ロックウッドの要請に応えたネイサンの母親は、きれいな中年の女性だった。きつい顔立ちのほうは、さきほどアナベスが言ったネイサンの叔母だろう。ネイサンの母親はどこでどんなものを買ったか、長々と説明しはじめた。話の内容は他愛ないものの、好感の持てる人柄がにじみでている。いつもは辛辣なレディ・ロックウッドすら、皮肉を言う代わりに笑っていた。

ヴェリティは話を聞き、冗談を言うときのネイサンの瞳そっくりにきらめく瞳を見ているうちに、ふと疑問に思った。ローズは一見、ぼうっとした女性に見えるが、本当は違うのではないか？　一度など、ローズはとりわけ愚かしい質問でみんなを笑わせたあと、自分を見ているヴェリティに、秘密を共有しているような笑みを投げた。

ヴェリティはネイサンの母親に興味を惹かれた。時間があれば、もっとよく知りたい女性だ。でも、いまは彼女の息子と過ごしたい気持ちのほうが強い。一刻も早くネイサンに教区本部の話を聞かせたかった。留守のあいだにおそらく訪ねてきているはずだと思うと、気になって仕方がない。おまけに、さっきからなぜか胸が騒ぐ。

アナベスが片手であくびを隠し、そろそろ帰宅する時間だと仄めかしたのをさいわいに、ヴェリティも立ちあがった。「疲れすぎるのはよくないわ。お宅まで送りましょうか。わたしは馬車で来たの」

「ありがとう」アナベスはにっこり笑った。「そうしてくださったら、祖母の気の毒な御者をまた引っ張りださずにすむわ」

「あら、ミスター・ラザフォードに送ってもらったんじゃなかったの？」ネイサンの叔母が少し棘のある言い方をした。おそらく、アナベスがネイサンではなくスローン・ラザフォードを選んだことを、少しばかり根に持っているのだろう。

「今朝は仕事があったものですから」アナベスが落ち着いた声で答える。

「ああ。それに、ネイサンと何かするようだったな」マーカスが付け加える。

「ネイサンと？」驚いたアナベスとヴェリティの声が重なった。

「うむ」マーカスは、ふたりの驚きように少しばかり身を引いた。「わたしがちょうど出かけるときに訪ねてきた。ふたりがまた友人に戻ったのはいいことだ」

ネイサンが、自分の愛する女性と結婚したスローンと友情をはぐくむ？　そんなことはありそうもない。ヴェリティはアナベスと顔を見合わせ、マーカスに尋ねた。「訪問の理由をお聞きになりました？」

マーカスは首を傾《かし》げた。「いや、とくには。わたしは挨拶だけで出てきたからな」

胸騒ぎが急に強くなり、ヴェリティは急いで別れを告げた。アナベスもそれに倣う。あわてて帰るのを皮肉られるかと思ったが、レディ・ロックウッドは目を細め、さっさと行けと言うように片手を振っただけだった。

「ネイサンは、スローンになんの用があったのかしら?」玄関へ急ぎながら、アナベスが低い声で尋ねた。

「さあ。でも、何か企んでいることはたしかね」ヴェリティは召使いがあわてて開けた扉から足早に外に出た。通りの左右に目をやると、馬車はのんびり通りを遠ざかっていくところだった。ヴェリティは手袋をひったくるように取り、親指と人差し指を唇ではさんで、笛のような鋭い音をたてた。

アナベスはその音に驚いたものの、感心したようにヴェリティを見た。「わたしもやれるようになりたいわ。教えてくれる?」

「いつかね。便利なこともあるから」ヴェリティはにっこり笑ってアナベスを見た。

御者が馬の頭をめぐらせ、速度を上げて戻ってくる。ヴェリティはそれを待ちながら周囲を見まわした。

「なぜネイサンが何か企んでいると思うの?」アナベスが尋ねた。「何をするつもりなのかしら?」

「さあ。ただ、そんな予感がするだけ。わたしに隠れて、何か物騒なことを計画しているような気がするの」

「物騒なこと? ネイサンが?」

驚くアナベスの横で、車輪の音を響かせて馬車が停まった。後ろからヴェリティに押しあげられるようにして、まずアナベスが乗りこむ。ヴェリティがもう一度あたりをさっと見まわし、ステップに足をかけたとき、遠くのほうからかん高い声が近づいてきた。

「ミス！　ミス！」

ヴェリティは足を戻し、声がしたほうに目をやった。夢中で腕を振り、息を切らしながら少女が走ってくる。

「サリー！」ヴェリティの鼓動が速くなった。ネイサンに何かあったにちがいない。

サリーは人並みはずれて勘の鋭い少女だった。ヴェリティが頻繁に雇う孤児の誰よりも頼りになるそのサリーに、今日一日ネイサンから目を離さないよう頼んだのだ。どうやら不安が的中したらしい。

ヴェリティは足早に進みでた。「どうしたの？　ネイサンは大丈夫？」

サリーはヴェリティの前に来ると、両手を膝につき、体をふたつに折って息を吸いこんだ。ほとんど風呂に入ることがないせいで、ぼろを着た小柄な少女の顔と手は、垢《あか》と汚れで黒ずんでいる。ヴェリティが焦る気持ちを抑えて待っていると、少女はまもなく切れ切れに話しはじめた。「すんません。遅くなっちまって。辻馬車は停まってくれねえし、あんたは家にいないもんだから……」

「何があったの？　ネイサンが何か揉め事に巻きこまれたの？」

少女はうなずいた。「ふたりは男を追いかけて――」

「ふたり？　もうひとりは黒い髪の男？」

サリーはうなずいた。「ああ、まえに波止場で見たことがある人。ふたりはひょろっとした男を追いかけて、チープ・サイドの廃屋に入ってった。けど、それっきり出てこねえ。あそこは危ねえんだよ。ああいう紳士の……行くとこじゃねえ。あたしもなかに入ってみたけど、どこにも見えねくて。たぶん……トンネルにおりたんでねえかと思う」

「あのくそ――」ヴェリティは言葉を切った。「殺してやるわ」

「どっちの男だね、ミス？」御者が尋ねる。

「ふたりともよ」ヴェリティはぴしりと答えた。

「誰かが出てくるかもしんねえと思ったっけ、ネッドを見張りに残してる」

「よく思いついたわね。さあ、御者台に上がってそこに案内して」ヴェリティはサリーが御者台によじ登るのに手を貸し、自分も馬車に飛び乗った。馬車が大きく揺れて走りだす。

窓から顔を出していたアナベスが尋ねた。「どういうこと？　あの子の言ってることがよくわからなかったの」

「ネイサンとスローンがとんでもない間抜けだってこと。どうやら、チープ・サイドのトンネルにいるらしいわ。もしかしたら大怪我をしてるかもしれない。まったく、こんな――」ヴェリティは言葉を切り、少し落ち着いた声でサリーから聞いたことを話しはじめた。

「でも、なぜふたりはその男を追っていったの？　ダグラスだったのかしら？」

ヴェリティは首を振った。「たぶん、ゆうべ襲ってきたならず者の片割れだと思う」

アナベスが驚いて声をあげる。ヴェリティは昨夜の出来事を話して聞かせながら、扉の内側にある物入れからピストルを取りだし、弾をこめはじめた。

アナベスは呆然《ぼうぜん》として馬車の背もたれに背中を戻した。「そう……ネイサンの人生はずいぶん変わったようね」

「ええ、わたしのせいなの。ダグラスの件はわたしがひとりで調査すべきだった」ヴェリティはため息をついた。「少なくとも、スローンと一緒でよかったわ」

アナベスが皮肉な目を向けた。「そうね。スローンはとても用心深くて、荒っぽいことには向かない人だもの」

ヴェリティはつかのまアナベスを見つめ、窓から身を乗りだした。「ラッセル、もっと速度を上げて」

14

ネイサンは長い石を基礎の上に置き、真ん中へと押して、いましがたスローンが置いた石にくっつけた。体を起こし、背筋を伸ばして片手で額を拭う。空気は洞窟のようにひんやりしているが、せっせと石を積む作業で汗まみれになった。スローン同様、ネイサンもとっくに上着とベストを脱いで、スカーフもはずしていた。スローンと違ってシャツまで脱いでいるわけではないが、袖をまくりあげ、紐を解いて前を開けている。それでもいっこうに涼しくならなかった。薄いローン生地のシャツが体に張りつき、汗が顔を流れ落ちて、埃と汚れの筋を作る。

スローンも自分たちが積みあげた石を見ていた。両手を腰に当て、同じように疲れて肩を落としているのを見ると、ほんの少し気分がましになる。

と、頭の上から女性の声が降ってきた。「もしもし、そこのおふたりさん。手助けが必要？」

「ヴェリティ！」ネイサンがぱっと顔を上げると、穴の縁に両肘をついて下を覗いているヴェリティが見えた。ほっとしたのもつかのま、恐怖がこみあげた。「もっとさがれ！その床はぼくらの下で崩れたんだ」

「そうらしいわね。でも、わたしの下は硬い石よ。床下を覗いてちゃんと確認したの」ヴェリティは体をひねり、後ろにいる誰かと話しながら穴の縁から消えた。

ヴェリティが強度を確認するために歩きまわったことを考えると、まだ寿命が縮む思いだが、跳ねあがった脈はいまの説明で多少おさまった。ヴェリティはすぐにランタンを持って戻り、下にいるネイサンたちを照らした。ランタンと一緒にアナベスの顔がヴェリティの隣に現れた。

「アナベス！」スローンが険しい顔で怒鳴った。「こんなところで何をしているんだ？その体であの梯子をおりてくるなんて、どうかしてるぞ」

アナベスがくるりと目玉を回した。「わたしは妊娠しているだけよ、スローン。死にかけているわけじゃないわ。それに、わたしたちを見て少しは喜んでくれると思ったのに」

「もちろん、嬉しいさ。ただ……」そこでネイサンは口ごもった。

ヴェリティはたいていの事態に対処できるが、男が数人がかりで襲ってきたら、手に負えるわけがない。お腹の大きなアナベスはほとんど助けにならないだろう。だが、それを口にするほど愚かではなかった。

もちろん、スローンはそんな斟酌《しんしゃく》はしなかった。「このあたりは危険なんだ。どんな悪党に出くわすかわからないんだぞ。きみが妊娠しているからといって、引きさがるような連中じゃないんだ」

「だからこれを持っているのよ」アナベスがピストルを掲げた。

「くそ、神よ、お助けを《ゴッド・セーブ・アス》」スローンがうめく。

スローンには同情するが、ネイサンは笑いをこらえなくてはならなかった。

「あなたたちを助けられるのは、いまのところわたしたちだけよ――」ヴェリティが穴の縁にひざまずいた。「祈りを捧げる相手は、わたしたちにすべきじゃないかしら？」

スローンはヴェリティをにらみつけた。「アナベスを巻きこむなんて、何を考えてるんだ？」

「そっちこそ、チープ・サイドを駆けまわったあげく、トンネルの穴に落ちるなんて何を考えていたのかしら」ヴェリティが言い返す。

スローンが言葉に詰まって黙ると、ヴェリティは一定の間隔で節を作ったロープの端を投げおろした。「あの梯子は短すぎる。それに入り口に固定されているの。このロープをのぼってくるしかないわね」

ネイサンはロープを見た。アナベスとヴェリティでは、男ふたりの重みに耐えられない。

「だが、どうやって――」

「御者のラッセルが一緒に来ているの。それにロープは梯子にぐるりと回してあるわ。でも、あなたが先のほうがいいわね、ネイサン」ネイサンが一歩ロープに近づくと、ヴェリティが皮肉たっぷりに付け加えた。「服を置いていくの？　まあ、その格好も目の保養になるけど」

「くそ」思いがけない展開に気を取られ、自分が半裸同然なのをすっかり忘れていた。ネイサンは胸から額まで赤くなるのを感じながらシャツの紐を結び、脱いだ服のところに戻った。少なくとも、半裸のスローンよりはまだましだ。もっとも、あいつはこれっぽっちも気にしないだろうが。

スローンの笑い声が、ネイサンの予想を裏付けた。ネイサンは急いでベストと上着に袖を通し、スカーフをポケットに突っこんでロープのところに戻り、天井の穴を見上げた。

「用意はいいか？」

「ええ」ふたりの返事が穴から離れた場所から聞こえた。

ヴェリティが自分の重みで穴から落ちてくる光景が目に浮かぶ。「穴に向かって体が滑りはじめたら、ロープを放すんだぞ」

「いいから、さっさとのぼってきて」

この数時間の努力は、少なくともまったく無駄にはならずにすんだ。そう思いながら、ネイサンはスローンと積みあげた石の台に上がり、ロープをのぼりはじめた。こんなことをするのはずいぶん久しぶりだ。体重も子どものときよりはかなり重くなっているが、どうにかロープをのぼっていける。

ようやく穴の縁に達し、トンネルの床を這って進んだ。ヴェリティが急いで前に出て手を貸す。ネイサンは仰向けになり、遺跡から出られた安堵にひたりながら、つかのま横たわっていた。

「怪我をしているの？」ヴェリティがそばに膝をついて、ネイサンを覗きこんだ。見たこともない表情を浮かべて顔の汚れを払い、胸と腕に両手を走らせる。

うん、こうして世話を焼かれるのも悪くない。

「いや、怪我はしていない」ネイサンはのろのろと立ちあがった。

ヴェリティがこんな顔をするほど自分のことを案じていると思うと、驚くと同時に胸が温かくなる。その場で抱きしめ、しばらく離さずにいたかったが、ラッセルとアナベスが見ている前でそんなことはできない。それに下ではスローンがいいぞと声がかかるのを待っている。

ネイサンはみんなとともにロープをつかみ、スローンに声をかけた。まもなく穴から這いでたスローンがアナベスと口喧嘩しながら熱い抱擁とキスを繰り返しているあいだに、ネイサンたちはロープを巻きあげ、ランタンを手に梯子を上がった。スローンとアナベスはゆっくり梯子を上がってきた。

通りに戻るとすぐに、ヴェリティは馬車を見張っていた子どもたちに褒美の硬貨を渡した。近くには辻馬車が見当たらず、ふたり乗りの馬車に四人で乗りこむはめになった。アナベスはスローンの膝に座った。小柄な自分が床に座るとヴェリティが言ったのだが、ネイサンは厳しい顔で黙らせ、御者台によじ登った。男たるもの、多少のプライドは保たねばならない。女性に救出されただけでも情けないのに、ヴェリティを床に座らせるなどもってのほかだ。

それに、この選択には少しばかり利点もあった。全身の埃を風がだいぶ吹き飛ばしてくれたのだ。どじを踏んだのが自分だけではないことも、多少なりとも慰めになった。元腕利きの諜報員スローンも、ヒルを捕らえそこねたばかりか、追跡中に穴に落ちたことに、さぞプライドが傷ついたにちがいない。

ヴェリティの家に着くと、ネイサンとヴェリティは降り、ヴェリティの馬車はスローンとアナベスを自宅に送り届けるために走り去った。玄関の扉へと歩きながら、ネイサンは汗と埃が混じっている顔と首の汚れを少しでも落とそうとした。

「こすってもだめよ」ヴェリティがうんざりした声で言った。「なかに入って洗い落とせばいいわ。話したいこともあるし」

ネイサンはヴェリティの言葉にかすかな不安を覚えたが、自分もいくつか訊きたいことがあった。

ふたりを見た家政婦は、ぎょっとした顔で思わず声をあげながらも、ヴェリティの指示で洗面台と水差しがある二階の部屋にネイサンを案内し、埃を落とすから上着とベストを預かると告げた。ネイサンは手と顔だけでなく首と腕の汚れも洗い落とし、最後に残った水を頭にかけた。

濡れた髪は指で梳《と》かすしかなく、まだ少し汚れているシャツはいまや首まわりと袖口が濡れている。とても完璧な状態とは言えなかったが、気分はさきほどよりはるかにましになった。上着が欲しいところだが、いまさら〝適切な服装〟にこだわるのもおかしい。そもそも、ヴェリティはシャツしか着ていない自分をすでに見ているのだ。

〝その格好も目の保養になるけど〟――あれは言葉どおりの意味だったのか？　そう思うと、心をくすぐられるような歓《よろこ》びを感じた。

客間におりると、ヴェリティはケーキを食べながら紅茶を飲んでいた。「お腹がすいたでしょ、そこに座って」

ネイサンの腹が鳴ってこれに応える。質問をあとまわしにして、腰をおろし、残っているケーキをきれいにたいらげながら紅茶をお代わりした。

ヴェリティはネイサンが二杯目を飲みほすのを待って腕を組んだ。「なぜチープ・サイドなんかで、穴に落ちたの？」

「落ちようと思ったわけじゃないさ」ネイサンは鋭く言い返した。必死にヒルを追いかけたことを思い出すと、ヴェリティの言い方に悔しさがこみあげてきた。「昨夜ぼくらを襲ってきた男たちの片割れを追いかけていたんだ。雇い主を突きとめるために」

「そのためにスローンの手を借りに行ったわけ？」

なぜだかわからないが、ヴェリティの声には怒りがにじんでいた。

「スローンはぼくの知っている、この街の犯罪者に詳しい唯一の人間だからね」ヴェリティが片方の眉を上げるのを見て、こう付け加える。「もちろん、きみもそうだが、きみを巻きこみたくなかったんだ」

「どうして？」ヴェリティはネイサンをにらみつけた。「ゆうべはわたしも襲われたのよ」

「それが理由だ。あいつらの狙いはきみで、いちばんあやしいのはアーデンだと思った。だから、この推測が正しいことを突きとめ、アーデンがきみに危害を加えるのを阻止したかったんだ」

ヴェリティの顔を、ネイサンにはよくわからないさまざまな感情がよぎった。「それは……そんな……」ヴェリティはぎゅっと唇を合わせ、肩に力を入れて、少し顎を上げた。

「どうしてわたしを頼らなかったのかわからないわ。役に立たないわけではないのに」

「もちろん、きみは頼りになる」ネイサンは早口に同意した。「ぼくはただ……きみを守ろうとしたんだと思う」最後は声が小さくなった。

まるで猫が飼い主に自分の獲物を見せたがるように、アーデン卿というドラゴンを退治して彼女に捧げたかった、などと言えるわけがない。

それ以上訊かれないために、ネイサンは急いで付け加えた。「とにかく、どういう意図だったにせよ、失敗したのは明らかだな。例の二人組がたまり場にしていた店のバーテンによれば、アーデンはときどきそこでごろつきを雇うが、昨夜の二人組を雇ったところは見ていないそうだ。ぼくとスローンは二人組の居所を突きとめたんだが、そのとき部屋にいたヒルというのっぽのほうに窓から逃げられた。連中はもうあの家には戻ってこないだろう」

「だとしても、無駄ではなかったわ。今後はチープ・サイドのあのあたりを捜す必要はないもの。ダグラスが彼らを雇った可能性もあるわね」

「ああ。ぼくらが行った居酒屋はごろつきのたまり場で、その種の取り引きがしょっちゅう行われているようだ」

「スローンはあいつらのことを知っていたの？」

ネイサンは首を振った。「知らなかった。居酒屋の名前はパーカーという男から聞いたんだ」

「スローンがかつて敵対していた男ね。たしかまっとうな市民に戻ったとき、違法な商売をその男に売ったんじゃなかった？」

「きみはそういう事情を全部知っているんだな」

ヴェリティは小さく肩をすくめた。

「さっき言ったバーテンから二人組の居所を聞きだし、踏みこんだのさ」ネイサンは肩をすくめ、ここに戻るあいだずっと疑問に思っていたことを尋ねた。「ぼくらがあそこにいるのがどうしてわかったんだ?」

「サリーが教えてくれたの。わたしの馬車を見張っていた子どもたちのひとりよ。とても利口な子で、よく尾行を手伝ってもらうの。このまえも言ったと思うけど、通りにいる孤児には、誰も目を留めないから」

「きみはぼくに尾行をつけていたのか?」ネイサンは驚いた。ヴェリティがうなずく。少しも恥じていない、罪悪感すら覚えていない様子に、怒りがこみあげた。「どうして? そんなにぼくが信頼できないのか」ネイサンはぱっと立ちあがって叫んだ。

「違うわ。ただ、昨夜あんなことがあったから、あなたが……危険な真似をするんじゃないかと心配だったの」

「ああ、ぼくは自分の始末さえつけられない無能な男だからな」

「違うってば」ヴェリティも声を張りあげ、立ちあがった。「どうしたの? わたしが見つけないほうがよかったわけ?」

「そんなことは言ってない」

「だったら、何が問題なの?」

「きみがぼくを、面倒を見なくてはならない役立たずだと思っていることだ」

「あら、わたしの面倒を見る必要がある、とあなたが思ったみたいに？」ヴェリティの瞳にも怒りが閃いた。

「ぼくはきみを守ろうとしたんだ！」

「あなたがわたしを守るのはかまわないのに、わたしがあなたを守りたいと思うのはいけないの？」

「きみがそう思うのは、ぼくを役立たずだと思っているからだ」頭の隅では、この言い争いを続けてはいけないのはわかっていたが、口から飛びだす言葉を止められなかった。

「きみがそう思っていることは、最初からわかっていた。ぼくはうかつな愚か者できみの足手まといになるだけだ、と。だが、最近は……その見方を少しは変えてくれたかもしれないと思いはじめたのに、きみはまだぼくを無能だと思っている」

「いいえ、思っていないわ」ヴェリティは両手を腰に当て、ネイサンをにらみつけた。

「無能だと思ってるから心配したわけじゃないし、守ろうとしたわけでもないわ」

「だったらどうして尾行なんかつけたんだ？」

「だって、大切な――」ヴェリティははっとした顔になり、言葉を切った。「あなたは依頼人だからよ。依頼人が誰かに頭を殴られたり、穴に落ちたりしたら困るの。わたしの評判に響くもの」

「いや、いま言おうとしたのは違うことだ」ネイサンは、ヴェリティが目を細めたのを見て続けた。「ぼくのことが大切だからだと言おうとした」

「ばかなことを言わないで」

「ばかなことじゃないさ」さっきまでの怒りは嘘のように消えていた。「ぼくがきみを守りたかったのも、同じ理由からなんだよ」

ヴェリティは鼻を鳴らし、急に窓の外の眺めに魅せられたかのように横を向いた。

ネイサンはつい笑みをこぼし、一歩前に出た。「認めろよ。きみはぼくが好きになったんだ」

ヴェリティはネイサンに目を戻し、つんと顎を上げたが、あとずさろうとはしなかった。奇妙なことに、頑固に自分を拒む顔を見るとキスしたくなってくる。

「認めろったら」ネイサンはさらに近づき、ヴェリティの腰に手を置いた。「ぼくが好きなんだろう?」

ヴェリティは片方の肩をすくめたものの、やはり離れようとはしない。「もしかしたら……少しは」

「少し?」腰に置いた手の親指で、円を描きはじめる。「昨夜のキスは、少し好きなキスか?」

「あれは一時の気の迷いよ」ヴェリティは押しとどめるようにネイサンの胸に両手を当てた。が、力は入っていなかった。薄いシャツ越しに伝わるてのひらの感触に、ネイサンの体を火花が駆け抜けた。

「二度も?」ネイサンは片方の眉を上げた。「キスも一度なら気の迷いかもしれないが、二度となると……」

ヴェリティは腹を立ててネイサンをにらみつけた。「わかったわ。ええ、わたしはあなたにキスした。あなたのキスが気に入った。なぜだかわからないけど、あなたが好きよ。でも、それだけでは十分とは言えない」

「何に十分じゃないんだ?」ネイサンはうつむいて、ヴェリティの口の端に唇を押しあてた。そこの小さなくぼみが深くなり、ヴェリティが笑いとも快感ともつかない低い声をもらす。次は反対側にキスして、抱き寄せながら唇を重ねた。

ヴェリティは両手でネイサンのシャツをつかんで応え、唇が離れるとため息をついた。

「ああ、ネイサン……これは賢いことじゃないわ」

「ああ、とんでもなく愚かなことだ」ネイサンは同意し、再び唇を重ねた。

「わたしたちは全然違う」ヴェリティが両手をネイサンの首に回し、爪先立ってキスしながらつぶやく。

「たしかに」ネイサンは喉へと唇を這わせていった。ああ、ヴェリティはなんて甘いんだ。匂いまでが心を酔わせる。理性的に考えるのがどんどん難しくなっていくが、どうにかこう付け加えた。「きみは性急で予測がつかない」

ヴェリティの指が髪のなかに滑りこみ、かすかに残っていたネイサンの理性を吹き飛ばした。「あなたは退屈で……」そのあとになんと続けるつもりだったにせよ、ネイサンが片手で胸のふくらみを包むと、低いうめきに変わった。

ネイサンの腕のなかのヴェリティは、いつものとがった縁が熱い欲望に溶け、とても柔らかくてしなやかだ。そう思っていると、いきなり髪をつかまれ、強く引っ張られた。

「いたっ……やめろと言うだけでよかったのに」ネイサンは顔を上げ、欲望に翳る瞳でヴェリティを見下ろしながら、腕をおろして一歩さがった。

「やめて」

薔薇《ばら》色に染まった顔のなかできらめく金茶色の瞳、乱れた赤い髪、そのすべてが愛《いと》しかった。もう一度抱き寄せたくて、腕が勝手に伸びそうになる。

「ネイサン、わたしたちは何をしているの？」

「本気で訊いているとしたら、ぼくのやり方がよほどまずかったんだな」

魅惑的な唇がかすかにほころぶ。「やり方は申し分ないけど、それ自体が問題なの。ふたりとも、よく考える必要があるわ」

ネイサンは反対したかった。いまは考え事などしたくない。だが、もちろん、ヴェリティの言うとおりだ。このまま続けていれば、早晩ベッドにもつれこむはめになる。だが、それは誤りだ。そう、間違ったこと。いまはその理由を思いつけないとしても……。

片手で髪をすきながら、ため息をついてまた少し離れる。「すまない。つい……」つい、なんだ？　礼儀を忘れた？　不埒《ふらち》な真似をした？　どちらもしっくりこなかった。それよりも欲望に我を忘れたというほうが近い。「紳士らしくない真似をした」

ヴェリティが低い声で笑う。

もちろん、笑うに決まっている。ヴェリティは型通りの反応を示したことなど一度もない。

「そんなことはどうでもいいけど」ヴェリティは片手を振った。「問題は……わたしがあなたを好きなこと」

「なんだって？」

「二週間まえなら、全然違っていたでしょうね。もっと簡単だった。気楽な気持ちで楽しむことができたはずよ。でも、いまはこの行為が意味を持っている。だから、慎重にならないと。だって……」ヴェリティはつかのま顔をそむけ、それから決心したようにネイサンに目を戻した。「あなたを失いたくないもの。恋人を作るのは簡単よ。でも、友人を作るのは難しい」

「まあ、そうだな」

ネイサンなら違う言い方をしただろう。いまの行為は適切ではなかったとか、ふだんと異なる体験のあとの興奮状態にあるせいでつい流されてしまったとか、せっかくお互いに尊敬し合っているのにあとで悔やむようなことはすべきではないとか、ふたりの相性はあまりに悪すぎる、とか。ところが、ヴェリティは簡潔かつ率直に自分の気持ちを表した。それを聞いた瞬間、自分もどれほどヴェリティを失いたくないと思っているかに気づき、ネイサンは軽いショックを受けた。

「そろそろ失礼したほうがいいだろう。今日はたいへんな一日だったから」

「ええ。でも、明日は……」かすかに問いかけるような調子で、ヴェリティが言葉を濁す。

ネイサンはうなずいた。「明日、また会おう」

15

もちろん、明日もヴェリティを迎えに行くに決まっている。ネイサンは帰り道でそう思った。もしもいまの気持ちに従うなら、明後日《あさって》もそのあとも毎日出かけていく。ヴェリティが欲しくて体がうずき、さまざまな感情で頭のなかはぐちゃぐちゃだった。

何を考えているのか、自分でもよくわからない。愚かな真似をしているとわかっていながら、ヴェリティと愛を交わしたくてたまらない。ヴェリティのそばでは、すでに何度も愚かな真似をしてきたから、自分の愚かさはさほど気にならなかった。

それよりも、体を焦がす欲望のほうがはるかに心配だ。本人は世間にどう思われようと気にしていないようだが、ネイサンはヴェリティの評判が傷つくようなことをしたくなかった。それを口にすれば、あなたとわたしが何をしようと誰も気にしない、そもそも誰にもわからない、とヴェリティは笑い飛ばすにちがいない。だが、長いこと社交界に身を置いてきたネイサンは、上流階級の人々は、この種の刺激的なゴシップに必ず食いついてくることを知っていた。

ただの愛人にするには、ヴェリティへの思いは深すぎる。そうなると残された道は結婚だけだ。実を言うとネイサンは、失恋旅行のさなかに、このまま生涯独身で通してもいい気がしていたのだった。そもそも、ダンブリッジ家の経済的な事情からして、結婚するなら相手は叔母が望むような裕福な家の女相続人でなければならない。さもないと、一ペニーの支出すら吟味せざるをえない人生に妻を引きずりこむことになる。ネイサンはどちらもいやだった。アナベスと結婚したくてたまらなかったときでさえ、自分がアナベスに与えられるのはレディ・ロックウッドの邸から離れるチャンスだけであることが、ひどくうしろめたかったものだ。

それに、ヴェリティはまず間違いなく、誰かの妻になる気はない。ヴェリティとのロマンスが火のように激しいものになるのは間違いないが、長くは続かないだろう。今夜のような情熱が長続きするとは思えない。あのキスのどこがあれほど激しい反応を引きだしたにせよ、相手が初めて会ったときに下した評価どおりの退屈な男だと気づけば、ヴェリティの情熱は冷めるにちがいない。

いずれにしろ、ふたりには共通点がまったくなかった。ヴェリティはいわば棘だらけ。皮肉屋で疑《うたぐ》り深《ぶか》く、ひとりで秘密を抱えていたいタイプだ。こちらは平和主義の、秘密も隠し事もない見たとおりの男だ。ヴェリティにとって楽しい夜とは、面白い本を手に暖炉のそばに座ることではない。まあ、考えてみれば、自分もそういう夜にはあまり魅力を感じないが。

問題は、ヴェリティの〝完璧な夜〟がどういうものか、ネイサンには見当もつかないことだった。誰かの邸にしのびこむこと？　暗い路地でごろつきを相手に殴り合うことか？　それが何にしろ、社交的な訪問をすることではありえない。

それに、ヴェリティが昔スタンホープ卿を殺したという、ちょっとした問題もある。スタンホープがどれほど卑劣な男で、死んで当然だったにせよ、殺人は犯罪だ。変装もせず、偽名も使わずにヴェリティが社交界に顔を出すのは危険だろう。あれはスタンホープ卿を殺した継娘だと、そのうち誰かが気づきかねない。そんなことになったらヴェリティはどうする？　ヨーロッパに逃げるのか？

その場合、ヴェリティと一生をともにするのは、とてつもなく困難なことになる。

ヴェリティが言ったように、これまでと同じように調査は一緒に行うが、ベッドはともにしないのが適切なこと、賢いことだ。友人として振る舞い、自分の気持ちは抑える。つい触れてしまわないように、手が届く範囲に近寄らないのがいちばんだろう。だが、そんなふうに距離を置くことなどできそうもない。

頭を悩ませながらも、よほど疲れていたとみえて、ネイサンはベッドに倒れこむとすぐに眠っていた。とはいえ、官能的な夢に翻弄されつづけ、翌朝はまるで休んだような気がしなかったばかりか、昨夜と同じように欲望と理性に引き裂かれていた。

髭《ひげ》を剃《そ》り、着替えをすませるあいだもうわの空で、いつもは一度できちんと結べるスカーフを何度も結び直すはめになった。不毛な思いから気をそらそうと、昨日の出来事を頭のなかで思い返す。

昨日の調査は、たしかに失敗に終わった。スローンとふたりで地下に落ちた事実を無視したとしても、追っていた男を見失っただけでなく、相手を警戒させてしまったのだ。ヒルはおそらくもうねぐらには戻らない。ふだん行く場所にも当分は顔を出さず、ロンドンの貧民街に身をひそめるだろう。あるいは、ほとぼりが冷めるまでロンドンを離れるかもしれない。

だが、昨日の騒動が完全な無駄だったかといえば、そうとも言えなかった。バーテンダーはアーデン卿がヒルたちと話しているのを見たとは言わなかったが、ときどき違法行為を依頼するごろつきを雇いに来る、と言っていた。その一方で、マルコム・ダグラスの名前とその外見、あるいはスタンホープの名前には反応しなかった。となると、ごろつきを雇ってヴェリティを襲わせたのは、やはりアーデンである確率が高い。また、二人組のごろつきはあちこちの居酒屋を渡り歩くかもしれないが、人間は長年の習慣からそう簡単に抜けられないものだ。

ヴェリティと話し合ったように、マルコム・ダグラスにはネイサンたちをぶちのめしても得るものは何もない。それにパーティでちらりと見ただけで、スタンホープがヴェリティに気づくとも思えなかった。ジョナサン・スタンホープが知っていたヴェリティは、まだ十四歳の少女だったのだ。そもそも、十六年後のいまも、ジョナサンがヴェリティを殺したいと思うほど復讐心《ふくしゅうしん》に燃えていると考えるのは無理がある。もしも気づいたとしても、ごろつきを送るより、警察に知らせるのではないか。

さらに、あの二人組は何かを欲しがっていた。それだけでも黒幕はアーデンである可能性が非常に高い。警備員の証言からブローチを盗んだのはビリンガム夫人だと知ったアーデンが、ブローチを取り戻したがっているのは大いにありえることだ。

それにアーデンなら、ネイサンひとりで対決できる。実際、レディを脅迫するような男と対決するのは楽しみですらあった。そこでアーデン邸を訪れると、アーデン卿は紳士クラブにお出かけです、と執事に告げられた。まだ時間が早いことから、おそらく秘密の箱にあったバッジで入るいかがわしい場所ではなく、ふつうのクラブだろう。

分厚い絨毯が敷かれ、暗い色調の重厚な家具が置かれた静かなクラブは、スローンにとっての波止場と同じで、ネイサンにはおなじみの場所だった。初めて行ったクラブは〈ホワイツ〉だった。成人後、父が連れていってくれたのだ。それ以降はもう少し若者の多いクラブを選んだが、本質的にはどこも同じ。上流階級の男が、我が家と家族から離れ、誰にも気を遣わずにゆったりしたひとときを過ごす場所だ。そこでは、ネイサンはなんの問題もなく紳士として迎えられる。

執事から聞いたクラブは、まだ時間が早いとあって席の半分が空いていた。座って居眠りしている老人がふたり。新聞を広げている男たちが多い。正直言って、ここはアーデンが好みそうには見えないが、強請りに役立つ噂話を拾うにはもってこいの場所かもしれない。

窓に近い席で紅茶のカップを口に運んでいたアーデンは、会釈を交わす程度の知り合いでしかないネイサンが自分に近づいてくるのを見て、かすかに眉を上げた。

「ダンブリッジ」アーデンは用心深い表情で立ちあがり、向かいの椅子を示した。「よかったら、どうぞ。紅茶を頼もうか？」

「いや。世間話をするために来たわけではないんだ」

「そうか？　それは興味深い。なんの用かな？」

「ぼくはレディ・バンクウォーターとブローチのことを知っている。それと、収益をもたらす、あんたのちょっとしたビジネスのことも」

「では、わたしの知らないことを知っているらしいな」アーデンは冷ややかな目でネイサンを見た。

「まあ、あんたはそう言うしかないだろうな。だが、いまから話す件については、よく知っているはずだぞ。ぼくは昨日〈ブルー・スワン〉にいた」

「あの薄汚い店かね？　きみが足を運ぶような店には思えないが」

「そのとおり。だが、あんたは気に入っているらしいな。ヒルとシューメーカーという二人組をよく知っているとか」

注意深くアーデンの反応を見守っていたネイサンは、相手の目のなかに、認めるような表情がちらりと浮かんだと思った。アーデンはかすかにためらったあと、関心がなさそうに尋ねた。「誰だって？」

「強請っている相手の支払いを確実にするために、あんたがときどき雇うごろつきさ」

アーデンが怒りに目をぎらつかせて立ちあがった。「わたしを侮辱する気か。決闘を申しこまれたいのか」

「申しこむなら受けて立つが、ばかな真似はしないほうがいいぞ」ネイサンも立ちあがりながら、落ち着いた声で言い返した。「ぼくの射撃の腕前は耳に入っているだろう？　勝ちを決めるには、必ずしも心臓を撃つ必要はないんだ。あんたが失いたくない器官はほかにもあるはずだから」そこで片方の肩を無造作にすくめた。「それに、決闘に至った理由は、そのうち噂になる。それは望ましくないはずだぞ」

「何を言っているのかさっぱりわからん。どうやら酔っているようだな。恥をさらすまえに立ち去ったらどうだ」

「ぼくは親しい人々を脅す人間を許すつもりはないんだ。あんたはあのふたりを雇ってビリンガム夫人を襲わせた。そういったことはやめてもらう」

「なんだと？」アーデンはかすかに目を見開いた。「きみの愛人を襲うために誰かを雇った覚えなどない」

ネイサンはアーデンのシャツをつかみ、すぐ横にある壁と書棚のあいだに押しこんだ。書棚がふたりの姿をほとんど隠してくれたが、このときのネイサンは誰に見られようがかまわない気分だった。

「ビリンガム夫人を侮辱するな」ネイサンは有無を言わさぬ声で命じた。「破滅させられたくなければ、夫人に近寄るな。誰かに襲わせるな」

アーデンは青ざめたものの、せせら笑いを浮かべようとした。「ふん、そんな力などないくせに」

「ぼくを怒らせるなよ。まわりを見てみろ」ネイサンは自分たちがいる部屋に顎をしゃくった。「この雰囲気、集う人々を。あんたはそのひとりであることを楽しんでいるんだろう？　つまらない報復にこだわったばかりに、クラブから除名される危険をおかしたいのか？　あらゆる集いから弾きだされる危険を？　ぼくが強請りの話と、あんたがいかがわしいクラブに出入りしている話をすれば、間違いなくそうなる。いいか、ぼくはあんたのことを知っているんだ。〈デビルズ・デン〉の会員証をこの目で見たんだからな」

アーデンは驚いてあんぐり口を開けた。「きさまらがブローチを――」

「ああ、そうだ」ネイサンはシャツを放し、半歩退いて上着の袖口をもとに戻した。「あんたの秘密は真っ先にレディ・ロックウッドに知らせる。そうすれば、間違いなく上流階級全体に広まるぞ」

アーデンは目を細めた。「どっちも証拠などないくせに」

ネイサンは不敵な笑いを浮かべた。「証拠などいるものか。ぼくがひと言もらせば、あんたは終わりだ」

アーデンの目に怒りが閃いたが、ネイサンが正しいことはわかっているのだ。階級はアーデンのほうが上かもしれないが、ロンドンの社交界における好感度と評判は、ネイサンのほうがはるかに勝っている。

「きみの……ビリンガム夫人には手を出さない」アーデンがうなるように言った。

ネイサンが立ち去ろうとすると、アーデンが悔しまぎれに付け加えた。「そもそも、わたしは何もしていないがね」

この言葉に立ちどまりもしなければ、アーデンのもとに戻りもしなかった。あの男に満足を味わわせるのはごめんだった。アーデンの嘘を覆す証拠があればともかく、どうせ問いただしてもしらを切られるだけだ。

クラブをあとにしながら、ネイサンは難しい顔で考えこんだ。一昨日の襲撃がアーデンの差し金である可能性は高い。アーデンは否定していたが、あの男の言葉は信用できない。とはいえ、最初にネイサンがごろつきに〝ビリンガム夫人〟を襲わせたことをなじったとき、アーデンの目に閃いたのは驚きだった。ごく小さな反応だったし、アーデンは本心を隠すのがうまい男だが、ヒルたちの雇い主がアーデンだと思ったのは見込み違いだったのだろうか？

もしも間違った相手に警告したのだとしたら、ヴェリティは相変わらず危険であるばかりか、ブローチを回収したのがぼくと〝ビリンガム夫人〟だったことを、アーデンにわざわざ知らせてやったことになる。

16

ヴェリティは翌朝事務所に向かった。この二週間、事務所をマロリー夫人にまかせっぱなしとあって、報告書や要請に目を通す必要がある。自分にそう言い聞かせたのだが、事務所に着くと机には向かわず、マロリー夫人のそばにある椅子に沈みこんだ。

「わたし、恐ろしい間違いをおかしたと思うの」

マロリー夫人の眉がぐいと上がった。「仕事で？」

「いえ、仕事はまだ片付いていないわ。ネイサンのことでよ」

「彼自身のこと？」

「ええ。あの……昨日ネイサンに尾行をつけたの」

「なぜ？　嘘をついている気がしたの？」

「まさか。彼は嘘をつくような人じゃないわ。ネイサンは……最初から話したほうがいいわね」ヴェリティは一昨日の夜の襲撃に始まり、ネイサンとスローンを廃屋の地下から救出したことまで包み隠さず打ち明けた。

　話が終わるころには、マロリー夫人はお腹を抱えて笑っていた。笑いすぎてハンカチを取りだし、涙を拭わなくてはならなかったくらいだ。「残念、お金を払ってもいいから見たかったわ」

「ええ、滑稽な話よね」ヴェリティは同意した。「でも、問題はそこじゃないの」

「ミスター・ダンブリッジの男のプライドってやつね」マロリー夫人はうなずいた。「厄介な代物だわ。それで、彼は怒ったの？」

「救出されたことは怒らなかった。恥ずかしかったとは思うけど。でも、尾行のことを知ったとたん、怒りだしたの。で、言い争いになって、その、端《は》折《しょ》って言うと、ネイサンを大事に思っている、と言ってしまったのよ」

「まあ！」マロリー夫人は驚いてヴェリティを見つめた。

「ええ。そうしたらキスされて……」ヴェリティの説明は尻すぼみになった。

「あらまあ。で、ベッドにもつれこんだの？」

「いいえ」

「どうして？　あんなにハンサムな男性なのに。それに、あの笑顔……立ち居振る舞いもとてもエレガントだし。わたしが二十歳若ければ、ぜったいものにしているわね」

「昨日のネイサンを見せたかったわ。シャツとブリーチだけで」ヴェリティは思い出して口の端をゆるめた。「汗みずくで、シャツの前をはだけていた」

「あらあらまああ」マロリー夫人は見えない扇であおぐふりをした。

「それを見たあとだもの、わたしがキスを拒めなかったのもわかるでしょ。しかも目をきらめかせて、からかわれたものだから――」

「ベッドに転がりこまなかったなんて、わけがわからない」

「わたしはあばずれじゃないのよ、ベッティーナ。これまでだって、たくさんの男を拒んできたわ」

「ええ、あなたみたいに選《よ》り好《ごの》みの激しい女性も珍しいわね。何度も言ってるけど、いいかげんに警戒をゆるめて、人生が与えてくれるものを楽しむべきよ。わたしに言わせれば、ミスター・ダンブリッジは与えてくれるものをたくさん持ってる」

「ええ。彼にふさわしい女性にとってはね。でも、わたしは違うの」胸を締めつけられるような気持ちでつぶやく。

「でも、あちらさんはそうだと思っているんじゃない?」

「ものの弾みだったのよ。ふだんはあんなことはしないわ。ゆうべだけ――いえ、その前にも二回キスされたけど、二回ともお互い興奮状態だったから……」

「なんだかあなたたちのあいだには、ものの弾みがしょっちゅうあるようね」

「この件を一緒に調べているあいだはね。ふだんは顔を合わせることもないの。まして惹かれるなんて。あらゆる点で正反対なのに。ネイサンはとても……人当たりのよい、思慮深くて完璧な紳士。爵位はないけれど、本物の紳士よ。でも、わたしは全然違う」

「くだらない。正直な話、あなたが自分を卑下するのは初めて聞くわ。あなたはどこに出しても恥ずかしくない女性よ。それに、あの人は〝本物の紳士〟を求めているわけじゃないでしょうに」

ヴェリティは吹きだした。「何を言いたいか、わかってるくせに。彼が求めているのは真のレディよ。アナベスみたいな人」

「ラザフォードの奥さん？」

「ええ。一年まえ、ネイサンはアナベスに夢中だったの。いまでもそうだと思う。少なくとも、理想の女性はアナベスのような人。アナベスは正真正銘のレディよ。わたしみたいに性急で口が悪くて、あなたにさえ想像もつかないような、いわくつきの過去がある女はお呼びじゃないの」しかも、いまやネイサンはその過去を知っている。「彼と結婚できるわけがないわ」

マロリー夫人はヴェリティを見つめた。「あの人と結婚したいの？」

「いいえ、とんでもない！」あわてて首を振り、両手を見下ろしながらぼそぼそと打ち明ける。「ネイサンと一緒だと、自分が何をしたいかわからなくなるの。でも、この気持ちは、ほかの男には感じたことがないわ。まるで自分のそばに……〝留めておきたい〟みたいな。その気持ちが強すぎて、マルコム・ダグラスの問題が解決したらどうなるのか、怖いくらい」

「調査が終わっても、それで彼と終わりとはかぎらないでしょうに」

ヴェリティは首を振った。「たとえ男女の仲になったとしても、この調査が終われば事情が変わる。ネイサンはこれまでどおりパーティに顔を出すでしょうけど、ビリンガム夫人はそろそろ消える潮時よ。だから、もうネイサンの世界にはいられない。救出も、襲撃も、暴くべき真実もなくなるんだもの。〝ものの弾み〟もね」

ヴェリティはネイサンのキスを思い出して口元を和ませ、ため息をついた。

「たとえ、しばらくは続いたとしても、そのうちネイサンが結婚したいと思うときがくる。彼は妻と子どもを望むタイプだわ。それに、結婚しても愛人を持ちつづける人じゃない」

そのまなざしがきつくなる。「わたしだって彼を誰かと分かち合うのはいやよ。だから……たとえすぐではないにせよ、いつかネイサンは離れていく」

ベッティーナ・マロリーはヴェリティを見つめた。「わたしも結婚のことはよく知らないから、助言ができる立場じゃないけど、情熱のことなら多少はわかるつもりよ。いったん燃えはじめたら止めるのは難しいわ」

「わかってる」ヴェリティはうなずいた。「わたしが恐れているのはそれじゃないの」

「だったらなんなの？」

「ネイサンに恋をしてるわけじゃない。これは本当よ。でも、恋に落ちるかもしれないのが怖い――いえ、きっと恋に落ちるとわかっているから怖いの。そして別れるときがきたら、胸を引き裂かれることになる。情熱のおもむくままに関係を持つことが、そのあとに来る苦しみに耐えるだけの価値があるかどうかわからない」

「つまり、ヴェリティ・コールが回避したいリスクが、ついに見つかったわけね」マロリー夫人はちくりと皮肉り、この言葉に含まれた棘を微笑みで和らげた。「で、断られて、あちらさんはなんですって？」

ヴェリティは片方の肩をすくめた。「断ったわけじゃないもの。友情を失いたくない、と正直に言っただけ。体の関係を持ったが最後、友情は失われる。お互いの気持ちが続くあいだは、情熱は友情よりはるかにすばらしいけど、終わったあとは何も残らない。でも、昨夜の出来事ですでにふたりの関係にひびが入ったんじゃないかと心配なの。ネイサンは完璧な紳士として振る舞ったわ。わたしの申し出に反対もしなければ、わたしを説き伏せようともせずに、友人でいようと同意してくれた。でも、そのあと、なんだか気まずくなったの。ふたりとも、どんな態度を取ればいいかわからなくて。もしも気まずいままになったら、どうすればいいの？　せっかくの心地よい関係が壊れてしまったら？　キスなんかすべきじゃなかったんだわ」

「だけど、昨夜しなかったとしても、早晩することになったでしょうよ」マロリー夫人はそっけなく言った。「好きだという気持ちはあるわけだし。それに、相手の気持ちもある。

あちらさんもそれなりの反応を示したんでしょ？」

　ヴェリティは口元を和ませた。「まあね」

　マロリー夫人はヴェリティの腕を軽く叩いた。「すべてうまくいくような気がするわ。これまでの話からすると、ミスター・ダンブリッジはあなたから離れないんじゃないかしら。あの人に惚《ほ》れた自分の直感を少しは信頼したらどう？　あなたがこれほど混乱しているのは初めて見たわ」

「これまではそういう相手が現れなかっただけよ」

「ええ、そうね。だからこれはいいことなのよ」

「混乱するのがいいこと？」ヴェリティは顔をしかめた。

「そうよ」マロリー夫人が微笑む。「愛はそういうものだもの。ようやく、あなたにもわかったようね」

　午前中はさまざまな調査の報告書に集中しようとしたが、ネイサンのことしか考えられなかった。まったく苛立たしいかぎりだ。常にロマンスを追い求めている社交界のレディたちは、どうやって仕事を片付けているのだろう。もちろん、レディには、直接自分が手がけなくてはならないことはほとんどない。実際にするのは、愛しい人を射止めるための手管を磨くことくらい。でも、自分はそういうレディたちとは違う。机の前から離れると、ヴェリティはマロリー夫人に散歩に出てくると告げた。体を動かせば、頭もすっきりすることが多いのだ。

そして気がつくと、つい最近来た場所へ向かっていた。これはネイサンとは関係ない――自分にはそう言い聞かせたが、心の底ではわかっていた。ネイサンと親密になる可能性が頭になければ、昔殺したスタンホープ卿の邸をこれほど頻繁に確認しに来るはずがない。

ここには二度と来るべきではなかった。しかも、今日は変装さえしていない。とはいえ、それをうまく利用できれば……このまま外の掃除に出てきた娘は、口が軽そうだった。家政婦に止められなければ、もっといろいろな情報を聞きだせたろう。前回のような花売り姿ではなく、今日のように適切な服装でお礼代わりに何シリングか差しだせば、こちらが聞きたいことを話してくれるのでは？

だが、いつ家まわりの仕事に出てくるかわからない娘を、歩道で待つわけにはいかない。そんなことをすれば家政婦の注意を引いて、娘から情報を引きだせるチャンスがなくなる。

ヴェリティはさりげなく目当てのタウンハウスを観察しながらその前を通り過ぎ、表通りに出た。だが、こちら側には公園の入り口がひとつもなかった。街中にあって目を憩わせる緑は、どうやら三日月型の通り沿いの住人専用らしい。が、錬鉄製のフェンスはヴェリティにとってはなんの障害にもならなかった。

公園内の樹木の何本かは、フェンスの外へと枝を張りだしている。ヴェリティはすばやく周囲を見まわして、助走をつけて跳躍し、張りだしている枝をつかんだ。そのまま幹へと移動し、フェンスの内側に着地する。

フェンス沿いの灌木《かんぼく》が目隠しになって、公園内もそこにいる者も通行人からは見えない。芝生を横切ってタウンハウスが並ぶほうへと向かい、気づかれずにスタンホープ邸を見張れるベンチに腰をおろした。

一時間経ったがメイドは出てこない。ヴェリティはしだいに眠くなってきた。が、男がスタンホープ家の門までやってくると、眠気は一瞬で覚めた。ジョナサン・スタンホープが領地から戻ったのだろうか？　脈が速くなるのを感じながら、ヴェリティは急いでベンチを離れ、近くの大木の横にある灌木の茂みに潜りこんだ。

近づいてきた男を見ると、ジョナサンよりがっしりして背が低く、頭が禿《は》げはじめている。あの男をジョナサンと間違えるなんて、自分で思ったよりもぴりぴりしているにちがいない。

ヴェリティの姿は灌木と大木で二方向から隠されていた。いずれにしろ、男は周囲には目もくれず、門をじっと見ている。目を離すのは、時計を取りだして時間を見るときだけだ。誰かを待っているにちがいない。ヴェリティは自分の不運を呪った。先日のメイドが家の外に出てきたら話しかけたいのに、あの男がいては、灌木の茂みからひょいと姿を現すわけにはいかない。

どうやってここから出ようか？　装身具を落とし、それを捜していたふりをする？　それとも……あれこれ考えていると、男が待っていた相手が門を出てくるのが見えた。ジョナサン・スタンホープだ。ヴェリティは目を見開き、灌木のさらに奥へと進んで、枝のあいだから覗いた。

ジョナサンは不機嫌な顔で、背の低い男に挨拶した。男は……ミルサップ、有名な警官のひとりだ。ミルサップを雇ったのだとしたら、よほど重要な仕事なのだろう。ヴェリティが隠れている場所にもふたりの声は聞こえてくるが、話している内容まではわからない。ジョナサンが怒っていることだけは声の調子で明らかだ。ミルサップは驚いているように見えた。

ふたりに気づかれずに、会話の内容を聞きとれる場所まで近づけるだろうか？　ヴェリティはあたりを見まわした。が、ちょうどそのとき、ジョナサンがこちらに顔を向けて落ち着きなく行きつ戻りつしはじめたため、彼の言葉が断片的に聞こえてきた。「……きみに金を払った……言い訳……彼女は死んだときみは断言したぞ」

〝彼女〟の名前は口にしないが、ヴェリティのことにちがいない。やはり、先週のパーティで気づかれたのだろうか？

ミルサップがジョナサンのあとを追いながら答える。「死にましたよ。間違いありません」

「嘘をつくな」ジョナサンが冷たい顔と声で言い返す。「ごまかしには我慢ならん」

〝その態度には我慢ならん〟バジル・スタンホープの声がよみがえる。

ミルサップが体をこわばらせ、同じく冷ややかな声になった。「嘘などつきません。わたしにも守るべき評判ってものがありますからね」

「きみの評判など、どうでもいい」ジョナサンがくるりと振り向いた。「十六年まえにやらなかった仕事を、きちんと果たしてもらおう」

ジョナサンはおもねるような声音のミルサップと連れだって門へと戻ると、そこで足を止め、鋭く何か言って立ち去った。ミルサップがそれとは逆の方向に歩きだす。

「ふん、貴族ときたら。あいつらはみな同じだ。自分はなんでもわかったつもりでいる」ヴェリティが隠れている灌木の茂みのすぐ横を、ミルサップがつぶやきながら通り過ぎていく。

数分待って、男たちが戻ってこないことを確認してから、ヴェリティはようやく大木の陰から出た。狂ったように打っていた脈がしだいに落ち着いてくる。ヴェリティが生きている可能性に、ジョナサンが見せた怒りは本物だった。もしも生きているなら、必ず捜しださずにはおかないと固く決意しているにちがいない。

恐怖がこみあげ、ネイサンに会いたくてたまらなくなった……でも、なんのために？　怖くてたまらないと告げるために？　わたしはあの敵と戦うほど強くない、あなたに守ってほしいと？

喉の奥からうなりのような声をもらし、ヴェリティは背筋を伸ばした。これは自分の問題、自分が直面している危険だ。これまではずっとひとりで闘ってきた。いまさら誰かに頼ってどうする？　ネイサンに話せば、彼は間違いなくわたしを守ろうとするだろう。そうでなくても、家族の名誉を守ろうと奮闘しているのに。それに、ネイサンに弱い女だと思われるのはいやだった。ネイサンが知っているヴェリティは強い女。ネイサンの前では強いままでいたい。

ジョナサンかミルサップが戻ってくるのを警戒しながら、ヴェリティは足早に公園を出た。すでに頭のなかでは、この問題を論理的に分析しはじめていた。

ミルサップのような腕利きすらヴェリティが死んだと信じたとすれば、アスキスの工作はうまくいったのだ。でも、その工作にはまだ効力があるのだろうか？　現在は偽りの姓を名乗り、頻繁に変装しているにせよ、ロンドンに落ち着いてからかなりの数の調査を請け負い、多くの人々に知られている。腕利きだという評判も得ていた。

こうなってみると、ヴェリティという名前も捨ててしまうべきだった。珍しい名前なのだから。ビリンガム夫人を演じるのに、ほとんど外見を変えなかったことも悔やまれる。自分の能力を過信し、もう過去に悩まされることはないと確信して姿を変えずに社交界に出入りするなんて、うかつすぎた。

でも、それに関してはいまさらどうにもできない。後悔で時間を無駄にするのは愚か者のすること。問題は、そうした過ちのせいで、ミルサップに正体を突きとめられる可能性がどれくらいあるかだ。

自分をヴェリティの名で知っている人々はごくわずか。彼らがこちらを裏切ってミルサップにそれを告げることはありえない。過去の殺人については、ネイサンをべつにすれば誰にも話していなかった。ネイサンは忠誠心の篤《あつ》い人だから、彼からもれる心配はない。

自宅の名義人も偽名にしてあるし、マルコム・ダグラスとは自宅で顔を合わせたものの、ビリンガム夫人に言い寄ってくる男たちに住所を告げたことはない。警戒心が薄れはじめたのは、ネイサンと再会してからだった。彼に惹かれているせいで、これまで軽蔑してきたレディたちのように浮かれているのだろうか？

とはいえ、ミルサップは上流階級の人々にヴェリティのことを訊いてまわることはできない。あの男の権限がおよぶのは犯罪者と一般市民だけ。ビリンガム夫人は彼らには知られていなかった。もちろん、アーデン卿が誰かを強請っている現場に、ミルサップが居合わせればべつだ。アーデンを逮捕すれば、ミルサップは彼にヴェリティのことを訊くチャンスをつかめる。レディ・バンクウォーターのブローチを回収したのがビリンガム夫人だと、アーデンが気づいていないといいが。もし気づいていたら、アーデンはヴェリティの秘密を一挙に暴ける立場に立つことになる。

17

ネイサンは少しばかり不安を感じながら、ヴェリティの家を訪れた。ついさっき独断でアーデンに警告したことを、ヴェリティは気に入らないだろう。何も悟られないように気をつけなくてはならないが、ヴェリティに隠し事をするのはとんでもなく難しいのだ。

ふだんのヴェリティはとくに詮索好きではない。ネイサンにしても、嘘をつくのが大の苦手だというわけではなかった。なんといっても、ドレスがまったく似合っていないことをまったく表情に出さないのも、分厚すぎる肩当てをつけたジャケットが自然に見えるふりをするのも社交のうち。そういう罪のない〝嘘〟は、常に口にしている。それに、誰かに打ち明けられた秘密をもらしたことも一度もなかった。

だが、どういうわけかヴェリティにはなんでも話したくなってしまう。子ども時代の記憶や、自分が好きなもの、嫌いなもの、そのときどきでふと頭に浮かぶ思い……。彼女はなんの関心もないことだとわかっているのに、なぜか知ってほしくなる。ヴェリティのことも、なんでもいいから知りたいと思う。これも腑《ふ》に落ちない点のひとつだった。人間に興味があるのは昔からだが、これほど強い好奇心を持った相手はいなかった。これは、ヴェリティがアナベスの奇妙なほど無礼なメイドだと思っていた初対面のときからだ。

ヴェリティはまるで、次々に人形が出てくるマトリョーシカのような女性だった。真の姿にたどり着くには、パズルにおさまるべつのピースを見つけ、べつの謎を解かねばならず、たどり着けるという保証すらない。

昨夜ふたりのあいだに起こったこと、ふたりを夢中にさせた情熱、気詰まりな別れのあとで、どう振る舞えばいいのだろう？　これまでより礼儀正しく接するべきか？　だが、ヴェリティはそれを貴族特有の冷ややかさだと思うかもしれない。ロマンティックな関係にはなるなと自分を戒めてはいるものの、ヴェリティの魅力から目をそらせるとはとうてい思えない。

客間に入り、ヴェリティを目にしたとたん、あらゆる思いがきれいに消え去った。馬車用の茶色い服を着たヴェリティは、いつもよりおとなしめだった。服は地味だし、燃えるような髪も三つ編みにしてぐるりと頭に巻くというよくある形だ。それでも、ヴェリティを見ると、たちまち脈が速くなった。このぶんでは、誓いを守るのは相当難しそうだ。

さいわい、内心の動揺を隠したごくふつうの声で挨拶できた。ヴェリティはうっとりするほど美しく、天使のような香りを漂わせていた。ネイサンはサテンのようにすべらかな頬を撫でたくてうずうずする指を握りこみ、軽い調子で言った。「新しい情報を早く聞きたいな」

「なんですって？」ヴェリティはぎょっとしてネイサンを見つめた。「いったいどうして……どういう意味？」

ネイサンは少しばかり驚いた。「昨日話すことがあると言っていただろう？　マルコムの件でわかったことがあると思ったんだが」

「ああ、そのこと！　ええ。もちろん。昨日ロックウッド邸に行くと――」

「なんだって？　昨日はレディ・ロックウッドの相手もしたのか？　そのあとでは、ロンドンの街中を捜すぐらい、たやすく思えたにちがいないな」

ヴェリティがにっこり笑い、口の片端にえくぼができると、ネイサンはそこにキスしたことを思い出した。

「あら、そこまで気難しい人じゃないわ。ああいう人だと思えばなんてことない。アナベスとはそこで会ったの。あなたのお母さまと叔母さまにも会ったのよ」

「で、どう思った？」まあ、ヴェリティがあのふたりをどう思おうと関係ないが。

「お母さまはとてもやさしそうで、好きにならずにはいられない方ね。でも、あなたに話したかったのはべつのことよ。レディ・ロックウッドの話だと、結婚の記録は各地域の教区本部に送られることになっているらしいの」

「つまり、ロンドンの本部には聖アガサ教会の記録がある、と？」

「ええ。規定どおりに送られていればね。なかにはいいかげんな教会もあるようだから」

ネイサンはこの意見を片手で払った。「だが、送られた可能性のほうが高い。すぐに確認しよう」

「ええ。馬車を表に回すように言ってあるわ」

本部で三十五年まえの記録を探してもらうには少しばかり説得が必要だったが、ようやく書記は納得し、奥の資料室に戻っていった。ふたりは黙って彼が出てくるのを待った。

ヴェリティは手袋のボタンをもてあそびながら、落ち着きなく目を動かしている。その様子を見て、ネイサンはふと思った。今日のヴェリティがおとなしい印象なのは、地味な服や髪型のせいだけではない。ここに来る馬車のなかでも、珍しく静かに窓の外を眺め、話しかけてもうわの空だった。それに、最初に新情報について訊いたときは、まるで何かを隠しているように、どきっとした顔をした。そしてネイサンが質問の意味を説明すると、あからさまな安堵を浮かべた。

「ヴェリティ、何かあったのか？　なんだか……ぼんやりしているようだが」

「もちろん、何もないわ」ヴェリティは眉間にかすかなしわを寄せた。「いいえ、実は今朝――」

書記がカウンターに記録簿を置き、その音にふたりともびくっとして飛びあがった。角のすり切れた古い表紙から埃が舞いあがる。

ヴェリティがカウンターに向き直り、急いで記録簿を引き寄せる。ネイサンも身を乗りだした。興奮がこみあげてくる。ついにマルコム・ダグラスが嘘をついている証拠が手に入るのだ。

ヴェリティは正しい日付を見つけるまでページをめくった。そこにある記録を指でたどり……ふいに小さく息をのんだ。

「どうした?」ネイサンはヴェリティの指の上の欄を肩越しに覗きこんだ。

〝一七八九年七月二十九日――ジョージ・ダンブリッジ、マーガレット・ダグラスと結婚〟

「くそ、マルコムが言ったことは本当だったんだ」

ネイサンは驚愕してそのページを見つめ、すばやくきびすを返してドアの外に出た。まるで霧のなかにいるかのようだった。何ひとつ現実とは思えない。その後ろでヴェリティが急いで記録簿を閉じ、書記に返してあとを追ってくる。

外に出ると、ネイサンはヴェリティを振り向いた。「ぼくの人生はすべて嘘だった」

「とにかく帰りましょう」ヴェリティはネイサンの腕を取ると、馬車に向かった。

帰りの馬車でも、ヴェリティは珍しく静かだった。ネイサンにさまざまな思いと感情に翻弄されながら、何ひとつ視界に入らぬまま窓の外に目を向けていた。ヴェリティの家に着いて、ヴェリティが馬車の扉を開けるためにネイサンの前に身を乗りだしたとき、初めて彼女がずっと自分の手を包みこんでいたことに気づいた。その手が離れると、自分がからっぽになった気がした。

ネイサンはヴェリティと並んで家のなかに入った。ヴェリティが客間のサイドボードに向かう。「あなたはいらなくても、わたしはウィスキーが欲しいわ」

「ぼくにも必要だ」グラスを受けとり、ひと息に飲みほす。

「もう一杯いる?」ヴェリティはグラスを受けとり、デカンタのほうに戻っていきながら尋ねた。

「いや。それでなくてもぼうっとしてる」まだ奇妙に現実と乖離《かいり》している気がするものの、ウィスキーのおかげで頭が働きはじめ、胸がよじれるような未来が目に浮かんだ。「何もかもが、ぼくの全人生が偽りだった。ぼくが思ったこと、信じたこと、何ひとつ真実ではなかった。ぼくは父のひとり息子でもなければ、相続人でもなかった。くそ、嫡出子ですらなかった。領地も邸も、ダンブリッジという姓さえぼくのものではない」

「ごめんなさい、ネイサン、簡単に決めつけずに、いろいろな可能性を考えてみるべきだったわ。でも、ダグラスは間違いなく嘘をついていると思ったの」

ネイサンは胃がよじれるような気持ちでうなずいた。「こういう可能性もあることは、頭のなかではわかっていたよ。ダグラスの言うとおりだという可能性もある、と。だが、心の底では、父が重婚罪をおかしていたとは思っていなかった。父がそんなことをするとは信じられなかった。善良で、ばかがつくくらい誠実な人だとばかり……どうしてこんな仕打ちができたんだ？」

　ヴェリティがそばに来てネイサンの腰に腕を回し、その胸に頭をもたせかけた。ネイサンは、いまこの世界で唯一現実だと思える存在に自分を繋ぎとめるかのように、ヴェリティをひしと抱きしめた。しばらくして腕をほどき、ゆがんだ笑みを浮かべる。「やっぱり、もう一杯ウィスキーをもらおうかな」

　ヴェリティがウィスキーを注《つ》ぎ、ふたりは腰をおろした。

「すでに結婚しているのに、父はどういうつもりで母と結婚したんだろう。母が妻ではなく愛人になり、生まれた子どもは私生児になるのに。父と母はいつも深く愛し合っているように見えた。こんなふうに母を騙すことが、どうしてできたんだ？」

「愛し合っている人たちは、ときとして信じられないようなことをするものよ。本来の自分であれば考えもしないようなことを。お父さまは重婚という罪をおかすことになってもお母さまと結婚したかったけど、拒否されるのが怖くてお母さまに真実を打ち明けられなかったのかもしれない。誰にも真実を知られることはない、と思ったのかもしれない」

「たしかに、うまく隠したな。少なくとも三十四年のあいだに」ネイサンはため息をつき、片手で顔をこすった。「母にはなんと話せばいいんだ？　領地をどうすればいい？　それに、マルコムも」それから急に苦い声で笑った。「わからないことだらけだ。どこに住むかも、どうやって生きていくのかも」

「いますぐ何かをする必要はないわ。ゆっくり考えればいい」

「きみはやさしすぎる」

「ふだんは容赦しないのに？」ヴェリティがやんわりとからかった。

「いや、そういう意味じゃないよ。ただ……」ネイサンはため息をついた。「ぼくを弱い男だと思っているだろうな。きみは家を失くし、妹を人手に渡して、自分の人生を犠牲にするという恐ろしい試練に直面しても、くじけずに生きる道を切り開いてきた。父が重婚者だとわかっただけでめそめそしているぼくとは大違いだ」

「そういう比較には意味がないわ」ヴェリティは身を乗りだした。「それに、自分の抱えている問題にわたしが不満もぐちもこぼさなかったと思う？　世界がひっくり返ったのに、落ち着き払っていられる人間などどこにもいない。あなたは聖者じゃないんだもの」

「ああ、聖者とはほど遠いな。ぼくはただの男だ」ネイサンはグラスのなかの琥珀色の液体を見つめた。「最悪なのは、自分が役立たずだとわかりはじめていることさ。ぼくはずっと領地からの収入で暮らしてきた。働いたことなど一度もなく、人の役に立つ技術も持っていない。これからは、母とふたりで生活できるだけの金を稼がなくてはならないが、いったい何をすればいいのか」

「技術はいくつも持っているわ」

「どんな？　ダンスがうまくて礼儀正しい会話ができる、年配のレディたちに好かれる、踊りに誘われない女性をうまくダンスフロアに誘いだせるからパーティでは重宝される……ぼくの特技はそれだけだよ」

「いいえ。あなたは誠実で、名誉を大切にする、思いやりのある人よ。誰もがそういう資質を持っているわけじゃない。人を安心させることができるし、頭がいいし、紳士の話し方ができる。それに堂々としている」

「最後のやつは、どうかな」

「ねえ」ヴェリティはつと立ちあがり、驚いたことにネイサンの前に膝をつき、両手をその膝に置いて、真剣なまなざしでネイサンの目を見つめた。「あなたの姓がもうダンブリッジではないからといって、自分にはなんの価値もないと決めつけないで。あなたはあなたよ。名誉を大切にする、信頼に足る人間だわ。わたしがいま言ったもののすべて、なんの価値もないと思うの？　信頼できない銀行家なんて誰が相手にする？　経理担当者は？　弁護士は？」

「少なくとも、ぼくは相手にしないな。その教訓は学んだ」ネイサンはギルを殺そうとした目分の事務弁護士を思い出し、顔をしかめた。

「そういう職業に就くために必要な知識は、いくらでも学べるわ」ヴェリティは言葉を続けた。「あなたは頭がいいんだもの。人に好かれるという資質もとても重要よ。あなたはたくさんの能力を持っているの。計画を立てられるし、勇気もあるわ」

「そんなに買ってくれるなら、きみに雇ってもらおうかな」ネイサンは軽口を叩いた。

「いい考えね」ヴェリティがうなずく。

ネイサンはかがみこんでヴェリティの顔を両手ではさみ、美しい瞳を見つめた。「ありがとう。きみがいま言ったすべてとほかにも多くのことが、きみ自身にも当てはまる」

そのうえ、美しくてとても魅力的だ。ネイサンは額に軽くキスし、それから我慢できずに唇に羽根のようなキスを落とした。ヴェリティを抱きあげて膝に乗せ、もっと激しくキスしたい。ヴェリティの慰めが欲望に火をつけたのか、温かく柔らかい体に自分を沈めたい思いにかられた。

だが、そんなことはできない。本人の気持ちが揺れているのに、ヴェリティの同情とやさしさを利用するなど許されないことだ。しかも、いまとなっては、自分と愛人関係になってもヴェリティにはなんのメリットもない。苦痛を和らげ、ぽっかりと心に空いた穴を埋めるためだけにヴェリティを利用するのは卑怯《ひきょう》だ。

そもそも、この家に留まり、もやもやした思いをぶちまけているだけで、すでに甘えてしまっている。ふたりは証拠を見つけた。マルコムの申し立てに関する調査は終わったのだ。このまま立ち去るべきだ。が、それを思うと胸をわしづかみにされたような痛みを感じた。

ネイサンは両手をおろし、体を引こうとした。

しかし、ヴェリティが上着の襟をつかんで引き戻す。「いいえ、そんなに簡単に退かせてあげない」

「ぼくはべつに――」

ヴェリティは唇を覆って言葉を遮り、長い、炎のようなキスで、自分の望みを余すところなく語った。高潔な意図を砕かれ、ネイサンは彼女をはさみこんで膝をつき、持ちあげるようにして抱きしめ、バランスを崩して床に倒れた。

ネイサンはこの小さな落下の衝撃を自分が受けるように体をひねり、一度も唇を離さずにヴェリティを自分の上に重ねた。ヴェリティが笑いながら体を起こし、ネイサンにまたがる。硬くなったネイサンのものが快楽の泉を求めて脈打っていた。その泉に自身をひたしたい……だが、このままでは着ているものが邪魔だ。

ネイサンはヴェリティを見上げた。白い頬を薔薇色に染め、美しい目をきらめかせている。ほつれた赤い髪が顔を縁どるように落ちていた。これほど美しい女性は見たこともない。ネイサンの全身がヴェリティを求めてうずいていたが、どうにか理性の欠片にしがみついた。「いや、こんなことは――」

「しいっ……」ヴェリティは低い声で言い、人差し指でネイサンの唇を封じ、誘うように微笑んだ。「すべきじゃない？」そう言いながら顔を近づけ、唇を重ねた。

「ああ、きみは――」

ヴェリティはさきほどより長く、激しいキスをしてつぶやいた。「わたしはあなたが欲しいの」

18

ネイサンは震える息を吐いた。「それはどうかな」

「わたしが欲しくないの？」ヴェリティが片方の眉を上げる。

「いや、そうじゃない。もちろん、きみが欲しいさ。だが、これが憐れみなら……同情して慰めてくれるつもりなら……」

「あら、ずいぶん鈍いのね」

ヴェリティはネイサンとひとつになり、何もかも忘れてしまいたかった。今日聞いた会話から目をそらし、ネイサンを慰めると同時に、少しのあいだだけでも自分の不安を頭から押しやりたい。実を言うと、さきほど羽根のようなキスを落とされたときに彼をベッドに誘いたいと思っていた。

ところが、ネイサンは同情を利用して誘惑しようとはせず、むしろ離れようとした。その瞬間、ヴェリティにはわかったのだ。ネイサンと愛し合うのは、恐怖を忘れるためにも、彼を慰めるためにもならない。それどころか、ネイサンと男女の仲になれば、そのうちどちらも苦しむことになる。

でも、この火遊びがもたらす結末も、それが自分の心を引き裂くにちがいないことも、どうでもよかった。いま重要なのはネイサンとひとつになることだけ。ヴェリティは情熱的なキスでネイサンを酔わせ、彼に欲望のうめきをあげさせたかった。ネイサンが自分のなかで動くのを感じ、彼の息を首筋に感じたかった。狂おしいほどの欲望へとネイサンを駆り立て、彼にも自分を駆り立ててほしかった。

ネイサンの将来に居場所がないとしても、いまこの瞬間、この場所では、ネイサンはわたしのものだ。

「わたしを愛して」心をとろけさせるはしばみ色の甘やかな瞳を見つめ、低い声で囁く。

ハンサムな顔に物憂い笑みが浮かび、両手がヴェリティをドレスの上から撫であげた。熱いてのひらがじれったいほどゆっくりと腿を這いあがり、上半身を愛撫《あいぶ》し、歓びをもたらす。もっと速く……でも、いつまでも続いてほしい。その手が胸を包み、親指で布地をかすめるようにして頂を愛撫すると、たちまちつんととがった。ヴェリティはたまらずに頭をのけぞらせ、うずく乳房を彼の手に押しつけた。

ネイサンがかすかに息をのむのがわかった。瞳が欲望に黒ずみ、顔が紅潮している。だが、指の動きはまだけだるげだった。その指がドレスの襟元から滑りこみ、肌をじかに愛撫する。

わたしを焦《じ》らすつもりね。そっちがその気なら……。

ヴェリティは彼の上で円を描くように腰を動かした。はしばみ色の目に欲望が閃き、ネイサンがぱっと体を起こして、片手をうなじに当てながら唇を重ねてきた。

そのまま体をひとひねりして、ヴェリティを仰向けにし、まるで世界にはヴェリティの唇と、この瞬間と、ふたりのなかに燃える情熱しかないようにキスしてきた。赤い髪に両手を差しこみ、唇に、頬に、喉にキスの雨を降らせてくる。熱い唇が肌を滑り、喉を味わい、襟元から出ている胸のふくらみへと近づいていく。

ヴェリティも彼の上着の下に手を滑りこませたが、シャツが邪魔になった。たくましい体の隅々まで、この指で感じたい。せわしない手つきでスカーフを引っ張り、複雑な結び目を解いてそれをはずして、ベストのボタンに手をかけた。どうして紳士はこんなにたくさん布をまとっているの？

シャツの紐を引っ張ると、ようやく求めていたものにたどり着くことができた。温かい体はなめらかで、触れていく指の下で筋肉が痙攣《けいれん》する。ネイサンの喉からもれる低い声に気をよくして、両手で胸を撫であげ、あばら骨とその上の筋肉をたどり、平たい乳首を見つけて指先でそのまわりに円を描いた。

「ヴェリティ……」

ネイサンは片方の腕で支えて少し体を持ちあげると、もう片方の手でドレスのボタンをはずしはじめた。胸のあいだをかすめながらおりていく熱い指先が、痛いほどの快感をもたらす。シュミーズの紐を解こうと焦るあまり、片方を解けないほど締めてしまうと、低い声で毒づき、力まかせに引っ張った。

ぷつんと紐が切れ、ネイサンがぎょっとした顔でヴェリティを見た。「ごめん」

ヴェリティは低い声で笑った。「ほんとにそう思ってる？」頭の下で腕を組むと、上衣とシュミーズが脇へと滑り落ちた。体が燃えるように熱い。金茶色の瞳にも情熱がきらめいているにちがいない。ヴェリティは猫のような笑みを浮かべ、ネイサンを見上げた。

「いや」ネイサンは着ているものをすっかり押しやり、ヴェリティを見下ろした。

はしばみ色の瞳が、むきだしになった上半身を味わうように見つめる。燃えるまなざしに浮かぶ欲望がヴェリティ自身の焦がれをかき立てた。ネイサンが欲望に翳る目で見つめながら、豊かな胸にゆっくりと人差し指を這わせ、頂の周囲に円を描く。うつむいて胸の先端を蝶の羽のように軽く、柔らかく、熱い唇でくすぐる。ヴェリティがねだるように体をそらすと、ようやく頂を口に含み、唇ではさみながら舌で愛撫した。

鋭い快感に貫かれ、ヴェリティはこらえきれずにうめきながら、ネイサンの髪をつかんでせがんだ。早くひとつになりたくて、両脚を彼に巻きつける。ふたりの服が邪魔だった。ネイサンがスカートの下に手を入れ、それを押しあげて片手で腿を撫であげた。

ふたりのあいだには、それでもまだ服がある。ネイサンの指先を、彼の体を全身で感じたくて上着を肩からもぎとろうとすると、ネイサンが体を起こし、上着とベストとシャツをひとまとめに脱ぎ、脇に投げ捨てた。

再び唇が重なる。ヴェリティも夢中で応えながら、両手をたくましい肩と背中に這わせた。唇が離れてはまた戻る。そのたびに体に震えが走り、筋肉質の背中に回した指に力がこもった。その指を下へと滑らせ、引き締まったヒップを撫でおろし、ブリーチのなかに滑りこませると、ネイサンの脈が一気に跳ねあがった。

でも、焦っているせいでブリーチのボタンがなかなかはずれない。ネイサンが低いうなりをもらして寝返りを打ち、ブーツとブリーチを脱ぎはじめた。ヴェリティも急いで残りの服を脱ぐ。

ネイサンはヴェリティの裸体を食い入るように見つめた。「ああ、ヴェリティ、きみはなんて美しいんだ」

「あなたもよ」

「ぼくが？」彼は片方の眉を上げた。

「ええ」ヴェリティは手を伸ばし、彼の髪を指ですいた。「こんなに豊かな巻き毛」眉を撫でて「女を虜《とりこ》にする瞳」、人差し指で唇をなぞり「キスしたくなる口」、それから指先で首の横を撫でおろし、鎖骨の上をかすめて腕の筋肉へ触れた。「どれも唇と舌で味わいたくなるわ」

体を起こし、胸から脇腹の硬い筋肉をてのひらで感じながら、口から喉へと唇を這わせ、ごつごつした肩にキスする。「美しいと言われるのはいや？」

「いや、嬉しい」ネイサンはヴェリティのうなじをつかみ、再び唇を重ねた。「とてもいい響きだ。あまり男らしくは聞こえないが」やさしく耳たぶをかじり、喉の奥で笑う。

ヴェリティは目を閉じた。ネイサンの歯が肌に当たった瞬間、全身に細かな震えが走った。「あら、そんなことないわ」それを裏付けるように片手をおろし、彼のものを包みこむ。「ほら、こんなに男らしい」

ネイサンが鋭く息を吸いこみ、飢えたようなキスで応える。ヴェリティは肩をつかまれ、背中を床に押しつけられた。まるで貪り食われているようだ。快感に身を震わせながら、同じ激しさでキスを返し、招くように脚を開く。

脈打つ硬いものが、柔らかな体の中心を求めて頭をもたげる。その動きは焦らすように、興奮をそそるように続いた。このままではどうにかなりそう……そう思ったとき、耐えがたいほどゆっくりと、求めていたものが滑りこんできて、ヴェリティを押し広げ、満たした。でも、それだけでは十分とは言えない。

催促するように再び両脚をからめ、ネイサンの動きを誘った。すべてを味わおうとするかのような、ゆっくりした官能的な動きが、ヴェリティを溶かし、焦らして、歓びを高めていく。やがてついに自制が利かなくなったように、その動きが速まると、ヴェリティの下腹部で渦まいている快感がどんどん一点に集まり……高まって……ついにすさまじい勢いで弾けた。ネイサンが痙攣するように体を震わせ、太いしゃがれ声をあげる。ふたりはともに体が粉々になるほどの歓びに身をゆだねた。

ネイサンはヴェリティの上に崩れ落ち、首のくぼみに顔をすり寄せると、ヴェリティの名をつぶやきながら重みをかけまいと横向きになった。

重なったままでかまわないのに。温かくたくましい体がぴたりと重なっていると安心できる。でも、あまりに満ち足りて頭がぼうっとしているせいで、それを伝えられそうもなかった。

片腕で抱かれ、ヴェリティは頭を肩にのせて彼にすり寄った。これが本当にわたし？　こんなに柔らかくて、温かい体が？　何も考えず、警戒せず、ただ幸せのなかを漂い、歓びにひたっている女が？　まるでネイサンのなかに溶けて、彼とひとつになったような気がする。

ぐったりと横たわりながら、ネイサンはしばらく片手で腕を撫であげてはおろしていたが、やがてその手が止まり、呼吸がゆっくりになった。こういう無防備な彼も悪くない。眠った彼を起こさぬように、そっと触れ、深々と匂いを吸いこむ。いまだけは、強くて実際的な疑り深い女ではなく、ふだんは硬い殻のなかに隠している弱い自分でいられる。どんな危険に身をさらそうとしているか心配せずに、ただこのひとときに身をゆだね、安らいでいられる。

ヴェリティは肘をついて体を起こし、ネイサンの穏やかな寝顔を見つめた。男のくせに憎らしいほど長くて濃い睫毛が、頬に影を落としている。ゆるく波打つ乱れた髪がその顔を縁どり、女心をとろかすひと房がいまも額にかかっていた。無防備に眠っているネイサンは、なんて魅力的なんだろう。そのせいでほかのことに考えを集中させるのがとても難しい。でも、目を覚まし、はしばみ色の目でやさしく微笑み、ほがらかな笑い声をあげるネイサンはもっとすてきだ。

この人は、わたしのどこに惹かれているの?

慎み深い女ではないから、自分の容姿が男に与える効果を否定もしない。ほとんどの男がわたしを欲しがることはわかっている……少なくとも、鉄のように冷たい芯に触れるまでは。でも、ネイサンはわたしがどんな女かよく知っている。わたしの頑固さも、歯に衣着せぬ率直な物言いも。実際、一年まえは容赦なくからかうわたしに何度苛立ち、腹を立てたことか。おまけに、いまやわたしの過去の汚点まで知っている。

ビリンガム夫人を演じているときは役にふさわしい大胆な色をまとっているが、ふだん身に着ける服の色やデザインは、ビリンガム夫人の好みよりもはるかに地味だ。素のヴェリティは、必要に迫られ、昔からできるだけ目立たない格好をしてきたのだ。

言動も、ネイサンたち貴族の基準からすれば、大胆すぎて少しもレディらしくない。でも、ネイサンは誘惑されたからというだけの理由で、その場かぎりの情事を楽しむタイプではなかった。それなのにわたしを抱いた。良識に反してわたしと愛を交わした。

どうしてその気になったのか理解できなかったが、自分の幸運に文句をつける気はない。ヴェリティはひそやかな笑みを浮かべてネイサンの胸に片手を回し、ぴたりと体を押しつけて目を閉じた。


いつのまにか眠ってしまったらしく、ネイサンが身じろぎするのを感じて、ぱっと目を開けた。急に気おくれがして、寝返りを打ち、背を向ける。こんな気持ちになるのも初めてのことだが、ネイサンとは、あらゆることがこれまでとは違っていた。再び目を閉じながら、ネイサンはどうするだろう、と思った。なんと言うだろう？　たぶん、肩にキスして、背中を愛撫し、甘い言葉を……。

「悪かった、ヴェリティ。本当にすまない」

夢のなかを漂うような心地よさが一瞬にして消え、ヴェリティはがばっと跳ね起きた。苦痛が胸を貫き、こみあげてくる涙を押し戻すことすらできなかった。

「……悔やんでいるの？」そう言った声が、傷ついているというよりも怒っているように聞こえたことに、かすかな安堵を覚えた。

ネイサンははっとしたように目を見開き、急いで訂正した。「いや、まさか。違うとも。

このことを言っているんじゃない。これは美しかった。すばらしかった」ネイサンは起きあがり、ヴェリティの腕をつかもうとした。が、彼女がぱっと離れると、うめくような声をもらして乱れた髪をかきむしった。「どうしてぼくは、いつもばかなことを言ってしまうんだ?」

「礼儀正しい嘘を思いつくまえに、つい思っていることを口走ってしまうから?」

でも、そのほうが嘘をつかれるよりましなはず。昔から率直なやりとりを好んできたのだもの。でも……いまは率直さなど欲しくなかった。

「いや、礼儀正しい嘘じゃない。ぼくらがついさっき交わしたのは……くそ!」ネイサンは毒づいた。「言葉ではとても表せない。きみとひとつになり、きみを味わい、感じるのを……きみと愛し合うのを、ぼくが楽しんでいなかったとは思っていないはずだぞ」

「だって、最初にあなたが口にしたのは後悔なのよ。ほかにどう考えればいいの?」そう返したものの、ネイサンの説明に怒りは少し和らいでいた。

「違う。後悔など一瞬たりともしていない。謝ったのは、きみを客間の床に押し倒すなどという、紳士にあるまじき真似をしたからだ。まるできみが……」

ほっとして全身から力が抜けそうになりながらも、ヴェリティは呆れたようにネイサンを見つめ、いたずらっぽく目をきらめかせた。自然と口元がゆるむ。「客間の床で愛し合ったから、謝ったの?」

「くそ、きみはぼくを笑ってるのか？」

「まさか」

ヴェリティは身を乗りだし、両腕をゆるく彼の首に回して、チュッとキスをした。それからまるで気のおけないおしゃべりをするように、両手を後ろの床につき、足を交差させた。裸の胸を見つめるネイサンのまなざしで、背筋に細かい震えが走る。気おくれはもう感じなかった。

「きみに失礼なことはしたくないんだ」

「失礼なんかじゃなかったわ。むしろ、あなたの……熱意が気に入ったくらい。まあ、ベッドのほうが快適だったでしょうけれど。次はベッドでしましょうよ」

「次だって？」ネイサンは両手で顔をこすった。「いや、ヴェリティ。もうできないよ」

ヴェリティはため息をついた。そう言うと思った。まったく、どこまでも高潔な人なんだから。「あら、今度は聖人きどり？」

「いや、もちろん違う。信じてくれ。いまのぼくは聖人とはほど遠い気持ちだ」ネイサンは服に手を伸ばし、身に着けはじめた。「このまままきみとベッドに行きたくてたまらない」

「わたしにはすばらしい考えに思えるけど」ヴェリティはにっこり笑ってネイサンを見上げた。ネイサンは立ちあがってブリーチを引きあげながらも、白い裸体から目を離せずにいる。口でどう言おうと、ブリーチの前の明らかなふくらみが真の願いを語っていた。

「ヴェリティ、お願いだから服を着てくれないか？　ぼくは理性的に話をしようとしているんだ」

ヴェリティはため息をついてシュミーズを手に取った。それを着け、切れた紐はそのままにしてペチコートに足を突っこむ。そして腕を組むと、ネイサンに向き直った。「ほら、これで満足？」

ネイサンは満足とはほど遠い顔で、ヴェリティがさきほど投げた場所に落ちている下着を見た。「あれを忘れて……」そこで言葉を切り、咳払いした。「ヴェリティ、ぼくはショックを受けて気持ちが弱っていた。そのせいで自制できなかった。この道を進みたいかどうか、考える時間を与えると約束したのに。その約束を破ってしまった」

ヴェリティはくるりと目玉を回した。「ネイサン、こうなるのはわたしも望んだことよ。わたしの記憶では、わたしがあなたを床に押し倒してキスしたことになってるけど？」

「ああ、そうだな」唇が弧を描いて笑みが浮かび、はしばみ色の瞳がやさしくなる。「だが、問題はそこじゃない。きみの評判を考えなくては。きみはふさわしい相手の正妻になるべき人だ。それに、もしも……妊娠したら？　ぼくは結婚したいが、こちらには何ひとつ差しだすものがない。財産どころか将来性も、もう名前すらないんだ」

ネイサンが自分との結婚をあっさり却下したことに傷つくのはおかしい。もちろん、ネイサンの言うとおり。ヴェリティも彼と結婚できるとは思っていなかった。それなのになぜ、こんなに腹が立つの？　彼と同じくらい結婚する気などないのなら、いまの言葉に異を唱える必要などないはずだ。

　でも、ヴェリティはそれを口実に、ネイサンが自分から離れるのを黙って見ているつもりはなかった。

「ネイサン、わたしと関係を持ちたくないなら、はっきりそう言って。こうするのがわたしのためだ、なんて言い訳はやめてちょうだい。何がわたしのためになるかは、わたしが決める。誰をわたしのベッドに迎えるかもわたしが決めるわ。わたしは少し雨に打たれたくらいでしおれる、か弱い花とは違う。自分を守る方法は知っているつもりよ。自分自身の名前を持っているし、財産も持っている。それに、結婚するつもりはまったくないの。あなたとも、ほかの誰とも」ヴェリティは腰に手を当て、怒りに燃える目で言った。「どんな奇妙きわまりない理由にしろ、わたしはあなたとベッドをともにしたい。だから、問題はあなたがそうしたいかどうか」

　ネイサンの眉が跳ねあがり、それから驚いたことに笑いだした。「喧嘩腰で男が欲しいと言う女性は、きみぐらいだな」

「ただの男じゃないわ。あなたよ」

「ああ、わかっている」ネイサンは微笑みながらヴェリティに近づき、ヴェリティの前に立った。「とても嬉しいよ。きみの質問に答えると、イエスだ。ぼくはきみとベッドをともにしたい。いまのきみは、とてもおいしそうに見える」そう言って、ヴェリティのほつれた髪を指に巻きつけた。

ヴェリティも笑みを浮かべ、からかった。「また？　もう回復したの？」

「ああ、すっかり回復した。またしたい。きみが許してくれるかぎり何度でも」ネイサンはうつむいて唇に軽くキスした。キスが長く、深くなる。ようやく顔をあげたときには、情熱で頬が赤らんでいた。

「だったら、二階に行きましょう」ヴェリティはネイサンの手を取り、客間を出た。

19

目を開けたとき、ネイサンは一瞬、自分がどこにいるかわからず、瞬《まばた》きして周囲を見まわした。ふいに昨夜の記憶がよみがえり、たちまち下半身が反応する。またか？　信じられない。まあ、べつにいやではないが。口元をほころばせ、そう思った。

彼がいるのはヴェリティのベッドだった。愛人を持ったことのないネイサンにとって、女性のベッドで目を覚ますのは初めてのことだ。愛人を囲う金銭的余裕がないのはもちろん、知人がよくぐちをこぼすような愛人用の宝石やドレスを買う金などとうていなかったからだ。それに、結婚してもらえる望みがどんなに薄くても、ずっとアナベスに恋焦がれていたから、ほかの女性とはたんなるその場かぎりの付き合いでしかなかった。

売春宿に行くとか娼婦を買う気にはなれなかった。大学時代は居酒屋のメイドと遊んだこともあるが、卒業してからそういう行為とは手を切っている。快楽を求めて体を開く相手に愛を求めるなんて、おまえはロマンティックすぎるぞ、と友達にはよくからかわれたものだ。が、欲望だけの交わりは、自分も相手も卑しめる気がした。

これまでの短い情事の相手は、おもに未亡人だった。世の中の酸いも甘いも噛み分けた、何度か快楽を楽しむ以外には何も求めない、そういう相手だ。が、朝まで一緒に過ごしたことは一度もなかった。相手の評判に傷がつかないように、夜明けが来るまえに立ち去ったからだ。

ところが昨夜は、ようやく自分に鞭を打ってベッドから出ようとすると、女性の評判を気にする彼を笑うヴェリティに、とても抗《あらが》えない方法で留まるよう説得されたのだった。

こんなに気分のよい目覚めはずいぶん久しぶりだ。ネイサンは頭の下で手を組み、天井を見上げながらそう思った。つい昨日、自分が私生児だと知り、突然、家も金も何もかも失った男が、こんなに幸せな気分になれるものか？

ドアが開き、ヴェリティが大きなトレーを手に入ってきた。「お寝坊さん、そろそろ起きて。朝食を持ってきたわ」

「まったく、きみは得がたい宝石だな」ネイサンは、ヴェリティがベッドに置いたトレーの朝食を見ようと起きあがったが、そのまえにヴェリティに目を引かれた。

着ている化粧着に何ひとつみだらな点はないが、光沢のあるサテンに両手を走らせ、襟のなかに滑りこませて、化粧着の下に何を着ているのか探りたくなる。

「だめだめ」ヴェリティが笑う。「まず食事よ」

「まだ何もしていないぞ」ネイサンは腹を立てたふりをした。

「何を考えているか、ちゃんとわかるの」ヴェリティは軽い調子で言い、トレーの横に片膝を曲げて座った。「これでも探偵ですからね」

「しかもとびきり腕利きだ」ネイサンは皿からベーコンを一枚取り、口に放りこんだ。「きみのコックは宝石だな、そう伝えてくれ」

「あら、宝石はわたしじゃなかった？」

「そうだよ。まったく違う種類の」

「ダイヤモンド？」ヴェリティがロールパンをちぎり、バターを塗りながら尋ねる。

「いや、ダイヤよりはるかに希少価値がある」ネイサンは少し考え、言葉を続けた。「エメラルドだな。クレオパトラもエメラルドを着けていた」

「驚いた、ずいぶん宝石に詳しいのね」

ネイサンは首を振りながら笑った。「いや、全然。レディ・ロックウッドのそばで長い時間を過ごしただけさ」

「見上げた忍耐力だこと」

「きみはあの人をとくに恐れていないようだな」

「ええ。むしろ畏敬の念を抱いているくらい」

そのあとはふたりとも食事を優先したものの、ヴェリティが何度も考えこむような顔で自分を見ていることには気づいていた。昨日の調査に関して話したいことがあるが、せっかくのいい雰囲気を台無しにしたくないのかもしれない。ヴェリティは教区本部で目にした証拠でこの調査は終了した、と言うつもりなのか？　そう思うと気が滅入る。調査が終わる見通しよりも、いまは、始まったばかりのこの情事をヴェリティが終わらせる可能性のほうが怖かった。とはいえ、昨夜自分が感じたのと同じことを、ヴェリティも感じているとはかぎらない。

心のなかでため息をつき、ネイサンはフォークを置いた。「なんだい？　何か考えているんだろう？」

「マルコム・ダグラスの件が解決したかどうか、よくわからないの」

予期していたのとはまるで違う言葉に、ネイサンはつかのま彼女を見つめた。「どういう意味だ？　本部に父がマーガレット・ダグラスと結婚したという記録があったわけだから、答えはこれ以上ないほど明らかに思えるが」どうにか微笑で続けた。「自分の読みがはずれたことを認めたくないだけじゃないのか？」

「たしかにそれを認めるには、少し時間がかかるわね。わたしの読みはめったにはずれないから」ヴェリティはいたずらっぽい目でネイサンを見た。「でも、どう考えても、マルコム・ダグラスは嘘をついているとしか思えないの。自慢じゃないけど、わたしの直感は本当によく当たるのよ。マルコムがあなたの前に現れたのは、ぜったいに強請ってお金を引きだすためだと思う。あの男のすべてが――口にした言葉だけでなく、仕草や声までが、まえもって練習し、暗記したかのようだったわ。嘘つきや詐欺師はたくさん知っているの。あの男からは同じ匂いがする」

「しかし……」

「直感だけに頼っているわけじゃないのよ。この件にはいくつかおかしな点がある。なぜあの男の名前は、マルコム・ダンブリッジではなく、マルコム・ダグラスなの？　ダグラス家はイングランド人を憎んでいるかもしれない。でも、私生児だと思われるよりイングランド人の血が混じっていると認めるほうがましでしょう？　それに、わざわざ投宿先を告げておきながら、なぜそこから姿を消したの？　そもそも、本当にダンブリッジ家の正統な相続人なら、なぜ最初から弁護士を雇い、法廷に持ちこまないの？　なぜ自分であなたに会い、ある種の合意に達したいと仄めかしたの？」

　マルコムはたんに仄めかしただけではなく、フラットの前で待ち受け、脅迫してきた。だが、それだけではマルコムの話が嘘だという証拠にはならない。

「マルコム自身もスキャンダルを望んでいないとか？　パーティで会った叔父の話からすると、ダグラス家は由緒ある家柄のようだ。その名前を汚すのはいやなのかもしれない」

「スキャンダルを避けたければ、相続人だなんて名乗りでなければいいのよ。あなたが言ったように、あの叔父さんは育ちがよさそうだし、そこそこ裕福なようだわ。その甥がお金に困っているとは考えにくい。それに、なぜマルコム・ダグラスはあの叔父さんに、自分がダンブリッジに相続権を要求したと話さなかったの？　叔父さんのところに滞在せず、ロンドンにいることすら知らせようとしないの？」

「反対されると思ったのかもしれない」

「ふつうは反対するでしょうね。表沙汰になれば、かなりのスキャンダルになるもの。だけど、いずれはロバート叔父も知ることになるわ。実際、ロンドン中の人間が知ることになる。自分がダンブリッジ家の嫡男であることを確定させるには、最終的には法廷に持ちこむしかないわけだから。いちばん不思議なのは、マルコムが消えてしまったように見えること。なぜ、あれっきり連絡してこないのかしら？」

「さあ。たしかに奇妙だが……」だが、ネイサンはヴェリティの挙げる疑問がもたらしたかすかな希望を握りつぶそうとした。「ぼくが生まれる二年まえに、マーガレット・ダグラスが父と結婚したのは厳然たる事実だ。記録簿にはっきりそう書いてあった」

「でも、あの記述だけでは、ふたりの結婚がマルコムの生まれるまえだったかどうかはわからない。わたし、マルコムはあなたより年上に見えると言ったでしょう？　こめかみにもちらほら白いものがあるし、目の端や口の両脇にしわもある」

「白髪になるのが早い人々もいるよ。それにマルコムはスコットランド人らしい肌だし……戸外で長時間過ごせば、しわもできる」

「子どもが生まれてから結婚する場合もあるわ。マルコムは三十四歳というより三十七、八歳に見えるけど」

ネイサンはヴェリティを見た。「どうかな。たとえ父がマルコムの生まれたあとにマーガレットと結婚したとしても、母とはやはり重婚だったことになる」

「必ずしもそうとは言えないでしょ。お母さまと結婚したときには、お父さまはすでにやもめだった可能性もある。マーガレットは亡くなっていたのかもしれない。出産で命を落とす女性は多いもの」

「たしかに。そうなると、ぼくは私生児ではなく、たんに父の次男だということになるな」ネイサンは少し考え、言葉を続けた。「だとしたら、なぜ父はそれを隠していたんだろう？　どうして長男のマルコムを領地に連れて帰らず、スコットランドに残したんだ？誰よりも心のやさしい母が先妻の子につらく当たることはない、とわかっていたはずなのに」

ヴェリティは肩をすくめた。「それも、マルコムの話に含まれるたくさんの矛盾のひとつね」

「彼の主張が嘘である可能性は本当にあると思うか？　それともぼくの気持ちを明るくしようとしているだけかい？」

ヴェリティは身を乗りだし、ネイサンの手に自分の手を重ねた。「偽りの希望をかき立てるような残酷な真似はしたくないけど、疑問を無視することもできない。だから、あきらめるまえに、もう少し調べてみたほうがいいと思うの」

「きみはあきらめろと助言することがあるのか？」

ヴェリティはにっこり笑った。「ええ、関係者が全員いなくなればね」

ヴェリティは自分を元気づけようとしているだけかもしれない。だが、彼女が挙げた矛盾や疑問点は、こちらの好奇心をかき立て、かすかな希望さえ与えてくれた。それに、今日はどんなことでも可能に思える。昨日の発見がどれほどショックだったにせよ、あっさり負けを認めてたまるかという気持ちになった。「いいだろう。で、きみの疑問の答えはどうやって見つけるんだ？」

「まず、マルコムの年齢を調べましょう。彼の出生記録を見たいわ。だから、出生地を突きとめないと」

「それを知るには、叔父のロバートに当たるのがいちばんだろうな」

「そうね。ロバート・ダグラスの住所が必要だわ」ヴェリティはためらった。「でも、自宅を訪れ、マルコムの出生地を尋ねたりしたら、なぜそんなものが必要なのかとあやしまれるかもしれない。ロバートが甥の企みを知らないとしても、不審に思うでしょうね」

「クラブで偶然会うことはできるさ。このまえ、いつでも〈ホワイツ〉に訪ねてきてくれ、と言ってなかったか？」

「でも、女のわたしは紳士クラブには入れないわ」ヴェリティが不満そうにぼやく。

ネイサンは目を輝かせた。「今回ばかりはぼくを信頼するしかなさそうだな」

「ばかを言わないで。あなたのことは最初から信頼してるわ。ええ、偶然の出会いなら、奇妙な話題を持ちだしたとしても、あやしまれる可能性は低いわね」

「できるだけ自然な形で尋ねる方法を考えるとしよう」ネイサンは手を伸ばし、ヴェリティの手を取った。「だが、これは責任の重い役目だから、出かけるまえに緊張をほぐしたいな」

「ホイストの勝負なんかどう？」ヴェリティは部屋を見まわした。「カードはどこだったかしら？」

「ぼくは違う方法がいいんだが」

ネイサンに引き寄せられても、ヴェリティは逆らわず、気づかぬふりで目を見張った。

「あら？　どんな方法がお望み？」

「これさ」ネイサンは唇を重ねた。

「ああ、これ」ヴェリティはにっこり笑って両手をネイサンの首に巻きつけ、長い、長いキスをした。「調査案件が控えているというのに、少々無責任な気がするけど」

ネイサンは化粧着の襟から片手を滑りこませ、乳房を包みこんで首筋に顔をこすりつけた。「きみに感化されたかな？　だいぶ大胆になったみたいだ」

ネイサンは再びキスをしながら、ヴェリティをベッドに押し倒した。

残念ながら、ネイサンが到着したとき、ロバート・ダグラスの姿はクラブには見当たらなかった。とはいえ、〈ホワイツ〉ではネイサンはよく知られている。そのまま椅子に腰をおろして出入り口の扉に片目を貼りつけ、新聞を手に取って広げた。このほうが自然に見えるだろう。

永遠に思えるほどの時間が経ったあと、ようやく目当ての人物がクラブに入ってきて、帽子と装飾をほどこした杖を出迎えた執事に渡した。ネイサンは広げた新聞に目を戻し、熱心に読んでいるふりをした。ロバートが目の前に来るまで待って、目を上げるつもりだった。

ところが、そのまえにロバートのほうから機嫌よく話しかけてきた。「やあ、ミスター・ダンブリッジだったかな？　先日、アラン・グラントの家で会ったね」

「ええ、そうでした。よく覚えています」ネイサンは立ちあがって、にこやかに握手を交わし、向かいの椅子を勧めた。「よろしければ、どうぞ」

「ありがとう」

ふたりはしばらく天気を話題に言葉を交わした。執事がロバートに紅茶を持ってきて、相手がカップを口元に運び、会話が途切れると、ネイサンはさりげなく尋ねた。「たしか、甥御さんが訪れるのを待っておられるという話でしたね」

ロバートはうなずいた。「ああ。だが、甥は結局やってこなかった。あれからどこかで顔を合わせたかね？　アランのところで会ったときは甥を捜しとるとか言っとったが」

「残念ながら会えずにいるんです」ネイサンは落胆してみせた。「スコットランドにコテージを買いたいと思っているんですよ。アランが言うには、甥御さんの生まれたところは絵のように美しいとか。ただ、アランはその場所の名前を覚えていなかったもので、マルコムから聞きたいと思っていたんです」

「ゲールモアか？」ロバートの眉が跳ねあがった。「本気かね？　あそこはダグラス家が……その、夏にしか訪れないハイランドの小さな村だぞ」あけっぴろげで社交的な表情が曇り、ロバートは目をそらした。

「ぼくが探しているのは、まさにそういう場所なんです」ネイサンは明るい声で言った。「都会の夏を逃れたいときに行ける避暑用の別荘に最適ですからね。ダグラス家はそこに別荘を持っているんですか？」

「いや、わしの義理の姉と、その娘のマーガレットがたまたまそこに滞在していたときに、早産でマルコムが生まれたというだけだ。それを聞いたときは少し驚いたよ。どちらかというと、素朴な場所らしいからな。しかし、それはどうでもいい」ロバートに再び陽気な笑みを浮かべた。「アランが言っていたのは、アバディーンに近いダグラス家の領地のことだろう。ダグラス一家は一年のほとんどをエディンバラで過ごすが、ダグラスの跡継ぎはたいてい領地で生まれるんだ」

「そうですか。どうやら誤解があったようですね」ネイサンはなめらかに応えた。

「あそこは美しい場所だぞ。釣りにはもってこいだ」

ロバートは言葉を続け、ネイサンは、狩りや釣りにはスコットランドのどこがいちばんかという話にしばらく付き合った。やがてマルコム・ダグラスの出生地を聞きだすという、本来の目的を隠せるだけの時間が過ぎると、ロバートに別れを告げ、ヴェリティの家に戻った。

ヴェリティはまだ戻っていなかったが、家政婦がネイサンを迎え、表通りに面した部屋に落ち着いたネイサンに紅茶を運んできた。

つい数時間まえまで一緒だったというのに、気がつくとネイサンは三十分のあいだに五回も時計を見ていた。どうやら、一分でも早くヴェリティに会いたいらしい。ヴェリティにはずっと不可解なほど親しみを感じていたが、昨夜ともに過ごしたあとは、そばにいなければ漠然とした不安で心が落ち着かなくなっていた。まるで何かを忘れているか、毎日身に着けている大切な家宝を着け忘れたかのように。

もちろん、本人にはそんなことを言う気はない。お気に入りのカフリンク同様大切だ、などと口を滑らせたら、容赦なく鋭い非難を浴びせられるのがおちだ。そもそも、ヴェリティはカフリンクよりはるかに大切な存在だった。ただ、初めて感じるこの気持ちに、もっと適した表現が見つけられないだけだ。

この客間にいることに慣れたのはネイサンだけではないらしく、家政婦も彼をまるで家族の一員のように扱いはじめていた。まあ、最近ここで過ごしている時間を考えると、たしかに自分の家のようになりつつある。

ともあれ、それについてはあまり深く考えたくなかった。ヴェリティが頑《かたく》なに結婚を拒んでいるとあって、ふたりにあるのは現在だけ。どんな計画も、将来も考えられない。ネイサンもヴェリティと結婚したいわけではないが……きっぱり拒否されたときは少し傷ついた。ヴェリティは結婚そのものがいやなのか……それとも、ぼくとは結婚したくないだけなのか。

20

ネイサンが出かけてからまもなく、ヴェリティは足取りも軽く家を出た。クラブに同行してロバート・ダグラスからマルコムについて聞きだせないのは不本意だが、そのせいでこの気分を台無しにしたくなかった。それに、〈ホワイツ〉にはアーデン卿も頻繁に訪れる可能性がある。ビリンガム夫人としてあそこに顔を出すのは避けるべきだろう。ジョナサン・スタンホープの依頼を受けた警官のミルサップがビリンガム夫人の正体を嗅ぎつけるとしたら、アーデンからだとヴェリティはまだ思っていた。

公園で盗み聞きしたミルサップとジョナサン・スタンホープの会話のことは、誰にも話すまいと決めたのに、昨日もう少しでネイサンに打ち明けそうになった。ネイサンはこちらが心のなかに築いた壁を、あっさり突き崩してしまうようだ。

実際、父親のことで心労が重なっているネイサンに、いまジョナサンのことを話すのはあまりに身勝手だ。それに、盗み聞きした会話を思い返すと、自分の反応が過剰だったようにも思えてくる。あのときわかったのは、義理の兄がヴェリティはずっと昔に死んだと思っていたこと、当時自分を捜そうとしたこと、そしていままた捜していることだけだ。

父親の復讐を果たす？　正義の鉄槌《てっつい》を下す？　父親の遺産の一部だったはずの宝石を取り戻す？　そのどれにしろ、先夜のごろつきを雇ったのがジョナサンではないことだけは明白だった。彼はこちらの住所どころか、こちらが生きているかどうかすら確認できていないのだ。

したがって、ジョナサンはいまのところネイサンにとって危険な存在ではない。マルコムの件とも無関係だ。けれど、ジョナサンがヴェリティにとって脅威だとネイサンに知られたとたんに、この状況はがらりと変わりうる。ネイサンのことだ、まず間違いなくジョナサンと話をつけようとするだろう。でも、スタンホープ家の人間は、表面は無害に見えても危険な人物であることが多い。わたしに対する仕返しにネイサンが巻きこまれるのは、なんとしても避けなくてはならなかった。

そう、あの会話のことはネイサンには話さずに、自分で始末をつけるのが最善の策だ。これまでは、いつもそうやってひとりで対処してきたはず。今後は決して気を抜かず、注意深く行動し、ネイサンとふたりで出かけるときはとくに用心しよう。ヴェリティは昨日と同じ地味な茶色の服を着て、髪をきつく編んでまとめ、仕上げに縁にひだ飾りのついた帽子をかぶった。

ネイサンのそばで目覚めるのは、とても——どう言えばいい？　すてき？　すばらしい？　とろけるよう？　そのどれも、裸のまま、くしゃくしゃの髪でぐっすり眠っている彼を見たときのときめきを表現するには足りなかった。あの体に両手を走らせ、甘いキスをすれば、彼が目を覚まし、再び魂が震えるようなひとときを味わえる。そう思うとくすぐったくなるような嬉しさがこみあげた。ネイサンとの愛の営みは、まるでまっぷたつに引き裂かれたあと、再びひとつに戻されるかのようだった。

ふたりのあいだにあるのは欲望だけではない。一緒に朝食をとり、笑いながら一日の計画を話し合う楽しさは何物にも代えがたかった。完璧に結んだスカーフと一分の隙もない姿ではなく、寝乱れた髪、不精髭で顎を黒っぽくしたネイサンが、自分のベッドにしっくりとなじんでいるのを見ると、胸の奥が温かくなる。彼にはこれまで誰とも分かち合ったことのないたぐいの親密さ、近しさを感じた。

ヴェリティが自宅に入れる人間は数えるほどしかいなかった。寝室に入れた男はもっと少ない。ネイサンはヴェリティが世知に長《た》けた、男性経験の豊富な女だと思っているようだが、それほど多くの男を知っているわけではなかった。たしかに、無垢《むく》なまま結婚初夜を迎える上流階級のレディたちに比べれば経験はある。でも、肌を許した男はほんの数えるほど、それもたいていは危険な仕事のさなかの短い情事だけだった。

甘い言葉で男の気を引き、相手に魅せられているふりをするのは得意だ。そうやって、気を持たせ、与える気のない愛を約束した男はひとりやふたりでは利かなかった。でも、男に媚を売るのは、そのとき演じている役の一部。かつて上司だった男にはしつこく勧められたが、情報を得るために体を与えたことは一度もない。

母のスタンホープ卿との結婚と、初めてすべてを許した恋人に裏切られてフランスに売られたことで――スローンが助けてくれなければ、フランスの刑務所で命を落としていただろう――ヴェリティは男にも結婚にも絶望し、その後何年も禁欲していたくらいだ。

苦い経験を通じて、ヴェリティは自分をふたつに分けることを学び、世間に見せる顔と、決して見せない顔を持つようになった。男たちは前者の世界にしか存在しない。これまでは、この方法が申し分なくうまくいっていた。

ネイサンに会うまでは。

ネイサンはヴェリティが自分に課したあらゆるルールの例外であり、これまでおかしたことのないリスクだったが、あきらめるつもりはない。昨夜の言葉は本心だった。彼に関するかぎり、わたしはすべてのためらいを捨てたのだ。情事の終わりに何が待っていようと、いまはどうでもいい。せめて続くあいだは、何も考えずに楽しむとしよう。

ヴェリティはかすかな笑みを浮かべ、通りを歩きだした。まず事務所に顔を出し、次いで嫡出子に関する法律について弁護士の意見を聞くつもりだったが、気がつくと、ハイドパークに向かう道を歩いていた。

このまえ妹の姿を見てから、もう一週間近くになる。忙しすぎて――幸せすぎてかもしれないが――うっかりしていた。今日は妹の散歩時間よりほんの少し遅いため、ポピーと乳母は家に戻るところだった。

ヴェリティは足を止め、じりじりあとずさって木の陰に半分体を隠した。いつものように、妹を見ると胸が痛んだ。あれから長い月日が流れたのに、やさしげな顔にはまだ七歳のころの面影が残っている。

ポピーが振り向き、自分を見たら、何が起こるだろう？　赤い髪を隠していても、姉だと気づくだろうか？　あんがい、もう顔を忘れているかもしれない。そもそも、姉がいたことすら覚えていない可能性もある。あるいは、自分を他人の手に残して去った姉を憎んでいるのかもしれない。

ネイサンに勧められたように、あとを追ってポピーに真実を告げようか？　わたしは外見の特徴を真似るのが得意だが、人の心の動きに関してはネイサンのほうがわかっている。ネイサンが言うように、ポピーは姉と再会できたことを喜ぶかもしれない。

だが、姉を非難するかもしれない。それは仕方がないとしても、無視して歩み去られたら？　自分を臆病者だと思ったことはないが、想像するだけで心が折れそうになる。

ふたりの女性は乳母車を押しながら公園から出ていった。その後ろ姿を見送りながら、ヴェリティは改めて決意した。幸せな未来は望めないとしても、もう過去を思ってくよくよするのはやめにしよう。

事務所に顔を出し、それから嫡出子に関する法律について弁護士に尋ねる。それが終わったら家に帰ろう。ネイサンの待つ家に。ヴェリティは向きを変え、公園をあとにした。

ヴェリティが数時間後に帰宅すると、ネイサンはすでに客間に座っていた。彼がそこにいるのを見たとたん、愚かしいほどの喜びがこみあげ自然と笑顔になる。ネイサンも嬉しそうに立ちあがり、近づいてきた。その腕に抱かれながら顔を上げてキスを受ける。たんなる挨拶のキスではなく、息をつく間も惜しんで、次から次へと続く激しいキスを。ふたりが体を離し、座るまでには何分もかかった。

「弁護士の話はどうだった？」

「退屈だったわ。あなたはどう？　ロバート叔父から、マルコムが生まれた町の名前を聞きだした？　疑われなかった？」

「ぼくの質問に驚いたようだが、疑っている様子はなかった。なぜそんなことを訊くのか、とも言わなかったよ。村の名前はゲールモアだ。ロバートによれば、ダグラス家の跡継ぎは代々領地で生まれるらしい。だが、マルコムはハイランドの辺鄙《へんぴ》な村で生まれた」

「何かいわくがありそうね」ネイサンの肩に頭を預けていたヴェリティは、目を輝かせて体を起こした。

「しかも、その村の名前を口にした直後、ロバートは狼狽《ろうばい》したように、〝たまたま〟そこに滞在していたときに産気づいた、ゲールモアは〝素朴な〟村で、ぼくが夏を過ごしたいような場所ではない、と付け足した」

「ハイランドにある辺鄙な村？　出産を控えた妊婦が訪れるような場所には思えないわね」

ネイサンがうなずく。「しかし、不都合な早産を隠すにはもってこいの場所だ」

「ええ。それに、マルコムはなぜスコットランドで生まれたの？　結婚したのはロンドンだもの、ダンブリッジ邸か、このロンドンで生まれるのがふつうよ」

「そうとも。そもそも、なぜその場にマーガレット・ダグラスとその母親しかいなかったんだ？　長男が誕生するというのに、ぼくの父はどこにいた？　ロバートは父のことは何も言わず、急いで話題を変え、ダグラス家の領地について話しはじめた」

「ますます胡散臭いわね」

「この企みにはロバートも一枚嚙んでいるんだろうか？　甥が何をしているか、あの男も知っていると思うかい？」

「だとしたら、大した役者ね」

「演技には見えなかったぞ。マルコムが生まれた場所を尋ねたときも、うまく隠せなかったことはたしかだ」

「あなたの話を聞いたかぎりでは、マルコムの誕生について話してはいけないことはわかっていたようね。でも、マルコムの父親が誰かは知らないような気がする。パーティで会ったとき、あなたの名前にまったく反応しなかったもの。あなたのお父さまがマルコムの父親だと知っていたら、気づいたはずよ」

「こうなったら、唯一の手掛かりを追うしかないな」ネイサンはにやりと笑った。「ハイランドへ出かけないか？」


ふたりはヴェリティの馬車で、ロンドンとエディンバラを結ぶグレート・ノース・ロードをエディンバラまで行き、そこから北西にそれてハイランドへとのぼっていった。

ふつうなら退屈でつらい旅だったろうが、ふたりきりで過ごせるとあって、まるで魔法のような時間に思えた。毎晩、情熱のおもむくまま愛し合い、互いの体を探り、どこをどう愛撫すれば快感をもたらすか、くすぐったいか、欲望が高まり弾けるかを発見していった。

昼のあいだはさまざまなことを話したが、マルコム・ダグラスとその主張、あるいはふたりを襲った男たちのことはほとんど話題にのぼらなかった。ふたりだけの時間を台無しにする気になれず、ヴェリティはジョナサン・スタンホープに関する不安を頭の隅に押しやった。ネイサンはレディ・ロックウッドと愛犬のペチュニアの逸話を面白おかしく語り、ヴェリティはカードにしるしをつける方法や、いかさまサイコロの作り方、家に押し入るときのちょっとしたコツを伝授した。

「思ったとおりだ。きみは本物の犯罪者なんだな」

「あら、イカサマ師を捕まえるには、彼らの手口を知る必要があるのよ」ヴェリティは言い返した。「わたしは泥棒やイカサマ師を捕まえる仕事をしたこともあるの。ペテン師や騙《かた》りを見抜く仕事もね」

「裕福な未亡人のふりをしている誰かさんのような騙りも？」

ヴェリティは笑った。「でも、化けの皮を剥ぐ相手は詐欺師だけよ。調査の仕事では、あらゆる知識が必要なの。毒殺されそうになった依頼人に犯人を突きとめてくれと雇われたこともあるわ。依頼人は妻が犯人ではないかと疑っていたけど、結局、彼が毎晩飲むミルクに毒を入れていたのは、甥に雇われたコックだったの。そのときは、有毒な植物と化合物について片っ端から調べなくてはならなかったわ」

「毒の知識は、アスキスのもとで働いていたときに仕入れたんじゃないのか？」

「わたしは暗殺者ではなく、諜報員だったのよ、ネイサン。まあ、ヒ素のような一般的な毒に関しては、使う必要が生じた場合に備えて少しばかり調べたけど。実際に薬を盛るのは、眠ってもらいたいときが多かったわね。秘密の書類を盗むのに好都合だから」

「眠らせるだけなら、あとの始末もいらないな。するときみは、どこかに押し入って、飲み物に眠り薬を入れ、相手が眠るのを待ったわけだ」

「たいていは押し入る必要もなかったのよ」ヴェリティは急につやっぽい目になり睫毛の下からネイサンを見上げた。「こんな顔で……」うっとりした表情を浮かべて、胸の上で両手を組む。「〝あなたはさぞ重要人物なのね。そんなに若いのになんて頭がいいんでしょう！〟と言うだけでよかったの。お世辞や気を引くようなそぶりが、面白いほどよく効いたものよ。それに寒い夜に温めたラム酒を持っていったら、断る警備員がいると思う？」

「その男がラム酒を飲んでいるあいだ、きみが話し相手になればなおさらだろうな」

「そういうこと。わたしが気をそらしているあいだに、スローンやほかの誰かがしのびこむこともあれば、わたし自身がしのびこんで、アスキスが欲しがっているものを手に入れることもあった。そっちのほうがスリルは楽しめたわね」

「捕まったことはないのか？」

「もちろん、あるわ。でも、さいわい、常に逃げだすことができた。調査員になる気なら、あなたもそういう手立てを身に着けなくてはね」

「女性に魅力をふりまくコツ？　それとも、家にしのびこむコツ？」

「女性に魅力をふりまくコツは、これ以上に磨かなくても大丈夫。残りはおいおい学べばいいわ」

　ネイサンはほんの少し眉を上げた。「本気なのか？」

「もちろん。あなたこそ本気じゃなかったの？」

「本気だったさ。だが、きみが本気だとは思わなかった」

「わたしたちが組むのは理屈にかなっているわ。あなたがいれば裕福な依頼人が増える。わたしを雇うのを躊躇する紳士たちも、あなたなら信頼するでしょうから。出生にまつわるどんな秘密が明らかにされたとしても、あなたが彼らのひとりであることには変わりないもの。それにあなたなら、わたしが入れない……たとえば、紳士クラブのような場所にも入れる」ヴェリティはためらいがちに付け加えた。「もちろん、ただの冗談だったのなら、無理に誘う気はないけど」

「いや――まあ、あのときは冗談で言ったんだ。きみが実際にぼくを雇う気になるとは思わなかったから。だが、きみが本気なら、ぼくはきみの事務所で働きたい」

「よかった」ヴェリティは瞳をきらめかせ、流し目をくれた。「警告しておくけど、わたしは人使いが荒いわよ」

「そうなのか?」ネイサンは座り直した。かすかなためらいを見せたものの、自分の答えを引っこめるつもりはないようだ。

「ええ、鬼のように」ヴェリティは片脚を振って彼の膝にまたがった。ネイサンのものが自分の下でたちまち大きくなるのを感じながら、少し動いて正しい位置を探る。「わたしは、なんでも自分が望むとおりにしてもらうのが好きなの」そう言って、ネイサンの胸の中心を人差し指で撫でおろす。ネイサンの喉の脈が激しく打つのが目に入ると、体が熱くなった。

「命令に従うことはできると思うな」

「そう？」ヴェリティはネイサンの顔を両手で包みこんだ。「だったら、キスして」

熱い唇がヴェリティの口をしっかりと覆い、求め、うながして、脚のあいだに甘い痛みを作りだしていく。ネイサンに乳房をつかまれ、服の上から愛撫されながら、ヴェリティはまたしても腰を動かした。ふたりのあいだを隔てている服が恨めしい。

どれほど肌を重ねても、なぜかまだ足りなかった。今朝愛し合ったばかりなのに。まるでこの旅のあいだ、ずっと禁欲を守ってきたかのように。ヴェリティはすでに熱く濡れ、ネイサンのものが滑りこみ、快感とともに自分を満たすのが待ちきれなかった。

止めようと伸ばしてきた手をかわし膝から滑りおりると、ヴェリティはスカートの下に手を入れて下着を脱いだ。それを脇に投げ、スカートを持ちあげて再びネイサンの脚をまたぐ。急いでブリーチのボタンをはずし、脈打つものを解放した。ネイサンも自分と同じく臨戦態勢なのは明らかだ。

椅子に膝をついて徐々に腰をおろしていった。待ちかねたように滑りこんでくるものを包みこみ、こみあげてくる快感に目を閉じてそのまま腰を上下に動かしにじめた。馬車の振動で快感がいっそう増していく。ヴェリティの動きが速くなると、指が食いこむほど強くヴェリティのヒップをつかんでいたネイサンが、スカートの下に手を入れて濡れそぼった。

　快感の源を愛撫した。

　ヴェリティは体をこわばらせ、のけぞって、突きあげてくる快感をこらえようとした。だが、直後に深々と貫かれ、しゃがれたうめき声を聞いたとたんにのぼりつめていた。

　快感の余韻を味わいながら、ネイサンにもたれ、頭を広い肩に預ける。

「どうかな？　未来の雇い主に、好印象を与えられた？」ネイサンの低い声が耳をくすぐり、背筋を震わせた。

「これに関しては文句なしよ」冷静さを装って付け加える。「でも、事務仕事はどうかしら？」

「口が減らないな」ネイサンがにやりと笑う。「だが、そこが好きなんだ」

　なかで彼がまた硬くなる。「そのようね。あなたの働きぶりは褒めてあげる」再び脈打つような快感が押し寄せ、言葉が飛び去った。代わりに、これまでのどのときよりも幸せだという思いに満たされて……。

21

道とも言えないような道の状態があまりにひどくなると、ふたりは馬車の車軸が折れるのを恐れ、馬に乗り換えた。そしてロンドンを発《た》ってから一週間以上もあと、ようやくハイランドの奥深くにあるゲールモア村に到着した。まばゆい夏の陽射《ひざ》しを浴びていても、ゲールモアはさほど魅力のある村には見えなかった。馬車の通った跡が深い溝になっている細い道がいくつか、四角く黒っぽい田舎家が数軒、質素な教会が村の端にあり、反対側の端に湖の岸が見える。

ネイサンとヴェリティは馬を止めながら顔を見合わせた。

「ここが、マーガレット・ダグラスが出産するのに選んだ場所なの？」

「ロバート・ダグラスの言ったように、お産はまだのはずだったのに、予定より早まってしまい、ここで産むしかなかったのかもしれないな」ネイサンはそう言いながら、自分の言葉をまるで信じていない目であたりを見まわした。

一軒の家の戸口に女性が立って、ふたりをじっと見ている。すぐに、ほかにもふたりの女性とひとりの男性が周囲の家から出てきて、小道に集まった。ヴェリティはちらっとネイサンを見たあと、手綱を預けて馬を降り、彼らに歩み寄った。

と思うと、いきなりスコットランド訛りで話しはじめた。あっというまに、村の男女がそれに加わる。彼らの訛りは、ヴェリティの訛りよりさらに聞きとりにくかった。ネイサンは馬を降りずに見守ることにした。何を言っているのかさっぱりわからないのだから、降りても仕方がない。

　彼らは頻繁にうなずきながら、ときどきネイサンをちらっと見てくる。全員が笑い声をあげたこともあった。どうやらヴェリティがネイサンを肴《さかな》にして冗談を言ったようだ。だが、ヴェリティが村人に好意を持たれているのは明らかだったから、ネイサンも感じのよい笑みを浮かべた。

　さらに言葉が交わされたあと、ようやくヴェリティはひとりひとりに感謝と別れを告げ、ネイサンのところに戻ってきた。そして馬を降りたネイサンの腕を取り、彼を引っ張るようにして歩きだした。

「驚いたな、どうやったんだ？」ネイサンは尋ねた。「きみは彼らそっくりに話せるだけじゃなく、たちまち友達になった。彼らはぼくに会釈もしなかったのに」

　ヴェリティは笑い声をあげた。「けんど、あんたはササナックだがらね」

「ササナック？　ああ、イングランド人のことか。どうして彼らにそれがわかったんだ？

ぼくはひと言もしゃべっていないのに」

ヴェリティは笑いを含んだ目でネイサンを見ると、いつものしゃべり方に戻った。「ネイサン、あなたを見ればひと目でわかるわ。それに、わたしは彼らそっくりのしゃべり方じゃなかったようね。グラスゴーから来たのかと言われたもの」

ネイサンは顔をしかめた。「だが、彼らはきみと話をした。喜んで話したがった。どういうわけか、きみは彼らの仲間だと思われたんだ」

「あなたは紳士クラブや賭博場で、そこにいる人たちと打ち解けて話せるでしょう？　それと同じことよ」

「でも、それはぼくが実際に、そういう場所にいる男たちの仲間だからさ」

「そして、彼らを見つめ、彼らの真似をして大きくなったからね。つまり、真似たい相手を観察し、溶けこめばいいの。相手の仕草や表情を真似るのよ。もちろん、一朝一夕でできることじゃない。妹とロンドンの貧民街で暮らしていたとき、つい上流育ちのような振る舞いや話し方になって困ったことが何度もあったの。で、まわりの人たちをよく見て、真似るようにした。自分に人を真似る才能があることを知ったのはそのときよ。いまでは無意識にそれができるようになったわ。けど、真似るときには慎重にやらないと、かえって相手を怒らせることがあるから」ヴェリティは肩をすくめた。「それに、話をすれば、向こうが欲しがっているものを与える役にも立つのよ。村の人たちは明らかに、わたしたちのことを知りたくてうずうずしていた。ゲールモアを訪れる人は少ないんでしょうね」

「だろうな」

「実際、ほとんどいないみたいよ。さっきの男はこの四十年、村を訪れた人間をひとり残らず覚えていたもの」

「ダグラス家の女性たちのことも？」

「ええ、彼はそう思ってる。でも、念のためお姉さんに訊きに行ったわ。彼より年上なのに、なんでも覚えているんですって。湖のほとりに〝立派な家〟を持っている、マクリーディ夫人に訊きに行ってくれた人もいるわ。そこでは部屋を貸すらしいの」

「見込みがありそうだな」

「そうね。この村で泊まれる家はそこだけだと考えてよさそうよ。残念なことに、村の産婆だった女性は何年もまえに亡くなっている。その娘が跡を継いだそうだけれど、おそらく若すぎて当時のことは覚えていないでしょう。だから、これから教会のゴードン牧師に会いに行き、出生記録を見せてもらうの」

「ぼくらはここに何をしに来たことになっているんだ？」

「あなたは実はスコットランド生まれ。でも、まだ子どものころに母親を亡くし、イングランドの夫婦にもらわれて、そのふたりが実の両親だと思って育ったの。それがつい最近、養子だったことを知り、実の両親を見つけたがっている。わかっているのは、ここで生まれたということだけなのよ」

ネイサンは眉を上げた。「どうして真実を話さないいんだ？」

「だって、少しは楽しまなくちゃ」ヴェリティは当然という顔で言い返した。

「それもそうだな」ネイサンは微笑んだ。「ばかなことを訊いたよ」

質素な教会には誰もいなかった。だが、そのすぐ横に立っている牧師館の扉をノックすると、黒いスーツに白い襟を着けた厳しい顔の男が扉を開けた。

ヴェリティはちらっと横目でネイサンを見て、かすかにうなずいた。たしかに目の前にいる男は、紳士が質問したほうが答えてくれそうだ。そこでネイサンは愛想よく尋ねた。

「ゴードン牧師ですか？」

「そうだが？　おたくは誰かね？」牧師は眉をひそめた。

少なくとも、ゴードンの訛りはさきほどの村人たちほどひどくなかった。ネイサンは三十年から三十五年まえの村の出生記録を見せてほしい、と丁寧に説明した。

「三十五年まえだと！　なんのために？」

ネイサンが、ヴェリティから教えてもらったばかりの自分の誕生にまつわる話を告げると、牧師の顔はますます険しくなった。

「ゲールモアで生まれたイングランド人の赤ん坊など、ここにはひとりもおらん」

「それなんですが」ネイサンは苦労して苛立ちを抑えた。「ぼくの母親はスコットランド人だったんです」

「ふん、ゲールモアには誰にしろ、よそ者はひとりもおらんよ」

ネイサンは背筋を伸ばし、尊大な表情を浮かべて、相手を従わせるような調子に切り替えた。「それでも一応確認させてもらいたい。出生記録は公のものだと思うが」

牧師はじろりとネイサンを見たものの、いやそうに認めた。「ああ。よかろう、ついてきなさい」

牧師のあとに従って教会に戻りながら、ヴェリティがネイサンの腕をぎゅっとつかんだ。

「よくやったわ。とっても貴族っぽかったわよ」

ゴードン牧師は百年まえからあるような革表紙の日誌を取りだし、黄ばんだページをめくりはじめた。「捜している名前は?」

「ダグラス」ネイサンは牧師の手から日誌をひったくりたいのをこらえた。牧師はまるで偉大な秘密が隠されているかのように、日誌の内容を隠している。「一七八八年か一七八九年ではないかと思う」

「ふむ」牧師は疑わしげにネイサンをにらみ、ページに目を戻して、再び一ページずつのろのろとめくっていった。「ダグラスという名前は知らんな。ああ」指がページの途中で止まった。「ここにあった。〝一七八九年二月二十日。マルコム・アンドルー・ラムゼイ・ダグラス〟なんと奇妙なことだ」

ネイサンとヴェリティは目を見交わした。

「つまり、マルコムが生まれたのは――」

記載されている事実を読みあげる牧師の声が、ヴェリティの言葉を遮った。「母親フローラ・ラムゼイ・ダグラス、父親ジョン・ジェームズ・ダグラス」

「なんだって？」ネイサンはぱっと牧師に目を戻し、日誌をひったくった。

「きみ！　それは教会のものだぞ」

ネイサンは牧師の抗議を無視して、ページの該当箇所に目を走らせた。

ヴェリティが身を寄せ、横から覗きこむ。「ずいぶん意外な展開だこと」

「いったいこれは……どういうことだ？」ネイサンは驚きから立ち直り、日誌を牧師に返すと、礼として金貨を一枚渡し、ヴェリティの腕を取って教会の外に出た。

「どういうことだ？　赤ん坊を産んだのはマーガレットの母親で、マーガレットはマルコムの姉妹なのか？」

「そうは思えないわね。だとしたら、どうしてマルコムは自分がマーガレットとあなたのお父さまのあいだに生まれたと言ったの？　そんな嘘をついても、どこかの時点でばれるのに。法廷に出れば、自分の出生を証明しなくてはならないのよ」

「きみが言ったように、最初から脅迫が目的で、法廷に出るつもりはなかったということか？」ネイサンは考えこむような顔で言った。「ぼくの父がマーガレットと結婚したのを知っていたから、ぼくから金をせしめようとして、残りをでっちあげたのかもしれない」

ヴェリティは足を止め、ネイサンを見た。「記録が偽りで、マルコムの話が本当だという可能性もあるわ」

「ゴードン牧師が偽の情報を記したというのか？」

「袖の下をもらってね」ヴェリティが簡潔に言った。

ネイサンはため息をついた。「牧師が金をもらって嘘をついたという考えにショックを受けるなんて、どんな世間知らずだ、と思うだろうな」

「まあ、ほとんどの人が牧師は嘘をつかないものだと思っているわね。でも、お金が好きな牧師もいるわ。それに手にしたお金を牧師本人が使うとはかぎらない。新しい会衆席がいるとか、塔の鐘を修復しなくてはならないとか、教会のために使いたくて誘惑に負けることもある」

「あの牧師は出生記録を見せるのを渋っていたな」

「ええ。でもあの人は、当時ここの牧師だったにしては若すぎると思う」

「すると、賄賂を受けとったのは前任者か？」

「たぶん。あるいは、牧師も嘘をつかれたのかもしれない。証人の名前を見た？」

「いや」

「ひとりはドクター・ジョセフ・マクファーソン。もうひとりは、ドナルド・マクリーディ夫人よ」

　ネイサンはぽかんとした顔でヴェリティを見つめたが、それから思い出した。「立派な家で民宿を営んでいる女性か？」

「そうらしいわね。マクリーディ夫人は民宿を経営している。一方、フローラとマーガレットは滞在する場所が必要だった。マクリーディ夫人の家は、村人が言うほど立派ではないかもしれないけど、ゲールモアのほかの家よりきれいなんでしょうね」

「すると、フローラは宿屋の女主人と医者に金を払い、嘘の証言をさせた？」

「この村にお医者さまがいると思う？」ヴェリティの問いにネイサンは首を振った。「わたしも思わない。フローラとマーガレットは医者を連れてきたにちがいないわ。自分たちの望むとおりに証言する医者を」

「フローラ・ダグラスが医者を連れてきたとしたら、領地ではなく、ここで赤ん坊を産むつもりだったことになる。だが、それはおかしいぞ。ダグラス家の知り合いは、ここにはひとりもいない。しかも、ここは決して簡単に来られる場所じゃないんだ。そもそも、冬のさなかにハイランドで出産するなんて、正気の沙汰とは言えないぞ」

「ええ。相当の事情があったのだと考えられるわね」

「ダグラス家には、そういうことが頻繁に起こっているようだな」

「マルコムがあなたのお父さまとマーガレットの息子で二月生まれなら、両親が結婚する何カ月もまえだから、マーガレットは私生児を産んだことになる。あなたがマーガレットの母親だとするわね。娘が私生児を産んだことを隠したいけど、生まれた子を孤児院に送る気はなかった。さいわい、あなた自身もまだ子どもを産める年齢だから――」

「娘が妊娠したことを誰も気づかないうちに人里離れた場所へ連れていき、出産までの数カ月をそこで過ごして、自分が赤ん坊を産んだふりをした」

「未婚の娘を守るために、両親が娘の私生児を実子として育てることはときどきあるわ」

「だが、ぼくらは父がマーガレットと結婚したことを知っているんだ」

「マルコムが生まれた五カ月後にね。ダグラス家の人々は、あなたのお父さまがマーガレットと結婚するつもりがあるかどうかわからなかったのかもしれない」

「だが、父とマーガレットは結婚したわけだから、ふつうは自分たちで生まれた子を育てるんじゃないか？」

ヴェリティは肩をすくめた。「どうかしら？　もしかすると、最初の話を嘘だったことにはできない事情があったのかもしれない」

「そうだな」ネイサンはため息をついた。「まあ、このドクターが誰でどこにいるのかはわからないが……」

「マクリーディ夫人を見つけることはできるわ」ヴェリティがあとを引きとった。

夫人を見つけるのは簡単だった。そしてヴェリティの新しい友人たちのおかげで、夫人のところにネイサンたちが泊まれる部屋があることもわかった。だが、夫人から真実を聞きだすのは、またべつの話だった。

　マクリーディ夫人はふっくらした、やさしい笑顔の女性だった。白い髪がひだ飾りのついた帽子からはみだしている。ネイサンは、ロックウッド邸でメイドに化けたヴェリティの綿の帽子を思い出した。長い髪をすっぽり覆うためヴェリティの帽子は滑稽なくらい大きくて、顔の一部分まで隠れていた。その縁からきらめく金茶色の瞳が覗いていたことも思い出した。

　当時、ヴェリティはことあるごとにネイサンをひどく苛立たせた。それがいまは……辛辣な物言いは相変わらずなのに、どういうわけか少しも気にならない。実際、楽しんでいるとさえ言えるくらいだ。たぶん、自分はどこかおかしいのだろう。

　マクリーディ夫人は上機嫌でふたりを迎え、ふたりが泊まる部屋はあると請け合った。

「ミスター・ダンブリッジには、もちろん、一階上の部屋を使っていただきますよ。未婚の男女を同じ階に泊めないことにしているんです。面倒が起こると……」夫人は少し身を乗りだし、声をひそめた。「少しでもあやしまれるようなことは避けませんとね」

　ネイサンは内心がっかりして、自分に雇われているという話をでっちあげたヴェリティを少し恨んだ。ふたりが夫婦だと言ってくれれば、部屋をともにするのになんの不都合もなかったのに。

「ええ、わかりますわ」ヴェリティがきらきら光る目でネイサンを見た。彼が何を考えているか、またしても見抜いたようだ。

ヴェリティは村人と話していた気のおけない調子から、きびきびした尋問口調に切り替え、ダグラス母娘《おやこ》に関する質問を始めた。ほとんど理解不能だったスコットランド訛りも、それほどひどくなくなっている。

マクリーディ夫人は動揺しているように見えた。「あら、あなた、そんな昔のことを覚えているものですか」

「少し変わったお客だったんですよ」女主人の記憶を呼び起こそうと、ヴェリティが付け加える。「フローラとマーガレット・ダグラス、お医者さまを連れてエディンバラから来たレディたちです」

「さっぱり覚えていないわ」マクリーディ夫人は蝶結びにした帽子のリボンがいくつかひらつくほど激しく首を振り、申し訳なさそうな笑みを浮かべた。「昔と違って、最近は思い出せないことが多くて」

この何週間かで、物事を皮肉な目で見る癖がついたのだろうか？　ネイサンは目の前のやさしそうな老夫人が嘘をついていると感じた。

「お役に立てなくてごめんなさいね。ジャネットがお部屋にご案内するわ。ジャネット！」マクリーディ夫人は声を張りあげた。

「はい、奥さま」中年の女性が階段の陰から出てきた。こちらは雇い主と違い、灰色の髪を頭のてっぺんでまとめた陰気そうな女性だ。ネイサンに向かってうなずく。「こっちだよ、お客さん」

ネイサンとヴェリティは、どたどたと階段を上がっていくメイドにしぶしぶ従い、廊下を進んだ。「嬢ちゃんのほうは、この部屋だ。窓から湖が見えるよ」メイドはドアを開け、向かいの壁にある窓に手を振った。

「ありがとう」ヴェリティが息を吸いこんだ。ダグラス家の女性たちについて、メイドに訊くつもりなのだ。

だが、ヴェリティが口を開かないうちに、ジャネットが言った。「あたしは覚えてるよ」

「ダグラス家の女性を？」

「名前は忘れたけど、あの人たちが来たとき、あたしはもうここで働いてたからね。エディンバラから来たいいとこのレディがふたりと、ドクター・マクファーソンの三人。メイドも連れてきてたっけ。ここの食べ物がお気に召さなくてね。パンは固すぎるし、ハギスはぱさぱさだって、母親のほうが文句たらたら。家政婦のフレミング夫人はかっかしてた。キッチンの下働きだったから、よく覚えてるんだ」

「きっと妊娠しているせいで、味覚が――」

メイドは鼻を鳴らした。「妊娠？　いんや、妊娠してたのは母親のほうでなく、娘のほうだった。気の毒に、とってもおとなしい人でさ。しょっちゅう泣いてたっけ。まあ、泣くのはあたりまえさね。母親はえらいつっけんどんで、いっつも怖い顔をしてたもんね。生まれた子が私生児だったから怒ってたんだよ。いつだって責められるのは女のほうなんだから。男はどっかで好き勝手やってるってのに」

ヴェリティは思いやりをこめた声で言った。

「そのお嬢さんは、赤ん坊の父親のことを何か言ってた？」

「いんや。ああいう人たちは、キッチンの下働きに話しかけたりしねえから」メイドはそう言ったあと、頭を傾げた。「けど、考えてみっと、相手の男のことで一度だけ母親に口ごたえしてたっけ」

「ふたりが何を言ったか覚えてる？」

メイドは首を振ったものの、思い出そうとしているようだった。「あれは……母親のほうが……」そこでちらっとネイサンを見た。「ササナックと……」

「イングランド人？」ヴェリティは興奮を抑えきれない声で訊き返した。「ふたりはイングランド人について口論していたの？」

メイドはのろのろとうなずいた。「たぶん。間違いねえとは言えねえけども。あたしらも驚いたんで覚えてるんだ。あたしが知ってるのはそれだけだよ」そう言って肩をすくめ、スカートをつまむとネイサンにお辞儀をした。「それじゃ、旦那さん、この上にある部屋にご案内しますよ」

「ああ、頼む」ネイサンは金貨を一枚取りだし、メイドの手に押しつけた。「ありがとう。とても助かった」

メイドは嬉しそうな顔で、すばやく金貨をポケットに入れた。「どうも、すんません」

「もうひとつだけ……女性たちの名前は忘れていたのに、医者の名前は覚えていたね。地元の人なのか？」

メイドは眉を上げた。「いんや、インヴァーネスの人だけんど、奥さまの弟だもの、名前は知ってるんだ」

「マクリーディ夫人の兄弟？」それを聞いて、今度はネイサンの眉が跳ねあがった。

「そうさ。奥さまはドナルド・マクリーディと結婚するまで、マクファーソンだったんだ」

「あなたがミスター・ダンブリッジを部屋に案内しているあいだに、わたしはマクリーディ夫人ともう一度会ってくるわ」

メイドは恐怖に目を見開いた。「まさか奥さまに――」

「大丈夫。あなたから聞いたとは言わない」

「ぼくも一緒に行く」ネイサンは即座に言った。

「いいえ。あなたがいないほうがうまくいくの」ヴェリティはそう言って、ネイサンの腕を叩いた。

ネイサンはため息をつき、階段をおりていくヴェリティを見送った。

「たいへんだ……奥さまにわかっちまったら――」

「心配はいらない。あの人は全然違う話をでっちあげる達人なんだ。きみに害がおよぶことはないよ」

22

ネイサンはメイドの案内で部屋に入ると、きみから聞いたことがばれる心配はない、ともう一度メイドを安心させた。それから外に出て、湖を見下ろす石のベンチに腰をおろし、ヴェリティを待った。

ヴェリティが家のなかから出てくると、途中まで出迎えに行った。「マクリーディ夫人は怪我などしていないだろうな」

ヴェリティはにっこり笑ってネイサンの頬を撫でた。「髪の毛一本すら触ってないわ。いつも野蛮人みたいな真似をするわけじゃないのよ」

「いつもではないが半分くらい？」ネイサンは片方の眉を上げた。

「いいえ。せいぜい三分の一」ヴェリティはネイサンの笑い声に気をよくしたらしく、笑顔で言った。「とにかく、暴力などというお粗末な手段に訴える必要はまったくなかったわ。わたしはただこう言っただけ。マクリーディ夫人と弟さんがフランスに助力したことでイギリス外務省の調査が入ったら、どんな悲惨な結果になるか、とね」

ネイサンは咳込みそうになった。「フランスに助力だって？」

ヴェリティは片方の肩を上げた。「だって、ジャネットから聞いたとは言えないでしょ。ダグラス母娘《おやこ》がここに滞在していた疑わしい状況についてはすでに調べがついている、と告げたの」

「マルコムが生まれたのは、ナポレオンとの戦争が始まるまえだってことはわかっているよな？」

「あら、スコットランドは大昔からイングランドに対してあれこれ企んでいたのよ。それに、イングランドは昔からフランスと戦っている」

「実際には〝戦っていた〟だ。たしかにマルコムが生まれたときは、最初の植民地との小競り合いのさなかだったな」

「ほらね？　だから、フローラ・ダグラスのようなイングランド人嫌いに部屋を貸した納得のいく理由を聞きたい、と言ったの。正直に話せば、そちらの事情に耳を傾けてもいい、とね」

「いつものように、きみの知恵には脱帽するよ」ネイサンは腕を差しだした。「湖のほとりを散歩しながら、わかったことを話してくれないか。家のなかの連中に聞こえない場所で話すほうがいいと思う」

ヴェリティはネイサンの腕を取った。「そうね。ただ、マクリーディ夫人は、わたしたちがもう推測していること以外はほとんど知らなかった。マーガレットとその母親は、マーガレットが私生児を産むのを秘密にするためにここに来た。父親が誰かというような、細かい事情は何も知らない。夫人にとって大事だったのは、口をつぐみ、いらざる質問をしなければ、数カ月にわたり収入を得られることだけだった」ヴェリティは言葉を切り、ややあって言った。「でも、新しい情報がひとつだけある」

ヴェリティの口調に、ネイサンは足を止めて彼女を見た。「役立つ情報？」

ヴェリティはうなずいた。「まあ、マーガレットにとっては悲劇だけど、あなたにとってはとても役に立つ情報よ。どうやらマーガレットは出産後まもなく亡くなったらしいの。残念ながらマクリーディ夫人は詳細を知らなかったけど、一年も経たないうちだった、と言っていたわ」

ネイサンはためていた息を吐きだした。「よかった。ぼくの両親の結婚は合法的なものだったんだ。父が母を騙していなかったとわかってほっとしたよ」

「あなたが正統な跡継ぎだということも証明されたわね。マルコムはジョージ・ダンブリッジがマーガレットと結婚するまえに生まれているから、嫡出子ではない、したがって、ダンブリッジの遺産は自分のものだと主張することはできない」

「まったくできないのか？」

「あなたがロバート・ダグラスとクラブで話をした日、わたしは弁護士に会ったのよ」

「ああ。そう言えば、なんのためだったかまだ聞いていなかったな」

「ええ。ゲールモアのほうがはるかに興味深い発見だったから、そっちに気を取られて話すのを忘れていたわ。弁護士が言うには、子どもが生まれてから親が結婚した場合、その子は親の個人的な資産を相続することはできるけれど、限嗣相続財産は相続できないそうよ。あなたが相続したもので価値があるのは限嗣相続財産だけだから、マルコムは何ももらえない」

ネイサンは顔をしかめた。「なんだか不公平な気がするな。つまり、マルコムのほうが先に生まれたんだし、たとえ少し遅くなったとしても、父はきちんとマーガレットと結婚したわけだから……」

ヴェリティは小さな声で笑った。「領地を盗もうとした相手に同情するなんて、あなたくらいなものね」

「まあ、いろいろあったにせよ、マルコムはぼくの実の兄だから」ふたりはまた歩きだした。「一緒に育っていたら、ぼくの人生はずいぶん違っていただろうな」

「マルコムのような兄弟なら、むしろいないほうがよかったんじゃないかしら」

ネイサンはちらっとヴェリティを見て、かすかな笑みを浮かべた。「たぶんね」

「すると、これでマルコムの件は終わりね」

「そうだな」

これからは、常にヴェリティといられるわけではない。そう思うと、ネイサンは胸を締めつけられるような気がした。ふたりは再びべつべつの人生を歩むのだ。ヴェリティを失うわけではないが……いずれにせよ、まだいくつか調べなくてはならないことがある。ネイサンは咳払いをして続けた。

「ロンドンに帰るまえに……エディンバラに行ってダグラス家の人間と話すべきだと思う」

「どうして？」

ヴェリティの驚いたような声が、ネイサンの胸に突き刺さった。ヴェリティはぼくと少しでも長く一緒にいたいとは思わないのか？

「それは……マルコムの両親と話すためだ。まあ、実際には彼の祖父母だが」そうとも、考えてみれば、そうすることが理にかなっている。「ロンドンではマルコムの居所を突きとめられないる時間を引き延ばす口実ではない。エディンバラに行くのは、ヴェリティといかった。あんがい、エディンバラに戻っているのかもしれない。この脅迫は失敗に終わったと気づいて、傷口を舐めるために実家に戻ったかもしれないだろう？　会って話せば、あの男もぼくらが集めた証拠を聞いて、自分の主張を引っこめるはずだ」

「ええ。それに本人がエディンバラにいないとしても、祖父母もこの企みに関与しているかどうか確認しておきたいわね」ヴェリティは重ねて言った。「関与しているとしたら、強請りを続けるのは愚かな行為だと説明しましょう。やめなければダグラス家の嘘を明るみに出す、と。そうなれば、マルコムばかりか、彼の両親だと偽っている祖父母もスキャンダルにさらされることになるわ」

「そうだな」ネイサンはうなずいた。「ふたりが何も知らないとしたら、マルコムが彼らの名前を汚そうとしていることを教えよう。きっと全力を尽くして孫息子を思いとどまらせようとするだろう。この件はすみやかに、静かに解決したいんだ。公の場に出ればマルコムに勝ち目はないにせよ、父の秘密を知った母がひどく傷つくばかりか、父の名誉にも傷がつく。父がマルコムを自分の息子だと認めず、ほかの人間に育てさせたことは、息子のぼくでさえひどいと思うんだ。明るみに出れば、おそらく上流階級の連中もそう思うだろう。意地の悪い噂で母が心を痛めるのは見たくない」

「あなたも悩まされることになるでしょうしね」

「ぼくは平気さ。この数週間で、社交界にはあまり魅力を感じなくなった。それでも、両方の家族が傷つくだけのスキャンダルを回避できるなら、そのほうがずっといい」

「そのとおりね」ヴェリティはうなずいた。「フローラがマルコムの悪巧みに加わっている可能性はあまりないと思うの。マルコムが娘の子どもだという事実を隠すために、たいへんな手間をかけたのよ。いまになってその事実を世間に知らせたがっているとは思えない。マルコムに思いとどまらせるにはフローラと話すのがいちばんでしょうね。亡きマーガレットをほぼ自分の支配下に置いていたような人だもの、マルコムにもにらみを利かせられるはずよ」

「よし、明日の朝いちばんにエディンバラに向かおう」ネイサンは足を止め、ヴェリティの両手を取った。「べつの部屋で寝たくないな」

ヴェリティはネイサンの首に腕を回し、金茶色の瞳をきらめかせて彼を見上げた。「知ってるでしょ、禁じられた場所にしのびこむのはわたしの特技よ」

そして、爪先立ってネイサンにキスした。


エディンバラの通りを走る馬車のなかで、ヴェリティは隣に座っているネイサンをちらりと見た。ダグラス家はどうやら名の通った一家らしく、ジョンとフローラのダグラス夫妻が住んでいる場所は簡単に突きとめることができた。

ヴェリティとネイサンはエディンバラに来る旅を少し長引かせた。まもなく旅が終わり、もとの人生に戻る日が目前に迫ったこの三日間は、あらゆる愛撫、あらゆるキス、あらゆる微笑みや笑いにほろ苦さが混じっていた。

旅のあいだ、ふたりは飽くことなく互いを求めつづけ、その情熱は少しも薄れていない。ロンドンへ戻ったあとも、ネイサンは自分に会いに来てくれるだろう。でも、マルコムの問題が片付き、毎日会う口実がなくなれば状況はいまと変わる。ネイサンがわたしのもとを訪れ、わたしのベッドで夜を過ごすとしても、この旅でしたように、互いの腕のなかで過ごす時間ははるかに少なくなる。

これは愛なのだろうか?

常に彼といたいと思い、離れたとたんに恋しくなるのは、ネイサンを愛しているから? 愛とは、夜ごとベッドをともにしたいと願い、寝るまえに相手の顔を見て、朝もいちばん先にその顔を見たいと思うものなの? ネイサンが部屋に入ってくるたびに、鼓動が速くなり、心が弾むのは、彼を愛しているからなの?

ヴェリティは恋に落ちるタイプの女ではなかった。誰にも何ひとつ説明する必要がなく、責任を持つ必要もない、自由で自立した状態でいたいからだ。でもいまは、〝ネイサンを失うのは耐えられない〟という思いが頭を占領していた。

ジョナサン・スタンホープと、警官ミルサップの問題もある。ここしばらくはネイサンとマルコム・ダグラスの件で忙しく、ジョナサンのことはあまり考えずにすんだ。でも、ロンドンに戻れば、ヴェリティを捕まえようとするジョナサンの手が伸びてくる。ようやく〝我が家〟を得て、安全だと感じはじめたばかりなのに、またしても一箇所に腰を据えるのは危険だと思い知らされることになった。

旅のあいだ、ヴェリティは何度か、公園で盗み聞きしたジョナサンとミルサップの会話をネイサンに打ち明けたい誘惑にかられた。ネイサンの助言が欲しかった。貴族のことをよく知っている彼なら、いまの厄介な状況から逃れる方法を思いつくかもしれない。それだけでなく、自分の考えや気持ちをネイサンに話し、温かい腕に包まれ、地に足のついた彼の世界にひたっていたかった。それが自分勝手な行為ではない、と信じることさえできれば。

いまやマルコムがもたらした問題は解決に近づき、ネイサンの重荷を増やす心配はこれまでほどなくなった。自分の不安や弱さを知られることも、もうそれほど気にならない。ただ、ネイサンがジョナサンと対決すると言いだしたら？　そのせいでネイサンに何かあったら、決して自分を許せない。

どうしてこんな状態に陥ってしまったのか？

でも、ネイサンは衝動的という言葉からはほど遠い、理性的な男だ。自分だけであれこれ考えずに、ネイサンを全面的に信頼する潮時かもしれない。すでに自分の心を預けるほど信頼しているのだから……。

「ネイサン、実は、話したいことが……」

「あれがそうだな」ヴェリティが勇気をふるって言いかけたとき、窓の外を見ていたネイサンがつぶやいた。馬車が美しい大きな邸の前で停まる。「こういう家に住んでいるのに、マルコムはなぜダンブリッジ邸を欲しがったんだろう？」

「さあ。それも謎のひとつね。解明できるといいけど」

ネイサンが振り向いた。「きみの話を遮って悪かった。何か言いかけた？」

「大したことじゃないの」ヴェリティはにっこり笑った。いまはタイミングが悪い。公園で聞いた会話を打ち明けようとして邪魔が入ったのはこれで二度目だ。ひょっとすると、話すなという予兆なのかもしれない。

ふたりは邸の前の階段を上がった。ノックに応じて扉を開けた執事が、ダグラス夫人はお会いになれない、とそっけなく告げる。だが、ネイサンが名乗ると、かすかに目を見開いた。「お待ちください。ただいま夫人に確認してまいります」

執事は廊下沿いに並んでいる最初の部屋に入り、取り次ぐ声が聞こえた。「奥さま、ミスター・ダンブリッジという方が、奥さまと話したいとおっしゃっておられますが」

「なんですって？」悲鳴のような声がした直後、ひとりの女性が部屋から走りでてきた。姿勢のいい銀髪の女性だ。少しばかり地味だとしても、流行を取り入れた上等の服を着ている。異様に目をぎらつかせ、いまにも泣きだしそうに両手でハンカチを握りしめていなければ、かなりの威圧感があるにちがいない。「ダンブリッジ！　どの面さげて！」

その女性は怒りに顔をゆがめ、つかみかかりそうな勢いでネイサンに向かってきた。あれを見て怖《お》じ気《け》づかないネイサンの勇気を褒めたいくらいだ。もしもあの女が手を出したら、床に組み伏せるしか……ヴェリティがそう思ったとき、相手が急に足を止めた。

「あなたね！　あなたがマルコムを連れ去ったのね！」

ネイサンの眉が跳ねあがった。「失礼？　マルコムを？　どういうことです――？」

その女性はネイサンの質問を無視して続けた。「あの子を傷つけたら……髪の毛一本でも損なったら、殺してやるわ！」

「ダグラス夫人」ヴェリティがきっぱりした声で呼び、相手の視線を引きつけようと前に出た。「落ち着いてください」

「落ち着け？　落ち着けですって？　わたしの息子を誘拐したくせに」女がヒステリックな声で叫ぶ。

ヴェリティとネイサンはぽかんと口を開けた。

激高しているせいで言葉につかえながら、夫人の声はますます高くなっていく。「あの子を返して。いますぐに。こんなことをして、縛り首に――」

「やめないか！」年配の男が同じ部屋から出て、杖をつきながら近づいてきた。「フローラ、そんなふうに気持ちを高ぶらせてはいかん」

夫人はくるりと振り向いた。「ジョン……このふたりはマルコムをさらったのよ」夫人はとうとう泣きだし、おそらく夫であろう男にすがりついた。

「ほらほら」男はやさしく妻の手を取った。「そう興奮しないで、落ち着くんだ。このふたりは交渉に来たにちがいない」ネイサンに顔を向けると、男の声ははるかに厳しく、冷ややかになった。「何が望みだ？　いくら欲しい？」

「わたしたちは息子さんを誘拐などしていません」ヴェリティは鋭く言い返した。

「ダグラス夫人、ミスター・ダグラス」ネイサンがなだめるような声であとを引きとる。

「どうか信じてください。おふたりを悩ませるつもりはないんです。なぜマルコムは誘拐されたと思っておられるんですか?」

「あの子の従者がそう言ったからだ」ジョン・ダグラスは嚙みつくように言い返した。

「マルコムはロンドンに行く途中で誘拐された。従者はそれを見ていたんだ」

「では、その従者にもう一度質問なさるべきね」ヴェリティも負けずに言い返した。「わ、た、し、た、ち、はロンドンでマルコムと会いましたわ。彼はネイサンを訪ねてきたんです。自分はあなた方のお嬢さんのマーガレットとジョージ・ダンブリッジのあいだに生まれた息子だ、と告げるために」

「マルコムがそんなことを言うはずがないわ。父親を嫌、い、抜、い、ているのに。マルコムの母親はわたしです。あの子は決して――」夫人は大粒の涙を流しながら、壁の肖像画に目をやった。「決して家族を裏切ったりしないわ」

ヴェリティは夫人の視線をたどった。タータンチェックの服を着た若い男の大きな肖像画だ。赤みがかったブロンドの髪の、魅力的な顔立ちの若者だった。こわばった顎と挑むような目が、フローラ・ダグラスに似ている。ヴェリティは顔色を変えた。「あれは――」

「息子のマルコムよ」ダグラス夫人は誇らしげに言った。

ネイサンが驚きもあらわに肖像画を見つめている。ヴェリティ自身の顔にも、同じ表情が浮かんでいるにちがいない。

「すると、あいつは――」

ヴェリティはネイサンと顔を見合わせ、うなずいた。「偽者だったのね」

23

「どういうことだ?」ジョン・ダグラスが問いただす。「誰が偽者だと?」

「ロンドンまでぼくに会いに来た男です。マルコム・ダグラスだと名乗り、自分こそ父の正統な跡継ぎだと主張した男ですよ」

「ばかな」ジョンはネイサンの説明をひと言で切って捨てた。「マルコムはわしの跡継ぎだ」

ネイサンがちらっと目を向けてくると、ヴェリティは肩をすくめた。このやりとりを続けてもらちがあかない。まさかこんな展開が待ち受けていたとは。

ネイサンもそう思ったらしい。

「とにかく、その男はぼくの前に現れ、マルコム・ダグラスと名乗り、自分がダンブリッジ家の正統な跡継ぎだと主張したんです。明らかに、息子さんとは別人です」ネイサンは肖像画を示した。「しかし、ぼくにはそれが真実かどうか知るすべはなかった。それで、男の主張の真偽を確かめるためにここを訪れたんです」

「ばかばかしい」ジョンは吐き捨てた。

「でも、事実です。わたしもその場にいましたわ」

「あんたは誰だ？」ジョンは胡散臭そうにヴェリティを見た。

「ヴェリティ・コール、調査の仕事をしています」

「女の調査員だと？　そんなもの、聞いたこともないな」ヴェリティの主張は、ネイサンがもたらした知らせと同じくらいジョンを苛立たせたようだ。

「なぜ誰かがマルコムのふりをするの？」フローラが戸惑いもあらわに尋ねた。

「ミスター・ダンブリッジがスキャンダルを避けるために金を払う、と考えたのでしょう。息子さんを誘拐したのは、偽のマルコムかもしれませんね。息子さんに自分の悪巧みを台無しにされるのを防ぐために」ヴェリティは少し考えて付け加えた。「犯人は身代金を要求してきましたか？」

「いいえ」フローラはまたハンカチを揉みしぼりはじめた。「もう何週間も経つのに」

「何が起こったのか詳しく話してもらえれば、息子さんを見つけるのを手伝います」ネイサンが申し出た。

　ダグラス夫妻は顔をこわばらせた。おそらく、ダンブリッジからの申し出など、言下にはねつけたいのだろう。だが、夫人がぐったりと夫にもたれると、夫はため息をついてこう言った。「では、なかに入ってくれ」そしてまだ玄関ホールにいる召使いを見た。召使いの顔には何も浮かんでいないが、ロックウッド邸でメイドに化けたヴェリティにはわかっていた。今夜はさぞ、使用人たちのあいだで噂話が弾むことだろう。

ジョンはネイサンとヴェリティを客間に案内し、ソファを示した。「何が知りたいのかね？」

「息子さんはどこで誘拐されたんです？」

「カミングスが言うには、デルボーンだそうだ。マルコムはロンドンへ行く途中だった」

「ロンドンへなど、行くべきではなかったのよ」夫人が苦い声でつぶやく。

「叔父さんを訪問する予定だったんですね？」夫妻の顔に驚きが浮かぶのを見て、ネイサンは付け加えた。「偽者が現れたあと、ロバート・ダグラス氏から話を聞いたんです」

「ロバートは、その偽者がマルコムだと言ったのかね？」ジョンは仰天した。「即座に偽者だと指摘しなかったのか？」

「彼はその男と顔を合わせてはいません。あまり表沙汰にしたくなかったので、われわれも偽者の主張のことは話しませんでした。ロバート・ダグラス氏と話したのは、マルコム・ダグラスがどういう男か知りたかったからです。彼は、マルコムにはまだ会っていないが、はめをはずしにロンドンに来たのに、年寄りの叔父の相手はいやなんだろう、と言っていました」

フローラが鼻を鳴らした。「あの人なら、そう言うでしょうね。彼がきちんとマルコムの面倒を見てくれないことはわかっていたわ」

夫はやさしい目で妻を見た。「マルコムは三十四歳だぞ。もう子どもじゃない。独立してから何年も経つんだ」

「ええ、でも、それはエディンバラにいるときよ。スコットランドを離れたとたんにどうなったか、見てごらんなさい」

男がひとり、客間に入ってきて控えめに尋ねた。「旦那さま、お呼びでしたか？」

「ああ、カミングス」ジョンはネイサンとヴェリティを見た。「カミングスは息子の従者で、マルコムが誘拐されたときも一緒だった。カミングス、この方たちに何があったか話しておくれ」

「はい、旦那さま。マルコムさまとわたしは、グレート・ノース・ロードをロンドンに向かい、スティーヴニッジの手前にある村、デルボーンで一泊しました。翌日はロンドンに入る予定でしたが……」従者はごくりと唾をのんだ。「翌朝、マルコムさまが街道を散歩されていると――わたしが荷物を馬車に乗るので、そのまえに少し脚を伸ばしたいとおっしゃったんです――長時間馬車に積んだあと、振り向いてマルコムさまを捜すと、ちょうどあの……二人組のならず者が飛びかかり、マルコムさまを捕らえるところでした」従者はジョンを見た。「わたしには何もできませんでした。お助けしようと――」

「ああ、わかっているよ、カミングス。おまえがマルコムを助けたかったのはよくわかっている」

従者は体ごとネイサンを振り向いた。「あっちはふたりで、あっというまの出来事でした。やつらはマルコムさまの頭を殴り、馬車に投げこんで、走り去ったんです。わたしは大声で止まれと叫びながら、あとを追いました。馬車に戻ったときには、もう向こうの馬車は影も形もありませんでした。それでも、あとを追って走りましたが、スティーヴニッジに着くと、そこからどっちへ行ったか突きとめることができず、ほかにどうすればいいかわからなくて戻ってきたんです」従者はひたすら身を縮めてジョンを見た。「申し訳ありません、旦那さま」

「わかっている。誰もおまえを責めてはいないよ、カミングス」ジョンは従者にやさしく言った。この年寄りは頑固者に見えるが、思いやりはあるようだ。

「そのふたりがマルコムに襲いかかった場所は?」

ネイサンの問いに、従者は天井を見上げて少し考えた。「村はずれにある生け垣から飛びだしてきました。右側にある居酒屋のすぐ先で。ええと、〈牡牛《おうし》と熊〉という店だったかな?　いや、それはわたしたちが泊まった宿の隣にある店だったか。〈緑の獅子《しし》〉だったかもしれません」

「名前は不確かでかまわない。スティーヴニッジ方向にある最後の居酒屋なら、村に行けばわかるだろう」

従者が部屋を出ていくと、ネイサンはダグラス夫妻に向き直った。「デルボーン村で調べてみましょう。マルコムを見つけるために手を尽くします。マルコムの名を騙《かた》った男が見つかれば、それがいちばんいいんですが」

こういう調査はヴェリティの専門であることを思い出したのか、ネイサンがこちらを見る。ヴェリティは黙ってうなずいた。その昔、スローンやほかの男たちと働いていたときは、自分が常に主導権を握っていたいと感じたものだった。でも、ネイサンが仕事するのを見守るのも悪くない。実際、彼はこの仕事に向いているようだ。

「奥さま」ヴェリティはフローラに声をかけた。「調べるときに、こういう人物を捜している、と見せられるものがあると、たいへん助かります。小さな肖像画をお持ちではありませんか？」

フローラは首から垂らしているロケットを守るように握りしめた。「でも……」言いかけて、つらそうに夫を見る。「いやよ、ジョン……」

「マルコムを見つけたら、必ずお返しします」ネイサンが誠実な声、真摯な表情で約束した。

フローラにもそれが伝わったのか、ダンブリッジという名に対する嫌悪感を捨てたとみえて、鎖をはずすと、ロケットを親指で撫でてからネイサンに差しだした。ネイサンとヴェリティは夫妻に別れを告げ、急いで客間を出た。

驚いたことに、玄関扉のそばに立っていた執事が、手にした籠を差しだしてきた。「途中で召しあがってくださいマルコムさまを見つけてくださることを願っております」

執事が涙ぐんでいるのを見て、ヴェリティは心を動かされた。これだけ召使いに慕われているとしたら、本物のマルコムは立派な男にちがいない。ヴェリティは籠を受けとり、腕にかけた。「最善を尽くすわ。ありがとう」

外に出ると、ネイサンがロケットをヴェリティの首にかけ、籠を引き受けて、ヴェリティが馬車に乗るのに手を貸した。

ほかの男たちのときには、馬車に乗るとき手を貸されるたびに苛立ったものだ。でも、相手がネイサンだと少しも腹が立たない。これはネイサンの善良な性格の一部にすぎないからだ。

それとも、わたしが変わったのだろうか？

ネイサンの影響かもしれないと思うと少し不安になる。気をそらすため、ネイサンが隣に腰をおろすとすぐに仕事の話を始めた。「どうりで、あのマルコムには腑に落ちないことがあったわけね。偽者かもしれないと疑ってみるべきだったわ」

「本物のマルコムに会ったこともないんだ、それは無理だったと思う」

「せめて叔父さんのロバートに、わたしたちが会ったマルコムの外見をもっと詳しく説明すべきだったわね。ブロンドの髪に青い目の長身という描写は、大勢の男に当てはまるもの」それから、少し考えてこう付け加えた。「でも、あれが偽者だとわかってみると、この件に関する奇妙な事実の一部に説明がつくわ」ヴェリティは指を折って数えはじめた。「マルコムは約束に反して叔父の家に到着しなかった。スキャンダルになれば自分の名前にも傷がつくことを、まるで気にしていなかった。法廷に持ちこまなかったのは、あなたのお父さまの跡継ぎどころか、自分がマルコム・ダグラスであることさえ証明できないとわかっていたからね。あの男はあなたを脅迫し、お金を引きだそうとしただけだったんだわ」

「なぜ宿を引き払ったか不思議だったが、偽者なら、自分の居所を簡単に見つけられたくないだろうな。本物のマルコムを知っている、たとえばロバート叔父のような人間を連れてこられれば、たちまち偽者であることがばれてしまう」

ヴェリティはうなずき、背筋を伸ばした。「あの男たち……わたしたちを襲った二人組を雇ったのは、偽者のマルコムだったんじゃないかしら」

「どうして？　ぼくらを傷つけても、あいつに得るところはないぞ」

「わたしたちがスコットランド人主催のパーティで、ロバート・ダグラスと会ったことを耳にはさみ、あわてたのかもしれない。ロバートが自分を捜しはじめたらまずいと……」

ヴェリティは頰の内側を噛んで考えこんだ。「あるいは、わたしたちが自分の主張を調べるとは思っていなかったとか？　ところが、あれこれ調べはじめた。で、偽者だとばれるのを恐れた？　襲われたのはちょうどそのころ、ロバートと話してまもなくだったし、偽者が泊まっていると言った宿まで足を運んだあとだったわ」

「たしかに。だが、その説だと、ならず者たちが〝それをよこせ〟と言ってきた説明がつかないぞ。まあ、あれから一度も襲われてはいないから、文句は言わないが。ぼくにとってはきみの安全が第一だ」

ヴェリティはにじり寄って、ネイサンの脇にもたれた。ネイサンの腕がすぐに肩に回る。こうして抱かれると、どれほど心が安らぐことか。この状況がずっと続いてほしかった。これまでのわたしは刹那的な生き方をしてきた。人生のすべてが、ひとつの役から次の役へ移るように、たやすく変えられるものばかりだった。いま住んでいる家ですら、快適で心の安らぐ〝我が家〟ではあるが、その必要が生じれば、いつでも売って離れることができる。でも、ネイサンは……ネイサンはわたしにとって錨《いかり》のようなもの。こちらがどんな気まぐれを追い求めようと、少しも動じず、思いやり深く、誠実に、あるがままの姿でそばにいてくれる。ネイサンのいない人生は、考えただけでつらすぎた。

何かをこれほど欲しがるのは危険なこと。これまではそうしないように努めてきた。でも、ネイサンとともに過ごす毎日だけはあきらめたくなかった。だから、ふたりがともに過ごす時が終わりに近づいていることや、ネイサンは決して自分のものにはならないという無情な事実は、できるかぎり無視しつづけるしかない。

「本物のマルコムが誘拐された村、デルボーンを調べなくてはならないな。誘拐されてからだいぶ経つから、おそらく手掛かりは失われているだろうが」ネイサンは考えこんだ。

「やはり、偽者を捕まえてマルコムのところに案内させるのが最善の策だと思う」

「マルコムを見つけるつもりなのね？」

「もちろんだ。ぼくの兄なんだぞ」

「異母兄よ。一度も会ったことのない、ダンブリッジを憎んでいる家の人間」

「だからといって、マルコムが兄だという事実は変わらないさ」

ヴェリティは体を起こし、ネイサンと正面から向き合った。「マルコムは監禁されているとはかぎらない。それはわかっているわね？」

「偽者に殺されたかもしれないというのか？」

ヴェリティはうなずいた。「隠しつづけ、食料や水を運びつづけるよりも、殺してしまうほうがはるかに簡単だし、危険も少ないもの」

「わかっているよ」ネイサンはため息をついた。「だが、その知らせをあの母親にもたらす役だけは、ごめんこうむりたいな」

「正確には祖母よ」ヴェリティは再びネイサンの脇にもたれ、ややあって尋ねた。「マルコムは知っていると思う？」

「本当はマーガレットが母親で、父親はジョージ・ダンブリッジで、弟がいることを？」

「ええ」

「フローラ・ダグラスが最初に言ったことを考えると、知っている可能性が高いな。ほら、ぼくに会いに来ることも、ダンブリッジの息子だと名乗ることもありえない、という口ぶりだったろう？　おそらくマルコムは、父に対する憎しみをあの祖父母に吹きこまれて育ったんだ。だが、すべて知っているにせよ、彼とフローラにとっては、互いに母であり息子なんだと思う」

「このままマルコムが見つからなければ、フローラは絶望するでしょうね。たとえ死んでいたとわかっても、どこかで生きているのではないかと死ぬまで思いつづけるよりもましだわ」

「見つけるとも」ネイサンはきっぱりと宣言した。「デルボーン村で手掛かりが見つかる可能性もある。あの従者があれこれ調べてまわったとは思えない。あの男は、主人を連れ去った馬車を追いかけることしか頭になかっただろうから」

「何か見つかるといいけど」ヴェリティはそう言ったものの、ほとんど当てにはしていなかった。たとえなんらかの証拠が残っていたにせよ、この三週間で失われてしまったにちがいない。

二日後デルボーンに到着すると、ヴェリティの危惧していたとおりになった。まず、カミングスから聞いた宿屋で尋ねたが、ロケットのなかの細密画を見せても、その宿でマルコムを思い出した者はひとりもいなかった。

「ハンサムな人だね」居酒屋の娘は細密画を見てそう言ったが、首を振った。「けど、覚えてない。ここはときどきものすごく混むんだもの」

馬の世話係は従者を覚えていた。「そういや、従者が駆けこんできたっけ。すっかり取り乱して、誰かが誘拐されたと叫んでたな。名前は思い出せないが」

「誘拐されたのはこの男？」ヴェリティはロケットの細密画を見せた。

「さあて。わしは見てねえ。御者や駅馬車の郵便配達ならともかく、客が厩舎《きゅうしゃ》に来ることはねえからな」

ふたりはカミングスから聞いた、村の端にある居酒屋、〈緑の獅子〉に足を運んだ。そのすぐ先に生け垣がある。それに沿って歩くと、灌木が途切れ、細い隙間が空いている箇所が見つかった。ヴェリティがネイサンを従えてその隙間を通り抜け、生け垣の背後の地面を調べると、争ったような跡と足跡が残っている。が、それが新しいものか古いものかはわからなかった。

「見て」ヴェリティが興奮した声で言い、かがみこんで、地面に近い枝にはさまったくしゃくしゃの小さな袋を手に取った。袋のしわを伸ばすと、それをネイサンに見せる。

「〈フェアボーン菓子店〉」ネイサンは袋にある文字を読みあげ、はっとしてヴェリティを見た。「きみがヒルを投げとばしたとき、ポケットから落ちたレモン飴の袋と同じだ」

「興味深いわね」

「ああ、とても。居酒屋で訊いてみよう。誘拐犯の二人組がレモン飴を舐めながら、ずっとこの茂みに隠れていたとは思えない」

居酒屋のバーテンダーはふたりの質問に眉を跳ね上げた。「三週間まえに来た二人組？　いんや、そんなまえのことを思い出せるわけがねえ」

「ロンドンから来た男たちよ」ヴェリティが記憶を揺り起こそうとした。「ひとりはずんぐり、もうひとりはのっぽ」

ネイサンは小さな袋を掲げた。「のっぽのほうは、こういう袋に入った飴が好きだ」

バーテンは首を振ったが、カウンターのそばに座っていた客が口をはさんだ。「ああ、覚えてらあ。よほどレモン飴が好きらしかったな」そう言って、ネイサンが手にした袋に顎をしゃくる。「だが、いつのことだったかな。そうだな、三週間はめえだ」

居酒屋の店主が疑り深い目で客を見た。「どうしてそいつらを覚えてるんだ、ウォルト？　毎晩九時になると酔いつぶれてるのに」

「ずんぐりのほうがわしにぶつかって、エールを半分こぼしたんだよ」ウォルトの声に怒りがこもった。「あんちきしょう、ぶっとばしてやりたかったぜ」殴るふりをして、こう付け加えた。「けどよ、用心棒みてえにがっしりしてたからな」そう言ってバーテンダーを見た。「覚えてねえか？」

「そういや、あんたはぶつぶつ言ってたな。それがそいつらかどうかはわからんが」

「あいつらがこの店に来たのは、あんときだけさ」

「ふたりと話したの？」ヴェリティはウォルトに尋ねた。

「なわけねえだろ。気をつけて歩けって注意すると、おっそろしい目でにらみやがった。話なんかするもんかい」

「ふたりが話していたことはどう？　何か聞こえなかった？」

「なんにも」ウォルトは残念そうに言った。「離れすぎてたからな。ひと晩中、あの隅にふたりだけで座ってやがった」部屋の反対側を指さす。「それから出てった。あれっきり見てねえな」

「ふたりがどこへ行ったか、見当がつかない？　宿屋とか？」

ウォルトは首を振った。「それが大事なことか？」

「そうなんだ。きみの話はとても役に立ったよ」ネイサンはいくつか硬貨を取りだした。「今夜の飲み代ぐらいにはなるだろう」

「これでマルコムを誘拐したのが、あの二人組だってことがはっきりしたわね」ヴェリティは店を出ながら言った。

「ああ。同じ外見の二人組がべつにいるとは思えないからな」

「そうなると、ヒルたちを雇っていたのは偽のマルコムに間違いないわ」

「たしかに。ぼくらを襲わせたのはアーデン卿だと思ったが、ぼくの見込み違いだったな。アーデンと誘拐犯が同じ二人組を雇うなど、まずありえない」

「捜すのが少しは楽になるわね。少なくとも、彼らの名前はわかっているもの。これは偽者のマルコムに関する情報より多いわ。あとはシューメーカーとヒルの居所を突きとめればいいだけ」

ネイサンがうめき声をもらした。「今回は地下を訪れずにすませたいな」

ヴェリティは笑った。「梯子持参で行きましょう」

24

ふたりは旅の疲れを感じながら、その夜ロンドンに戻った。自宅が見えてきたときは、どれほどほっとしたことか。

ヴェリティは大きなため息をついて客間のソファに沈みこんだ。「わたしったら何を考えていたのかしら。新しい靴で旅に出るなんて」ぶつぶつ言いながら赤い革のハーフブーツのボタンをはずし、それを脱いで床に落とした。そのままソファの肘掛けに頭をのせ、片膝をついて、暖炉に火をつけるネイサンを見ている。

暖炉の薪《まき》が燃えはじめると、ネイサンは隣に座り、ヴェリティの足を膝にのせて揉みはじめた。

「いい気持ち」ヴェリティは至福の声をもらした。「今日はずいぶん静かだったわね」

「そうか?」ネイサンは口の片端をかすかに持ちあげた。「アーデン卿がならず者の雇い主だという読みがはずれ、傷ついたプライドを癒やしていたせいかな」

だが、本当は気が滅入っていたのだ。ロンドンに近づくにつれて、なぜかどんどん気持ちが沈んでいった。ばかげているのはわかっている。自分が父の合法的な跡継ぎだと証明できたのだ、気分が高揚してもいいはずではないか。

もちろん、証明できたことは嬉しい。ダンブリッジ家をスキャンダルまみれにすると脅した男が、本物の異母兄ではないとわかったことも喜ばしかった。ネイサンの世界は元どおり。これまでと同じように生きていける。それでも……。

心のどこかに、それを悲しんでいる自分がいた。多少の不安はあっても、新しい人生を送る見とおしに心がときめいていたのだ。調査員としてヴェリティと仕事をする未来をあきらめなくてはならないのは残念だ。ヴェリティと一緒に過ごす日々を夢見ていたのに――この三週間あまりと同じ生活を続けることを。だが、それを口にするつもりはなかった。ヴェリティの反応を知りたいかどうかもわからない。

「明日は何をすべきか考えていたんだ。どこから始める？　シューメーカーとヒルが古巣に戻るとは思えないんだが」

「たぶんね。でも、試してみる価値はあるわ。愚かだとわかっていても、昔の癖はなかなか抜けないものよ。わたしの〝探偵団〟に、マルコムの偽者とヒルたちを捜してもらうわ。あの子たちは、目を引かずにあらゆる場所をうろつけるから」

「なあ、明日はふたりで誰かを訪問するか買い物をしないか？　さもなければ、芝居を観に行くとか」

「どうして?」ヴェリティがけげんな顔でネイサンを見た。

この表情には……何かがある。何かを隠しているのか? ネイサンはふと思った。ヴェリティを見て、あの目の奥にどんな秘密があるのか好奇心にかられない日は来るだろうか? いや、おそらく来ない。だが、それに関してはこれまでほど気にならなかった。アナベスのときとは違い、過去が秘密のベールに閉ざされている女性との関係も、なかなかおつなものだ。謎にはそれなりの魅力があるし、常に新しい発見が期待できる。

「ぼくが……そうしたいからさ。楽しいと思わないか?」

ヴェリティがためらい、ネイサンは胃がよじれるような痛みを感じながら、もう何日も恐れていた言葉を待った。〝この情事はそろそろおしまいにしなくちゃね〟

「そうね、楽しみだわ」ヴェリティはようやく答えた。金茶色の瞳がきらめき、顔のこわばりが消えて、温かい笑みが浮かぶ。足のマッサージが効いたのかもしれない。それとも、こちらと同じように、体の奥がうずきはじめたのか。

「考えたんだが、ぼくらが街を離れているあいだ、偽者のマルコムは連絡を取ろうと躍起になっていたんじゃないか? ぼくらが姿を現すのを待っているかもしれない」

「あなたが姿を現すのを、でしょう?」ヴェリティが訂正する。「あの男が会いたいのはあなただもの。わたしは変装するわ。少なくとも、かつらはかぶるつもり」

「かつらを?」なぜそれがいやなのか、ネイサンは自分でもよくわからなかった。たしかに赤毛がとても気に入っているが、髪がブロンドでも褐色でも、ヴェリティの美しさは変わらない。それでも、変装するのは……まるでぼくから本当の姿を隠そうとしているようではないか。「どうして？」

「ビリンガム夫人でいた時期が長いから？　社交界の人々に顔が売れすぎては、ほかの仕事をするのに支障が出るわ」

「だが、上流階級の連中は、ぼくがきみに――つまり、ビリンガム夫人に求愛していると思っているんだぞ。そのぼくが、ビリンガム夫人に不思議なほどよく似たべつの女性と観劇しているのを見たら、どう思うかな？　どんなかつらを着けても、きみの美しさは隠せない。まさか孤児に変装したきみを劇場にエスコートしろというんじゃないだろう？」

ヴェリティは笑った。「いいえ。そんなことをしたら、よけい注目の的になるもの。まあ、あと一回くらいビリンガム夫人を演じても害はないでしょうけど」

「二回にしないか？」ネイサンはためらい、こう付け加えた。「ふたりで菓子を買いに行ってはどうかと思うんだが」

「〈フェアボーン菓子店〉ね」ヴェリティがにっこり笑う。「賢い人」

「いい考えだろう？　あの店を張っていれば、二人組の少なくともひとりには間違いなく会える」

ネイサンが足の甲を親指で押すと、ヴェリティは低い声をもらした。性的な快感を連想させるその声に、炎の槍《やり》が体を貫く。ネイサンは震える息を吸いこんで足を揉みつづけた。が、さきほどまでと違って疲れを揉みほぐすというよりも、ヴェリティの足を愛撫するような触れ方になっていた。

美しい顔を見守りながら、足とくるぶしをかすめるように撫でる。ヴェリティは頬を薔薇色に染め、目を閉じて、唇をかすかに開けていた。息遣いがわずかに速くなったことに気づき、下腹部が反応する。「でも、いまは……」さらに上へと手を這わせ、腿の内側の柔らかい肌を撫でた。「もっとずっと楽しいことをしたいな」

ヴェリティは小さく息を吸いこんだものの、目を開けて、取り澄ました表情を作った。「まあ、ミスター・ダンブリッジ。わたしを誘惑しようとしているの？」

「うまくいってるといいが」

「どうかしら」ヴェリティは頭の下で腕を組み、まばゆい笑みを浮かべた。「わたしをその気にさせるには、もう少し努力が必要かも」

「だったら、さらに励むとしよう」ネイサンは脚を撫であげ、下着の下に手を滑りこませた。脚のあいだをてのひらで包み、指を使いはじめる。ヴェリティの敏感な箇所はすでに熱く濡れそぼっていた。「おや、ヴェリティ……きみは嘘つきだな。すぐにもぼくを受け入れたがっているようだぞ」

ヴェリティは何も言わずに片膝を立て、さらに体を開いた。ネイサンのものもすでにはち切れそうなほど脈打っているが、高まっていく飢えを楽しみながら忍耐強く愛撫を続けた。ヴェリティの表情を見ていると、硬くなったものがさらに怒張する。女らしい丸みを帯びた体に快感が走るたびに、美しい顔にとろけるような笑みが浮かび、唇からかすかな声がもれる。

指を引き抜くと、ヴェリティがぱっと目を開けた。

「やめないで」

「わかっているよ」ネイサンはかがみこんで片方の腕をソファの背に置き、美しい体にゆっくりと手を這わせた。

その手でドレスの紐を解き、胴衣を押しやる。薄いコットンのシュミーズ越しに見える頂をひとつずつ親指で愛撫し、うつむいて布ごと口に含んだ。顔を離してヴェリティの胸を見下ろすと、濡れた布の下にとがった頂が透けて見えた。すてきな眺めだ。

「ネイサン……」ヴェリティが落ち着きなく腰を動かす。「見ているだけ?」

「とんでもない。でも、まず見て楽しみたいんだ」

シュミーズの紐に手間取るネイサンに、ヴェリティが囁いた。「引きちぎってしまえばいいわ」

この言葉が強烈な欲望をもたらし、ネイサンはソファの背を片手でつかんでそれをこらえた。「やめておくよ。とてもそそられる眺めだから」

人差し指でゆっくり胸をかすめ、頂のまわりに円を描いて、やさしくそれをつねる。体を起こすまえに、それぞれに柔らかいキスを落とした。それからスカートを腰まで押しあげ、下着をつかんで一気に引きおろした。ストッキングとガーターベルトはそのままだ。ああ、この眺めもぐっとくる。

石のように硬くなり脈打つものがブリーチを押しあげていたが、ネイサンはゆっくり愛撫を続け、形のいい脚を撫であげた。が、その狭間には触れそうで触れない。ヴェリティが切羽詰まったような声でまた彼の名を呼ぶ。

「もう少しだよ、あと少しだけ」

返事代わりのうなるような声ににやりとしながら、ネイサンはソファのそばに膝をついた。片手を脚のあいだの柔らかい、無防備な箇所に置き、長い指で熱く濡れる欲望の源に触れる。最初は試すように、それからたしかな動きでこすりはじめると、ヴェリティが手の下でもだえた。

「お願い、来て」張り詰めた声が囁く。

「もう少しだ」ネイサンは手を引いた。

ヴェリティがにらむ。「あとで仕返ししてやるから」

ネイサンは笑いながら答えた。「それは楽しみだ」

人差し指を挿入し、愛撫を求めているふくらみを親指で撫でる。張り詰めて浮きでた首筋と浅い息遣い、腰を持ちあげてくる仕草は、快感が高まり、オーガズムに達しかけているしるしだろう。思ったとおり、まもなくヴェリティは背中を弓なりにそらしてのぼりつめた。胸から首筋にかけて薔薇色に染まった体が、歓びの波に震えている。ヴェリティは美しかった。胸が痛むほどに美しい。ネイサンは絶頂に達した愛しい人を見守る喜びと、そのなかに自分を埋《うず》めたい欲求に引き裂かれた。

ヴェリティがうめくようなため息をつき、ぐったりした。このヴェリティはふだんとは違い、とても柔らかく、穏やかに見えた。胸をせわしなく上下させながらネイサンを見上げる目が、少しぼんやりしていた。快感の波にさらわれたあとの恍惚《こうこつ》状態にあるのだ。

ネイサンはヴェリティの脚のあいだに身を置き、ヴェリティを見つめながら両手を腿にかけて、ゆっくりと這わせ、親指で腰の骨を撫で、再びおろしていった。かがみこんで唇を重ね、「満足した?」とつぶやく。

ヴェリティはのろのろと首を振り、ネイサンの手と腕を指先で羽のように撫で、とろけるような笑みで約束した行為を仄めかした。

「そうか。だったら、なんとかしないと」ネイサンは親指を脚のあいだに滑らせ、ヴェリティをさらに大きく広げて、そこにキスしようと顔を近づけた。

ヴェリティが驚きと歓びの小さな声をもらし、ネイサンの髪をつかむ。「ネイサン……」唇と舌の巧みな愛撫が始まると、何も言えず、歓びの声をあげるだけになった。その声を聞くたびにネイサンの体を灼熱《しやくねつ》の欲望が貫く。ヴェリティがたちまち頂に達すると、ネイサンは体を起こして、長い、ゆっくりとした愛撫でまたしても高みに駆り立てた。それから、上気した顔をうっとりと見つめ、胸に顔を埋めた。「ああ、ヴェリティ、きみは美しい」

ネイサンはヴェリティを抱きしめながら寝返りを打って、自分が下になり、ブリーチのボタンをはずそうとした。

だが、ヴェリティがその手を押しやり、またがってきた。「いいえ、だめよ、だめ」からかうような調子で言う。「今度はわたしの番よ。わたしの思うようにする」

ネイサンは自分がこれ以上硬くなることも、熱くなることもありえないと思ったが、これは明らかに間違いだった。

ヴェリティはネイサンの上着を脇に押しやり、スカーフを解いて、それを自分の首にかけた。ヴェリティの動きとともに、豊かな胸の一部を覆っているスカーフの下から頂がちらちら覗く。このスカーフはヴェリティの首にかかっているほうがはるかに魅力的だ。

ヴェリティがベストのボタンをはずし、シャツの紐を解きはじめる。二番目の紐がきつく締まって解かれるのを拒むと、あっさりそれを引きちぎった。布が裂ける音に、ネイサンの自制心はもう少しで吹き飛びそうになった。

ネイサンの胸があらわになると、ヴェリティは隅々まで撫でまわし、唇と舌で平たい乳首をとがらせた。まるで、体のなかに熱くたぎる火山が作られていくようだった。激しい欲望が体を焼き、ヴェリティのなかに突き入れてがむしゃらに動きたくなる。だが、ヴェリティの〝仕返し〟を思う存分味わいたくて、どうにかそれを抑えこんだ。

　馬乗りになったヴェリティが体を起こして指の爪で胸を撫でると、ネイサンはたまらず腰を大きく持ちあげた。ヴェリティは笑い、巻きつけた脚に力をこめてネイサンの欲望を燃えあがらせた。

　それから脚の上で少しあとずさり、ブリーチのボタンをはずして、ようやく彼のものを解放した。「あらまあ」上気した顔に嬉しそうな驚きが浮かぶ。「元気いっぱいね」

「ああ」ネイサンは食いしばった歯のあいだから声を絞りだした。

　ヴェリティは瞳をきらめかせ、またしても男心をそそる笑みを浮かべて、爪の先を屹立《きつりつ》したものに走らせた。ネイサンがうめきをのみこむのを見て、低い笑い声をもらし、お腹の柔らかい肌に唇を押しつけ舌で小さな渦を描いた。

　ブリーチを脱がせてしまうと、筋肉質な脚と下腹部を唇と舌で味わいながら、くすぐるように愛撫しはじめた。羽のように軽い愛撫と、力のこもった手やよく動く舌でネイサンを翻弄する。

　ネイサンは両腿に指をくいこませてうめいた。「ぼくをおかしくさせたいのか？」

「ええ。わたしは昔から自分が勝つのが好きなの」

「だったら、降参する」額に玉の汗が浮かび、全身が燃えている。「いますぐきみとひとつにならなければ、どうにかなってしまう」

ヴェリティは溶けた金のような瞳をきらめかせ、再び体を前に戻し、ネイサンにゆっくりと沈めはじめた。気が遠くなるほどゆっくりとしたその動きに、ついに我慢できなくなり、ネイサンはうなりながら寝返りを打ってヴェリティを組み敷いた。そして欲望の求めるままに激しく、速く動きはじめた。ヴェリティを思う存分味わい、ひとつに溶けてしまいたい。やがてすさまじい快感が爆発し、彼は精を放って、ヴェリティの上に倒れこんだ。

抱きしめたまま横に寝返りを打つ。

ヴェリティはネイサンの肩にやさしいキスをしながら彼を抱きしめ、かすれた声で囁いた。「愛しているわ《アイ・ラブ・ユー》」

その夜遅く、並んで横たわりながら、ネイサンはその瞬間を何度も思い返した。

ほんの三言の低いつぶやき。それに勢いよく精を放ったあととあって、こちらの頭は働かず、問い返すことも応えることもできる状態ではなかった。そしてそのまま眠ってしまった。

何時間もあとに目を覚ますと、ネイサンはひとりだった。ソファのクッションが枕代わりに頭の下に差しこまれ、アフガン編みの肩掛けが体にかけてあった。ワインのグラスとチーズの皿も置いてある。ヴェリティはネイサンが眠っているあいだ、彼を起こさぬようにそっと動きまわったにちがいない。その気になれば幽霊のように音をたてずに動けるのだ。そう思うと、少し心がざわつく。

飢え死にしそうなほど腹をすかせて目を覚ましたネイサンには、チーズとワインはありがたかった。アフガン編みを体に巻きつけて夢中でたいらげた。

ヴェリティは赤い髪を枕の上に広げ、ベッドで眠っていた。灯りを弱く絞った部屋のなかは薄暗い。ネイサンは隣に滑りこみ、片方の腕をついて体を起こすと、愛らしい寝顔を見下ろした。

ヴェリティは眠っているぼくを起こす気になれなかったのか？　それとも、激しい交わりのあとでひとりになりたかったのだろうか？　いまではヴェリティの体をよく知っていたし、突飛な言動にもめったに驚かなくなっているが、ヴェリティの多くがまだネイサンにとっては謎だった。

ヴェリティはぼくのためにこの部屋のランプを消さずにいてくれた。

だが、何を考え、こちらに何を求め、どんな気持ちを抱いているのかはよくわからない。〝愛している〟と囁いたことを後悔しているのか？　その直後ならいざ知らず、改めて訊くのはもう遅すぎるし、気まずすぎる。いま揺り起こして尋ねたら、望ましくない返事が返ってくるかもしれない。かといって、朝の明るい光のなかで持ちだせば、きっとうまく言い逃れられてしまう。ヴェリティは自分の心を誰にも見せようとしない。まるで宝物のように守っている。

だからこそ、今夜彼女が口にした言葉にはとても重みがあった。ぼくもきみを愛している――ネイサンはそう告げたかった。なぜなら、本当にヴェリティを愛しているから。

この愛は、アナベスに感じていたあの穏やかな焦がれとは違う。もっと切実な欲求、彼女のそばにいたいという飽くことなき願いだ。最初は情熱にかられてヴェリティと愛し合ったものの、ふたりに未来がないことはわかっていた。だが、この二週間あまりで、ネイサンの先入観はすっかりなくなっていた。

ロンドンとスコットランドを往復した旅のあいだ、ふたりはほぼ常に一緒だった。不自由を強いられ、狭い馬車のなかや宿の部屋に閉じこめられれば、どちらも不満がたまって口喧嘩になり、情熱が薄れるのがあたりまえ。自分の常識とはかけ離れたヴェリティの言動に、苛々させられるにちがいないと思っていた。

ところが、ヴェリティと一緒にいるのは気詰まりどころか、ただ楽しく、心地よかった。ヴェリティに対する情熱も欲望も、日が経つごとに増すばかりだ。ネイサンはどんな女性とも、これほど親密な時間を過ごしたことはなかった。旅のあいだ、ふたりはまるで新婚の妻と夫のようだった。

ふいに頭に浮かんだこの思いに、ネイサンはショックを受けた。ぼくはヴェリティと結婚したいのか？　そんなことが果たして可能だろうか？　ヴェリティは誰とも結婚しない、ときっぱり宣言している。ネイサンは心の底からヴェリティを愛しているが、彼女は、ずっと思い描いてきた、妻にしてダンブリッジ邸の女主人、自分の子どもたちの母親のイメージとはかけ離れている。

だが……ダンブリッジ邸で自分と暮らしているヴェリティを想像すると、胸のなかが温かくなった。元気いっぱいの赤毛の子どもたちが邸を走りまわる、そんな光景は少しまえのネイサンなら考えただけでぞっとしただろうが、いまは喜びに胸が弾む。ぼくはいたずらなその子どもたちを、子どもたちの母親と同じように心から愛するにちがいない。

ぼくがヴェリティのような妻を想像したことがなかったのは、ヴェリティのような女性に会ったことがなかったからだ。

残りの一生をヴェリティと過ごして、ぼくは幸せになれるだろうか？　かたわらの寝顔を――優美な弧を描く眉とほっそりした顎を見つめながら、そう自分に問いかけていると、存在を感じたようにヴェリティが寝返りを打って、身を寄せてきた。その瞬間、ネイサンの心は胸のなかで砕けた。

真に問うべきはこれだ。ぼくはヴェリティなしに、残りの人生を幸せに過ごせるのか？

25

翌朝ネイサンは、自分がロンドンに戻ったことを世間に知らせるために、ひとつの場所から次の場所へとできるだけ目立つように動きまわった。ヴェリティは留守のあいだ放りだしていた仕事の進捗状況を確認するため、事務所へ出かけたが、午後には戻り、〈フェアボーン菓子店〉をネイサンと一緒に訪れた。

ネイサンは偽のマルコムに自分がロンドンに戻ったことを知らせたがったが、店を見張るのは馬車のなかからのほうがいい、とヴェリティは彼を説得した。目当てのならず者がこちらを先に見つけたら、見張っている意味がない。それにスローンとネイサンに追いかけられたことのあるヒルは、すでにネイサンが自分たちを捜しているのを知っているのだ。

菓子店を見張るのは退屈な仕事だったから、ヴェリティはそのあいだ、夜の観劇に着るドレスのことを考えて過ごした。なんの変装もせずに出かけるのはまだ不安だった。でも、ネイサンになぜかつらを着けるのかと訊かれたとき、とっさに答えられず、かつらを使わないことに同意してしまったのだ。スタンホープ家近くの公園で盗み聞きした会話を、いまさらネイサンに告げることはできない。これだけ時間が経ってしまうと、たんに〝話さなかった〟のではなく、〝意図的に隠していた〟ように思われる。

ネイサンは寛容だが、誠実な男でもある。しかも、ひとつの嘘でこれまでの人生が崩壊したと思いこみ、そうではなかったことを知ったばかりだ。ジョナサンの会話をこれまでずっと黙っていたことに、どういう反応を示すかわからなかった。

それに、ビリンガム夫人はだいぶまえから演じているが、そのあいだあやしまれたことは一度もない。もうひと晩ビリンガム夫人として出かけたからといって、ジョナサン・スタンホープに見つかる確率がどれくらいある？　あとどれくらい一緒にいられるかわからないと思うと、ヴェリティはどうしても今夜もネイサンと過ごしたかった。

「きみの仕事では、こういう見張りをすることが多いのか？」午後も遅くなって、ネイサンが尋ねた。

ヴェリティは小さな笑い声をあげた。「不幸にして、かなり多いわ。少し退屈よね」

「このまえ、きみが孤児の格好で通りを掃除したかったわけがわかったよ」

「ええ。でも、これだけ人通りがあって、馬車がしょっちゅう通る道路だと、掃除は無理ね。今日はこれで切りあげて、続きは明日にする？　さもなければ、このままヒルを見つけた地域を流してみる？　ヒルがレモン味の飴を毎日買いに来るとは思えないもの」

「ああ、毎日は来ないだろうな」

やがて店が閉まり、もう見張る必要がなくなったときは、ふたりともほっとした。帰宅したあと、ヴェリティは出かける支度をするのに少し手間取った。何度かドレスを着替え、そのたびに装飾品もすべて選び直さねばならなかったのだ。どの扇にするかさえ、さんざん迷った。

自分でもばかげていると思ったが、すべてを完璧にしたかった。ネイサンの欲望をかき立てると同時に、流行りを取り入れたエレガントな装いでなくてはならない。

姿を見たとたんにネイサンのはしばみ色の瞳が輝いたのを見て、この努力は報われた。その瞬間から、ヴェリティはふたりで作りだした小さな世界のなかに飛びこんだ。

とはいえ、劇場に入り、階段のそばに立っているレディ・ロックウッドの姿が目に入ると、この魔法は解けた。エスコートのマーカス・ラザフォードと、ネイサンの母と叔母も一緒だった。

ネイサンが足を止め、退却しようとしたときにはすでに遅く、レディ・ロックウッドの鷹《たか》のような目がふたりを見つけていた。

「ダンブリッジ」呼びかけに応じてヴェリティたちが近づくと、レディ・ロックウッドが怒ったような声で言った。「ここに来るなら来るで、そう言ってくれればいいのに」

「ええ、その、来ました」ネイサンは無理して笑みを浮かべた。

「またお会いできてとても嬉しいわ」ローズ・ダンブリッジがヴェリティに微笑んだ。

「レディ・ロックウッドのお宅でお会いしたあと、お話しする機会が一度もなかったわね。あれは、そう、二週間かもっとまえだったにちがいないわ。今夜は楽しくおしゃべりできそうね」

ネイサンの母と叔母と話すことを思うと、ヴェリティは気が重くなった。ネイサンの父親についてわかったことからすれば、このふたりとの会話は落とし穴や罠に満ちている。でも、ローズ・ダンブリッジに嘘をつくのは気が進まなかった。ネイサンの願いを受け入れてかつらを着けずに来たのは、こうしてみるとさいわいだった。少なくとも、このまえ会ったときと髪の色が違う理由は説明せずにすむ。

「ええ、そう、話す時間はたっぷりありますとも」レディ・ロックウッドはじれったそうにうなずき、ネイサンとヴェリティに言った。「そろそろ幕が上がる時間ね。もちろん、あなたたちも一緒に来るでしょう?」

「ええ、もちろんです」ほかの人々のあとからレディ・ロックウッドのボックス席に向かいつつ、ネイサンが耳元で囁いた。「すまない」

「レディ・ロックウッドに逆らうことは誰にもできないわ。たとえあなたでも無理。でも、もう少し遅く着けばよかったわね」

レディ・ロックウッドはネイサンとヴェリティが入るのを、ドアのところで待っていた。

「言うまでもないけれど、あの件をここで話すことはできませんよ」ちらっと残念そうな目をなかにいるローズに向け、小声で釘を刺した。「でも、あれから何があったか全部聞きたいの。明日の夕食会にいらっしゃい」

断るだけ無駄なことがわかっているネイサンは、おとなしくうなずいて席についた。ヴェリティも彼の隣に座る。さいわい、誰にも話しかけられないうちに幕が上がった。自分自身はべつだが、レディ・ロックウッドは芝居の上演中に人がしゃべるのを嫌う。これは周知の事実だったから、第一幕は比較的静かに過ぎた。

幕がおりると、いつものように、ボックス席の客は忙しくあちこちに顔を出しはじめた。貴族たちが劇場に足を運ぶのは、観劇よりもこれが目的ではないかと思うくらいだ。とはいえ、中年の紳士が三人、ほぼ即座にボックス席に入ってきたのを見て、ヴェリティはこの習慣に感謝した。彼らの狙いは明らかにネイサンの美しい母親だったから、ローズは彼らの相手で手いっぱい。こちらに話しかけてくる余裕はないはずだ。少しでもローズに近づこうとする紳士たちのそばで、ネイサンが母を守るように険しい顔で立っているのを見て、ヴェリティは吹きだしそうになった。が、そのうちせっかく訪れた紳士たちが気の毒になり、片手をネイサンの腕に滑らせてほんの少し引っ張った。

「少し歩かない？」

「うん？　ああ、いいとも」ネイサンは紳士たちの監視を中止し、ヴェリティを連れて廊下に出た。廊下をそぞろ歩くあいだに、ネイサンは二度足を止めてほかの客と言葉を交わし、何度かべつの客に会釈をした。

ヴェリティはネイサンの顔の広さを改めて思い知らされた。彼らはきっと、連れの女性は誰かと思っているにちがいない。やはり今夜、変装せずに来たのは間違いだった。スコットランドへ旅しているあいだは、警官のミルサップに見つかる恐れを無視できた。でも、ロンドンではそうはいかない。本来の自分の姿で目立つ真似をするのは、認めたくないほど愚かなことだ。すでに数人の女性が嫉妬もあらわに自分を見ていた。ネイサンの目をとらえた女が誰か突きとめようとしながら、謎の女性からネイサンを奪う方法に思いをめぐらせているにちがいない。

ネイサンが飲み物を取りに行くと、ヴェリティは壁沿いに置かれた鉢植えのヤシへと向かった。あの陰にいれば、あまり目立たないはずだ。やがてさきほどいた場所に戻っていくネイサンが見えた。ヴェリティは彼のほうに向かおうとヤシの木の陰から出ると、ほんの数歩しか離れていないところでアーデンが誰かと話しこんでいるのに気づいた。相手の紳士が、ヴェリティの視線を感じたように振り向く。

ジョナサン・スタンホープ。ヴェリティは心臓が飛びだしそうになった。

ジョナサンと目が合った瞬間、彼がいまの自分に気づかないかもしれないという望みは消えた。

「きみは！」

ヴェリティはさっときびすを返し、階段に向かって走った。

「いや、待て！　ヴェリティ、止まるんだ」階段に達するまえに、ヴェリティはジョナサンに腕をつかまれた。

ネイサンが手にしていたシャンパングラスを落とし、走ってくる。ヴェリティはジョナサンの足を靴の踵で思いきり踏みつけ、腕をつかんでいる手を振り払って階段を駆けおりた。背後で何かがぶつかる音がして、追ってくる足音が途絶えた。踊り場で振り向くと、倒れた鉢植えのヤシの木の陰からジョナサンが立ちあがり、ネイサンに飛びつくところだった。

だめ、だめ、だめ！　ネイサンを巻きこむことはできない。ヴェリティは戻ろうとして、足を止めた。自分とネイサンが親しい仲だとジョナサンに知られてはまずい。ネイサンは自分でなんとかできるはず。おそらくほかの男たちが殴り合いを止めてくれるだろう。いまはできるだけ早く、できるだけネイサンから遠ざかるのが最善の策だ。

劇場を出たヴェリティは暗い通りを選んで、頻繁に曲がりながら走った。たとえ追ってくる者がいたとしても完全にまいた、とようやく確信できると、辻馬車を呼びとめ、我が家に向かった。帰り着くと、自分の馬車が家の前を離れるところだった。ネイサンが玄関の扉を力まかせに叩いている。

ネイサンは辻馬車の音に振り向いた。「ヴェリティ！　よかった」そして近づこうとしたが、ヴェリティはすでに扉に駆け寄り、鍵を差しこんでいた。

　ネイサンはあとについてなかに入ってきた。「ずいぶん捜したんだぞ」

「彼にあとをつけられたくなかったの」ヴェリティは振り向き、劇場をあとにしてから初めてじっくりネイサンを見た。髪も服もくしゃくしゃで、頬には血がついている。ヴェリティは驚いて叫んだ。「ネイサン！　何をしたの？」

「あの男を殴って、鉢植えのなかに投げこんだんだ。あれはいったい誰だ？」

「スタンホープ卿よ」ヴェリティは叫ぶように言った。「ああ、ネイサン、どうしてそんなことをしたの？」

　ネイサンはヴェリティを見つめた。「あの男がきみを追いかけていたからさ。あいつがもう一度きみに手を伸ばすのを、ぼくが黙って見ていると思ったのか？」

「そうすべきだったわ」

「何を言ってるんだ」ネイサンは怒って言い返した。「きみが誰の助けもいらないと思っていることはわかってる。だが、ぼくだって、まるっきりの役立たずじゃないぞ」

「そうじゃないわ。わからない？　あれはジョナサン・スタンホープだったの。わたしを見て、わたしに気がついたのよ。わたしがあなたと親しいことを知られるわけにはいかないわ！　ジョナサンはすぐにビリンガム夫人についてあらゆることを突きとめるでしょう。ミルサップを味方につけているとあれば、なおさらよ。おそらく丸一日、少し手間取ったとしても二日あれば――」

「ミルサップ？　それはいったい誰だ？　ヴェリティ、なんの話をしているんだ？　何が起こっているんだ？　どういうことだ？」

ヴェリティはため息をついた。「ミルサップは警官よ。ジョナサンはわたしが本当に死んだのかどうか突きとめようとしていたの」

ヴェリティはまだこの話をネイサンにする心の準備ができていなかった。何週間もまえからミルサップのことを知っていて黙っていたとわかれば、ネイサンは怒るにちがいない。でも、こうなっては隠しとおせない。そもそも、すでに知られてしまったのだから、ふたりの仲が壊れることを恐れて隠しても意味がない。

「わたしはロンドンにあるスタンホープ邸をときどき見張っていたの。あなたと一緒にいたくて、ビリンガム夫人のふりをしつづけたかった。そのためにも、ジョナサンがわたしに気づいたかどうか知る必要があったのよ。スコットランドに出かける二日ほどまえもスタンホープ邸に出かけ、偶然ジョナサンとミルサップの会話を聞いて……ジョナサンがまたわたしを捜していることを知ったの」

「なぜ話してくれなかったんだ？」ネイサンの傷ついた顔を見るのは、怒りをぶつけられるよりもつらかった。「わかっていれば……あのまましばらくスコットランドに留まるとか、ミルサップを買収するとか、打つ手はあったはずだ」

「でも、聞き違いだったかもしれないと思ったの。ヴェリティという名前は一度も出てこなかったし、それに……信じたくなかった。だから、ジョナサンが捜しているのは、ほかの人間だという可能性にしがみついた。あなたにも話さなかったのもそのせいよ。できれば頭の隅に押しやって……何も聞かなかったふりをしたかったの」

「ぼくを信頼していないからじゃないんだな？」ネイサンは探るようにヴェリティを見つめた。

「違うわ」ヴェリティの気道が狭まった。「この国を出たくなかったけど、こうなったら、そうするしかない。フランスかドイツか、ほかのどこかに行くしかないわ」

「国を出る？」ネイサンは驚いて一歩前に出た。「そんなことをする必要はない。きみが継父を殺したのは、自分と無力な妹を守るためだったんだ」

「でも、ジョナサンは貴族よ。わたしは平民。警察はわたしの主張など取り合わないわ」

「だが、ぼくがきみの味方になる。そして――」

「いいえ、だめ」ヴェリティは遮った。「あなたはわたしをほとんど知らないことにして。レディ・ロックウッドやほかの人たちに、それを裏付けてもらってちょうだい。今夜ジョナサンを殴ったのは、彼がいやがるレディに乱暴していると思ったから。社交界のほかの人たちと同じように、あなたもわたしの外見に騙されたの。わたしが偽者だなんて思いもしなかったのよ。お願いだから、そういうことにして」

「冗談だろう？　ぼくはそんなことを言うつもりはないぞ。言うと思っているなら、きみはぼくのことがまるでわかってない」

ヴェリティは苛立ちの声をもらした。「ネイサン、理性的に考えて。今度だけは誠実にも、勇敢にもならないで。ジョナサンがあなたとわたしの仲を知れば、あなたも狙われるかもしれない。ええ、たしかにあなたは紳士だわ。上流階級の人たちに人気もある。でも、あなた自身は貴族じゃない」

「スタンホープがぼくに何ができるというんだ？」

「あなたの名前を汚すことはできるわ」

「それがなんだ？」

「わたしたちが何週間も駆けずりまわっていたのは、あなたの名前を守るためでしょう！」ヴェリティは言い返した。どうしてネイサンはこんなに頑固なの？

ネイサンはヴェリティの主張を片手で払った。「社交界の連中はぼくを知っている。ある程度は敬意も払ってくれる。彼らは――」言葉を切り、宙を見つめて言った。「ヴェリティ、ぼくと結婚してくれ」

ヴェリティはあんぐり口を開いた。「なんですって？　正気を失ったの？　わたしと結婚したら、身の破滅よ」

「いや、結婚すれば、きみにぼくの妻という地位を与えられる。きみは名もない平民ではなくなるんだ。あとはスタンホープの非難を否定すればいいだけだ。継父を殺してなどいない、殺したのはほかの誰かだ、きみは怖くて逃げたと言えばいい。カーライルとノエルがぼくらの味方になってくれる。レディ・ドリューズベリーも——彼女は伯爵夫人だよ。レディ・ロックウッドだって、ぼくらの味方をしてくれるさ。あの人は闘うのが好きだから」

「だからわたしと結婚したいの？」そう訊き返しながら、自分でも思いがけないほど胸が痛んだ。「わたしを守れるから？　英雄みたいな真似は、アナベスの幸せのために彼女をあきらめただけでは十分ではなかったの？　今度はわたしを救うために自分を犠牲にするの？」

ネイサンは目を見開き、早口に否定した。「いや！　違う。そういう意味で言ったんじゃないんだ。結婚するのはきみを守るためだけじゃない。ぼくは自分を犠牲にしてなどいない。きみと結婚したいんだ。ただ……少し時期を早めるだけだ。きみがぼくと結婚したくないことはわかっている。だが、この二週間、一緒に過ごしてどれほど幸せだったか……どれほど楽しかったかを考えてみてくれ」

「情熱は続かないわ、ネイサン。〝楽しい〟と〝幸せ〟だけでは十分とは言えない」

「情熱だけじゃないさ」ネイサンは言いつのった。「ぼくはきみを愛している」

「一年まえに、アナベスを愛していたように？」ヴェリティは鋭く言い返し、ネイサンの顔色が変わるのを見てすぐさま後悔した。「ごめんなさい。いまのは腹が立っただけで――」

「いや、それは本心だろう。ぼくを信じていないんだ。ぼくを移り気で、考えの浅い男だと思っている。最初からそうだった。無知で、自分が何をしているかもわかっていない、ただ浮き草のように暮らしている男だと思っているんだ」

ヴェリティは驚いて首を振った。「そんなこと、これっぽっちも思ってやしないわ。いえ、そうね……最初はそう感じたかもしれない。でも、いまは違う。ただ、わたしと結婚したら、あなたがどれほど苦労するかわかっているの。あなたがどういう人かとは関係なく、わたしたちはあまりにもちがいすぎる。わたしが物事を秘密にしたがるからといって、あなたのことを大切に思っていないわけではないわ」

「ほらね、〝大切に思っている〟だ」ネイサンは苦い笑い声をもらした。「きみは〝愛〟という言葉を口にすることすらできない。ひとりでいたいんだ。一生をほかの人間に預けるのが怖いんだろう？　だから、いまのままにしておきたい。そうすれば、ぼくにきみ自身を与えずにすむから」

ヴェリティはかっとなって言い返した。「この二週間、わたしが何をしてきたと思っているの？　あなたにすべてを与えてきた。あなたをわたしの人生に、この家に、ベッドに迎え入れたじゃないの」

「だが、心は閉ざしたままだ」ネイサンは静かに言った。「体を与え、きみの人生の片隅にぼくの居場所を作ってくれたかもしれない。それはとてもありがたいと思っているよ。だが、ぼくはもっと欲しいんだ、ヴェリティ。すべてが欲しい。きみと結婚したい。そうでなければ、すべてが無意味だ」

「だったら、出ていって」そう言った瞬間、ヴェリティは心が――全身が凍りつくのを感じた。「あなたと結婚はできない」

ネイサンは顔をこわばらせ、つかのま抗議しそうなそぶりを見せた。が、結局そのままきびすを返し、出ていった。ドアが音をたてて閉まり、沈黙が訪れた。

ふいに膝の力が抜け、ヴェリティは階段に崩れるように座りこんだ。なぜか息をするのがつらい。ネイサンが行ってしまった。心臓を引きちぎられたように胸が痛む。彼のあとを追いかけ、あなたと結婚する、と告げたかった。彼の腕に身を投げ、守ってほしいと頼みたかった。

でも、そんなことはしない。というよりも、できない。両手で膝を抱え、自分に言い聞かせる。しっかりしなくては。涙も後悔も過去に置いてきたはず。生き延びるためには動きつづけなくてはならない。ずっと昔にそう学んだのだ。いまは振り返らずに、しなければならないことをするだけ。

生まれたときから特権階級に身を置いてきたネイサンは、わたしを選ぶことで自分がどんな危険に身を置こうとしているのかまるでわかっていない。ほかの貴族のように潤沢な資産はなかったかもしれないが、恐怖や非難とは無縁の環境で何不自由なく育ってきた彼は、こちらと違って無防備になるのがどういうことかわからないのだ。権力のある者が、ない者をどれほど簡単に滅ぼせるかが。

驚きを浮かべたジョナサン・スタンホープの顔を思い出すと、吐き気がした。険しい顔に浮かんでいたひそかな満足。ジョナサンはついにわたしを見つけたことを喜んでいた。わたしに罰を下したがっていた。武器を手にした男たちが相手なら、躊躇なく立ち向かえる。だが、ジョナサンのあの顔、継父にそっくりのあの顔と、自分の腕をつかんだ手の感触を思い出すと、恐怖に体が震えた。

このままではジョナサンに殺される。ネイサンとの関係がわかれば、ネイサンも破滅させられる。どれほどネイサンを求めていても、たくましい温かい腕で抱いてほしいと願っていても、自分のせいでネイサンをジョナサンの毒牙にさらすことはできない。

ネイサンをはねつけたのは理にかなったこと。わたしは心を強く持って、正しい判断を下したのよ。

それなのに、どうしてこんなにつらいの？

26

　怒りにまかせてずんずん歩き、フラットまであともう少しというところで、ネイサンはひどい頭痛に襲われた。ぼくはどれだけ不運な星の下に生まれたんだ？　誰かを愛するたびに、心を粉々にされるとは。

　いっそ浴びるほど飲んで、意識を失くしてしまいたい。だが、そんなことをしても頭が割れるほど痛んで目を覚ますだけで、なんの役にも立たない。スローンがいかにもやりそうな、派手でがむしゃらなうっぷんの晴らし方だが、ネイサンには向かなかった。代わりに彼は、自分が口にした間違った言葉や、口にしなかった想《おも》いのすべてを思い出し、ヴェリティの間違いをひとつひとつ頭に浮かべながら、これからの寂しい日々を思って眠れぬ夜を過ごした。

　朝が来たら、ヴェリティの家に戻るとしよう。すまなかったと謝り、フランスでもどこでも、きみが逃げる先についていく、と告げよう。結婚などたんなる形式、そんなものは必要ないし、きみが永遠の愛を誓ってくれなくてもかまわない、と。

だが、それでは嘘をつくことになる。ヴェリティがこの先ずっと自分に対して〝大切に思う〟以上の気持ちにならないと思うと、心がなえた。相手が友人や叔母ならそれで十分だが、生涯をともにする相手を〝大切に思う〟だけでは足りない。〝大切に思う〟は、〝最愛の人〟と同じではないのだ。こちらは自分自身に、そして本人が聞こうとしなくてもヴェリティに、きみはぼくの最愛の人だと認めることができる。

もっとも、それに気づいたのはつい昨夜のことだから、ヴェリティに同じように感じろと期待するのは不公平かもしれない。とはいえ、かなりまえから夢中になっていたことをヴェリティは気づいていたはずだ。女性は男性自身が気づくよりまえに男性の気持ちを見抜くものだし、女性のほうが男性より自分の気持ちをよくわかっているのだから。

もちろん、ヴェリティはたいていの女性とは違う。もしかすると、こちらと同じように自分の気持ちに気づいていなかったのかもしれない。あなたを愛していると言ったことがあるが、あれは情熱的に愛し合ったあと、眠りに落ちる直前の出来事だった。ひょっとして、自分が〝愛している〟と口にしたことに気づいていなかったのか？

それに、ヴェリティは怖がっている。あたりまえだ。スタンホープにあんなふうに腕をつかまれたのだから、怖がっていないはずはない。しかも子どものころに、自分を守るべき人間に虐げられた経験があるのだから。それでも、ぼくがヴェリティを守れると信じてもらえないのはつらかった。ヴェリティが男を信頼できないのはぼくのせいではないが、本人が悪いわけでもない……。

いつものように、ネイサンは理性的に考えようとしていた。

だが、理性は心に空いた穴を埋めてはくれなかった。ヴェリティのことを頭から追いだし、自分の人生を歩め、と自身に命じることはできる。アナベスのときのように、そのうち失恋の痛みから立ち直れる、と。

だが、アナベスとの婚約を破棄したときよりも、いまのほうがはるかにつらかった。一年まえは悲しかったとはいえ、独りよがりかもしれないが自分が犠牲を払ったという満足もあった。だが、ヴェリティと別れるのは断腸の思いそのものだ。

ヴェリティのことを考えまいとするのは、胸を突き刺すナイフのことを考えまいとするのと同じだった。ヴェリティのことしか考えられない。いまは眠っているのか、それとも自分と同じように悶々《もんもん》として眠れずにいるのだろうか。かけた言葉を後悔しているだろうか？　彼女の気持ちが変わったかもしれないと考えるのは、希望的観測に過ぎるか？　逃げだすためにせっせと荷造りをしているのか？　逃げるとしたら、どこへ行くだろう？　ヴェリティに故郷があれば、そこに行くかもしれないと推測できる。これは多少なりとも慰めになるはずだ。自分の傷を癒やすために捜しに行く当てがあるから。だが、彼女のような根無し草は……別れてしまえば、二度と会えないかもしれない。それがいちばん恐ろしかった。

翌朝ネイサンは、常識はずれの早い時間にヴェリティの家を訪れた。これまでとは違い、ただ入っていくのではなく、ノックをして、家政婦が扉を開けるのを待った。昨夜の言い争いをおさめたいという望みよりも何よりも、ひたすら〝どうか、まだ家にいてくれ〟と願った。

ヴェリティがバッグに何か入れながら廊下を歩いてきて、ネイサンに気づくと足を止めた。黒ずくめの服装で、顔は青ざめ、目の縁が少し腫れて赤くなっている。どうやら、ヴェリティも昨夜はほとんど眠れなかったようだ。

そう思うと、ほんの少しだが苦い満足を感じた。心の狭い男と言わば言え、自分だけが傷つくのはもううんざりだ。そう思うそばから、見るからにつらそうなヴェリティの様子に胸が絞られるように痛んだ。

「ネイサン」ヴェリティの声には驚きが含まれていた。ぼくが一顧だにせず、このまま彼女を切り捨てると本気で思っていたのか？

「ヴェリティ」こちらの姿を見たとき、金茶色の瞳が嬉しそうにきらめいたような気がしたが、これは都合のよい想像だろうか？　ネイサンはヴェリティの服装をちらっと見た。

「またハーバートを悼むことにしたのか？」

ヴェリティは顔を和ませた。「ヒューバートよ。親友の名前を間違えるなんてひどい人」

「いや、あいつはただのクラスメートで親友じゃなかった」

ヴェリティはため息をついた。

「気の毒なヒューバート」ふたりの声が重なる。

これまでと同じ気のおけないやりとりだが、実際にはすべてが変わってしまったのだ。

「これは新しい変装なの」ヴェリティは帽子掛けから黒い帽子を取り、それをかぶると、帽子についている黒いベールをおろした。

「ずいぶん深く悼んでいるんだね。そのベールはほとんど顔が見えない」

「そこが狙いよ」ヴェリティはベールを押しあげた。「見えないように二重にしてあるの」

「だが、かえって目立つんじゃないか。見た者の記憶に残るだろう?」

「ええ、誰かの未亡人としてね。人が見るのはそれだけだもの」

気詰まりな沈黙が落ちた。喪服を着ていても、ヴェリティは誰よりも美しい。繊細ではかなげな顔のなかで金茶色の目が潤んでいる。

「こんなに早く来たのは……きみはもうすぐ発つのかい? どこへ行くか決めたのか?」

「まだ発てないわ。そのまえに、マルコム・ダグラスを捜さないと」

「なんだって?」これは思いがけない言葉だった。「いや、それは危険だ。マルコムはぼくが捜す」

「いったん引き受けたことは、やり遂げるのがわたしのモットーなの」ヴェリティの声には強い意志がこめられていた。「プロだもの」そこで言葉を切り、こう付け加えた。「あなたはわたしを雇うのをやめたの？」

「金を払っているわけじゃないから、やめるのは難しいだろうな。忘れたのか？　きみはこれをぼくの友人として引き受けたんだよ。ぼくだって、いまもこれからもきみの友人だ」

「ネイサン……」ヴェリティは苦しそうに言った。「あなたのことをずっと怒りつづけるのは、とても難しいわ」

ネイサンはかすかな笑みを浮かべた。「好かれようと全力で努力しているからね」

ヴェリティはくるりと目玉を回した。愚かな男だと呆れているのだろう。それでも、こういう反応はネイサンの胸を温めてくれた。

「ジョナサンはわたしが誰か、誰のふりをしていたかを簡単に突きとめられる。でも、社交界にはこの家の住所を知っている人間はひとりもいない。あなた以外はね。だけど、あなたは誰にも言わないでしょう？　最後にはここを突きとめられるでしょうけれど、少なくとも何日か余裕があるはずよ。ぐずぐずしてはいられないわ。目論見《もくろみ》が失敗したと気づいて、偽者が本物のマルコムを殺すかもしれないもの」

「そうだな」

ヴェリティのためを思ったら、いますぐロンドンを出ろと説得すべきなのだろう。ここに留めておきたいと思うのは、こちらのわがままだ。もしもスタンホープがここを突きとめたらどうなる？　ネイサンはヴェリティのつんと上げた顎を見て、微笑みそうになるのをこらえた。ヴェリティはいつも自分の思うようにする。それを止めることなど誰にもできない。

ふたりは再び〈フェアボーン菓子店〉に向かい、まず周辺の通りと路地をすべて回って、それから菓子店の向かいに馬車を停めた。ヴェリティは張り詰めた表情で、いつでも馬車を飛びおりられるように座席のできるだけ端に座っている。ネイサンは自分の横が空いているのが寂しくて、これまでのように腕に触れるか、手を取りたい衝動にかられた。

こんなことになったのも、スタンホープのせいだ。七たび地獄に落ちろ、と心のなかであの男を呪った。いまここにあいつがいたら、二度とヴェリティにかまうな、と言い渡してやるのに。だが、ヴェリティの言うとおり、自分が彼女と親しいことをスタンホープに知られるのは避けたほうがよさそうだ。知られて、あとを尾けられれば、ヴェリティの家を簡単に突きとめられてしまう。いまのところはネイサンが誰なのか知らない確率が高い。ネイサン自身もあの男を知らなかったのだから。

もちろん、ネイサンはロンドンの上流階級の紳士を全員知っているわけではない。あの男のことを少し調べてみるべきかもしれない。あんがいアーデンのように、こちらが利用できる後ろ暗い秘密があるのではないか？　ジョナサン・スタンホープが父親似だとしたら、そんな過去を持っていてもおかしくない。

今度レディ・ロックウッドに会ったら、スタンホープのことを訊いてみようか。なんといっても彼女は社交界の生き字引だ。しかし、よけいなことをして、ヴェリティの秘密が明るみに出てはまずい。あの生き字引は猟犬のように鼻が利くから――

「ネイサン！」ヴェリティが興奮して腕をつかんだ。「あれはヒルじゃないかしら」

「ヒルだって？」ネイサンは物思いから覚め、座り直して窓の外を覗いた。

「ええ」ヴェリティはバッグから柄付き眼鏡を取りだして目に当て、次いでネイサンに渡した。「見て」

「やつだ」ネイサンはヴェリティを見た。「まさか本当にのこのこ現れるとは」

「ツキに恵まれることもあるのよ」ヴェリティは馬車を降り、御者にひと言指示を出してから、道路をはさんだままヒルのやや後ろを同じ方向へ歩きだした。

ネイサンも横に並んだ。ヴェリティのベール越しの視界をふさがないように、ときどき店のショーウィンドーを覗き、前方の交差路に目を配りながら、このあたりの地図を思い浮かべ、ヒルの行く先にあたりをつける。前を行くヒルが表通りより人の少ない細い通りに折れても、とくに驚かなかった。ただ、通りが狭くなるにつれ、気づかれやすくなる。ネイサンとヴェリティはさらに距離を空けた。

ふたりの服装は裏通りではひどく目立った。けげんな目を向けてくる通行人が増え、ネイサンはヴェリティのベールを非難するように見た。黒ずくめのうえに、帽子から垂らした真っ黒なベールのせいで、さらに目を引くのだ。ヴェリティがうなずき、小さなため息をついてベールをむしり取ると、手押し車の横に立っていた女性に押しつけ、その女性をびっくりさせた。

さいわいヒルは一度も後ろを振り向かず、のんびりと歩いていく。彼が屋台でミートパイを買うために立ちどまると、ふたりは一瞬ぎょっとしたが、手近な戸口に隠れてなんとかやりすごした。ヒルがミートパイを手に持ったまま、また歩きだす。

やがて広い通りを横切り、波止場へと向かいはじめた。ヒルがねぐらに戻るとばかり思っていたネイサンは、驚いてヴェリティと顔を見合わせた。もしも仕事に行く途中なら、ずっと隠れて彼を見張るのは難しくなる。

だが、ヒルは人の多い波止場まで行かぬうちに曲がり、古い倉庫に入っていった。ネイサンとヴェリティは小走りに近づき、慎重に扉を開けてなかを覗きこんだ。大きな建物だ。いまは使われていないらしく、がらんとして、いくつかある荷箱には埃が積もっている。板がたわんでいる階段が上階へと延びているが、ヒルはその前を通り過ぎ、倉庫の奥へと歩いていく。

ネイサンとヴェリティはまたしても顔を見合わせた。倉庫内には身を隠す場所がひとつもない。しかし、このまま入り口に留まっているわけにはいかなかった。マルコムの偽者がここにいるとは思えないが、誘拐した男を隠しておくには完璧な場所に見える。ヴェリティが猫のように足音ひとつたてずに床を横切りはじめるのを見て、ネイサンもできるだけ音をたてずにそのあとを追った。前を行くヒルは、まだ尾行には気づいていないようだ。と、出し抜けに誰かの足音がして、ずんぐりした男が角を曲がってきた。「遅いじゃねえか。とんずらしたのかと心配したぜ――」

シューメーカーだ！　ヴェリティとネイサンは彼の姿を見て凍りついた。だが、隠れる場所も、その時間もない。シューメーカーはヴェリティとネイサンを見つけ、ふたりを指さした。「あいつらだ！　ヒル、この間抜けが――」

振り向いて息をのむヒルにはかまわず、シューメーカーがナイフを引き抜き、駆け寄ってくる。ネイサンは彼を迎えようと前に出た。

「ふせて」ヴェリティの指示に、ネイサンはすぐさま倉庫の床に飛びついた。

頭上で何かがうなりをあげて空を切った。ヴェリティの投げたナイフが腕に突き刺さり、シューメーカーが大声をあげてヴェリティへと向きを変えた。ネイサンはその隙に跳ねるように立ちあがり、最後の数メートルを一気に詰めてシューメーカーに体当たりした。

ふたりは取っ組み合いながら床を転がった。ヴェリティが自分のナイフに飛びつく。誰かが走る足音がした。おそらくヒルだ。相棒が争っているあいだに逃げるつもりだろう。目の隅でヴェリティが半身を起こし、体をひねってナイフを投げるのが見えた。だが、ナイフはヒルには突き刺さらず、床に落ちた。倉庫の扉が勢いよく開き、ヴェリティが毒づきながらあとを追う。

どちらの方角に向かったのか、確かめている暇はなかった。手をついて立ちあがり、シューメーカーを引き起こしながら、振りだされたパンチをひょいとよける。大きな拳が耳の横をかすめた。ネイサンは相手の胃に拳をめりこませ、つづいて顎に強烈な左を打ちこんだ。シューメーカーが頭をバネ仕掛けのようにのけぞらせてよろめき、倒れるのを防ごうと両腕を振りまわす。ネイサンは一瞬だけ目を離し、ヴェリティを捜した。

だが、ヴェリティもヒルも見当たらなかった。目に入ったのは、床に落ちたヴェリティのナイフとつぶれたミートパイだけだ。シューメーカーがこの隙を逃さず、扉へ走る。ネイサンはあとを追ったが、追いつくまえに、片足を痛めたような歩き方で倉庫に戻ってくるヴェリティに気づいた。

「ヴェリティ！　怪我をしたのか？」ネイサンは駆けつけ、滑るように止まった。

「いいえ」ヴェリティがうんざりした声で答える。

「だが、足を引きずっているじゃないか」

「靴の踵が取れたの。そのせいで転んだだけよ。でも、転ばなくてもヒルを捕まえるのは無理だったでしょうね。逃げ足の速い男」

「わかってる」ネイサンはうなずいた。「スローンと一緒に、あいつを追ってチープ・サイドを走ったからな」

ヴェリティは両手を腰に置き、ため息をついてあたりを見まわした。「またしても逃げられたわね」

「残念ながらそのようだな。しかし……」ネイサンはヴェリティの腕を取って、来た道を戻りはじめた。「マルコムはここに監禁されているんじゃないか？　廃屋の倉庫にあのふたりがいた理由は、それしか考えられない。快適とは言えないが、誰かを隠しておくにはうってつけの場所だ。監禁している人間に大声を出されても誰にも聞こえないし、その姿を見られる心配もない。シューメーカーはヒルが遅れたことを怒っていたようだった。ヒルは〝囚人〟の食事を持って、見張りを交代するために来たのかもしれない」

ヴェリティが顔をしかめる。「いまいましいミートパイね。わたしのナイフはあれに突き刺さったの。運が悪いったら」

ふたりはパイの残骸をよけて倉庫を横切り、シューメーカーが現れた通路へと向かった。通路にはドアが三つ並んでいる。ふたつは大きく開き、がらんとした部屋のなかが見えた。だが、最後のドアには木の棒が渡してあった。

興奮と恐れの入り混じった気持ちでネイサンはその棒をはずし、ドアを開けて薄暗い部屋を覗きこんだ。鉄格子のはまった高窓から射しこむ光で、薄いマットレスを敷いたベッドと、太い鉄の脚に取りつけた鎖が見える。

鎖の先は廊下からは見えない場所へと延びていた。ふたりが部屋に入り、鎖の先を目でたどると、むさくるしいブロンドの髪と赤みがかった不精髭の、長身の男に行きついた。片目のまわりに、殴られたようなあざがうっすらと残っている。染みとしわだらけのシャツとブリーチ姿のその男は、フローラ・ダグラスから借り受けた細密画よりも痩せていたが、この男がマルコム・ダグラスなのは明らかだ。

投げるつもりだったらしく、マルコムは木製のバケツを頭の上に掲げていたが、ネイサンとヴェリティの姿を見てバケツをおろした。「きみたちは誰だ?」

「実は……」ネイサンは口ごもった。「ぼくはきみの弟なんだ」

27

マルコムはぽかんと口を開けてネイサンを見つめたが、すぐさま顔をしかめ、そっけなく言い捨てた。「ぼくには弟などいない」

「きみはマルコム・ダグラスだろう？　ぼくはネイサン・ダンブリッジ、ジョージ・ダンブリッジの息子だ」

ダグラス家の秘密を暴露してよかったのか？　かすかな不安が胸をよぎった。フローラ・ダグラスは、マルコムが実の父親を知っているような口ぶりだったが……。

だが、マルコムの次の言葉で、この心配は杞憂《きゆう》だとわかった。

マルコムは唇をゆがめ、せせら笑いを浮かべた。「ダンブリッジか。そんな気がしたんだ！　こんな真似をしたのは、きさまだったんだな」

ネイサンはため息をついた。ダグラス家の人間は、ひとり残らずダンブリッジを悪党だと思っているらしい。「いや。きみを誘拐したのはぼくじゃない」

ヴェリティが喧嘩腰で前に出た。「ダグラス家は礼儀知らずばかりなの？　ネイサンはあなたを助けに来たのよ。それも、自分の身を危険にさらして」

マルコムは毒気を抜かれたような顔で、目の前にいる小柄な女性を見下ろした。「ぼくは、べつに……」

ヴェリティは腕を組んだ。「で、あなたは自由にしてもらいたいの？　それとも、ダンブリッジの助けなど断る？」

マルコムはため息をついて、バケツを床に置いた。「いや、無礼な言動は謝る。だが、なぜこんなことをされたのか皆目わからなくて……いずれにしろ、監禁されるのにはうんざりだ。侮辱したことは謝る。あなたが助けに来てくれたことはありがたい」それから、ネイサンを棘のある目で見た。「だが、ぼくの両親はフローラ・ダグラスとジョン・ダグラスだ。ジョージ・ダンブリッジとは何ひとつ関係を持ちたくない」

「好きにするがいい」ネイサンは同じように辛辣な調子で答え、鉄製のベッドの脚に回された鎖を調べた。「きみをここに閉じこめるために、連中はずいぶん手間をかけたようだな」

マルコムは肩をすくめた。「鎖に繋がれたのは逃げようとしたからだ」

「ドアの外に渡した棒だけで事足りただろうに」

マルコムは首を振った。「あれが使われるようになったのは、ぼくが鍵を壊し、二度目に逃げようとしたあとだ。三度目はのっぽを殴り倒したんだが、まずいことに小柄なほうが銃を手にしてドアのすぐ外にいたんだ」

「最初は？」ヴェリティが興味深そうに尋ねた。

「誘拐された直後だ。意識を取り戻してすぐ、逃げようとしたんだが、頭を殴られた。次に意識が戻ったときには、両手を縛られ、さるぐつわを噛まされていた」

「ふむ。いやなやつだと思ったけど、けっこう気に入ったかも」ヴェリティは口元をほころばせた。

ネイサンはベッドの鉄の脚のそばにしゃがみこんだ。「ダグラス、きみとぼくでベッドを持ちあげ、ヴェリティに鎖をはずしてもらおう。足枷《あしかせ》は安全な場所に着いてからはずせばいい」

「いいえ、その必要はないわ」さっきの乱闘とマルコムを見つけたことで、どうやら気分が上向いたらしい。ヴェリティがにこやかに制止して、結いあげた髪から短い金属の棒を二本取りだした。膝をついて足枷の鍵穴に棒を差しこむと、あっというまに鍵がはずれた。

「これでいいわ。あのふたりが戻るまえにここを立ち去りましょう」

「いや、戻ってくれたほうがいい」マルコムがうなるように言った。「あいつらをこの手で叩きのめしてやりたい」

「銃を持ってきたらどうするの？　さもなければ、仲間を連れてきたら？　また囚《とら》われの身に逆戻りよ」

三人は足早に倉庫を横切った。マルコムは床に叩きつけられたミートパイをちらっと見て、少し悲しそうにつぶやいた。「あれはぼくの朝食だったんだな」

「いいえ、戦いの犠牲よ」

外に出ると、マルコムは深々と息を吸いこんだ。強い光がまぶしすぎるのか目を細め、片手を額にかざしてあたりを見まわす。「どうやってぼくを見つけた？　なぜぼくを捜していた、と訊くべきかな？」

「最初は捜していなかった。捜しはじめたのは、ご両親からきみが誘拐されたと聞いてからだ」

「両親？」マルコムは急に心配そうになった。「ふたりが何も知らないことを願っていたのに。身代金を要求されたんだろうか？」

「いや。身代金の要求はなかったそうだ」

「だったら、なぜ――」

ネイサンは、誘拐されるところを従者が見ていたのだと告げたあと、突然知らない男がストーンクリフを訪れ、ジョージ・ダンブリッジの息子だと名乗ったことから順を追って話しはじめた。これまでの経緯の説明が終わるころには、三人とも辻馬車に乗っていた。

さきほどよりも事情をのみこんだマルコムは、ヴェリティとネイサンを見て、再びヴェリティに目を戻した。「わけがわからない。なぜその男は、自分が偽者だとばれないと思っていたんだ？　何年もまえから計画していたとは思えないな。その男がぼくでないことは、両親ならひと目でわかる。叔父だって――」そこでネイサンを見た。「ロバート叔父はその一件を知っているのか？」

「いや、知らないと思う。ぼくらはそいつが本物だと信じていたから、脅迫のことはロバート・ダグラスには話さなかった。彼もそれらしきことは何も言わなかった。若い連中ははめをはずしたいんだろう、年寄りの叔父の相手はいやなのかもしれんな、ときみが立ち寄らないのを嘆いていた」

マルコムは鼻を鳴らした。「もうはめをはずす歳でもないのに」

ヴェリティが口を開いた。「偽者もあなたのように長身で、ブロンドの髪に青い目だったの。でも、本物を知っている人間が見たら、遠くからでも偽者だと気づいたでしょうね。偽マルコムはうまく人目につかぬようにしながら、巧みにスコットランド人を演じていたのよ」言葉を切り、付け加える。「でも、こうして本人に会ってみると、あなたのような育ちの男にしては、あの男の訛りは少しきつすぎたわね」

マルコムはけげんな顔でヴェリティを見た。「で、あなたも……ダンブリッジのひとりなのか？」

「いや」ネイサンは少しばかり不機嫌な声で否定した。

ヴェリティがちらっとネイサンを牽制《けんせい》するように見た。「わたしの本職は調査の仕事。

ネイサンがこの件を調べるのを手伝っているの。差し当たっての問題に戻ると、偽者は明らかにあなたの出生時の状況の一部を知っていたわ。家族のほかに知っていた人は?」

「ひとりもいない」マルコムは首を振った。「ぼくの出生は公にはされていないんだ。世間に知られていたら、たいへんなスキャンダルになる。ぼくにはいとこはいないし、ぼくのきょうだいは——まあ、マーガレットがいたが、ぼくが赤ん坊のときに死んでいる。父の兄弟はロバート叔父だけだ。ダグラス家は少人数の一族で、両親の付き合いもごくかぎられている。昔からそうだった。ぼくが生まれたあとはとくに」

「だが、誰かが知っていたのは明らかだ」ネイサンが指摘した。

「ダンブリッジ側からもれたんじゃないか?」

「ありえないな。偽者が現れるまで、ぼくは兄弟がいたことなどまったく知らなかった。それに〝ダンブリッジ側〟は、基本的にはぼくだけだ。父は数年まえに他界し、子どもはきみとぼくだけだから」

「何度も言わせるな、ぼくはきみとは関係ない」マルコムはまたしても顔をしかめた。

「そのようだな。ぼくの家族は気持ちのよい人間ばかりだからね」ネイサンは皮肉たっぷりに言い返した。

ヴェリティが呆れて天を仰ぐ。「つまらない口論はもう十分。わたしは誰があなたを誘拐したかはっきりさせたいの。あなたか、ご両親か、召使いが、誰かに言ったにちがいないわ」

マルコムは苦虫を噛みつぶしたような顔をしたが、ややあって口を開いた。ヴェリティににらまれた者はたいていそうなる。「犯人は宿にいた男かもしれない」

「どの男？　どの宿？　あなたが誘拐された村の宿？」

「ああ。二人組に頭を殴られるまえの晩に会った男だ。あまりよく覚えていないんだが……」マルコムは頭の中身を絞りだそうとするように眉間にしわを寄せた。

「頭を殴られると、記憶が飛ぶことがあるからな」ネイサンはつぶやいた。

「ああ……一緒に飲んだのは覚えている。ブロンドで瞳の色は明るかった。おそらく青かったんだろう。年齢もそんなに離れていないくらいで、いろんな話をしたよ。エディンバラのことをあれこれ知りたがった。正直、ブランデーを飲みすぎて何を言ったかよく覚えていないんだが、ぼくが通った大学や、両親のことを話したような気がする。だが、初めて会った男に、家族の秘密を話すはずはない」

「その男の名を覚えてる？」

「姓のほうは……ティドウェル？　いや、違うな。名前はウィルだったが……トッパー？　トリヴァーだ！　ああ、ウィル・トリヴァーだった」

「もちろん、本名を名乗っていたという保証はないけど」

「そうだ」ネイサンはふと思い出し、フローラから預かったロケットをポケットから取りだした。「きみのお母さんは手放したがらなかったが、きみを見つける助けになれば、としぶしぶ貸してくれた」

「ありがとう」マルコムはロケットを見つめ、大事にしまった。

馬車がロバート・ダグラスの家の前で停まった。ノックに応えて玄関の扉を開けた召使いが、胡散臭そうな目を向けてくる。三人の外見を考えれば無理もない反応だろう。

玄関払いをされかねない、そう思ったとき、折よくマルコムの叔父が近くの部屋から出てきた。「リドリー、誰が――」ロバート・ダグラスは目を見開き、立ちどまった。

「やあ、ロバート叔父さん」

ロバートは口をぱくぱくさせ、どうにかこう言った。「マルコムか？　驚いたな。何があったんだ？　まるで――」甥の外見を表す適切な言葉が見つからなかったとみえて、ロバートは言いよどんだ。

「ロンドンの手前で誘拐され、いままで監禁されていたんだ。このふたりが見つけて助けだしてくれた」

「それは――なんと言えばいいか……。しかし、驚いたな。とにかく……なかに入りなさい、マルコム」ロバートは前に進みでて甥と握手し、ネイサンとも握手した。「甥を助けてくれてありがとう、ミスター・ダンブリッジ。美しいビリンガム夫人も」感謝をこめヴェリティに会釈すると、マルコムに顔を戻した。「もう少し詳しい話をしてくれるんだろうな」

「もちろん。でも、そのまえに風呂に入りたい。それから何か食べたいな」

「ああ、そうするがいい。ウィスキーもたっぷり注《つ》いでやろう」

マルコムはヴェリティとネイサンに向き合った。「ありがとうと言うだけでは足りないが、心から感謝している」

「少ししたら、またお邪魔していいかしら？」ヴェリティがマルコムに声をかけた。「トリヴァーを捕まえる手掛かりになるようなことを、何か思い出すかもしれない」

マルコムは顔をしかめた。「この件がもれるのは避けたいんだ。スキャンダルにでもなれば、母がどれほど傷つくことか」

「ぼくらは何も言うつもりはないよ。スキャンダルを避けたいのはこちらも同じだ」

「ありがとう」マルコムはほっとしたように口をつぐみ、少し照れながら付け加えた。「それに、きみの家族について言ったことを謝る。ぼくはこれからもダグラスだ、と言いたかっただけなんだ」

まもなくネイサンたちはロバート・ダグラスの家を出た。

「せっかく異母兄が見つかったのに、兄弟の親交を結ぶのは無理なようね」

「ああ」ヴェリティとの別れが頭を占領しているせいで、マルコムと親しくなれないこともほとんど気にならなかった。「これまで存在すらしていなかったんだ。恋しく思うこともないさ」

ふたりはほとんど無言でヴェリティの家に向かった。マルコムが無事に戻ったいま、この件は解決し、ヴェリティはいつでもロンドンを立ち去ることができる。それを思うと、ネイサンの胃は強く痛んだ。このままヴェリティを行かせることはできない。頭のなかでこの思いがぐるぐる回っていた。

　ヴェリティは窓の外に目をやりながら、難しい顔で何か考えている。ぼくと同じように、ふたりで過ごす時間がなくなりかけていることに絶望しているのか？

　だが、この楽観的な願いはすぐに打ち砕かれた。

「マルコムを誘拐したウィル・トリヴァーという男が、あなたをさんざん悩ませたのに無傷で逃げおおせるなんて気に入らないわ」

「ぼくだって気に入らないさ」偽マルコムのことなどこれっぽっちも頭になかったが、言われてみればそのとおりだ。「シューメーカーとヒルもだ」

「彼らがしたことを考えてみて。わたしたちを襲い、マルコムを誘拐し、あなたを脅迫しようとした。それなのに野放しにしておくの？」

「ぼくだって、できれば三人を追って、捕まえたいさ。だが、彼らを罪に問えば、マルコムと父の繋がりが明るみに出て、あれだけ避けようとしてきたスキャンダルに巻きこまれることになる」

「そうね」ヴェリティはため息をついた。「それに、マルコムはもう十分いやな思いをしたわ。まあ、あなたにあんなに無礼な態度を取った男だもの、少々評判に傷がついてもかまわないけれど。あなたの名前に傷がつくのはいや」

その言葉はネイサンの胸を温めてくれた。

まもなく玄関の前に立つと、ヴェリティはネイサンを見た。ほんの昨日までは、まるで自分の家のように出入りしていたのに、いまは他人のように別れを口にしなくてはならない。「きみは……もうすぐ街を出るんだろうな。マルコムが見つかったから」

ヴェリティがうなずいて目をそらす。

ここで別れたら二度と会えないかもしれない。ネイサンは留まってくれと懇願したかった。結婚してくれなくてもいい、どこだろうと一緒に行くと告げたかった。だが、ヴェリティが自分を愛していないなら、無理強いはできない。ヴェリティを手放すしかないのだ。

別れを告げようと口を開いたが、べつの言葉が出てきた。「レディ・ロックウッドがぼくらを待っているのは、今夜八時だったね。十五分まえに迎えに来るよ」

そして断られるまえに、背を向けて通りを歩きだした。ヴェリティが追ってきて、迎えは必要ない、来ないでくれ、と拒否されるのを恐れていたが、何も言われず、追ってくる足音も聞こえなかった。つまり、どういう意味だ？　まだ、チャンスはあるということか？　ヴェリティを失わずにすむということだろうか？

28

ネイサンに〝ノー〟と言うべきなのはわかっていた。彼と一緒にロックウッド邸に行かなくてはならない理由はとくにないのだ。それよりも、さっさと二階に上がって荷造りを始めるべきだ。事件が一件落着したからには、一日も早くこの国を出るのがいちばん。ジョナサン・スタンホープに生きていることを知られたあとで、あの男がいる街を動きまわるのは危険すぎる。これまで築きあげた実績を捨て、調査事務所をたたむのはつらかった。でも、ネイサンと別れなくてはならないほうがはるかにつらい。ポピーの様子もこれからは定期的に確認できなくなるが、あの子は心配しなくても大丈夫だろう。

ただ、なぜか、このすべてが終わったという気がしなかった。ネイサンの事件も、ロンドンでの暮らしも、何よりネイサンとの関係も。今日はずっと幸せと悲しみ、興奮と不安が混じった奇妙な気持ちで過ごしていた。いま気詰まりな沈黙に陥ったかと思うと、次の瞬間には気安さと心地よさに包まれる。そしてほっと息をついたと思えば急に胸が痛み、焦がれがこみあげてくる。どうしてネイサンと別れることなどできるだろう？

無防備になった瞬間うっかり口走ったように、ヴェリティはネイサンを愛していた。また口に出して言うことはできなくても、彼を愛していることを認めないわけにはいかない。ネイサンを愛し、一緒にいたいと思っていることを。用心などかなぐり捨てて、結婚すると言えたらどれほど幸せだろう。でも、それはあまりにも自分勝手な願いだ。自分のせいでネイサンの人生を台無しにすることなど、できるはずがなかった。昔の罪で自分自身が危険な目に遭うのは仕方がないとしても、そのせいでネイサンの家名を汚すことも、彼を危険にさらすこともできない。

十六年まえに取った行動を後悔したことは、これまで一度もなかった。スタンホープの魔の手から妹を救うためなら、何度でも同じことをする。その結果を甘んじて受ける覚悟もあった。でも、ネイサンを巻きこみ、自分のために犠牲になってくれと彼に要求するのは間違っている。

だから、今夜はネイサンと一緒にロックウッド邸に行かないほうがいい。きっぱり断るべきだったのに……気がつけば、どのドレスを着ていこうか、髪はどんなふうに結おうか、先日買った新しい香水を試してみようか、と考えていた。

今夜の夕食会が終わったら、もっと心を強く持とう。ロックウッド邸を出たあとで、結婚は無理だとネイサンにわかってもらおう。

でも、この夜だけなら一緒に過ごしても害はないはずだ。彼のあらゆる表情、仕草、微笑みや笑い声を頭に刻みつけ、ひとりきりになったあとにそれを思い出して味わうことができるように。

ヴェリティは喪服を脱ぎ捨て、夕食会に出かける支度を始めた。道中は顔の上半分を隠すマスクを着けることにした。昼間出かけたとき同様、自宅の周囲に誰もうろついていないのを注意深く確認し、尾行者がいないことを念入りに確かめる。ジョナサンにはまだこの家を突きとめられていないと思うが、用心するにこしたことはない。ネイサンや彼の家族といるときにはとくに警戒が必要だ。

ネイサンはいつにも増してチャーミングだった。そしていつものように、年齢や地位にかかわりなく女性には気配りを忘れず、ヴェリティにも押しつけがましい態度や、今朝のような堅苦しい態度は取らなかった。今夜のネイサンは、ふたりがまるでちょっとした知り合い、何度か顔を合わせただけの他人のように振る舞っていた。わたしの決断を受け入れ、距離を取ることにしたの？　それとも、知り合ったばかりの女性のように口説くことにしたのだろうか？　どちらにしても、ヴェリティは奇妙な心地悪さを感じた。それが目的なのかもしれない。ネイサンは何かを企んでいる。ヴェリティはそれを苛立たしく思いながらも、なぜか愛おしいような気もした。

ロックウッド邸の晩餐には、ネイサンの母と叔母、スローンとアナベス、それにマーカス・ラザフォードも顔を揃えていた。スローンの父親マーカスは、最近ロックウッド邸を頻繁に訪れているようだ。上流階級全体と言わないまでも、ヴェリティがビリンガム夫人として顔を出したパーティでも、レディ・ロックウッドとマーカスの関係があれこれ取り沙汰されていた。もっとも、レディ・ロックウッドの逆鱗《げきりん》に触れるのが恐ろしいのか、面と向かってふたりにこの話題を持ちだす者はひとりもいなかった。

レディ・ロックウッドが、スコットランドの旅の成果を聞きたくて悶々としているのは手に取るようにわかった。でも、ネイサンの母と叔母がいるため切りだせずにいるのだ。

ところが、三皿目の料理が運ばれてくると、マーカス・ラザフォードがあっさりその話を持ちだした。「スコットランドの旅は楽しかったか、ネイサン？」

「ええ……とても」ネイサンはちらっと不安そうに母を見た。

「いたっ！」マーカスが驚いた顔でレディ・ロックウッドを見やり、テーブルの下ですねを撫でた。「どうして急に蹴――いたっ……」

うっかり笑いそうになって、ヴェリティは口元にナプキンを当ててごまかした。スローンが人を欺く才能を父親から受け継いだのでないことは、このひと幕でよくわかった。アナベスに目をやると、目の前の皿をじっと見ている……が、肩が細かく震えていた。スローンがあきらめたように目をつむる。

レディ・ロックウッドににらまれ、マーカスは自分の過ちをなんとかごまかそうとした。

「あー、その、わたしならブライトンに行くな。そう思わないか、マイ・ディー――いや、ユージニア？」

　レディ・ロックウッドが答えるまえに、ローズ・ダンブリッジが驚いて息子を見た。

「スコットランド？　あなたはスコットランドに行ったの？　ちっとも知らなかったわ」

「ほんの短期間ですよ、お母さん。実は……友人を訪ねたんです」

「あら」ローズはがっかりしたような顔をした。「腹違いの兄に会いに行ったのかと思ったのに」

　ネイサンがフォークを落とした。テーブルを囲む全員がびっくりしてローズを見つめる。ようやくネイサンが、喉を詰まらせたような声で言った。「お母さんは……マルコム・ダグラスのことをご存じなんですか？」

「知っているに決まってるでしょうに。あなたは知らなかったの？　お父さまから聞いていると思ったわ」ローズは驚きを浮かべた顔を見まわした。「てっきりみなさんもご存じかと」

「わたしは知りませんでしたよ」レディ・ロックウッドが不満そうに口をとがらせる。

「ぼくも兄さんがいるなんて、ちっとも知らなかった。お父さんは何も教えてくれませんでした」

「あらまあ」ローズはうしろめたそうな顔になった。「ごめんなさい。いけなかったわ。こんなふうに突然……それにしても、ジョージはどうしてあなたに言わなかったのかしら

――」

ネイサンが母親の混乱した言葉を遮った。「お母さんはどうして知っているんです？」

「ジョージから聞いたのよ、もちろん」ローズは当然のように答えた。「最初の結婚について何もかも話さないうちは、わたしに求婚する資格はない、と言って」

ヴェリティはうめき声をのみこんだ。ネイサンは言葉もなく母を見つめている。

「ローズ、ぽけっと座ってないで、何があったのかすっかり話しなさい」レディ・ロックウッドが吠えるような声で命じる。

ローズはすぐさま従った。「とても悲しい話なんですの。そして、とてもロマンティックな――」ローズは義理の妹を見た。「シルヴィー、あなたも知らなかったの？」

「ええ、ちっとも」シルヴィー・ダンブリッジも怒っているようだ。「スコットランドの娘と何かあったことは聞いていたけど」

「ジョージはスコットランドに別荘がある友人のところに遊びに行ったの。ええと……いやだ、そのお友達の名前を思い出せないわ」ローズはまたシルヴィーを見た。「学生時代のお友達よ。あなたは覚えているでしょう？　まだ若いときに、事故に遭った人」

「その人の名前はいいから、肝心の話をなさい、ローズ」レディ・ロックウッドが鋭く遮った。

「ええ、そうですわね。ジョージはとても若かったんですよ。まだ十九歳だったんです。

スコットランドで美しいお嬢さんと出会い……その方のお家の別荘が、ダフィーの別荘の近くにあったんですの……そう、お友達はダフィーという名前でしたわ」

レディ・ロックウッドが咳払いをして先をうながした。

「そのお嬢さんの名前はマーガレット。良家のお嬢さまだったけれど、ご両親が大のイングランド人嫌いだったそうですの。ひどい話ですわね。昔イングランドがスコットランドと戦いは、ジョージにはなんの関係もないのに。あの人はイングランドが行った虐殺や戦った、カロデンの名前すら知らなかったんですのよ。それはともかく、マーガレットのご両親は娘にジョージに会うことを禁じたそうですの。でも、そんな命令は、恋するふたりをかえって焚《た》きつけるだけ。ふたりはひそかに会いつづけて、まもなく……ほら、ええと、その、おわかりでしょう?」ローズは頬を染めた。

「ええ、わかりますよ。その娘が妊娠したのね。それはみんなわかっているわ。で、どうなったの?　ジョージはその娘と結婚したの?」

「そのときはしなかったんですの。どちらも妊娠には気づかずに、ジョージはイングランドに戻ったんです。でも、マーガレットが忘れられず、ダフィーを通じて手紙のやりとりをしていた。ところが、急にマーガレットから手紙が来なくなり……マーガレットは母親と街を離れた、とダフィーに言われたんですの。ジョージはマーガレットがもう自分を愛していないのだと思いこみ、打ちひしがれながらもそれを受け入れたんです」

「でも、どこかでまた会ったのね？」すっかりこの話に魅せられ、アナベスが身を乗りだした。

ヴェリティは思った。過ちをおかした女性が逆境と悲劇に苦しめられ、最後は死を迎える――たしかに、まるで小説のような筋書きだ。まあ、女性の側から見れば、ずいぶんと不公平な筋書きだが……。

「ええ、ある晩パーティで再会したの。どうやら出産後、マーガレットはあまり具合がよくなかったようね。悲しみのあまり、少しずつ弱っていったのではないかしら。無理もないわ、愛する殿方どころか息子まで失ってしまったんですもの」

「赤ん坊は死んだの？」シルヴィーが遮った。「でも、あなたはさっきネイサンには腹違いの兄がいると言わなかった？」

「いいえ、赤ん坊は死ななかった。でも、未婚の娘が子どもを産んだ恥を隠すために、母親のフローラは娘を連れてハイランドの辺鄙な村に滞在したの。そして娘が出産したあと、エディンバラに戻って自分が産んだことにしたのよ。マーガレットは赤ん坊に姉として接しなくてはならなかった。どんなに悲しかったでしょう。でも、ほかにどんな方法があって？　子どもを私生児にするの？」

「わたしなら、子どもを手元に置くために必死で闘ったと思うわ」まもなく母になろうとしているアナベスが言った。

「ええ。でも、マーガレットはあなたのようにしっかりした女性ではなかったのよ。おそらく、母親が相当強い人だったのではないかしら。マーガレットは息子と恋人が恋しくて、いっそう体調を崩し、そのせいでよけいに気落ちするという悪循環。とうとう両親は娘の具合がよくなることを願って、ロンドンにいるいとこの家に預けたの。そのいとこたちが、少しでも気晴らしになれば、とロンドンの社交シーズンにマーガレットを連れだし、そこでマーガレットはジョージと再会したのよ。もちろん、彼女は何もかもジョージに話したわ。ジョージはマーガレットに、自分を呼び戻してくれれば、きみを家族のもとからさらって結婚したのに、と言ったそうよ。ふたりはすぐにロンドンで結婚式を挙げ、その足で赤ん坊を取り戻そうとスコットランドに向かったの。ところが、その途中でひどい事故が起こった。馬車が道からはずれて横倒しになり、気の毒にマーガレットは命を落としたの」

「まあ、なんてこと」アナベスがつぶやいた。

「ええ、悲しい結末ね」ローズはうなずいた。「わたしはこの話を思い出すたびに、マーガレットが気の毒で胸が痛んだわ」

「でも、ふたりが結婚したのなら、なぜお父さんはマルコムのことを秘密にしたんです？なぜスコットランドのダグラス家から引きとり、自分で育てなかったんです」

「ジョージはそうしたかったの。でも、ダグラス家に真っ向から反対されたのよ。フローラは赤ん坊を愛し、誰もがマルコムをフローラの息子だと思っていた。そのころには、赤ん坊は一歳近くになっていたわ。あなたのお父さまは、赤ん坊を〝母親〟から引き離し、慣れ親しんだ家からこちらに移すのは残酷だと思ったの。祖父母のジョンとフローラは、目のなかに入れても痛くないほど赤ん坊を可愛がっていたから」

「でも、ときどきマルコムがぼくたちのところに訪れるよう、取り決めることはできなかったんですか?」ネイサンは悔しそうだった。

ローズはやさしい笑みを浮かべた。「それができたら、ジョージとわたしはどんなに嬉しかったでしょう。あなたに一緒に遊べる兄弟がいたら、と願っていたんですもの。わたしがもっと子どもを産めなかったことは、ずっと悲しみの種だった。でも、マーガレットの父親は、マルコムをわたしたちと行き来させることを頑として拒否したの。彼は自分の資産を受け継ぐ息子ができたのを喜んでいた。ダグラス家のイングランド嫌いはよく知られていたから、マルコムがたびたびイングランドを訪れれば、周囲の人々が厄介な疑問を抱かないともかぎらない。やがて噂の種になり、おしまいには真実が明るみに出る。たとえ証拠はなくても、マルコムには一生いやな噂がつきまとい、マーガレットの名前にも傷がついたでしょう。ジョージはそれがわかっていたから無理強いしなかったのよ。あの人は、スコットランドの〝両親〟に育てられるのが、マルコム自身にとっても幸せだとわかっていたの」ローズはため息をついた。「ジョージはあなたにも話したとばかり思っていたわ。大人になったらマルコムと会い、友人になれる日が来ればいい、と願っていたのよ」

「その可能性はなさそうですね」

「どうして？　だって、すべてを知ったいま、お互いに行き来ができるのではなくて？」

「もう会いました」

ネイサンはこれまでの経緯を母に語った。物語の最初の部分しか聞いていなかったレディ・ロックウッドたちは、マルコムの誘拐からその後の救出までの話に聞き入った。

ネイサンが話しおえたあと、しばらく沈黙が続き、それからローズが弱々しい声でつぶやいた。「そうだったの」

「まあ、彼らはスコットランド人ですからね。期待するだけ無駄ですよ」レディ・ロックウッドが鋭く言った。

「それはどうだか」

スローンの皮肉たっぷりな応答に、ネイサンが吹きだし、急いでナプキンを口に当てる。レディ・ロックウッドはじろりとふたりをにらんだ。

「わたしはスコットランド人が好きだな」マーカスが穏やかに言った。「ほら、あのマクスウィーニーを覚えているだろう？　あれは立派な男だ」

「ショーン・マクスウィーニーのこと？」ローズが言った。「あの人はアイルランド人ではなかったかしら？」

「そうよ」シルヴィーがうなずく。

「どちらでも大した違いはないわ」レディ・ロックウッドが言い、そこから年配の者たちはさまざまなスコットランド人とアイルランド人の知り合いの話を始めた。

ヴェリティはほころびそうになる口元を引き締めながら、テーブル越しにネイサンを見た。ネイサンがにっこり笑う。もう二度と彼とこうして気持ちを通わせ合うことはないのだと思うと、鋭い痛みを感じた。


ヴェリティとネイサンは、食事が終わるとまもなくロックウッド邸を辞した。いつもは礼儀正しいネイサンも、今夜ばかりは別れ際の挨拶に適切な時間をかける気力がないようだった。ここにいる人々と会うのはこれが最後だと思うと、ヴェリティも涙が浮かびそうになる。こんな気持ちになるのは初めてのことだ。少なくとも、妹を新しい両親のもとに残して国を出ていったとき以来だった。その後あちこちの国を出入りし、さまざまな人々の人生と関わってきたが、ここまで別れがたかったことは一度もない。そもそも、仕事で知り合った人々とこれほど親しくなったのも初めてのことだ。いまとなってはそれが悔やまれる。こんなつらい思いをするとわかっていたら……。

「信じられない！」馬車に乗りこんだとたん、ネイサンが叫んだ。「あんなに苦労して、マルコム・ダグラスのことを隠そうとしていたのに、母がずっと知っていたなんて」

「こうなってみると、最初にお母さまに尋ねれば、すべてははるかに簡単だったわね」ヴェリティは憂鬱な思いから気をそらされたことに感謝してうなずいた。「でも、たとえ遅すぎたとしても、すべての事情が明らかになってよかった」

「まあ、そうだな。父はぼくが知っていたとおりの人間だとわかったのは嬉しかった。父はマーガレットが身ごもったのを最初は知らず、わかるとすぐに結婚したんだな。本当はマルコムを自分の手で育てたかったんだと思う。父はマルコムを捨てたわけではなく、彼にとっていちばんよい方法を選択したんだ」

「息子がいるという事実を、妻に隠す人も多いでしょうに」

「母には全幅の信頼をおいていたんだろう。そして母は父を愛していたから、父の過去を受け入れた」

それほど愛を信じられたら、どんなにいいだろう。自分が心を預けた相手が、ありのままの自分を愛してくれる――その愛は何があっても変わらないと信じることができたら？ヴェリティはそういう愛にこれまで出会ったことがなかった。

熱愛が無関心や嫌悪に変わるのはいやになるほど見てきた。生まれたばかりの愛も見たことがあるが、それが生涯続くという保証はなかった。でも、ネイサンの両親のあいだにはそういう愛があったのだ。お互いの欠点を知りつつ、それでもお互いを愛し、ともに困難を乗り越えていく愛が。

それを模範にして育ったネイサンが寛容でやさしいのも当然だった。ヴェリティはこれまで、一度ならず彼のことを、世間知らずで人を信じやすい、無防備な男だと思ったものだった。でも、そうではない。生まれたときから両親の愛を目にしてきたからこそ、さまざまなことを信じられるのだろう。ヴェリティにはとうてい信じる勇気が持てないことでも。

でも、それをくよくよ考えても仕方がない。

「この件を考えていたんだけど」ヴェリティは言った。「何かがおかしいと思わない？三人の悪者が逃げおおせたのが気に入らない、というだけじゃないわ」

「おかしなことはひとつだけ？」ネイサンが片方の眉を上げる。

ヴェリティは微笑んだ。「いいえ。事件全体が最初から最後までおかしい。その筆頭が身代金の問題ね。トリヴァーはマルコムを誘拐しておきながら、なぜ身代金を要求しなかったの？」

「あの誘拐の目的は、自分がマルコムになりすますためだったんだろうな。ひと芝居打っているときに、いきなり本物が登場したら困ったことになる」

「でも、あなたを脅迫するかたわら、身代金をせしめることもできたはずよ。両方から金をもらうのは気が引ける、というわけではないでしょうに」

「ああ。しかも、ダグラス家のほうがはるかに裕福だ。なぜ代わりに彼らを脅迫しなかったんだろう？　それなら、マルコムになりすます必要もなかった。昔彼らがついた嘘を世間にばらす、と脅せばいいだけだ」

残った謎にがぜん興味が湧いたとみえて、ネイサンは目を輝かせ、身を乗りだした。

「だいたい、トリヴァーがマルコムの泊まった宿にたまたま居合わせたとは思えない。ある晩一緒に飲んだマルコムから家族の秘密を聞いて、にわかにダンブリッジの合法的な跡継ぎになりすます計画を思いつき、邪魔なマルコムを誘拐した？　そんな筋書きはどう考えても不自然だ」

ヴェリティはうなずいた。「そのとおりよ。あの誘拐は計画的なものだったわ。トリヴァーはマルコムの出生時の事情についてもある程度知っていたでしょうね。たとえ飲みすぎたとしても、マルコムが大事な一家の秘密を、道中の宿でたまたま一緒に酒を飲んだ相手に話すとは思えないもの」

「ああ。ウィル・トリヴァーはすでにマルコムとその出生について知っていたと考えるほうが、はるかに理にかなっている」

「とはいえ、マルコムが宿で飲んだ男が、誘拐や騙《かた》りに関与していたという証拠はひとつもない。トリヴァーと、偽マルコムは、同一人物ではないのかもしれない。わたしたちにわかっているのは、マルコムが宿で一緒に飲んだ男がマルコムとほぼ同じ身長で、髪と瞳も同じ色だった、ということだけ」

「トリヴァーが偽マルコムだったと仮定しても、シューメーカーやヒルと同じで、誰かに雇われただけかもしれない」ネイサンが言った。「旅の途中でマルコムに話しかけたのは、話し方や仕草を真似るためにとも考えられるな」

ネイサンの推理が自分と同じ方向に向かっているのに満足して、ヴェリティは続けた。

「本当の犯人は、ダグラス家をよく知っている人間じゃないかしら？　出生の秘密は誰にも話していない、親しい人間が犯人ではありえない。マルコムはそう言っていたけど……」

「自分が知っている人間が、そんなことをするとは思いたくない気持ちはわかるよ。ぼくがマルコムの立場でも否定したくなる。だが、きみの言うとおり、近しい人間が企んだと考えればすべてが腑に落ちるな」馬車がヴェリティの家の前で停まったが、どちらも降りようとしなかった。

「近しい人間である必要はないわ。そういう知識は、隠していてもどこからかもれるものよ。たとえばメイドは、雇い主の秘密を見聞きすることが多い。ダグラス家の召使いや知人は、マーガレットと母のフローラが何カ月も留守にしたあと、赤ん坊を連れて戻ったことを知っている。フローラの作り話に疑いを抱いた人間もいるはずよ。フローラはマーガレットを産んだあと十何年ものあいだ一度も妊娠しなかった。それなのに、かなりの年齢になってから、突然身ごもったなんてほぼありえないもの」

「その気になれば、ぼくらと同じことを突きとめられた人間は少なくない。ダグラス家の女性たちについて訊きに来た人間がほかにもいたかどうか、ゲールモアの村人に確認すべきだったな」

「わたしたちの問いに答えられるのはトリヴァーだけね」

「だが、あいつは逃げだしたぞ」

「ロンドンを離れたとはかぎらない。ロンドンっ子なら隠れる場所には不自由しないもの。ヒルとシューメーカーから話を聞く必要があるわね」

「明日、彼らを捜すとするか」

ヴェリティはうなずいた。「そして、誰に雇われたか聞きだしましょう」

わたしがいつまでもこの件に固執するのは、ネイサンとまた会うための口実にすぎないのだろうか？　そんな思いが頭をよぎり、ヴェリティは罪悪感にかられた。

「誰かさんは、彼らに二度も逃げられたのを悔しがっていたからな」ネイサンがいたずらっ子のような笑みを浮かべる。

「ええ、そうよ」ヴェリティは顔をしかめた。「わたしはあいつらを捕まえたい」ネイサンをじっと見つめた。「あなたは違うの？」

ネイサンの笑みに少しばかり凄みが加わった。「もちろん、ぼくも捕まえたいさ」

この表情。この笑み。その瞬間、ヴェリティはネイサンにキスしたくて胸がうずいた。が、代わりに馬車の扉を開け、滑るように降りた。ネイサンも降りたが、ヴェリティはあっというまに玄関の前にいて、彼が追いついたときにはすでに扉の鍵を開けていた。

ヴェリティはドアを開けたあと、戸口をふさぐように立ち、振り向いて彼を見た。自分の喉がぴくぴく脈打っているのがわかる。ネイサンが入ってくるのを止めようとしているのか、それとも弱い自分を鞭打っているのか、自分でもわからなかった。

「おやすみなさい、ネイサン」

ネイサンは他人行儀な会釈で応じた。

何を考えているの？　ヴェリティはネイサンの表情を読もうとしたが、今夜はなぜか読みとれない。がっかりしているの？　そうであればいいと願っている自分は、なんと意地の悪い女なのだろう。

「では、明日」彼はそれだけ言ってきびすを返した。

「明日」ヴェリティもつぶやき、歩み去る彼を見送った。

29

昨夜と同じように、ヴェリティはほとんど眠れなかった。ネイサンがそばにいないと、こんなふうに眠れない夜が続くのだろうか？　ばかげた考えが頭をよぎる。少しまえまでは、ひとりでもぐっすり眠れたのに、なぜかいまはネイサンの温かい体が密着していないと寒くて仕方がない。もっとつらいのは、眠れないせいでネイサンと別れなくてはならない理由を果てしなく自分に言い聞かせなくてはならず、彼を求めて心がうずきつづけることだった。

ヴェリティはネイサンが到着する何時間もまえから起きて、出かける支度を始めた。無理やりのみこんだ朝食が、胃のなかで鉛の塊のように重い。もう、こんな真似はおしまい。今日が最後の日。そう決意するたびに涙で視界がかすむけれど、帰宅したら荷造りを始めよう。

フランスか、イタリアか、思いきって海の彼方のアメリカに渡り、新しい生活を始めるのもいいかもしれない。何をするかはまだ決めていないが、満足できる仕事が何か見つかるはずだ。

ネイサンのノックにどきっとして物思いから覚め、ほっとして玄関に向かった。扉の外に立っているネイサンは、昨晩よりやつれて、元気がなさそうに見えた。それを見ると胸が痛み、抱きしめて慰めたくなる。

ネイサンとベッドをともにしてはいけなかった。彼を傷つけることになるのを、わかっているべきだった。実際、わかっていたのでは？　それなのにネイサンを誘惑した。その自分勝手な行為こそ、やさしいネイサンにふさわしい女ではないことを証明している。ネイサンを自分の人生に引きずりこんだのは間違い、とても残酷なことだった。とはいえ、たとえ時を巻き戻すことができても、また同じことをするだろう。ネイサンを愛さずにはいられないから。

「おっと、ヴェリティ」ネイサンはヴェリティを見つめた。「その格好――きみは……いったい……なんと言えばいいのかわからない」

ヴェリティは笑った。ネイサンがそばにいると、どんなときでも気持ちが上向く。「未亡人のふりはやめたの」ヴェリティはふだんよりかなりふくらんだお腹をぽんと叩いた。

「詰め物よ」

「すごいな。まさに……妊婦そのものだ。だが……かなり目立つぞ。あまりいい考えだとは思えないが」

「あら、なんと言えばいいかわからないんじゃなかったの？」ヴェリティは微笑んだ。ネイサンとこんなふうにからかい合うのは楽しい。でも、今朝はその楽しさに悲しみが混じっていた。

「最初のショックから立ち直ったのさ」ネイサンもにやりと笑い返す。

「昨夜のアナベスからヒントをもらったの。妊娠している女性のことは、誰もまじまじと見ないのよ」ヴェリティは自分のお腹を指さした。「顔を見ないで、お腹を見る。どう、このかつら、〝ジュディ〟のときに使ったものよ。この変装に合ってるでしょ？　わたしの肌の色には合わないから、これだけでも驚くほど印象が変わるの。覚えてる？　このかつらを着けていたとき、あなたはわたしに目もくれなかったわ」

「いや、見ていたさ」

ネイサンの目に浮かんだ表情に、心臓が小さく跳ねる。ヴェリティは赤くなりながら、急いで続けた。「この詰め物は実用的でもあるの」両手をスカートのスリットのなかに入れ、偽りのお腹からさっと銃とナイフを取りだし、振ってみせた。「これなら居酒屋にも入れるし」そう言って、すり切れた服を示す。

「そうだな。居酒屋には、みすぼらしい服に武器を隠した妊婦がよく行くらしいから」

ヴェリティはにっこり笑った。「そうよ。知らない男がお腹をぽんと叩こうとしたら、ナイフが役に立ってくれる」

ネイサンは吹きだした。

「笑うなんてひどい。バーサが傷つくわ。一生懸命やってるのに」

「バーサ？」

「ええ、洗濯女のバーサ・グッドボディ」ヴェリティは小さくお辞儀した。

「はじめまして、バーサ」ネイサンもお辞儀を返し、腕を差しだした。「どこへなりともお供をさせていただきますよ、ミス・グッドボディ」

「グッドボディ夫人だよ」ヴェリティは訂正しながらその腕に手をからめた。「言っとくけど、あたいは身持ちのいい女なんだ」

「これは失礼。もちろんだとも。実際、あなたは誰よりすばらしい人だ」

いったいどうすれば、この人と別れることができるの？

ふたりは辻馬車を呼びとめた。ヒルとシューメーカーがこれまで立ち寄った場所では、ヴェリティの馬車は目立ちすぎる。チープ・サイドに到着したふたりは、居酒屋の主人に訊いてまわった。同時にヴェリティは五、六人の孤児に、あたりの店の聞き込みを頼んだ。

ネイサンからは妊婦の変装が目立ちすぎると言われたが、聞き込みを始めてみると、思ったとおり、バーサ・グッドボディに注意を向ける者はひとりもいなかった。低いしゃがれ声とイースト・エンドの訛りのおかげで、ヴェリティは完全にこの地域に溶けこむことができた。そもそも、このあたりの通行人は、ほとんどが疲れきっているか、まわりを警戒していいるか、ジンを飲みすぎているか、生活苦に打ちひしがれていて、ヴェリティとネイサンが差しだす硬貨しか目に入らない。

　ヒルたちをこのあたりで見かけた者もひとりかふたりいたが、住まいも仲間も知らないという。念のため最初にヒルを見つけた下宿に行ってみたものの、そこにはすでにほかの男たちがいて、以前の下宿人のことは何ひとつ知らないと首を振った。

　実りのない捜索に何時間も費やしたあと、ふたりはいったんヴェリティの家に戻った。ひと休みして捜索に戻ろうと腰を上げたとき、孤児のリーダーが玄関の扉をノックした。

「大した情報はなかったんだ」サリーはケーキの残りにかぶりつき、紅茶をごくごく飲むあいまに報告した。「誰もあいつらを知んねえか、知っててもそう言わねえ。脅されてんのかもしんねえな。けど、ちょいと耳寄りな噂があって」

「どんな噂？」

「トンネルんなかの男らのことさ。ちょっとまえ、この旦那が穴に落っこったみてえな」

サリーはネイサンに向かってぐいと顎を突きだした。

　ネイサンはため息をついた。「やれやれ。ぼくはこれからずっと〝穴に落ちた旦那〟と呼ばれることになるんだな」

「そのようね」ヴェリティは笑いながら言った。「それで、サリー、その男たちがどうしたの？　ヒルとシューメーカーのことだと思う？」

「さあ。けど、トンネルでなんかかわりいことが起きたって話だ。物騒だから近づかねえほうがいい、ってやつもいる」サリーは肩をすくめた。「あたしが聞いたのは、そんだけ。みんな口がかてえんだ。けど、あいつらのことを訊くたびに、みんなおんなじ話をする」

「ありがとう、サリー。役に立つ情報だったわ」ヴェリティはコインの袋に手を入れ、何枚か取りだした。「いい？　ほかの子たちと分けるのよ」

「うん！　あたしはいつもそうしてるよ。手下の面倒を見ろって、あんたから教わったからね」サリーは少し憤慨したような顔で言った。

サリーが立ち去り、玄関の扉が閉まると、ネイサンとヴェリティは顔を見合わせた。

ネイサンは深いため息をついた。「仕方がない、あのトンネルを再訪するか」

縄梯子とランタンを馬車に積み、ふたりはネイサンがスローンと遺跡に落ちた、いまにも崩れそうな建物に戻った。

地下のトンネルにおりると、ネイサンとスローンが遺跡に落ちた穴には二枚の板が渡してあった。ネイサンは疑わしい目で間に合わせの細い通路を見たものの、ヴェリティが渡ると、自分もあとに続いた。

トンネルはすぐに低くなり、ネイサンは頭をぶつけないためにかがまなくてはならなかった。枝分かれしているところもあったが、瓦礫で埋まっている。ふたりはそのまま進みつづけた。

「待って」次の分かれ道で、ヴェリティは暗がりに向けランタンを掲げた。「あれは出口かしら?」

「ほかの誰かが落ちた穴じゃないか?」幅が狭くなり、天井もさらに低くなっている道を歩きだしながら、ネイサンが自嘲ぎみにつぶやく。

「違うわ」ヴェリティは笑った。「こっちの道はつい最近作ったように見える――それに急いで作ったみたい。誰かがトンネルの幹道に出られるようにしたんじゃないかしら」

入り口はヴェリティですら身をかがめなくては通れなかったが、細くて低い部分を通過するとと広くなった。

「地下室だな。昔からあったものを広げたんだろう」

「見て、階段がある。トンネルの出口かもしれないわ」ヴェリティは奥にある急な階段に向かった。上がったところに戸口がある。

昔はちゃんとしたドアだったにちがいないが、枠はとっくに腐食した蝶番からはずれ、ばらばらに散らばっていた。その先の部屋も同様に荒れ放題で、木の破片が散乱し、ゴミが山になっている。外に面した扉は板張りされ、ふたりが手にしているランタン以外の明かりは、色の違うガラスの欠片を繋ぎ合わせた、不透明で小さな四角い窓から射しこむ光だけだ。突然現れたふたりに、鼠がキーキーいいながら逃げまどった。

「ひどい」ヴェリティはハンカチを取りだし、鼻を覆った。「なんの匂い?」

「ここで火をたいたんだな」ネイサンは石の床に残っている焦げ跡を示し、自分でもハンカチを取りだしながら付け加えた。「〝用足し〟もここでしたようだ」

「でも、ほかの匂いも混じっているわ。まるで……」

「動物の死骸か？」ふたりは顔を見合わせた。「きっと動物さ。鼠か何か……」

「上から匂ってくるようね」ヴェリティはおんぼろの階段へと向かった。「匂いがきつくなった」ふたりはまたしても顔を見合わせた。

「動物でなければ――」ネイサンはため息をついて、あきらめたように言った。「確かめる必要があるな」

「残念ながら、そのようね」ヴェリティはスカートをつかみ、階段を上がりはじめた。

「あなたはそこにいて」

「ばかなことを言うな」ネイサンはすぐ後ろをついてきた。

上の階が見えるところまで上がると、ふたりは出し抜けに止まった。

「くそ、やっぱり」ネイサンがハンカチでくぐもった声をあげた。「あれは男だ」

ヴェリティは恐怖がふくれあがるのを感じながらうなずいた。「あのブーツは……」

死んでいる男の顔が見えるように、無理して残りの段を上がった。胃がうねり、苦いものがこみあげてくる。必死にのみくだして顔をそむけ、すぐ後ろにいるネイサンの胸に顔を埋《うず》めた。

彼が叫ぶのが聞こえた。「なんてこった！　ウィル・トリヴァーだ」

ヴェリティはネイサンの胸を押した。「行きましょう。ここを出るの」

「だが、死因を確認したほうが――」

「死因なんかどうでもいいわ。知る必要があったのは、あの男が死んでいることだけよ」

ふたりは急いで階段をおり、入ってきた場所から出て、穴の上の板を渡り、廃屋に戻るまで足を止めなかった。

「ここに死体があることを報告すべきだぞ」

「誰に？」ヴェリティはランタンの火を吹き消し、通りに面した扉に向かった。

「さあ。死体を発見するのは初めてだから、よくわからないが……」

「わたしも同じよ。戦争中は見たことがあるけど……できるだけ早くその場を離れることにしていたの」

外に出ると、ヴェリティは深々と新鮮な空気を吸いこんだ。「ロンドンの空気をこんなにおいしいと思ったのは初めて」

馬車のなかに持ち物を戻したあとも、ヴェリティは神経が高ぶって乗る気になれなかった。「少し歩くことにするわ」

御者についてくるように合図し、早足で歩きだす。ネイサンがその横に並んだ。

「犯人が誰にしろ、なぜトリヴァーを殺したんだ？　あいつが騙そうとした相手はほかにもいたと考えるのが妥当だが、それにしても、たんに騙されたくらいで殺すだろうか？」

「お金を払えず、絶望にかられた人間の仕業かもしれない。あるいは騙されて激怒した男が――」ヴェリティは足を止め、くるりとネイサンに向き直った。「たとえば、マルコム・ダグラスとか。彼は頭を殴られて、何週間も監禁されていたのよ。仕返しをしたいと思っても不思議はないわ」そう言うと、再び向きを変えて早足で歩きだした。

「マルコム？」ネイサンは急いであとを追った。「マルコムは人殺しなどするものか」

「どうしてわかるの？　異母兄だからといって性格も似ているとはかぎらない。恐ろしい男かもしれないでしょう？　誘拐されたからって、悪党じゃないってことにはならないのよ」

「だが、マルコムはずっとあの倉庫に閉じこめられていたんだ」ネイサンは指摘した。「トリヴァーを殺すことはできなかった」

「彼が救出されたのは昨日の朝よ。それから丸一日、いえ、それ以上経っているわ」

「だが、どうやってトリヴァーの居所を突きとめた？　ずっと捜していたぼくらにも見つからなかったんだぞ。それに、きみと違ってマルコムには孤児の〝探偵団〟はいない」

「トリヴァーとは知り合いだったのかもしれない。覚えてる？　トリヴァーには居酒屋で初めて会った、と彼は言ったけど、わたしは疑わしいと思ったの」

「きみはマルコムが嫌いなだけだ」

「失礼だったのは事実でしょ。助けてもらったのに、ずいぶん尊大な態度だったわ」ヴェリティは眉をひそめた。「あんがい、マルコムもこの企みに一枚嚙んでいたとか？」

「ヴェリティ」ネイサンは厳しい声でたしなめた。

「まあ、たしかにその可能性は低いけど」ヴェリティはしぶしぶ譲歩した。

「そもそも、トリヴァーが死んだのは昨日や一昨日じゃなさそうだった」

「わたしにはわからないわ。死体の専門家じゃないもの」

「そうか？　きみはこういうことに詳しいと思っていたよ」ネイサンのからかうような調子に、ヴェリティもつい微笑んでいた。

「いいえ。死体を見たとたん、吐きそうになったわ」ヴェリティは再び歩きだした。「とにかく、マルコム・ダグラスはまだ容疑者のリストからはずせない」

「ぼくは仲間割れの結果だと思う」

「シューメーカーとヒル？　あのふたりがトリヴァーを殺したと思っているの？」

「ふたりが暴力的な手段に訴える連中だってことは、すでにわかっている。金のことで言い争ったのかもしれない。ぼくから金を巻きあげそこねたトリヴァーが、約束の金を払わなかったとか」

「でも、殺してしまったらお金はもらえないわ」

「ああ。たしかにそれはこの仮説の大きな穴だな」

「誰かがお金を払って、あのふたりにトリヴァーを殺させたのかも」

「まだ本物のマルコムが犯人だと言い張るのか？」

「いえ、ただ……この一件には、マルコム・ダグラスをよく知っている人間が関わっている気がして仕方がないの」

　ネイサンがうなずく。「たしかに。だが、その誰かをどうやって突きとめるんだ？　そいつがトリヴァーを殺した、あるいはシューメーカーとヒルを雇って殺させた――きみはそう思うんだね」

「ええ。誘拐犯が身代金を要求しなかったことも不思議だけど、シューメーカーとヒルがわたしたちを最初に襲ったわけが、いまひとつわからない」

「ぼくらが真実を探る気にならないように脅しをかけた、という結論が出たと思ったが」

「でも、よく考えるとその解釈だと辻褄《つじつま》が合わないの。あの襲撃は、あなたがわたしに助けを求め、トリヴァーがわたしの家に来てからまもなくのことだった。わたしたちは、まだほとんど調べはじめていなかったのよ。それに、わたしたちが結婚の記録を調べるのを邪魔する理由は、トリヴァーにはなかった。自分の主張を裏付ける事実が存在していたわけだから、むしろ調べてもらいたかったはずよ。あのときはまだ、スコットランド行きの話など影も形もなかった」

「しかし、マルコムを誘拐したのと同じ男たちが、アーデンかスタンホープに雇われてほくらを襲うのは、偶然にしてはできすぎている」ネイサンは考えこんだ。「ふたりを雇ったのがブローチを取り戻したかったアーデンではないとしたら、ヒルたちはあのとき、何を要求していたんだろう?」

「ええ。二人組の襲撃は筋が通らないわね」そのとき、ふいに頭のなかでひとつの仮説が形を取りはじめた。「ヒルはそれと言ったんじゃなく、〝かれ〟と言ったのかもしれない。彼らがウィル・トリヴァーを捜していたとしたら?」

「さすがだな、ヴェリティ。それとかれの違いは聞きとりにくい。しかもトリヴァーはすでにぼくと接触し、きみの家も訪れていた。あのふたりには、ぼくらがトリヴァーの居所を知っていると思う理由があったわけだ。でも、なぜトリヴァーが雇っているごろつきが、雇い主の居所を知らないんだ?」

「ヒルたちを雇っているのがトリヴァーじゃなかったら?」

ネイサンはヴェリティをじっと見た。「きみは、さっき言った謎の人物、ダグラスの秘密を知っているスコットランド人が、トリヴァーを含む三人を雇ったと思っているんだな。あるいは、首謀者とトリヴァーが共犯者だった。そして首謀者がトリヴァーの居所を突きとめるために、ヒルたちにぼくらを襲わせた。しかし、なぜそいつは自分が雇っている、あるいは共犯者のトリヴァーの居所を知らなかったんだ?」

「そこまではわからないわ。たったいま思いついたことだもの。謎の首謀者とトリヴァーはなんらかの原因で仲違《なかたが》いしたか、トリヴァーがそいつを裏切ったのかもしれない。だからトリヴァーは、滞在していた宿屋を引き払ったあと首謀者に行く先を知らせなかった」

「あるいは、ぼくを脅す件を考え直したのかもしれないな。首謀者にもらう金では、詐欺の片棒を担ぐリスクに見合わないと思ったか、この企みはうまくいかないと気づいたか。実際、ぼくらはおとなしく騙されなかった。しかし、トリヴァーがへまをしたか逃げようとしたというだけで、首謀者は彼を殺すだろうか？」

「さあ。でも、自分の身元をトリヴァーに知られているから殺した、という可能性はある。首謀者がダグラス家の知り合いなら、これは殺人の動機になるわ」

「なるな……」

「でも、納得できない？」

「きみは？」

「ええ、わたしも。このすべてを説明できるほど重要な動機がないような気がするの」

「そうだな。その首謀者は、なぜ――」ネイサンは急に言葉を切り、つかのま宙を見つめた。

「どうしたの？」ヴェリティは興奮がこみあげるのを感じながら尋ねた。「ネイサン、何を思いついたの？」

「もしも……ぼくらの見方が間違っていたとしたら？　逆から考えてみたらどうだろ

う?」

「逆、ってどういうこと?」

「偽マルコムがぼくの父の跡継ぎだと称して、ぼくから金をせしめるのが目的ではなく、本物のマルコムが私生児だという事実を暴くのが目的だったとしたら?」

「誰がそんなことをしたがるの? ああ!」ヴェリティの顔がぱっと明るくなった。「首謀者が欲しいのは、べつの相続権ってことね。犯人の狙いは、マルコムが父親から——まあ、実際には祖父だけど、ジョン・ダグラスから継ぐことになるダグラス家の財産なのね」

「そのとおり」ネイサンは目をきらめかせて、新たな推理を口にした。「きみが相談した弁護士によれば、私生児は限嗣相続財産を相続できない。ダグラス家の財産は、ダンブリッジの領地と邸とは比べ物にならないほど莫大《ばくだい》だと思う」

「本物のマルコムが私生児だと暴かれれば、相続権は正統な跡継ぎのものになる。つまり……」ヴェリティは目を見開き、ネイサンを見た。

「ジョン・ダグラスの弟だ」ネイサンは苦い声で言った。

「ロバート叔父さんね」ヴェリティがつぶやく。

「そのはずだ。ジョンとフローラのあいだには男子が生まれていない。マーガレットが唯一の子どもだった。たとえマーガレットが生きていたとしても、女性だから相続権はなかったし、マルコムが私生児なら、彼はダグラス家の財産を継げない。たしかマルコムは、ダグラス家は少人数の一族だと言っていた。ロバートが唯一の親戚だ、と」

「そうなると、ジョン・ダグラスに何かあれば、相続権はロバートのものになる。でも、甥から奪ったようには見えないわね。彼はお人好《ひとよ》しの叔父にしか見えないもの。だから、家族に嫌われることもない」

「そうとも。マルコムとフローラはぼくを憎むだけだ。邪悪なイングランド人を」

「これですべて辻褄が合うわね。ロバートは甥に実際に危害を加えるつもりはなかった。だから、自分の計画の邪魔にならないようにごろつきを雇って誘拐させ、監禁させた。それからスコットランド人を演じられる売れない俳優か詐欺師を見つけ、偽マルコムをあなたのところに送った。脅迫がうまくいけば、そちらでもいくらか稼ぐつもりだったのかもしれない。でも、いずれはもっと大きな獲物が手に入るのだから、脅迫が成功しなくてもかまわなかった」

　ネイサンはうなずいて付け加えた。「身代金の要求がなかった理由もそれで説明がつく。ロバートは、マルコムが誘拐されたことをフローラとジョンに知られたくなかったんだろう。シューメーカーとヒルは、マルコムの従者が一部始終を見ていたのに気づかなかったのかもしれないな」

「気づいたとしても、雇い主に報告するとは思えないわね」

「ロバートはおそらく、兄のジョンは何も知らないと思っていた。ダグラス夫妻に、ロンドンに来て騒ぎ立てられては困るから」

「ええ」ヴェリティは人差し指で自分とネイサンを指した。「わたしたちとダグラス夫妻が顔を合わせ、自分が雇った〝マルコム〟が偽者だとばれたら、まずいことになるもの」

「いま思うと――」ネイサンは数週間まえを振り返るような目になった。「ロバートはゲールモアという村の名前をうっかりもらしたわけじゃなかったんだ。あの男はそれほどうかつじゃない。実際、つい口にしてしまったと思わせるほど達者な演技だった。おかげでぼくはゲールモアにダグラス家の秘密があると確信し、ロバートが目論んだとおり、スコットランド行きを決めた。あの男は、ぼくらにゲールモア村で何が起こったか突きとめさせたかったんだ」

「驚くほど嘘のうまい男ね。わたしもすっかり騙されたわ」

「二度目に会ったとき、あれからマルコムと会ったか、と訊いてきた。それも、トリヴァーの居所がわからなくなったというきみの仮説を裏付けているな」

「あなたを見くびったのが運の尽きだったわね」ヴェリティはネイサンに言った。「ロバートは、実は嫡子だと名乗りでた異母兄に、あなたが憎しみしか感じないと決めてかかっていた。マルコムを調べ、私生児だとわかれば、喜んで触れてまわるとね」

「ロバートのような人間は、家族への忠誠心を理解できないんだろう」

「どうする？　ウィル・トリヴァーを殺したのがロバート・ダグラスだとすれば、ロバートをこのまま野放しにしておくわけにはいかないわ」

「もちろんだ。しかし、ぼくらの仮説をほかの人々にどう納得させたものかな。マルコムたちダグラス一家に犯人はロバートだと告げても、すんなり信じるとは思えない。ダンブリッジの主張となればなおさらだ。聞く耳すら持たないだろうな」ネイサンは眉間にしわを寄せた。「おまけに証拠はひとつもないときてる。あるのは推測だけだ。しかし、マルコムに叔父のことを警告しないわけにはいかないぞ。ロバートがこのままあきらめるとは思えない。早晩、また何か企むだろう。スキャンダルの暴露が失敗したいま、ダグラス家の相続権を手に入れるには、マルコムを殺すしかないと思うかもしれない」

「ありうるわね。あの男は甥を殺す気になれず、一度はほかの手段で相続権を手に入れようとした。でも、ほかに方法がないとすれば……すでにひとり殺しているんだもの、何をしでかすかわからないわ」

「それなのに、ぼくらはマルコムを彼のもとに送り届けてしまったんだ」

30

　ふたりはあわてて馬車へと走った。

　ロバート・ダグラスの細長い煉瓦《れんが》造りの家には十五分で到着した。馬車に揺られながら、ネイサンの気持ちは、ついにすべての謎を解いた深い満足と、もっと早く解けなかった不甲斐《ふがい》なさのあいだで揺れ動いていた。

「なぜもっとまえにわからなかったんだ？」

「あなたは万能じゃないのよ、ネイサン」ヴェリティが言った。「わたしこそ調査のプロとして、もっと早く気づくべきだったわ。でも、ロバートの動機はかなり複雑で、つかみにくかった。それはあなたもわかっているはずよ」

「ああ。だが、マルコムの出生に関する知識を持っている人間は、ほんの数人しかいないわけだから……」ネイサンは自分の愚かさに首を振った。「ぼくはロバートの言うことに隠された意味があるなどとはまったく思わず、馬鹿正直に信じてしまった。もっと疑ってかかるべきだったのに」

「自分を責めないで。大丈夫よ、ふたりでマルコムを助けるんだもの」ヴェリティは自信たっぷりに言った。「それに、いくらロバートでも、こんなに早くまたマルコムに手を出すとは思えない。マルコムは誘拐され、三週間も監禁されたあと戻ったばかりよ。彼の身にまた何かあれば、ロバートに疑いがかかるわ」

ふたりは急いで馬車から降り、小走りにダグラス家に向かった。

ネイサンが荒々しく扉を叩き、扉を開けたダグラスの執事は、埃まみれのネイサンとヴェリティを見てぎょっとしたようだった。ヴェリティの突然ふくれたお腹に気づくと目を見開いたが、どうにか礼儀正しい態度を保った。「申し訳ございませんが、旦那さまは――」

ネイサンは招かれてもいないのに玄関ホールに入った。「マルコムと話したい」

「しかし、旦那さまはお客さまと――」ネイサンとヴェリティが勝手に歓談の声のする客間へと向かうのを見て、執事はあんぐり口を開けてあとずさったものの、あわててあとを追ってきた。「あの、どうか。ただいまお客さまが――」

ふたりは両開きのドアが開いている客間に入り、はたと足を止めた。上品なティーカップを手にした数人の客が、突然入ってきた男女に目を向けた。

マルコムがそのなかにいないことは、ひと目でわかった。叔父のロバートが前に出てくる。「やあ、ミスター・ダンブリッジ、それに、ミス、いや、ミセス……」

「マルコムに会いたい。どこにいるんです?」ネイサンは尋ねた。

「あの子は、その、ちょっと外に出ているんだ。紅茶を飲みながら、マルコムが戻ってくるのを待っているところだよ。きみたちもよかったらどうかな?」ロバートはかすかな恐怖を浮かべた目で、もう一度ヴェリティをちらっと見た。「それとも、べつの部屋で待ったほうがいいかね」

「申し訳ないが、ぼくはマルコムと話がしたいだけです。どこにいるか教えてもらえれば――」

「マルコムはまもなく戻ってくるとも」ロバートは無理をしているのが丸わかりの明るい声で言った。「甥もきみたちに会いたがるだろう。よかったら、こっちで――」片手でネイサンの肘をつかみ、もう片方の手でヴェリティの肘をつかんで、部屋の奥にあるアルコーブへ向かおうとした。「その……状態では、疲れるにちがいない、ミセス……紅茶を飲みながら、ここでマルコムが来るのを待つといい」

ネイサンは彼の手を振り払おうとした。なぜこの男は、ぼくらをここに留めておきたいんだ? 「パーティの邪魔をする気はないんです。マルコムがどこに行ったか、それだけ教えてもらえれば……」

「いや、パーティではないよ。マルコムをロンドンに歓迎したいわしの友人が、何人か来てくれただけだ」

「そうとも。きみの甥はどこにいるんだね、ロバート？」紳士のひとりが尋ねた。「早く会いたいな。最後に会ったのは、たしかまだ学生のときだった」

　ロバートは笑みを貼りつけた。「待たせてすまん。マルコムはちょっと用事で出ているだけだ。まもなく戻る」

「どんな用事です？」ネイサンは礼儀正しい見せかけを捨てて、ぶっきらぼうに尋ねた。

「まあ！　なんて不躾な」女性のひとりがつぶやく。

「申し訳ありません、マダム」ネイサンはその女性に軽く頭をさげた。「しかしいまは、マルコムの安全が最優先なんです」いつもは穏やかなまなざしを険しくして、まっすぐロバートを見た。「ミスター・ダグラスも同意してくれるでしょう」

「安全？」べつのゲストがけげんそうな顔でつぶやく。

「マルコムは医者に行っている。わしが行くように勧めたんだよ。これで、どれほどあの子のことを心配しているか、わかってくれたかね？」

「では、わたしたちはこれで失礼します」ヴェリティはにこやかに言ってきびすを返し、玄関に戻った。そこでは、まだ執事が所在なさそうに立っていた。「ミスター・ダグラスのお医者さまの住まいを教えていただける？」

　ロバートが急いで追ってきた。「いったいなんなのかね。善良な医者を悩ませるのは感心せんな」

「いや、残念ながら、その必要があるんです」ネイサンは執事を見て、厳しい調子でとがめた。「レディが医者の住所を尋ねているぞ」

執事は口をぱくぱくさせ、ちらりと主人に目をやったあと、低い声で住所を告げた。

ヴェリティとネイサンは表に出た。ロバートも、さすがにふたりを家のなかに留めておくのはあきらめるだろう。そう思ったが、後ろから足音が聞こえてくる。ネイサンは、ふたりのあとを追って家から出てくるロバートに一瞬向き直った。

さきほどの疑いがいっそう強くなった。ロバートはよほどネイサンが異母兄と話すのを遅らせたいようだ。だが、自分たちがマルコムに何を話すつもりか、知っているはずはない。不安が胸をかきむしった。執拗《しつよう》にこちらを引き留めようとするのは、いまにもマルコムに危害を加える計画が実行され、それを邪魔されたくないからか?

明らかにヴェリティも同じことを考えたようだ。「あの男、何か企てているようだわ」足を速めて馬車に向かいながら囁く。「そもそも、こんな昼間から内輪の歓迎会を催すのがおかしいもの」

「しかも、ゲストが到着するまえに、どうして主賓を医者に行かせるんだ?」ネイサンは馬車の扉を開けながら付け加えた。ヴェリティに手を貸そうと半分向きを変えたとき、通りを歩いてくるマルコムが見えた。思わず安堵のため息がもれる。「よかった」

マルコムとの距離はまだだいぶある。ネイサンは少しでも早く話そうと、そちらに向かって歩きだした。ヴェリティがすぐ横に並ぶ。ロバート・ダグラスも何歩かあとからついてきた。

「マルコム」声が届く範囲まで近づくと、ネイサンは異母兄の名を呼んだ。「きみを捜していたんだ」

「ダンブリッジ」

マルコムは苦虫を噛みつぶしたような顔をしている。ぼくの顔を見たせいか？　ネイサンはそう思ったが、この予想ははずれた。

「叔父さん、なぜぼくをノートン先生のところへ行かせたんです？　今日は休診日じゃありませんか」マルコムは家の玄関へと目をやった。そこには数人のゲストがかたまり、好奇心もあらわに見守っている。「あの人たちは？」

ヴェリティに腕をつねられ、ネイサンはうなずいた。ロバートが何か企んでいるのはまず間違いない。ゲストを呼んだのは、マルコムが殺されたときのアリバイ作りか？

「ああ……」ロバートは客を振り返り、甥に目を戻して低い声で笑った。「すまなかったな。おまえに少し家を空けてもらいたかったんだよ。驚かそうと思ってな。何人か友人を招いたんだ」

一ああ」マルコムは嬉しくもなさそうに言い、ネイサンを見た。「きみも呼ばれたのか？」

それからヴェリティに気づき、たった一日で起こった奇跡的な変化にぎょっとした。が、あたりに目を配り、警戒しているヴェリティは、それには気づかなかった。

「いや。きみに話があってきたんだ」ネイサンは言った。

「さあ、なかに入ろう。みんなに会ってくれ」ロバートが大きな声でほがらかに言い、マルコムの腕をつかんで自宅に向かおうとした。

ネイサンはマルコムの前に立ちふさがった。「待ってくれ。大事な話だ。どうしても、いますぐ話す必要がある」

「なんだというんだ?」マルコムは眉をひそめた。「ふたりとも、なんだか様子がおかしいぞ」ネイサンとロバートを見比べ、それからヴェリティに目を移す。「それに、いったいぜんたい、どうして――」彼は曖昧に片手をヴェリティの腹部へと振った。「こうなったんだ?」

「全部説明するよ。とにかくきみと話す必要がある。いますぐ。叔父さんは交えずに」

「なんだと?」ロバートは怒ったように見えた。「ずいぶん奇妙な要請だな」

「言いたいことがあれば、この場で言ってくれ」マルコムが不機嫌な顔で言い捨てた。

「まだ体力が戻らなくて疲れているんだ。早く座りたい」

「ネイサンは、あなたがロバート・ダグラスに殺されるのを恐れているの」ヴェリティが単刀直入に言って、会話の主導権を握った。「でも、礼儀正しい彼には、それをロバートの前で口にできない。わたしは礼儀正しくないから、はっきり言うわ」あんぐり口を開けるマルコムに、ヴェリティは続けた。「この事件はロバート・ダグラスが仕組んだのよ。ロバートはふたりのならず者にあなたを誘拐させた。その一方でウィル・トリヴァーにあなたのふりをさせ、ネイサンのところへ送りだした。すべてが彼の企みだったの」

「頭がどうかしたのか?」マルコムはヴェリティを見つめた。「ダンブリッジ、いったい――どういうことだ?」

「ぼくらはついさっき、ウィル・トリヴァーの死体を見つけたんだ」ネイサンは答えた。「自分の正体がばれるのを恐れた雇い主の仕業だ、とぼくらは考えている」

「しかし……なぜ……」

「自分こそダンブリッジの嫡出子だというトリヴァーの主張は、法廷では成り立たない。そんなことはわかりきっている。だが、きみが私生児で、フローラが実際はきみの祖母だという事実が暴露されれば――」

「それがロバート叔父とどんな関係があるんだ?」

「その頭は飾りなの、マルコム?」ヴェリティが苛々して言い返した。「あなたの出生の秘密が明らかになって、いちばん利益を得る人間は誰?」

「ダンブリッジときたら! どんなでたらめでも平気で口にする」ロバートが顔を真っ赤にし、雷のような声でわめいた。「マルコム、この男の言うことに耳を貸すな。父親と同じように、厄介事を起こそうとしているだけだ」

「静かに」マルコムは両手を上げた。「全員、黙ってくれ。ダンブリッジ、きみが何をしたいのか、ぼくにはわからない。そんな与太話を本気で信じているのか？　それともばかげた冗談のつもりか？　とにかく、きみの話はばかげている。ぼくはなかに入らせてもらう」

「マルコム、待ってくれ」ネイサンは家に入ろうとする異母兄を追って、一歩踏みだした。

マルコムが怒りに燃える目で叫んだ。「断る。ぼくにかまうな。帰ってくれ！」

ロバート・ダグラスがネイサンに勝ち誇った視線を投げ、きびすを返して甥のあとから大股に自宅のほうへ戻っていく。ネイサンは毒づいて、異母兄が歩み去るのを見送った。

「くそ、どうやって納得させればいいんだ？」

「とりあえず、わたしたちがロバートを公然と非難したわけだから、その直後にマルコムが死ねば疑われるのはわかっている。当分はへたな真似をしないはずよ」

「ぼくらがこの仮説を広めれば、だ。広めたとしても、トリヴァーが死んだいま、ロバート・ダグラスが黒幕だった証拠はまったくない」

「証拠がなくても、噂には大きな力がある。レディ・ロックウッドに話せば、いくらも経たないうちに街中に広まるわよ」

「ああ。だが、出生にまつわる事実がスキャンダルになれば、ロバートだけでなくマルコムも傷つく」

「死ぬよりスキャンダルの種になるほうがましでしょ？　だいたい、明らかな事実が見えないほど頑固で愚かなら――ネイサン！」ヴェリティが急に通りの向こうを指さし、ネイサンが反応するまえに走りだした。

二頭の馬が、すさまじい勢いで走ってくる。馬車が行き交う大通りを、あんな大きな幌付き荷車をつけて猛スピードで走るなんて、自殺行為だ。ちょうど通りを渡っていた男が驚いて飛びのき、馬車の御者たちが横を走りすぎる荷車に拳を振り立てた。

ネイサンは即座にヴェリティが何を考えているか気づき、そのあとを全速力で追いながら、道路に近い歩道の端をうつむいて歩いているマルコムに向かって叫んだ。その少し後ろを、ロバートが道路沿いの家にへばりつくようにして歩いていく。

ネイサンがヴェリティに追いつかないうちに、突然、幌付き荷車が道路を横切り、マルコムに向かった。再び異母兄の名前をネイサンが呼ぶ声に、「気をつけて！」というヴェリティの声が重なる。だが、どちらもロバートの客の悲鳴にかき消されてしまった。

ようやく顔を上げたマルコムが、自分に向かって突進してくる馬に気づいた。ネイサンのいる場所からマルコムまでは、まだ遠すぎて届かない。そう思ったとき、ヴェリティが大きく跳躍し、マルコムに飛びついた。

31

「ヴェリティ！」ネイサンは叫びながら必死に走った。心臓が早鐘のように打っている。

二頭の馬が鋭く方向を変え、通りに戻りはじめる。マルコムと一緒に飛びこんだ灌木の茂みからヴェリティが立ちあがり、偽物のふくらんだお腹から葉っぱや小枝を払い落とすのが見えた。ネイサンは安堵に全身の力が抜けるのを感じながら、きびすを返し、幌付き荷車のあとを追った。大きく跳んで幌の端をつかむ。つかのま宙ぶらりんになったが、なんとか靴の先を車体に引っかけることができた。その足に力を入れ、体を振って、からっぽの幌馬車によじのぼる。

ネイサンは腰を落とし、足を開いて膝を曲げ、バランスを取りながら揺れる幌馬車のなかを進んだ。御者台にいるのは、思ったとおり、のっぽとちびの二人組だ。馬車の揺れと車輪の音で、どちらもネイサンが乗りこんだことには気づいていない。手綱を握っていないシューメーカーは、大きく揺れる御者台のベンチを両手でつかみ、声をかぎりに悲鳴をあげていた。ヒルは馬を怒鳴りつけ、必死に手綱を絞り、速度を落とそうとしている。その手つきを見れば御者の経験などほとんどないことは明らかだ。

ネイサンは幌の片側に手を置き、注意深く前方に進んだ。荷車の後部が横に滑って街灯の柱をこすり、反動で勢いよく通りに戻る。激しい揺れに幌から手が離れ、反対側にぶつかったが、足を踏みしめ、なんとか体勢を戻した。ネイサンはじりじり前に進みつづけ、御者に飛びついて、片腕を首にかけた。

その腕をぐいと引きながら、馬を制御しようと、もう片方の手でヒルから手綱を奪う。ブレーキレバーに手が届けばもっとよかったが、ヒルが暴れているせいで、彼を離すことができなかった。通りを走るほかの馬車が、行く手を空けてくれるのを願うしかない。

ようやくヒルがぐったりとなった。意識を失ったのか？　ネイサンは首に巻きつけていた手をはずしてヒルをシューメーカーへと押しやり、荷車と御者台を隔てている仕切りの向こうに手を伸ばしてブレーキレバーを強く引いた。荷車に負荷がかかったのと、巧みな手綱さばきのおかげで、二頭の馬が速度を落とす。だが、首の腕がはずれ、大きく息を吸いこんだヒルが振り向いて、パンチを繰りだしてきた。

ヒルの拳が頬に炸裂《さくれつ》した瞬間、反動で頭が横に振れ、ネイサンは一歩後ろによろめいた。レバーから手が離れたが、走るのはもう十分だと判断したのか、二頭の馬は泡を吹いて頭を振り、盛大な鼻息を吹きだしながら止まった。

ネイサンはヒルを荷車に引きずりこんだ。取っ組み合っているふたりを見て、シューメーカーが相棒に手を貸そうと御者台の仕切りを乗り越えてくる。

そのとき、どこからともなくヴェリティが姿を現し、シューメーカーに体当たりした。組んだ両手をシューメーカーの顔に叩きつけ、後ろによろめいたところを突き飛ばす。どさりと音をたてて、シューメーカーが御者台から落ちた。

ヴェリティがネイサンに手を貸そうと向きを変えたちょうどそのとき、ネイサンはヒルのみぞおちに一発くらわし、その直後に痛烈な右フックを決めた。白目をむいて崩れ落ちるヒルから目を離し、ネイサンは荒い息をつきながらヴェリティに笑いかけた。

「きみが来てくれて助かった」

「当然でしょ」ヴェリティがポケットからハンカチを取りだす。

それを裂けた唇に当てられながら、ネイサンはヴェリティを見た。袖が片方ちぎれ、腕と頬にひっかき傷がある。お腹のふくらみはよじれて後ろに回り、片側にずれたかつらの下からは乱れた赤い髪がはみだしていた。

「くそ、きみはなんてきれいなんだ」ネイサンはそう言うなり、唇の痛みを無視してキスした。

マルコムが小走りに近づいてくる。その後ろには叔父のロバートと客の姿が見えた。

「ネイサン、大丈夫か？　きみが荷車に飛びつくのを見たときは――」マルコムは両手で髪をかきあげた。「それに、マダム。あなたのおかげで命拾いしました。永遠に感謝します。御者は酔っていたか正気を失っていたにちがいない。まるで――」

「まっすぐきみに向かってきたようだった？」ネイサンが結んだ。そして、ようやくふつうに呼吸できるようになり、ふらつきながら立ちあがったシューメーカーを示した。

「くそ……いてえ」シューメーカーは責めるようにヴェリティを見た。「あんたのせいであばらが折れたぜ」

「あばら骨だけですんだことを感謝するのね」ヴェリティが言い返す。

マルコムが驚いてシューメーカーを見た。「きさまは！」

「いや、人違いだ」シューメーカーはマルコムの剣幕に押されてあとずさり、なだめるように両手を差しだした。「おれはなんにも……」

マルコムが大股に歩み寄り、問答無用でシューメーカーの顎に一発くらわす。シューメーカーは気を失って地面に崩れ落ちた。

「誘拐したのと同じ男たちだ。だが、なぜ？　それに――やつらはぼくを待ちかまえていたのか？」

「休診の医者の家から戻る時間がわかっていれば、待ち伏せするのは簡単よ」ヴェリティはそう言いながら、ネイサンがはずしたスカーフを受けとり、膝をついてヒルの手を縛った。

マルコムはつかのまネイサンを見つめ、それから叔父を見て、ネイサンに目を戻した。

「いや、まさか。そんなはずは……ひょっとすると使用人のひとりが……」

ネイサンは荷車を降りて、異母兄に歩み寄った。「マルコム。真実から目をそむけるな。さもないと、次は殺されるぞ。きみの叔父貴は休診日なのを承知で、きみを医者に行かせたんだ」

「留守のあいだに友人を呼び、甥を驚かせたかったからだ。いいかげんなことを言うな」

ロバートが怒って前に出ると、ネイサンの胸を指で突いた。「きみこそ、ずいぶん熱心にマルコムと話したがっていたじゃないか。おまけにマルコムを歩道に引き留めていた」

「甥をロンドンに呼んだのはあんただ」ネイサンは言い返した。「だからマルコムをいつどこで待ち伏せれば誘拐できるか知っていた。マルコムを殺さず監禁していたのは、まだあの時点では叔父としての気持ちが残っていたからだろう。だが、マルコムが救出され、計画が台無しになると、自分がダグラス家の相続人になるためにはマルコムを殺すしかなくなった」

「ばかなことを言うな！」ロバートは唾を飛ばしてわめいた。

ネイサンはほんの少し声を高くして続けた。「そこで、誘拐のために雇ったごろつきのところに戻り、彼らに甥を巻きこむ〝事故〟を起こせと命じたんだ。それも、あんたが呼んだ客の目の前で。そうすれば、あんたは甥の死とは関係ない、と証言してくれる目撃者がたっぷりできるからな。ああ、それからトリヴァーの件もある。計画をばらすとあいつに脅されて、殺すしかなかったのか？　殺しはこいつらにさせたのか？」手を振ってシューメーカーを示した。「それとも、自分で手を下したのか？」

「ばかばかしい。よくそんなでたらめが言えたものだ。わしの甥を殺したがっている人間がいるとすれば、それはきみだぞ、ダンブリッジ。マルコム、この男の言うことを信じるな。こいつはおまえを傷つけたいだけだ。わしはおまえの家族だぞ。こいつはただの――」

「ネイサンはぼくの弟だ」マルコムが重々しく言った。

「少し考えればわかることよ」ヴェリティが口をはさんだ。「ネイサンには、あなたを殺す理由はひとつもない。それどころか、何度もあなたを助けたわ」

マルコムは困惑した目でネイサンと叔父の顔を見比べた。「言い方は無礼だが、この人の言うとおりだよ、ロバート叔父さん。ネイサンにはぼくに危害を加える理由はない」

「ダンブリッジは口がうまいからな。父親そっくり――」マルコムが怒りに燃える目で一歩近づくのを見て、ロバートは言葉を切った。「マルコム。わしはヒルとシューメーカーを雇ってなどいない。この男たちを見たのは今日が初めてだ」

突然、沈黙が落ち、みながいっせいにロバートを見た。

「だったら、どうしてふたりの名前を知っているんだ？」ネイサンは低い声で言った。

「なんだと？　それは……さっききみたちが口にしたからだ」

「いいや、ぼくらは言ってない」

「だったら、マルコムが言ったにちがいない」ロバートは低い笑い声をもらし、目を泳がせながら一歩あとずさった。

「いや」マルコムが悲しそうな声で否定する。「ぼくも言った覚えはないよ。そもそも、あいつの名前はホールだと思っていた」

ロバートはさらに一歩さがり、突然、気を失っているシューメーカーに手を伸ばした。腰のベルトから銃をひったくり、震える手でそれをネイサンに向ける。「くそったれ！ダンブリッジはひとり残らずくそったれだ。何もかも台無しに――」

ヴェリティがじりじりロバートに近づきはじめる。それに気づいたロバートがさっと腕を振り、ヴェリティに向かって引き金を引いた。

「ヴェリティ！」ネイサンは飛びついてヴェリティを地面に倒しながら、自分の体でかばった。

ロバートがあえぎ、大きく目を見張る。そして駆け寄る甥から逃げようと、きびすを返して通りに走りでた。

道路のくぼみでくるぶしをひねったのか、たんにバランスを崩したのか？　とにかく、あっと思ったときには、通りかかった馬車のすぐ前に倒れていた。御者が叫び声をあげ、手綱を引いたが、そのときには馬はロバートの上を駆け抜けていた。蹄《ひづめ》がロバートの体を踏むくぐもった音がして、馬車の車輪が彼の上を通過する。

周囲で叫び声があがり、マルコムが「叔父さん！」と叫びながら通りに飛びだした。ほかの人々もそのあとに続いた。「だめだ、死んでるぞ！」誰かが叫び、女性が悲鳴をあげて気を失った。何人かがロバート・ダグラスのぐったりした体から目をそむけた。

馬が棹立《さおだ》ちになり、御者が手綱を落として御者台から飛びおりた。「この男が馬の真ん前に走りでてきたんだ！　あっしには見えなかった！」

周囲ではみんなが思い思いに口を開き、動きまわっていたが、ネイサンはほとんど気づかなかった。その目に見えているのはヴェリティだけだった。

「ヴェリティ！」ネイサンは夢中でヴェリティの体に両手を這わせた。ヴェリティは恐怖に目を見張ったまま、胸も動いていない。「どこを撃たれた！　ぼくの目の前で死ぬな！」

両手で自分の胸をつかむようにして、ヴェリティがようやくあえぎながら空気を吸いこんだ。「息が……できなかったの！」体を起こし、ネイサンにしがみつく。「もう大丈夫よ。倒れた衝撃で息が吸えなかっただけ」

「よかった！」ネイサンは額や髪にキスの雨を降らせた。「死んだかと思った。もしも――」声が途切れ、抱きしめている腕に力をこめた。

「ちゃんと生きてるわ。ぴんぴんしてる。どこも撃たれていないもの」

「たしかか？」

「ええ」ヴェリティは少し体を離し、周囲を見た。「何があったの？　あの男は……まあ」通りに倒れているロバートに気づく。「死んだの？」

「そうらしいな。ぼくはきみのことで頭がいっぱいだったから……」ネイサンは腕の力をゆるめ、ヴェリティを離して、しゃがんだまま踵に体重をかけた。片手で髪をかきあげようとすると、その腕に焼けるような痛みが走った。上着の袖が切れ、まわりが血で汚れている。「くそ」

「ネイサン！」ヴェリティがあえぐように言った。「あなたよ！　あなたが撃たれたんだわ！」ネイサンが小さく叫ぶほど乱暴に、上着を押し開き、剥ぎとった。

「いたっ！」

ヴェリティはかまわずシャツの袖をさらに引き裂き、腕を横切る赤い線をあらわにして、安堵のため息をついた。「よかった。弾はかすっただけよ」

ネイサンは自分の腕を見下ろし、ため息をついた。「また上着がだめになった。撃たれるのは、いいかげんうんざりだ」

32

「もぞもぞ動かないで」一時間後、ヴェリティは自宅の客間で、ソファに座ったネイサンのそばに膝をつき、泥と火薬の残留物を傷口から洗い落としていた。

口調こそ辛辣だが、手当て自体はこれ以上ないほどやさしくしている。ネイサンが血を流しているのを見たときは、心臓が止まるかと思った。一瞬、また呼吸ができなくなり、パニックに襲われて、ヒステリーを起こさないように恐怖を必死に押し戻さなくてはならなかった。

ネイサンは協力的な患者とは言えなかった。シューメーカーとヒルを警察に突きだすマルコムに同行するのはなんとか阻止したものの、かすり傷だと言い張って、なんとしても医者に行こうとしない。そこで仕方なく、こうして自宅に連れてきたのだった。

ネイサンがシャツまで脱いでいるのも、ヴェリティの動悸《どうき》を鎮める役に立たなかった。こんなときに彼が欲しくて体がうずくなんて自分でも呆れてしまうが、この欲望は体のなかで暴れている諸々《もろもろ》の思いの、ごく自然な一部のような気もした。

「きみが傷をつつきつづけているんだ、痛みにたじろいでも仕方がないだろう?」

「つついてなんていないわ」ヴェリティは手を止めて、間近からネイサンをにらんだ。「でも、そうしてやりたいくらい。まったく、あんなふうにわたしの前に飛びだすなんて、何を考えていたのかしら」

「きみが撃たれるのを阻止しようとしただけだ」ネイサンが言い返す。

「代わりに自分が撃たれてちゃ、世話ないわ」ヴェリティは汚れを洗っていた布を放り、弾がかすったあとの火傷《やけど》に軟膏《なんこう》をつけた。

「その緑色のぬるぬるしたやつはなんだ?」ネイサンは疑わしそうに瓶のなかの軟膏に目をやった。

「火傷の薬だけど、ほかの傷にも効くのよ」そう言いながら、細い綿布をネイサンの腕に巻いていく。傷の手当てがぴりぴりした神経をなだめる役に立ったらしく、包帯の端をきちんと結ぶころにはだいぶ気持ちが落ち着いていた。ヴェリティは踵に体重をかけて、ネイサンを見た。ようやく口元が和み、からかうような笑みが浮かんだ。「あなたの英雄行為にケチをつけるつもりはないけど、結局わたしは撃たれたのよ」

「なんだって?」ネイサンはぎょっとして体を起こした。「どこを――」

「その腕をかすった弾が、お腹の詰め物にめりこんだの」ヴェリティはかつらと一緒に床に投げ捨てた詰め物を手に取り、なかに指を入れて、つぶれた銃弾を取りだした。「この変装は、思ったよりずっと役に立ってくれたわね」やさしくネイサンにキスして続けた。「ありがとう。あんなふうに自分を犠牲にするのはやめてほしいけど、本当に感謝してる。あなたがかばってくれなければ、ロバートに撃ち殺されていたかもしれないもの」

ネイサンはヴェリティの顔を両手ではさんだ。「あの瞬間のことは、何年も夢に出てきそうだ」長く甘いキスのあと、彼はヴェリティを立たせ、自分の隣に座らせて、真剣な顔で向き合った。「きみに言いたいことがあるんだ」

一瞬、ヴェリティの心臓は止まった。もしも別れを告げられたらどうしよう？

「このまえ、きみに結婚を申しこんだときは、アナベスのことを言われて腹が立った。ほんの一年まえアナベスを愛していたことを否定するつもりはないよ」

ヴェリティは胸の痛みを感じながら、静かに言った。「わたしはあなたが妥協で選んだ女にはなりたくないの」

「違うとも。これは妥協なんかじゃない。ヴェリティ、きみこそぼくが望む女性なんだ。きみに対する気持ちは、アナベスに感じていたのとはまったく違う。アナベスは……子どものころからの友人だった。アナベスへの愛は穏やかな、幼馴染の友人に感じるようなものだったんだ。ぼくらは喧嘩など一度もしたことがなかったし、ぼくはアナベスに腹を立てたこともなかった。アナベスは完璧だったから」

「あなたがアナベスではなく、わたしを愛しているという説明にはなっていないわよ」ヴエリティは皮肉たっぷりに言い返した。

「最後まで言わせてくれないか。愛とはそういうものだと、ぼくは思っていた。自分が望むのはそういう愛だと。ぼくらは同じような環境で育ち、考え方もよく似ていたから、一緒にいるのはとても楽だった」

ヴェリティは片方の眉を上げた。

ネイサンは急いで続けた。「だが、愛は楽なものじゃない。仲良くやれるだけが愛じゃない。心地がいいとか、釣り合いが取れているとか、愛はそういうものじゃないんだ。愛は奔放で、心を酔わせ、ときには不安をもたらす。きみとぼくはよく口論するし、ぼくは心配する。きみといると決して心穏やかではいられない。きみをうまくあしらうこともできない。きみを思いどおりにするのも、縛りつけるのも不可能だ。きみに対しては、ぼくはまったく無防備なんだ。きみはいつでも、ぼくの魂にまっすぐ切りこんでくる」片手で髪をかきあげ、自分の気持ちを伝える言葉を探した。「きみを抱いているとき、きみとキスしているとき、愛し合っているときは、血が熱くなる。いや、そんな言葉じゃ、ぼくが感じている気持ちはとうてい言い表せないな……内面のすべてが変わるような気がするというか……まっぷたつに引き裂かれ、そのあとでまたひとつに戻る気がする」ネイサンは顔をしかめた。「ごめん、あまりよく表現できていないな」

ヴェリティは急いで首を振った。「いいえ、とてもよくわかるわ」

ネイサンはヴェリティの手を両手で包んだ。「きみに同じように感じてくれとは言わない。ただ、きみはぜったいに二番目の選択ではないことをわかってほしい。きみはぼくの身に起こった奇跡、何よりすばらしい贈り物だ。アナベスのときは、ぼくは高潔な男を演じて自分から身を引いた。だが、きみに同じことができるとは思えない。きみが離れていこうとしても、なりふりかまわず引き留めようとするだろう。きっと紳士ではいられない。きみがパリに行くなら、ぼくも一緒に行く。結婚するのがいやだというのなら、罪深い人生を送るとしよう。きみを失うことだけは拒否する」

ヴェリティは胸が熱くなり、そのぬくもりが全身に広がっていくのを感じた。自然と唇にからかうような笑みが浮かぶ。「わたしの意志に反して、しがみつくってこと?」

ネイサンはため息をついた。「くそ、ヴェリティ、一世一代のロマンティックな求愛をしているのに、ちゃかすなよ。もちろん、きみが断固拒否するなら、無理やりしがみつくようなことはしないさ。自分がきみの不幸の原因になるなんて耐えられないからね。だが、ぼくのそばにいてくれるように必死に説得する。きみを口説くのをやめないし、きみの気持ちを考えて自分から身を引くこともしない。きみが立ち去るのをできるだけ難しくする――」

ヴェリティは微笑んだ。「だったら、わたしがあなたと結婚するつもりでよかったこと」

言葉を続けようと息を吸いこんだネイサンが、途中で止め、ヴェリティを見つめた。

「なんだって?」

「わたしはあなたと結婚したいの。求婚を受け入れるわ。あとで撤回しようとしてもだめよ。わたしはあなたほど善人じゃないの。わたしを捨てたら、あなたの人生を生き地獄にしてやる」

ネイサンは低い笑い声をもらし、体の力を抜いた。「ああ、きみならやるだろうな」立ちあがりながらヴェリティのことも立たせ、にっこり笑って見下ろした。

「ええ、そうよ。どこまでもつけまわして、あなたが気に入った女性に恐ろしい手紙を送りつけてやる。あなたのスカーフを全部切り刻んで、ペチュニアをいちばん上等なブーツにけしかけてやるわ」

「ひどい人だ」ネイサンは両手をヴェリティの腰に置いた。

「ええ。だって、あなたはわたしのものだもの。愛しているわ、ネイサン。決してあなたを離さない」ヴェリティはネイサンの胸に頭を預けた。

ネイサンはその額に唇を押しつけた。「きみは最初からそのつもりだったんだな。そうだろう? ぼくが求愛するまえから、ぼくと結婚すると心を決めていたんだ」

ヴェリティは微笑んだ。「そうよ」

「それなのに、ぼくが長々と訴えるのを止めなかった」

「ああいう台詞を聞くのは好きなの」

「ぼくをいじめたいだけなんだろう？」ネイサンはヴェリティの髪を撫でた。

「それもあるわね」

「どうして結婚を承知したんだい？　いや、抗議しているわけじゃないが、あれほどいやがっていたのに。なぜ気が変わったんだ？」

「まあ、あなたは掘り出し物だから」

「ふん、言ってくれるな。ぼくが最悪の結婚相手だってことは、よく知ってるくせに。領地はぎりぎりまで抵当に入ってるし、きみに差しだすものは何もない」

ヴェリティは真剣な顔でネイサンを見つめた。「家はわたしが持っているわ。仕事も、お金もある。足りないのは、この心を受けとってくれる相手だけ。あなたは誰よりもやさしくて、ハンサムで、イングランド一すばらしい男性よ。わたしはあなたに夢中なの。あなたの言うように、わたしは怖かった。ジョナサン・スタンホープのことだけでなく、誰かに心を預けるのが怖かったの。欲しい人生と愛する男性に手を伸ばして、どちらも失ったらと思うと手を伸ばせなかった。でも、あなたがいなければ人生はからっぽ、それがようやくわかったのよ。あなたはわたしのすべて――ほかのことは何ひとつ問題じゃないわ」

「ヴェリティ」ネイサンはごくりと唾をのむと、柔らかい頬を片手で包み、やさしく親指で撫でた。「ぼくもきみを愛している。言葉では十分の一も表せないほど」

「もう知ってるわ」ヴェリティは微笑んで、額に落ちたネイサンの髪を撫でつけた。「あなたは今日、かつらがずれ、土埃と得体の知れない染みにまみれたぼろぼろの服を着て、汗にまみれ、息を切らしているわたしを見て、きれいだ、とキスしてくれた。だからわかってる」からかうような笑みを浮かべ、瞳をきらめかせる。「男にそんな錯覚を与えるのは愛だけよ。だから思ったの。あなたが正気に戻るまえに、しっかり捕まえなきゃ、とね」

「愛が錯覚なら、ぼくは二度と正気に戻らないだろうな。時が終わるまできみを愛するよ」

「それって、結婚式にはタキシードじゃなく拘束衣を着る、ってこと？　まあ、正直言って、わたしはどっちでもかまわないけど」

エピローグ

ネイサンとヴェリティは通りに立ち、事務所の上に飾った真鍮の板を見上げていた。

「〈ダンブリッジ&ダンブリッジ〉」ヴェリティは満足をこめて読みあげ、ネイサンの腕のくぼみに手を滑りこませた。「どう、完璧だと思わない？」

当然ながら、この一カ月は、ヴェリティにはあらゆるものが完璧に感じられた。ネイサンとともに難事件を解決したこともそのひとつだ。シューメーカーとヒルはロバート・ダグラスに雇われてマルコムを誘拐し、ヴェリティとネイサンを襲ったことを自白した。ふたりを襲った目的は、怖がらせて、ウィル・トリヴァーの居所を聞きだすことだった。だが、思いがけぬ反撃をくらい、ほうほうの体で逃げだすことになった。これが必ずしも嘘ではないことは、ヴェリティも認めなくてはならなかった。

トリヴァーの殺害に関しては、ふたりとも何も知らないと否認したが、こちらは疑わしい。ロバート・ダグラスは自らの手を汚すような男には見えなかった。とはいえ、決め手となる証拠はなく、すでに死んでいるロバートには罰を与えることができない。ロバートが雇った二人組が、残りの生涯のほとんどを刑務所で費やすことがわかっているだけで満足するしかなかった。

ダンブリッジの名は汚されずにすんだ。ダグラス家はロバートの犯行と事故死がもたらしたゴシップにさらされたものの、少なくともマルコムの出生の秘密はいまのところまだ守られている。マルコム自身も、ネイサンとヴェリティの結婚式に列席する程度には、ネイサンとダンブリッジ家に対する考えを改めた。

ヴェリティは自宅の客間で、ささやかな内輪の結婚式を挙げるつもりだった。ところが、レディ・ロックウッドとネイサンの母と叔母が采配を振り、ロックウッド邸の大広間で行われる、白いレースと花とキャンドルをふんだんに使った豪勢な式に変えてしまった。とはいえ、ヴェリティの上機嫌が損なわれることはなかった。

実際、みんなの好意は身に染みてありがたかった。友人と仲間たちを招くことができたのも嬉しかった。この二年ばかりのあいだに、自分がこれほど多くの友人や家族同然の仲間を作っていたことに、改めて驚いたくらいだ。

こんなに幸せだなんて、なんだか少しばかり面はゆい。

「〈コール＆ダンブリッジ〉じゃなくてよかったのか？　ぼくがきみのビジネスを乗っ取ったみたいだが」

「そんなこと、わたしが許すわけないでしょ」ヴェリティは言い返した。「わたしはこれがいいの。それに、コールは本名ではないのよ」

「違うのか？」ネイサンは喉の奥で笑った。「いいかげん、驚かされることにも慣れているはずなのに。で、本名はなんなんだい？」

「カウヒルよ。ダンブリッジのほうが断然いいわ」ヴェリティはにっこり笑った。「それに、新しい人生には、新しい名前がふさわしいと思わない？」

「ヴェリティという名前まで変えないかぎりはね」

「初めて会ったとき、真実《ヴェリティ》という名はわたしにふさわしくないと言ったくせに」

「いまはそこが気に入ってるんだ」

ヴェリティは微笑んで、ネイサンの腕に頭を預けた。「何もかも、申し分ないわね」

「きみとの結婚がずっとこうなら、ぼくはとても幸せな人生が送れるな」ネイサンは口をつぐみ、こう付け加えた。「宝石泥棒一味を壊滅させることにハネムーンを費やすなんて、ほかの人なら奇妙に思うだろうが、おかげでスリル満点の新婚旅行になった」

「だって、あの気の毒な女性の首飾りを盗ませるわけにはいかないでしょ。あれは代々伝わる家宝だったのよ」

ネイサンはうつむいてヴェリティの額にキスした。「そうだな。きみは黙って見ていられなかったと思う」

「それに」ヴェリティはいたずらっぽい笑みを浮かべた。「ハネムーンのすべてを、泥棒を追いかけて過ごしたわけじゃないわ」

ネイサンも相好を崩した。「ああ。ほかにもいろいろとしたな。夫と妻になるのは、そのふりをするより楽しいと実感したよ」彼は再び扉の上にある真鍮の板を見上げた。「ロンドンを留守にしていたあいだにどんな事件が起こったか、そろそろ見に行くとしようか」

「待って」ヴェリティは彼の腕に手を置いた。急に胃がしくしく痛くなったが、今度こそやり遂げなくては。「そのまえにしなくてはならないことがあるの」震えながら息を吸いこんだ。「わたしたちにも、ふたりの人生にも影が差してほしくないから。わたしはずいぶん長いこと、過去に怯えて生きてきたわ。ナイフや剣、銃にだって、たじろがず、堂々と渡り合ってきたけど、まるで子どものように怯えて過去と直面するのを避けてきた。でも、もうおしまい。ジョナサン・スタンホープに会うつもりよ」

「よく決心したね」ネイサンがヴェリティの手を取る。彼の落ち着きが神経をなだめてくれた。

「それにポピーを訪ねようと思うの。いえ、訪ねる必要があるの。あなたの言ったとおり、ポピー自身に、わたしを受け入れるかどうか決めるチャンスを与えるべきだもの。こんなに長く決心がつかなかったのは、ポピーに拒否されたら耐えられないからだった。でも、ネイサン、あなたがいてくれるおかげで強くなれるわ」

ネイサンは片手をヴェリティの頬に添えた。「愛しているよ、ヴェリティ。きみはぼくが知っている誰よりも勇気のある人だ。少しでもそんなきみの助けになれるのなら、こんなに嬉しいことはない。ぼくも一緒に行こうか？」

ひとりでやるという答えを予測しているのだろう、ネイサンは慎重に訊いてきた。

これまでの自分なら、きっと断っていた。でも、いまは……。「ええ、そばにいてほしいわ」

「喜んでそうするとも」

ポピーの家に到着すると、ヴェリティはネイサンが来てくれたことにいっそう感謝した。ネイサンの存在が、馬車を降り、家まで歩くあいだずっとヴェリティを支えてくれた。

驚いたことに、ふたりがポピーの家の玄関にたどり着くまえに扉が開き、ジョナサン・スタンホープが出てきた。

ヴェリティは驚愕して立ち尽くした。みぞおちが氷をのんだように冷たくなる。

ジョナサンは帽子をかぶり、ヴェリティを見てやはりその場に立ち尽くした。それから、獲物の匂いを嗅ぎつけた猟犬のように急に目を輝かせた。

かたわらでネイサンがつぶやく。「この男は、ここで何をしているんだ？」

そうだわ、ポピー！　ジョナサンはポピーに手を出したの？　ポピーを脅したの？　その可能性に気づいたとたん、みぞおちの氷は消え、熱い決意が胸を満たした。

「褒められるようなことじゃないのはたしかね」ヴェリティはネイサンの腕に置いている手に力をこめた。

「ヴェリティ」ジョナサンが笑みを浮かべた。観劇のときに見せた勝ち誇った笑いではなく、おずおずと唇の端が上がる笑みだ。決然と近づいてくるヴェリティを見て警戒するような表情になり、あわてて言った。「このまえは驚かせてすまなかった。ずいぶん長いこときみを捜していたんだよ。あのときは、あまりにも驚いたものだから礼儀を忘れてしまった。きみはぼくが誰かさえ、わからなかったかもしれないのに」

「あら、わかっていたわ、スタンホープ卿」

「そうか？」ジョナサンは驚いたようだった。「まだ爵位は父のものだよ。ぼくはただのスタンホープだ。きみにはジョナサンと呼んでもらいたいな」

ヴェリティはジョナサンを見つめた。肺にまったく空気がなくなったように、息ができない。「彼は……生きているの？」

「ああ。知らなかったのか？」

「ええ」ヴェリティは息が乱れ、いまにも消え入りそうな声で言った。ネイサンが支えるように腰に腕を回す。

「父はまだ生きている。でも、すっかり変わったよ。一日の大半をテラスで椅子に座り、庭を見ながら過ごす。何も覚えていないようだ。きみが誰かもわからないと思う」

「わたしは……あの血を見て……死んだとばかり……」矛盾する思いがせめぎ合い、息をするのもままならない。ネイサンの支えがありがたかった。安堵、喜び、驚き、逃げるために無駄に費やした年月への悔いが、頭のなかをぐるぐる回る。ヴェリティは潤んだ目でネイサンを見た。

「わかってる」ネイサンは腰に回した腕に力をこめ、ジョナサンに目をやった。「ヴェリティはずっと殺人の罪で追われていると思っていたんだ。あの夜、劇場で急にきみが現れたとき、ぼくらはきみが、ヴェリティを父親殺しの罪で捕まえるつもりだと思った」

「だから逃げたのか？　ぼくが復讐したがっていると思って？」ジョナサンは首を振った。

「復讐どころか……正直言って、ヴェリティ、きみには感謝しているんだ。召使いたちもみな感謝している。父は満足しているようだし、苦痛も感じていない。家のなかはすっかり平和になった。こんなことを言うと、父のように冷たい男に聞こえるかもしれないが、きみのおかげでぼくの人生ははるかに耐えやすくなった。父はきみだけではなく、ぼくのことも支配していたからね。あの……事故があったとき、ぼくは学校にいた。父を見つけたのは召使いだった。金と宝石がなくなっていたから、警察は泥棒が入り、止めようとした父に襲いかかったと考えた」

「ポピーとわたしが姿を消していたのに？」

「父を襲った人間が、きみたちを連れ去ったと思ったようだ」ヴェリティの顔に疑うような表情が浮かぶのを見て、ジョナサンは微笑んだ。「ぼくはそうは思わなかったよ。だが、その仮説が最善の解決策に思えた。すぐにきみたちを捜したんだよ。罰を与えるためじゃなく、家に戻ってほしかったから。だが、きみたちはなんの痕跡も残さずに消えていた」

「専門家に頼んで、身を隠したの」

「ポピーのことは見つけたんだが、きみの居所を突きとめるのはずっと難しかった。そこで警官の――」

「ミルサップを雇った」

「そう」ジョナサンは驚いたようだったが、なぜ知っているのかとは聞かなかった。「ミルサップはきみが死んだと言ったが、ポピーは彼の報告を信じようとしなかった。きみは誰よりもタフで機転の利く人間だ、きっといつか見つかる、とね。それでも、何年も経つと捜すのをあきらめるしかなかった。ところが、少しまえに、あるパーティで昔のきみによく似た赤毛の女性をちらっと見かけた。それでもう一度捜してみる気になり、今度もミルサップに頼んだんだが、昔と同じように役に立たなかった。ところが、偶然、劇場できみと会った。きみの住まいも突きとめることができたんだが、訪ねてみると誰もいなかった」

「ハネムーンに行っていたの」ヴェリティは言った。「ごめんなさい、まだ夫を紹介していなかったわね。ネイサン・ダンブリッジよ」

ジョナサンはネイサンと握手した。「どうか、なかに入ってくれ。ポピーがどんなに喜ぶことか」

ふたりがジョナサンのあとから玄関に入ると、メイドはいぶかしげな顔をしたものの、元気のよいお辞儀をして三人を客間に導いた。

座って刺繍をしていたヴェリティの妹が、驚いて顔を上げる。「まあ、ジョナサン。戻ったの？　何か忘れ物でも？」

後ろにいるヴェリティが目に入ったとたん、ポピーは鋭く息をのみ、刺繍が床に落ちるのも気づかずに立ちあがった。「ヴェッティ！」

ヴェリティはうなずいた。ポピーだけが知っている子ども時代の呼び名に、涙がこみあげた。

ポピーはヴェリティに駆け寄り、抱きついた。「ああ、ヴェッティ！　ようやく帰ってきてくれたのね！」

ヴェリティは泣き笑いしながら妹を抱きしめた。「ええ、ただいま」

ヴェリティとポピーが水入らずで話せるようにと、ジョナサンはまもなく立ち去った。子ども時代の思い出や、別れてからお互いの身に起こった出来事などを話すうち、あっというまに一時間が過ぎた。ポピーから誇らしげに生後三カ月の息子を見せられたヴェリティとネイサンは、愛らしい赤ん坊を手放しで褒めた。

やがてふたりは、再会を約束し、ポピーの家をあとにした。

「なんと言ったらいいか……」ヴェリティはネイサンの腕を取って歩きながら言った。「思いがけない展開だった？」

「まるで小説みたい」ヴェリティは皮肉をこめて答えた。「ほかの人から聞いたら、きっと信じなかったでしょうね」

「たまにはよいことも起こるんだよ、ヴェリティ。きみはこれまであまり経験してこなかったが、これからはたくさん喜びを味わってほしいな」

ヴェリティは涙ぐみながら微笑み返した。「あなたと結婚したからには、幸せや喜びに慣れないとね」

「そうとも。ぼくはきみを幸せにするために、ありとあらゆる手を尽くすつもりだ」

「ジョナサンのことや昔の出来事について、自分の推測が完全に間違っていたとわかったとき、一瞬、スタンホープを殺したと思いこんで逃げだした自分に腹が立ったわ。あの男が何も覚えていなかったのなら、あのまま留まっても何も問題はなかったのに。逃げだしたばかりに、ポピーを手放し、アスキスの組織に加わって、スパイとしてこき使われるはめになった」

「きみもぼくも、事実を突きとめずに早合点するのが、どれほど愚かか学んだな」ネイサンは軽い調子でそう言ったあと、真剣な声で続けた。「でも、自分を責める必要はないよ。あのときのきみには、スタンホープが生き延びて、記憶をなくすことはわからなかった。まだ十四歳で、恐怖にかられていた。きみは自分にできるだけのことをしたんだよ」

「ええ」ヴェリティは足を止め、ネイサンと向き合って、愛にきらめく目で彼を見上げた。「いろいろあったけど、十六年逃げたのは結果的にはよかったと思うの。どんなに厳しい状況、どんな危険に直面したとしても、それを生き延びてあなたと出会えた。あのままスタンホープ家に留まっていれば、あなたには会えなかったわ。でも、それはぜったいにいや」

「ヴェリティ」ネイサンは微笑んだ。「ぼくは必ずきみを見つけたとも。お互いにどんな人生を歩んだにせよ、何をしたにせよ、ぼくはきっときみと出会ったにちがいない。きみはぼくの北極星だから」

「言葉では、とうていあなたに太刀打ちできないわ。だから、これで我慢して」

　ヴェリティはそう言うと、爪先立って、ネイサンの頭が真っ白になるほど情熱的なキスをした。

訳者あとがき

ノエルとカーライル・ソーン、アナベスとスローン・ラザフォードの物語に続き、ヴェリティとネイサン・ダンブリッジの物語をお届けします。本書『伯爵家の秘密のメイド』(原題"*A Scandal at Stonecliff*")は、キャンディス・キャンプ新シリーズの最終作でもあります。

今作のヒロインは、前作『伯爵家から落ちた月』にアナベスのメイドとして初登場、アナベスを助けて活躍したヴェリティ・コールです。実はスローンの諜報員時代の仲間だったヴェリティは、格闘技に長け、ナイフを巧みに使う男勝りのたくましい女性でもあります。

ヒーローはネイサン・ダンブリッジ、一作目のヒーロー、カーライル・ソーンの親友で、また二作目のヒーローであるスローン・ラザフォードとは、アナベスをめぐる恋のライバルでした。どちらの作品でも、やさしく穏やかで、人当たりのよい、紳士の見本のような人物として描かれていましたが、今作では、それとは異なる情熱的な面を見せてくれます。

長いあいだ焦がれてきたアナベスとの婚約を解消し、失恋の痛手を癒やすためにヨーロッパ旅行に出かけていたネイサンは、久しぶりに顔を出した社交の場で、なんと、裕福な未亡人に化けているヴェリティ・コールに再会します。そしてアナベスのメイドだったころとはひと味どころかふた味も三味も違うあでやかな姿に戸惑い、魅せられるうち、なぜかヴェリティの〝仕事〟に付き合うはめに。おかげで、退屈を覚悟で顔を出した舞踏会で、思いがけなくときめきとスリルに満ちた一夜を過ごすのでした。

それからまもなく、父ジョージ・ダンブリッジの息子だという男マルコム・ダグラスが突然現れたとき、真っ先に相談相手としてネイサンの頭に浮かんだのは、調査事務所を経営するそのヴェリティでした。

生まれも育ちもまるで違うふたりのロマンスの行方に、降って湧いたような相続権騒動がからむ『伯爵家の秘密のメイド』、意外に次ぐ意外な展開が物語を盛りあげます。会うたびにネイサンを驚愕させるヴェリティの七変化《へんげ》（実際は五変化ですが）も、とても面白く、物語に彩りを添えています。

著者キャンディス・キャンプについては、訳者のわたしよりも読者のみなさんのほうがよくご存じでしょう。一九七八年の〝*Bonds of Love*〟でロマンス作家としてデビューしてから、四十五年以上のキャリアを持つロマンス小説界の大御所です。一九四九年生まれですが、旺盛な創作意欲はまったく衰えず、これからもまだまだファンを喜ばせてくれるにちがいありません。

ミステリーの部分にとくに注力した今シリーズは、熱いロマンスだけでなく、多層にわたる複雑な謎を配して工夫が凝らされています。異色のヒロインを迎えたシリーズ最終作、『伯爵家の秘密のメイド』もその例にもれず、締めにふさわしい魅力あふれる作品となっています。

有能な探偵であるヒロインのヴェリティは、過去の亡霊に苦しめられながらも、けなげにネイサンを支え、謎解きに尽力します。前作では、顔を見るたびに辛辣な口調でけなす、ネイサンの苛立ちの源だったヴェリティですが、本書では、ネイサンとの軽妙なやりとりが魅力のひとつとなっています。そんなふたりのロマンスと謎解きを、どうぞ存分にお楽しみください。

二〇二五年二月

佐野　晶

訳者紹介　佐野 晶
東京都生まれ。獨協大学英語学科卒業。友人の紹介で翻訳の世界に入る。富永和子名義でも小説、ノベライズ等の翻訳を幅広く手がけている。主な訳書に、キャンディス・キャンプ『伯爵家に拾われたレディ』『伯爵家から落ちた月』、カーラ・ケリー『風に向かう花のように』(以上、mirabooks)がある。

mira™

伯爵家《はくしやくけ》の秘密《ひみつ》のメイド

2025年2月15日発行　第1刷

著　者　キャンディス・キャンプ
訳　者　佐野《さの》 晶《あきら》
発行人　鈴木幸辰
発行所　株式会社ハーパーコリンズ・ジャパン
東京都千代田区大手町1-5-1
04-2951-2000 (注文)
0570-008091 (読者サービス係)
印刷・製本　中央精版印刷株式会社

ISBN978-4-596-72523-3